神々たちのイン

हिन्दू के देवी और देवताओं

まちごとパブリッシング

牛飼い女たちと踊るクリシュナ神（『ギータ・ゴーヴィンダ』）
Krishna Revels with the Gopis: Page from a Dispersed Gita Govinda
（Song of the Cowherds）
（1630–40年ごろ）

Hakoya JYAKUHYO
姑射若氷 編訳

猛毒の蛇カーリヤを鎮圧するクリシュナ神
**Krishna Subduing Kaliya,
the Snake Demon: Folio from a Bhagavata Purana Series**
(1785年頃)

目次　神々たちのインド

第一篇　緒論

第1章　インド神話の展開　9

第2章　ヒンドゥー教の聖典　19

第二篇　ヴェーダの神々

第3章　天父ディアウスと地神プリティヴィー　41

第4章　火神アグニ　49

第5章　太陽神スーリヤ、サヴィトリ　55

第6章　全能の宇宙主神ヴァルナ　63

第7章　雷神インドラ　71

第8章　酒神ソーマ　83

第9章　冥府の主神ヤマ　91

第10章　『ヴェーダ』の小神　101

第三篇　ヒンドゥー教の神々

第11章　ヒンドゥーの三大神　113

第12章　創造神ブラフマーと学芸の女神サラスヴァティー　125

第13章　維持神ヴィシュヌと運命の女神ラクシュミー　139

第14章　ヴィシュヌの十種化身（マハー・アヴァターラ）　157

第15章　ラーマとシーター（『ラーマーヤナ』）　173

第16章　クリシュナとラーダー　187

第17章　仏教の創始者ブッダ　201

4

第18章　世界の主ジャガンナート　211
第19章　愛の神カーマデーヴァ　219
第20章　托鉢神チャイタニヤ　223
第21章　破壊神シヴァ　231
第22章　シヴァの妃パールヴァティー、ドゥルガー、カーリー　247
第23章　象頭神ガネーシャと軍神スカンダ　259
第24章　土着の神　271
第25章　五人兄弟の物語（『マハーバーラタ』）　275

第四篇　その他の神々

第26章　聖河信仰　287
第27章　動物信仰　295
第28章　聖樹や聖石信仰　311
第29章　女神信仰　329
第30章　英雄、聖者信仰　349
第31章　祖先崇拝　365
第32章　鬼神、悪魔崇拝　373
第33章　惑星信仰　385
第34章　聖者と北斗七星信仰　389
第35章　ジャイナ教と仏教の神々　393

5

第一篇 緒論

シュリナートジー姿のクリシュナ神
Krishna in the Form of Shri Nathji
(1840年頃)

मेरो महायशाः प्रहृष्य हृष्यं वाक्यम् उवाच मधुराक्षरम् प्रतितुष्टो ऽस्मि भद्रं ते राजपुत्र महायशः प्रीत्या परमया युक्तो ददाम्य अस्त्राणि सर्वशः देवासुरगणा

第1章 インド神話の展開

तपःस्वाध्यायनिरतं तपस्वी वाग्विदां वरं नारदं परिपप्रच्छ वाल्मीकिर्मुनिपुंगवम् को न्वस्मिन् साम्प्रतं लोके गुणवान् कश्च
च कृतज्ञश्च सत्यवाक्यो दृढव्रतः चारित्रेण च को युक्तः सर्वभूतेषु को हितः विद्वान् कः कः समर्थश्च कश्चैकप्रियदर्शनः आत्म
जितक्रोधो मतिमान् को ऽनसूयकः कस्य बिभ्यति देवाश्च जातरोषस्य संयुगे एतदिच्छाम्यहं श्रोतुं परं कौतूहलं हि मे महर्षे त्व
ज्ञातुं एवंविधं नरं शक्त्वा चैतत्तत्रिलोकज्ञो वाल्मीकेर्नारदो वचः श्रूयतां इति चामन्त्र्य प्रहृष्टो वाक्यमब्रवीत् बहवो
तवया कीर्तिता गुणा मुने वक्ष्याम्यहं बुद्ध्या तैर्युक्तः श्रूयतां नरः इक्ष्वाकुवंशप्रभवो रामो नाम जनैः श्रुतः नियतात्मा महा
धृतिमान् वशी बुद्धिमान् नीतिमान् वाग्मी शरीमाञ्छत्रुनिबर्हणः विपुलांसो महाबाहुः कम्बुग्रीवो महाहनुः महोरस्को महेष्वासो गूढ
आजानुबाहुः सुशिराः सुललाटः सुविक्रमः समः समविभक्ताङ्गः स्निग्धवर्णः प्रतापवान् पीनवक्षा विशालाक्षो लक्ष्मीवाञ्छुभलक्ष
सत्यसंधश्च परजानां च हिते रतः यशस्वी ज्ञानसंपन्नः शुचिर्वश्यः समाधिमान् रक्षिता जीवलोकस्य धर्मस्य परिरक्षिता वेदवेदा
धनुर्वेदे च निष्ठितः सर्वशास्त्रार्थतत्त्वज्ञः स्मृतिमान् प्रतिभानवान् सर्वलोकप्रियः साधुर दीनात्मा विचक्षणः सर्वदाभिगतः सद्भि
सिन्धुभिः आर्यः सर्वसमश्चैव सदैकप्रियदर्शनः स च सर्वगुणोपेतः कौसल्यानन्दवर्धनः समुद्र इव गाम्भीर्ये धैर्येण हिमवान् इव विष्
सोमवत् प्रियदर्शनः कालाग्निसदृशः क्रोधे क्षमया पृथिवीसमः धनदेन समस्त्यागे सत्ये धर्म इवापरः तम् एवंगुणसंपन्नं रामं सत्
ज्येष्ठं श्रेष्ठगुणैर्युक्तं प्रियं दशरथः सुतम् यौवराज्येन संयोक्तुं ऐच्छत् प्रीत्या महीपतिः तस्याभिषेकसंभारान् दृष्ट्वा भार्याथ कैक
देवी वरम् एनम् अयाचत विवासनं च रामस्य भरतस्याभिषेचनम् स सत्यवचनाद् राजा धर्मपाशेन संयतः विवासयाम् आस सुतं राम
परियम् स जगाम वनं वीरः परतिज्ञां अनुपालयन् पितुर्वचननिर्देशात् कैकेय्याः प्रियकारणात् तं व्रजन्तं परियो भ्राता लक्ष्मणो
स्नेहाद् विनयसंपन्नः सुमित्रानन्दवर्धनः सर्वलक्षणसंपन्ना नारीणाम् उत्तमा वधूः सीताप्यनुगता रामं शशिनं रोहिणी यथा पौरैर् अन्
दशरथेन च शृङ्गवेरपुरे सुतं गङ्गाकूले व्यसर्जयत् ते वनेन वनं गत्वा नदीस्तीर्त्वा बहूदकाः चित्रकूटम् अनुप्राप्य भरद्वाजस्य शासना
आवेश्य कृत्वा रम्यमाणं वने त्रयः देवगन्धर्वसंकाशास् तत्र ते न्यवसन् सुखम् चित्रकूटं गते रामे पुत्रशोकातुरस्तदा राजा दशरथः
विलपन् सुतं स्मृत्य तं तस्मिन् भरतो वसिष्ठप्रमुखैर् द्विजैः नियुज्यमानो राज्याय नैच्छद् राज्यं महाबलः स जगाम वनं वीरो रामपाद
चास्य राज्याय न्यासं दत्त्वा पुनः पुनः निवर्तयाम् आस ततो भरतं भरताग्रजः स काममनवाप्यैव रामपादाव् उपस्पृशन् नन्दिग्रामे
रामागमनकाङ्क्षया रामस्तु पुनर् आलक्ष्य नागरस्य जनस्य च तत्रागमनम् एकाग्रे दण्डकान् परिविवेश ह विराधं राक्षसं हत्वा शरभ
सुतीक्ष्णं चाप्यगस्त्यं च अगस्त्यभ्रातरं तथा अगस्त्यवचनाच्चैव जग्राहैन्द्रं शरासनम् खड्गं च परमप्रीतस्तूणी चाक्षयसायकौ
रामस्य वने वसन गौः सह ऋषयः अभ्यागमन् सर्वे वधायासुररक्षसाम् तेन तत्रैव वसता जनस्थाननिवासिनी विरूपिता शूर्पणखा राक्षसी
ततः शूर्पणखावाक्याद् उद्युक्तान् सर्वराक्षसान् खरं त्रिशिरसं चैव दूषणं चैव राक्षसम् निजघान रणे रामस्तेषां चैव पदानुगान् रक्षसां
आसन् सहस्राणि चतुर्दश ततो ज्ञातिवधं श्रुत्वा रावणः क्रोधमूर्छितः सहायं वरयाम् आस मारीचं नाम राक्षसम् वार्यमाणः सुबहुशो
रावणं न विरोधाद् बलवता कस्मान् रावणं तेन तत् स अनादृत्य तु तद् वाक्यं रावणः कालचोदितः जगाम सहमारीचस्तस्याश्रमपदं तदा ते
दूरम् अपवाह्य नृपात्मजौ जहार भार्यां रामस्य गृध्रं हत्वा जटायुषम् गृध्रं च निहतं दृष्ट्वा हृतां श्रुत्वा च मैथिलीम् राघवः शोकसंतप्तो
विललापाकुलेन्द्रियः ततस्तेनैव शोकेन गृध्रं दग्ध्वा जटायुषम् मार्गमाणो वने सीतां राक्षसं संददर्श ह कबन्धं नाम रूपेण विकृतं घोर
निहत्य महाबाहुर् ददाह स्वर्गतश्च सः स चास्य कथयाम् आस शबरीं धर्मचारिणीम् शरमणीं धर्मनिपुणाम् अभिगच्छेति राघव सो
महातेजाः शबरीं शत्रुसूदनः शबर्या पूजितः सम्यग् रामो दशरथात्मजः पम्पातीरे हनुमता संगतो वानरेण ह हनुमद्वचनाच्चैव सुग्रीवेण
सुग्रीवाय च तत् सर्वं शंसद् रामो महाबलः ततो वानरराजेन वैरानुकथनं परति रामायावेदितं सर्वं प्रणयाद् दुःखितेन च वालिनश्च त
कथयाम् आस वानरः परतिज्ञातं च रामेण तदा वालिवधं परति सुग्रीवः शङ्कितश्चासीन् नित्यं वीर्येण राघवे राघवः परत्ययार्थं तु दुन्
उत्तमं पादाङ्गुष्ठेन चिक्षेप संपूर्णं दशयोजनम् बिभेद च पुनः सालान् सप्तैकेन महेषुणा गिरिं रसातलं चैव जनयन् परत्ययं तदा ततः
तेन विश्वस्तः स महाकपिः किष्किन्धां रामसहितो जगाम च गुहां तदा ततो ऽग्रजद् धरिवरः सुग्रीवो हेमपिङ्गलः तेन नादेन महता निर्ज
ततः सुग्रीववचनाद् घात्वा वालिनम् आहवे सुग्रीवम् एव तद् राज्ये राघवः परत्यपादयत् स च सर्वान् समानीय वानरान् वानरर्षभः दिङ्
परस्थापयाम् आस दिद्दक्षुर् जनकात्मजाम् ततो गृध्रस्य वचनात् संपातेर् हनुमान् बली शतयोजनविस्तीर्णं पुप्लुवे लवणार्णवम् तत्र ल
पुरीं रावणपालितां ददर्श सीतां ध्यायन्तीं अशोकवनिकां गताम् निवेदयित्वाभिज्ञानं परवृत्तिं च निवेद्य च समाश्वास्य च वैदेहीं मा
तोरणं परस सेनाग्रगान् हत्वा सप्त मन्त्रिसुतान् अपि शूरम् अक्षं च निष्पिष्य ग्रहणं समुपागमत् अस्त्रेणोन्मुहम् आत्मानं ज्ञात्वा पै
मर्षयन् राक्षसान् वीरो यन्त्रिणस्तान् यदृच्छया ततो दग्ध्वा पुरीं लङ्कां ऋते सीतां च मैथिलीम् रामाय परियम् आख्यातुं पुनर् आयात्

庭園に生えている草木も人間と同じ言葉を話すものと考え、ごつごつとした木の人形を見ても、「美しい姿だ」と感じて、これに人格を認めるのは、子供たちの特性の一つである。子供たちは自分の周囲のあらゆる自然現象に活きた力を与えて考える。足もとにある机に不意にぶつかって痛みを感じるときに、子供の驚きは怒りに変わって、机を打ち叩くのもめずらしくはない。

暗い夜には人形をこのうえない頼りとし、また寂しさを慰める相手にもなる。このような子供の特性は、民族の幼稚な時代にも同じように現れる。自然のさまざまな威力は原始民族にとって、あたかも生命と個性をもっているように、一つの人格として考えられる。

およそ四〇〇〇年前に、勇敢な好戦民族が西北インドの連峰中の険しい隘路を通って、パンジャーブの温暖な平原に移住してきた。これらの民族はまだ国民として結合していなかったけれど、部族の形をして、移住するとすぐに、原住民を征服していった。この民族のここにいたるまでの来歴は明らかでないが、要するに一つの遊牧人種で、古代ペルシャ人（イラン民族）と関係があり、ギリシャ・ローマ人とは近接したものではなかった。そして原始状態においても、すでに高等な文明、天賦、想像力および活動性の萌芽を含んでいた。

このアリアン民族に先だって、インドには、はじめその生活状態を異にする、見なれない、

皮膚のより黒い異種の民族が住んでいた。戦争はすみやかに続けられたが、移住民族（アリアン民族）の勝利となり、そしてインドを征服するにしたがって、在来の人種を奴隷として扱い、南インドの荒漠とした地方に放逐していった。

侵略者は原住民を「奴隷」と呼び、「無鼻」「無言語」、そして「無信仰な種族だ」と言って嘲った。これは原住民の鼻がはなはだ低く、言語が特異であり、宗教がアリアン族のものと異なることを示している。現在のヒンドゥーにつながる古代アリアン諸民族は、たしかに宗教的な民族であった。

幼児のように鋭敏な感情をもっているので、巨人の姿に似たヒマラヤ連峰のそばに住んでいると、大きな数々の山岳がアリアン民族に影響をおよぼすことは当然と見てよい。何ごとも彼らの驚異の情を動かし、信仰に似た畏敬と、敬って礼拝する感情が絶えず呼び起こされていた。彼らは陰鬱な山麓を照らす光の作用を眺め、谷にみなぎり山水の景色を包む白い霧や、空高くそびえる雪の頂を望んだ。紅の色に染められた峰は紫に変わり、紫は濃い青となり、やがて夜の灰色に包まれて、黄昏の冷ややかなときには、他の世界から帰順した妖精のように立っている。

このように荘厳な、美しい自然はついに崇拝の対象となり、しかもその威力の壮観は超世俗的な、神聖なものだと考えずにはいられなかった。古代アリアン民族の宗教は

偶像崇拝ではなくて、自然崇拝であった。これらの民族の物質的安寧は自然の活動によって得られるもので、すなわち青空、空中、太陽などで、直接な天の恵みはなくても、感謝と畏敬と尊敬を帯びた愛をもってこれに対した。

けれども自然現象に対する見解は、現代人とは異なっていた。アリアン人は自然物を生命あるものとして考えずにはいられなかった。滔々とした川の流れ、吹き荒れる風、また燃える炎も、すべて生命の力を現すものと考えられた。生命の存在が明らかでない場合にも、目に見える現象は内在する精神もしくは神霊によって生気を与えられるものと信じられていた。

原住民族の住む北インドの平原地方に侵入したアリアン民族は、それまであった信仰、儀式をそのままもちいなかったため、この宗教はすみやかに衰退していった。この原始民族は主にタタール人の後裔であって、狂暴な神々を崇拝し、その祭儀もまた残酷なものであった。『ヴェーダ』の神々に悪鬼ではないけれど、その地位のとても低い者もいる。しかし早くから悪鬼崇拝の基礎がバラモン教の一部分をなしたのである。

こうして新しい居住地を定めたのち、偉大な種族の宗教的要求は文化を必要とし、新しく生まれた国民生活の自覚に目ざめて、もはや簡単な原始的な自然崇拝では満足することができなかった。ここにおいて、インドでも豊富な民族神話が、ギリシャの場合と同様に

अथाब्रुवन् मुने कौशिके भद्रं ते सेन्द्राः सर्वे मरुद्गणाः तोषिताः कर्मणानेन स्नेहं दर्शय राघवं परजापतेर् भृशाश्वस्य पुत्रान् सत्यपराक्रमान् तपोबलभृतान् ब्रह्मन् राघवाय

シヴァとドゥルガーを先導するガネーシャ
Ganesha Leads Shiva and Durga in Procession
（18世紀）

देवी और देवताओ ｜ 第 1 章　インド神話の展開

発生した。宗教的観念、すなわち最高の威力に頼ろうとする思想、およびこのような威力を実現しようと欲する考えは、民族の発展とともに成長し、民族の力とともにその力を増していった。バラモン教徒も、ギリシャ人と同じく、ただに外部に現れた自然の威力のみでなく、すべての内的な感情、情緒、また道徳的、知的な性質、機能を人格化し、神格化してこれを崇拝するようになった。

まもなく、あらゆる対象をもって、全宇宙を支配する優越な能力として考えた。またすべての英雄や功績者を、同じく全能で広く行き渡って存在する統御者の化身と見なす思想が発生した。ついでこの最高の実在者のもつさまざまな属性や機能を説明するために、インド・アリアン族は多神教を信仰し、男性や女性の姿の多くの神々、もしくは半人半神を打ち立てた（ギリシャ人と多くの点で類似している）。そのうえ、これに関連してさまざまの空想的な神話、物語、比喩を考え出し、人々はそれらの象徴する真の概念をすこしも理解しないで、「そのまま実在するもの」と考えた。

すべての階級のインド人が、常にその教義の根抵とし、これを支える典拠として『ヴェーダ』を挙げるけれど、「大昔と現代の礼制にどのような違いがあるか」を知ろうとする者もまれに出るようになった。こうして内部から成長し、外部に増大して、ついに現在のヒンドゥー教に見られるように、その信条は唯一でなくて、相矛盾した諸信仰の一大集団と

なった。

その組織は発達して、多数の男神女神を立ててこれを崇拝し、自然の威力を尊び、徳のすぐれた人、祖先、ならびに生物、また無生物を信仰する風習が生まれた。そして英雄崇拝は主な特色の一つとなった。ヒンドゥー多神教の主要な男女の神々のなかには、英雄、女傑の霊を神格としたものが数多くある。トリプラを征服したシヴァ、ドゥルガーとマヘーシャや諸悪鬼との戦争、さまざまの化身になって阿修羅、羅刹を倒すヴィシュヌの武勲、またはラーマ、クリシュナ、ハヌマーンなどの英雄たちはその例である。

バラモン教では、仏教が生まれ、発展するなかで、その教義が改めてつくり変えられた(バラモン教からヒンドゥー教へと展開した)。ブラフマーは新しい信仰と戦って、これにうち勝つ必要を生じた。

(一)『ヴェーダ』に説かれたバラモン教の古い神々の多くは、ここですでに廃せられて、新しいものがこれに代わって立てられた。

(二) 新しい教説がつくられたこと、例えば輪廻転生説のようなものはこれにあたり、インド一般の思想にもっとも深い影響を与えた。なお重要な一つは、信仰、祈祷の教説である。

(三) 実際の行為の方面でいちじるしいのは、聖地を巡礼することである。もろもろの河

川は信仰対象となったが、なかでもガンジス河はヒマラヤの峰から出て海に注ぐ点で、とくに神聖に見なされた。聖地はインド全土に点在しているが、もっとも著名なものはオリッサのプリーで、ここにはジャガンナートの寺院がある。この教義では、聖河で沐浴すればあらゆる罪が浄め去られ、聖地を巡礼してさまざまの旅路の困難を受ければ、多大の幸福を得られると信じていた。

(四)偶像は後の時代になって発達したもので、原始のバラモン教では偶像崇拝も寺院建立も行われなかった。太陽や炎や河流など、目のまえに横たわる自然現象がすなわち崇拝の対象であるから、別に偶像の必要はなかった。しかし視覚化された象徴を好む心は、アリアン族中にはじめから深かったので、後世には偶像崇拝はヒンドゥー教の特色とまでなった。偶像はインドのどこへ行ってもあり、石彫、木彫、金属像もあるが、もっとも多いのは真鍮製のものである。その形状は大小さまざまあり、多くは光輝いていて、紅の赭色か鮮やかな朱色で塗られ、木材または岩石を彩色したのもある。だいたいどんな事物でもすべて崇拝の対象となった。

(五)その他できわめて重要な創造物は、国民の階級(カースト制度)である。社会はきびしい障壁で相互にへだてられた無数の階級に分離されたが、この階級制度の説明は、「宗教的純潔を保つためだ」という見解で決着される。後期の『ヴェーダ』や他のヒンドゥー

教典で、宗教儀式上の務めの細かい規則を与えることも重要になった。そしていまやヒンドゥー教の義務の大半は、飲食、その他、日常生活の小さなことに関する厳格な掟を守ることである。人は欲するままに信仰し、欲するままに行動できるけれど、今なお階級制度が保たれているのはバラモン教説の遺物である。階級制度の規則は、しばしば圧制につながるけれど、バラモン族はカースト制度によって二〇〇〇年以上のあいだ、優越の地位を保った。プネーの市街が地方政府の治下にあったペシュワ時代には、下層民が午前九時以前と午後三時以後に市内にいることが許されなかった。この時間の前後は、太陽の日射しが人影を長く地上にひくので、もしバラモンの身に賤民の影がかかれば、穢れに触れたものとなり、入浴して不浄を洗い去るまでは、食事も水も口に入れないほどである。これがこの奇妙な制度のしかれた理由である。

（六）ヒンドゥー教で起こった大きな変化の一つは動物を犠牲にすることが、ほとんど廃れて絶えたことである。初期のバラモン教では、儀式は数世紀のあいだに増えていって、犠牲の数はどんどん多くなり、ますます複雑になった。他の宗教に比べても、犠牲の決まりが増えていったことは、バラモン教の驚くべき点である。後の時代になると、カーリー女神の崇拝、その他、一つ、二つの小さな祭儀のほかは、動物を犠牲にすることはほとんど跡を絶った。

（七）なお一つの悲惨な習慣は夫が死ぬと、残った妻が夫の火葬のときに、夫とともに焚かれて死ぬことである。この奇異な風習は、『ヴェーダ』には何も決まりがないけれど、少なくとも二〇〇〇年間存続した儀礼であるらしく、こうして自ら命を絶った婦人の数はおそらく数百万に上ることであろう。実際、ベンガル地方だけみても、プラッシーの戦争でイギリスがインドの主権を得たときから、サティーがついに廃止された一八二九年までに、七万人を下らない寡婦がこの悲しい目にあって命を終えた。当時、ヒンドゥー教徒は熱心にこの廃止に反対したが、幸いにも（殖民地インドを統治する）英国政府の基礎が確立したために、今では特殊な場合をのぞいて、一般ではこの恐るべき蛮習は廃絶されるにいたった。

ॐ

第2章 ヒンドゥー教の聖典

तपःस्वाध्यायनिरतं तपस्वी वाग्विदां वरम नारदं परिपप्रच्छ वाल्मीकिर मुनिपुंगवम को नव अस्मिन साम्प्रतं लोके गुणवान कश च वी
च कृतज्ञश च सत्यवाक्यो दृढव्रतः चारित्रेण च को युक्तः सर्वभूतेषु को हितः विद्वान कः कः समर्थश च कश चैकप्रियदर्शनः आत्मव
जितक्रोधो मतिमान को ऽनसूयकः कस्य बिभ्यति देवाश च जातरोषस्य संयुगे एतद इच्छाम्य अहं शरोतुं परं कौतूहलं हि मे महर्षे त्व
जञातुम एवंविधं नरम शरुत्वा चैतत तरिलोकज्ञो वाल्मीकेर नारदो वचः शरूयताम इति चामन्त्र्य परहृष्टो वाक्यम अब्रवीत बहवो दु
तवया कीर्तिता गुणाः मुने वक्ष्याम्य अहं बुद्ध्वा तैर युक्तः शरूयतां नरः इक्ष्वाकुवंशप्रभवो रामो नाम जनैः शरुतः नियतात्मा महावी
धृतिमान वशी बुद्धिमान नीतिमान वाग्मी शरीमाञ शत्रुनिबर्हणः विपुलांसो महाबाहुः कम्बुग्रीवो महाहनुः महोरस्को महेष्वासो गूढज
आजानुबाहुः सुशिराः सुललाटः सुविक्रमः समः समविभक्ताङ्गः सनिग्धवर्णः परतापवान पीनवक्षा विशालाक्षो लक्ष्मीवाञ शुभलक्षण
सत्यसंधश च परजानां च हिते रतः यशस्वी जञानसंपन्नः शुचिर वश्यः समाधिमान रक्षिता जीवलोकस्य धर्मस्य परिरक्षिता वेदवेदाङ्ग
धनुर्वेदे च निष्ठितः सर्वशास्त्रार्थतत्त्वज्ञो समृतिमान परतिभानवान सर्वलोकप्रियः साधुर अदीनात्मा विचक्षणः सर्वदाभिगतः सद्भिः समु
सिन्धुभिः आर्यः सर्वसमश चैव सदैकप्रियदर्शनः स च सर्वगुणोपेतः कौसल्यानन्दवर्धनः समुद्र इव गाम्भीर्ये धैर्येण हिमवान इव विष्णु
सोमवत परियदर्शनः कालाग्निसदृशः करोधे कषमया पृथिवीसमः धनदेन समस तयागे सत्ये धर्म इवापरः तम एवंगुणसंपन्नं रामं सत्य
जयेष्ठं शरेष्ठगुणैर युक्तं परियं दशरथः सुतम यौवराज्येन संयोक्तुम ऐच्छत परीत्या महीपतिः तस्याभिषेकसंभारान दृष्ट्वा भार्याथ कैकर
देवी वरम एनम अयाचत विवासनं च रामस्य भरतस्याभिषेचनम स सत्यवचनाद राजा धर्मपाशेन संयतः विवासयाम आस सुतं रामं
परियम स जगाम वनं वीरः परतिज्ञाम अनुपालयन पितुर वचननिर्देशात कैकेय्याः परियकारणात तं वरजन्तं परियो भराता लक्ष्मणो
सनेहाद विनयसंपन्नः सुमित्रानन्दवर्धनः सर्वलक्षणसंपन्ना नारीणाम उत्तमा वधूः सीताप्य अनुगता रामं शशिनं रोहिणी यथा पौरैर अनु
दशरथेन च शृङ्गवेरपुरे सूतं गङ्गाकूले वयसर्जयत ते वनेन वनं गत्वा नदीस तीर्त्वा बहूदकाः चित्रकूटम अनुप्राप्य भरद्वाजस्य शासनात
आवसथं कृत्वा रममाणा वने तरयः देवगन्धर्वसंकाशास तत्र ते नयवसन सुखम चित्रकूटं गते रामे पुत्रशोकातुरस तदा राजा दशरथः
विलपन सुतम मृते तु तस्मिन भरतो वसिष्ठप्रमुखैर दविजैः नियुज्यमानो राज्याय नैच्छद राज्यं महाबलः स जगाम वनं वीरो रामपादप्र
चास्य राज्याय नयासं दत्त्वा पुनः पुनः निवर्तयाम आस ततो भरतं भरताग्रजः स कामम अनवाप्यैव रामपादाव उपस्पृशन नन्दिग्रामे ऽ
रामागमनकाङ्क्षया रामस तु पुनर आलक्ष्य नागरस्य जनस्य च तत्रागमनम एकाग्रे दण्डकान परविवेश ह विराधं राक्षसं हत्वा शरभङ्गं द
सुतीक्ष्णं चाप्य अगस्त्यं च अगस्त्य भरातरं तथा अगस्त्यवचनाच चैव जग्राहैन्द्रं शरासनम खड्गं च परमप्रीतस तूणी चाक्षयसायकौ व
रामस्य वने वनचरैः सह ऋषयो ऽभयागमन सर्वे वधायासुररक्षसाम तेन तत्रैव वसता जनस्थाननिवासिनी विरूपिता शूर्पणखा राक्षसी
ततः शूर्पणखावाक्याद उद्युक्तान सर्वराक्षसान खरं तरिशिरसं चैव दूषणं चैव राक्षसं निजघान रणे रामस तेषां चैव पदानुगान रक्षसां
आसन सहस्राणि चतुर्दश ततो जञातिवधं शरुत्वा रावणः करोधमूर्छितः सहायं वरयाम आस मारीचं नाम राक्षसं वार्यमाणः सुबहुशो
रावणः न विरोधो बलवता कषमो रावण तेन ते अनादृत्य तु तद वाक्यं रावणः कालचोदितः जगाम सहमरीचस तस्याश्रमपदं तदा तेन
दूरम अपवाह्य नृपात्मजौ जहार भार्यां रामस्य गृध्रं हत्वा जटायुषम गृध्रं च निहतं दृष्ट्वा हृतां शरुत्वा च मैथिलीम राघवः शोकसंतप्तो
विललापाकुलेन्द्रियः ततस तेनैव शोकेन गृध्रं दग्ध्वा जटायुषम मार्गमाणो वने सीतां राक्षसं संददर्श ह कबन्धं नाम रूपेण विकृतं घोरद
निहत्य महाबाहुर ददाह सवर्गतश च सः स चास्य कथयाम आस शबरीं धर्मचारिणीम शरमणीं धर्मनिपुणाम अभिगच्छेति राघव सो ऽ
महातेजाः शबरीं शत्रुसूदनः शबर्या पूजितः सम्यग रामो दशरथात्मजः पम्पातीरे हनुमता संगतो वानरेण ह हनुमद्वचनाच चैव सुग्रीवेण
सुग्रीवाय च तत सर्वं शंसद रामो महाबलः ततो वानरराजेन वैरानुकथनं परति रामायावेदितं सर्वं परणयाद दुःखितेन च वालिनश च ब
कथयाम आस वानरः परतिज्ञातं च रामेण तदा वालिवधं परति सुग्रीवः शङ्कितश चासीन नित्यं वीर्येण राघवे राघवः परत्ययार्थं तु दुन्दुभे
उत्तमम पादाङ्गुष्ठेन चिक्षेप संपूर्णं दशयोजनम बिभेद च पुनः सालान सप्तैकेन महेषुणा गिरिं रसातलं चैव जनयन परत्ययं तदा ततः प
तेन विश्वस्तः स महाकपिः किष्किन्धां रामसहितो जगाम च गुहां तदा ततो ऽगर्जद धरिवरः सुग्रीवो हेमपिङ्गलः तेन नादेन महता निर्जग
ततः सुग्रीववचनाद धत्वा वालिनम आहवे सुग्रीवम एव तद राज्ये राघवः परत्यपादयत स च सर्वान समानीय वानरान वानरर्षभः दिशः
परस्थापयाम आस दिदृक्षुर जनकात्मजाम ततो गृध्रस्य वचनात संपातेर हनुमान बली शतयोजनविस्तीर्णं पुप्लुवे लवणार्णवम तत्र लङ्का
पुरीं रावणपालिताम ददर्श सीतां धयायन्तीम अशोकवनिकां गताम निवेदयित्वाभिज्ञानं परवृत्तिं च निवेद्य च समाश्वास्य च वैदेहीं मर्दया
तोरणम पञ्च सेनाग्रगान हत्वा सप्त मन्त्रिसुतान अपि शूरम अक्षं च निष्पिष्य गरहणं समुपागमत अस्त्रेणोन्मुक्तम आत्मानं जञात्वा पैता
मर्षयन राक्षसान वीरो यन्त्रिणस तान यदृच्छया ततो दग्ध्वा पुरीं लङ्काम ऋते सीतां च मैथिलीम रामाय परियम आख्यातुं पुनर आयान म

ヒンドゥーの聖典と称されるものを順に挙げれば、四類の『ヴェーダ経典』を最古として、『ウパニシャッド』、十八篇の『プラーナ聖典』、二篇の大叙事詩『ラーマーヤナ』と『マハーバーラタ』、『マヌ法典』、『タントラ聖典』、および哲学組織になった六種の『ダルサナ』である。

ヒンドゥーの信仰によれば、天の啓示の源泉は二つである。

すなわち一つは直接啓示で口誦によるもの、二つ目は間接のもので、記憶もしくは伝説によるものである。前者は『ヴェーダ』のことで、『マヌ法典』や『ウパニシャッド』などは、後者に属する。

口誦は最高の精神すなわちブラフマンの言葉だと信じられた。ブラフマンは敬虔、厳粛で力に富んだ言葉を告げ、いまだ生まれていない種族のために、これを蓄えて反覆した。第一類に属す書物は最高の権威をもち、優秀な神聖さをそなえ、第二類のものはこれに次ぐものとなっている。

聖者たちは記憶をたどって論議を記述したため、文書で長く保存することは求められなかった。そして、その権威は、口誦の意義が忠実に再現されることから派生した。

四種の『ヴェーダ経典』

『ヴェーダ』はヒンドゥー教の源であって、またインドの社会生活や組織の基礎であり、宗教的、祭儀上、また社交上の事柄の最上の規範である。そして『ヴェーダ』は人間のつくったものではなく、「最高の実在物そのものの言葉であるため、永久不滅のものだ」と信じられている。

『ヴェーダ』はサンスクリット語では「知識」という意味で、インド人は「神と人が交感する知識」としている。もっとも古いヒンドゥー聖典はさまざまの人格となった自然界の威力に対する詩篇であって、古代のサンスクリット語で書かれた。一般に認められる見解によれば、『ヴェーダ』は紀元前一五〇〇年から遅くとも前一〇〇〇年ぐらいまでにつくられた。

あるいはさらに古い詩がアリアン族の移住以前からインドで歌われていたらしい形跡もあって、「それより古い時代につくられた」とする学者もいる。いずれにしても、これらの詩は今から二五〇〇年ないし三〇〇〇年以前の作であることは疑いなく、古代アリアン民族の宗教と文化の進歩を考察する唯一の手がかりである。

その歌謡（詩篇）は最古の時代から続いて、聖者たちからその弟子たちへ、時代を重ねて口術によって伝承されてきた。これが文書の形になった年代は明らかではないが、ヴィ

ヤーナ仙人は『ヴェーダ』の集成者もしくは作者として伝えられている。

『ヴェーダ』の様式の多くは叙情詩で、そのなかにはアリアン人の最初の侵略者がインドの地方の関門に来て、やがて自己の文明で風靡することになるインド国内に進入した際に、彼らの信仰する神を讃美した言葉が多くある。

『ヴェーダ』はつぎの四種に分けられる。

(一)『リグ・ヴェーダ』＝讃頌の『ヴェーダ』。
(二)『ヤジュル・ヴェーダ』＝献供の『ヴェーダ』。
(三)『サーマ・ヴェーダ』＝『リグ・ヴェーダ』の詩篇を音律的に整理したもの。
(四)『アタルヴァ・ヴェーダ』＝呪法の『ヴェーダ』。

いまこれらの四ヴェーダを解説すれば、まず『リグ・ヴェーダ』は、原始的な、しかももっとも重要なもので、原典は一〇一七節の詩からなり、その他、疑問のある十一節をあわせていわゆる『ヴェーダ』と呼ぶ。『マヌ法典』に記されているように、とても尊ばれていた。

他の三つの『ヴェーダ』は『リグ・ヴェーダ』に遅れてつくられ、『リグ・ヴェーダ』からつくられた部分もある。第二および第三の『ヴェーダ』には「『リグ・ヴェーダ』か

パヴァラサナ山でのラーマとラクシュマナ（『ラーマーヤナ』）
Rama and Lakshmana on Mount Pavarasana
（1700年頃）

देवी और देवताओ ｜ 第２章　ヒンドゥー教の聖典

ら出たものを、宗教的考察に関する特殊な目的に応じて整理したものがある」と説く学者もいる。そして、いずれの『ヴェーダ』も二部分からできあがっている。

すなわち（一）韻文の讃頌または祈りの詞と、（二）散文の教義、注記である。『ヴェーダ』の詩が年月を経過してのち、アリアン族の信仰のなかで儀礼式典が発達し、そして神学的な考察がはじめられた。そこで第二部の『ヴェーダ経典』である『ブラーフマナ』が生まれた。これにはいろいろな儀式上の規則とバラモン教徒の常習である儀式の項目が載せられている。

この『ブラーフマナ』をさらに深く推し進めたものが『ウパニシャッド』であって、奥深いすぐれた教義を含んでいる。こうして単純な『ヴェーダ』の神話はだんだん深いものとなり、神々は人格化されて新しい属性を与えられ、ついには世界および人類の起源に関する瞑想や考察を試みるほど、性質上の変化を見せた。

『アタルヴァ・ヴェーダ』は、もっともおもしろみの豊かなもので、その大部分は怨敵を降伏させるため、また人々の病気をとり除く呪言や秘法で満たされている。その教訓は、きわめて細かいところにわたっていて、飾りをつけない頭を覆う「髪の結びかた」までも規定してある。総数は七六〇節におよび、その六分の一は『リグ・ヴェーダ』でも見られる。グリフィスの説によれば、この『ヴェーダ』（『アタルヴァ・ヴェーダ』）の教説は、神に

歌を捧げて、その加護で身をよりよくし、よい友を祝福し、すべての有害な諸動物と、人間や冥界の怨敵を降伏させる手段である。すなわちこれは祈願、まじない、秘法を説いた『ヴェーダ』である。

『リグ・ヴェーダ』は、その単純さで我々に幸福な世界を見せるけれど、『アタルヴァ・ヴェーダ』は、人生の暗い部分を描いている。悪鬼、幽魂、精霊の拘束を受ける描写からは、現在の霊鬼や冥界の信仰の起源の古かったことを示している。

以上は『ヴェーダ』の概要であるが、その経典は多くの欠点をもっている。

例えば、愛や尊厳といったものは歌頌のなかに現れていない。神と崇拝者の関係はあたかも市場の客と商人のようなもので、値に対して品物を与えるような趣きがある。『リグ・ヴェーダ』のインドラに関する一節を引くと、「汝は我らと取引者であることのないように、少しを与えて多くを要求することがないように」と。

またバースの説によれば、「多くの『ヴェーダ』の詩は結局、『ここにバターあり、我らに牝牛を与えよ』ということに帰着する」とまで極論している。寿命が長く続くこと、子孫が繁栄すること、勝利と開運は、たびたび世間の人の願望するものであるが、『ヴェーダ』の詩、とくにヴァルナの歌頌中には精神的幸福を祈る言葉がいたるところに見られる。『リグ・ヴェーダ』の一節に、「我らが我らの愛護者に抗い、かつて同胞や親友や同輩に背

25
देवी और देवताओं ｜第２章　ヒンドゥー教の聖典

き、隣人たちに対して犯した罪があれば、残ることなく浄めたまえ。ヴァルナの神」「賭けごとの仲間入りをして偽り欺き、故意にもしくは知らずに犯した罪を、解きすてられた足かせのようにのぞき去りたまえ。ヴァルナの神よ。我らを汝の愛するものたらしめよ」

ロブソンは今のインドに普及したように、「ヘブライの詩篇に現れている本務と罪悪の感情はいちじるしい対照をしていて、罪過を運命のせいにする傾向の萌芽がある」と言って、『リグ・ヴェーダ』の懺悔の願文を挙げている。

その引用文に曰く、「我らの体を与えた我らの祖先の罪をのぞきたまえ。ヴァルナの神よ。これらの罪悪は自ら欲してつくれるものではなく、熱狂した感情または正しくないことに我らを導く誘惑のためのものだ。強者は弱者を圧倒する。睡眠さえも不義をもたらす」と。

多くの非難はありながらも、『ヴェーダ』には大昔でも、「宗教的動機、神霊に対する尊敬と永生不滅の信仰がいかに強く、かつ調節されていたか」が示されている。大昔の詩人は熱烈な自然を愛する人であって、自然において自然の神霊を深く考えた人である。古の道徳の規範はこのように純粋であった。今、ヒンドゥー社会の、攻撃されるような退廃は『ヴェーダ』には発見できず、また古代の僧職にも許されていなかった。

この歌頌は、後代には何人も制作を企てられないようなもので、驚嘆すべき、また原始的な単純な思想、子供らしく、また熱心な感情である。人類という子供が自分をつくった

大いなる父に対し、育み守った大自然の母に対するすすり泣きと悲しい叫びである。

『ヴェーダ』は秩序ある知識の体系を立てようと企てたものでもなく、実行の規範を示したものでもない。バラモン教の偉大な教説を支持するものも、ここには現れていない。ヒンドゥーの三体論、輪廻転生の説、階級の厳重な区別や汎神論的哲学と、多神教の一般信仰などの先がけと見るべきものも存しない。寺院またはバラモン教僧のことも載っておらず、現世の幸福を求めるにとどまって、崇拝の相手は自然界の物理的威力などで、目に見える形体でないから、偶像崇拝ではない。

自然現象のうちでも、もっとも人心を刺激するものは火、雨、風、太陽である。これらそれぞれを暁、嵐の神、地、水、河川、青空、季節、月、また祖先の精霊を表わす名称と関連させる。神々への供物は武人とバラモンの手で捧げられ、歌頌で讃美され、ときには儀式が行われた。

この単純な『ヴェーダ』の信仰を衰えさせた二つの原因がある。一つは自己の勢力を確立し、増大しようと努めたバラモンの野心で、他の一つは多数のアリアンではない民族が現れて、アリアン族はこれと混和し、古い伝説をまったく変化させてその宗教の要素に導き入れたことである。

こうしてようやく神人一致教や鬼神崇拝の存在を見るようになり、従来の単一な信仰は

その光を失って、大いなる偶像崇拝と、さらに大いなる実行がますますいちじるしくなった。

マヌ法典

この有名な法典は、後期の『ヴェーダ』書物のなかでもっとも古いもので、ヒンドゥー聖典の第二類中の重要なものである。現存する形式は紀元前五世紀のもので、二六八五節からなっている。一人の手によるものではなくて、多くの人の思想によるものであることは明らかである。

それは『ヤジュル・ヴェーダ』の一派に属するものらしく、デリーから遠くない西北インドに住んでいたマナヴァというバラモンの一種族の礼制がこれに示されている。『マヌ法典』が書かれた年代はバラモンが優勢であったヴェーダ時代よりも後であるが、『マヌ法典』に現れた神々は、つぎに出てくる叙事詩や『プラーナ』に見られるものでなく、『ヴェーダ』に説かれたものである。要するにこの法典は『ヴェーダ』と『プラーナ』の中間に位置する。

『マヌ法典』は整理された法律制度と見るよりも、むしろそのとき行われた法律と条文の集録と言うべきものである。そして今もしばしば法廷においても使われ、ヒンドゥー社会

の慣例や階級の儀式で疑義があった場合には、つねにインド人に引用される。『マヌ法典』によって四種の階級が明らかにされ、その本務も定められ、もろもろの組織の規定は、組織的階級制度を継承しようと努めるバラモンによって定められた。そのなかのとくに宗教的な、そして哲学的な教条をのぞくと、規定の大部分はつぎの四項目に総括される。

（一）アーチャーラ（太古の常習）　一切の階級制度を含み、最高の法律と最高の宗教の組織に関係がある。

（二）ギャヴァハーラ（法律、政治の実施）　法廷の手続き、裁判法、そして民事と刑事の法律が収められている。

（三）プラーヤスチッタ（懺悔の作法）　現世のいろいろな罪、とくに階級制度を侵した罪、ならびに前生の悪行による障害を除去する方法を規定したもの。

（四）カルマパラ（業による報い）　天上のよい知らせ、もしくは地獄に堕ちて苦しみを招く、善あるいは悪の行いを説明する。最終的な幸せにいたるまで、無数の生死を輪廻転生することに言及している。

『マヌ法典』は全世界の文学的成果のなかで、もっとも注目すべきものの一つであって、はるか昔のヒンドゥー教徒の主要な慣習、態度、知識の状態を示すだけでなく、その道徳的規定にはキリスト教に劣(おと)らない。

叙事詩と『プラーナ』

十八篇ある『プラーナ』、二つの大叙事詩『ラーマーヤナ』と『マハーバーラタ』および五つの主な『タントラ』は、近世インドの神々についての我々の知識の主要な源泉である。

ダウソン説によれば、『ヴェーダ』は最高の権威を有し、しばしば願い求められ、かつ大いに尊敬される経典である。けれども言葉は難解で、その神々と儀式は太古のものである。一方で『プラーナ』および後代の書物は、近世ヒンドゥー教の大いなる権威である。ここに現れた神話、伝説などはインド人の心を満たし、その思想をつくっている。偉大な詩篇(しへん)の驚嘆(きょうたん)する物語も、またすぐれた影響を与えている。

これらの詩篇(しへん)はそれぞれの英雄を主人公とし、いちじるしく誇張し、脚色された武勲(ぶくん)が、散文あるいは韻文(いんぶん)で述べられている。数百の諸国をめぐり歩くバラモン僧によって説かれ、また各地の寺院において反復された。

これらの叙事詩の制作年代は明らかでなく、『ヴェーダ』の後で、『プラーナ』の前であ

ラーダーの裸をのぞくクリシュナ神
Krishna Spying on Radha
（1780–90年頃）

るとわかるにすぎない。『ラーマーヤナ』を「紀元前五〇〇年の作」とする学者もいるが、あるいは「さらに古い時代のものだ」と考える人、または「紀元前一〇〇年より前の作ではない」と説く学者もいる。

『マハーバーラタ』は『ラーマーヤナ』よりも一世紀後に、ヴィヤーサの手でなったもののようである。ある大きなテーマの下にインドの神話、伝説、歴史、倫理、思想および哲学の集積を詰めこみ、数百年間のヒンドゥー思想の熟達とともにできたものであるから、ある部分は紀元前五世紀より古く、他は紀元七、八世紀にまでおよんでいる。そして全体の行数二二万におよぶ大詩篇である。

『ラーマーヤナ』の方は五万行ぐらいで、ヴァルミキー仙人が簡潔で流暢な筆でつづった一大長編の叙事詩である。それは多くの称賛を得て、ヒンドゥー的生活の味わい深い牧歌だと認められている。おだやかで上品なラーマは、誠実な心と高潔な徳行の理想的君主であり、その妻シーターは雪のように純潔で、ともにこのうえない名誉を有する人々である。この叙事詩および『プラーナ』は『ヴェーダ』と異なり、バラモン族以外の人々にも読まれる。そしてヒンドゥーの第四階級であるシュードラに属する者は、『ラーマーヤナ』が読まれるのを聞くだけで、自ら読むことは許されなかった。『ラーマーヤナ』の第一節の終わりに、読者に向かって称賛の言葉が記されている。「バラモン族がこれを読めば学

識とうまく話す能力を得ることができ、クシャトリヤ族がこれを読めば国王となることができ、ヴァイシャ族がこれを読めば商業的に成功し、シュードラがこれを読まれるのを聞けば、よりすぐれたものに向上できるだろう」。

また『ラーマーヤナ』の姉妹篇である『マハーバーラタ』にもしばしばこの意味が繰り返されている。「この生命ある聖典を読む者は、あらゆる罪が消滅し、子孫もともに来世は天に昇ることができるだろう」。

『ラーマーヤナ』と『マハーバーラタ』という二大詩篇についで、久しい歳月を経たのちに出たのが『プラーナ』である。叙事詩の方は、詩中に出てくる主人公の行動と功績を、ただ人間のこととして扱っているけれど、『プラーナ』ではしばしば神性をもった主人公が神に没入していることも特徴である。

『プラーナ』の著述された時代範囲は広く、紀元六〇〇年から一六〇〇年にいたるまでに成立した。これらは近代ヒンドゥー教の経典であって、紀元八、九世紀に盛んだったシヴァ教の大改革者であるシャンカラ・チャーリヤの時代よりもやや早く、現在の形式になった。『プラーナ』は全体としてはヒンドゥー教の典拠とはならないが、ヴィシュヌまたはシヴァの崇拝を勧める目的で書かれていて、分離し、矛盾した教派の指南書でもある。『プラーナ』においては、自然界の作用によって暗示された簡単な原始的想像力が、さらに進んだ文明

33

देवी और देवताओ ｜ 第 2 章　ヒンドゥー教の聖典

と社会状態の腐敗の増加とともに、荒々しい想像で代えられている。『プラーナ』は多神教、汎神教（世界のすべては神の現れである）、そして偶像崇拝のよりどころとなる。

『ヴェーダ』の神々のあるもの、および後代の神々に関する古い伝説は豊富である。つぎに章を分けて、とくに他の神にまさった称賛を与えられている『プラーナ』の神々の解説がなされている。『プラーナ』では遊星（惑星）を崇拝する思想が進歩し、河川は神として崇められ、鳥や獣までも神の使者として信仰され、ある種の樹木もまた神聖なものとされ、信仰の対象となっている。これによって『プラーナ』は後世に規定を残し、ヒンドゥー教のさらになみはずれた発展に貢献したものと見られる。

サンスクリット語辞典の編集者アマラシンハの説によれば、『各プラーナ』の主要な論旨は、六種類に類別されるという。すなわち「世界の創造」、「壊滅」および「革新」および「諸教主の系統」、「長い期間の統治者であるマヌの治世」、「諸王の日月系」などである。『プラーナ』にはこれに相当する種類による区分を挙げていないが、ただ『ヴィシュヌ・プラーナ』にはこれに類した記述がある。

これらの聖典の原本はサンスクリット語であるが、全部あるいは一部分の翻訳があり、なおまたこれを読むことができない者のためには、バラモン僧が各地を巡回して、特定の日に法典の一部分を読み聞かせる慣例がある。これによって『プラーナ』の知識が広く伝

播されるだけでなく、インド人の信仰と実行に安定した基礎が与えられた。

タントラ

これは六十四篇からなる聖典で、そのうちの五篇が主なものである。書名は「規範」もしくは「儀軌(儀式や祭祀の規定)」の意味で、だいたい六世紀もしくはその後にまとめられたものらしい。

その形式はシヴァ神とパールヴァティー女神の対話からなり、特色は女神の女性的勢力(性力)のすぐれたところを認めたことである。ここでは神は静寂的に描かれ、活動の性格は配偶者(女神)に人格化されている。とくに顕著なのはシヴァ神で、その陰気な、多少嫌悪に傾く信仰の上に、配妃デーヴァー(女神)の信仰と関連した、熱烈な、ときとしては思うままの儀式を加えている。

シヴァが一方では創造者であり、天の恵みをもたらすものであり、他方では恐るべき破壊者であると同様に、その妃神は、あるときは温和で仁慈なウマーすなわちパールヴァティーとして現れ、あるときはカーリーすなわちドゥルガーの獰猛な、残忍な姿で現れる。そしてカーリーの崇拝とその憤怒の形相は、ウマーの温かい慈悲より一層広く知られている。

女性的勢力（性力）の崇拝者は、二つに分類される。すなわちダクシナーチャーリ（右側の信者）とヴァーマトチャーリ（左側の信者）である。前者の信仰の態度は称賛すべき、尊敬すべきもので、献供にあたっても穀物や牛乳類などをもちい、生きた動物に代用する。後者は、その信仰の態度が見るに忍びないようなところがあって、賤しい宗派である。しかし幸いにも、後者の信仰は広くは行われていない。およそ女性崇拝のありかたは、単に象徴的なものにとどまらず、実在の女性に対しても行われる。『タントラ』の聖典中には、これをもって解脱の一方法に数えているものもある。

『タントラ』中では呪言（まじないの言葉）に価値をおいていて、「その発育が正当であれば効き目が顕著である」と説き、近世の神と交信する接神術家も『タントラ』を秘伝書として尊重する。

マックス・ミュラーはインドの諸聖典の価値を次のように比較している。

「『ヴェーダ』のみを信奉するインド人は、『プラーナ』や『タントラ』を奉じる者よりも、キリスト教徒に近い。ヨーロッパ人の見地からは、『ヴェーダ』の教えにも根拠がなく幼稚な点が多くあり、キリスト教徒としてことごとく称賛できる点はほとんどない。けれど『ヴェーダ』には、シヴァやカーリーの残忍、クリシュナの勝手気まま、ヴィシュヌの奇蹟、冒険の痕跡は見られない。また神聖な栄誉に対して教職のなした冒涜的虚偽、およ

び人類が動物以下の状態に堕落することを制裁する法律もここには存しない。幼者の婚姻を減らし、若い寡婦の再婚を禁じる法律をすすめる条文もない。そして寡婦が夫の死体とともに焼かれる儀式は、『ヴェーダ』の精神にも背いた悪習である」。

第二篇 ヴェーダの神々

インドラ神による胚移植（『カルパ・スートラ』）
Indra Reverences Mahavira's Embryo:
Folio from a Kalpasutra Manuscript（1461年）

ध्याचारिरत तमसी योगयेद परम नारद परिपप्रच्छ वाल्मीकिर्मुनिपुंगवम् को न्वस्मिन् सांप्रतं लोके गुणवान् कश्...
...वान् को जितक्रोधो मतिमान को जन्मवक् कथं विभ्राति देवाश्च जारोपस्य सयूगे एतत् इच्छाम्य अहं श्रोतुं परं कौतु...
...बहुनी दुर्लभाश्चैव ये त्वया कीर्तिता गुणाः भूमि लक्ष्मण यदे कृत्स्ना तैर्युक्तः शक्यता नरः । इक्ष्वाकुवंशप्रभवो रामो...
...दरसु महोषस्को महेष्वासो गूढजतुर अरिंदमः आजानुबाहुः सुशिराः सुललाटः सुविक्रमः सम समविभक्ताङ्गः स्निग्धवर्णः प्रताप...
...जीवलोकस्य धर्मस्य परिरक्षिता वेद्वेदाङ्गतत्त्वज्ञो धनुर्वेदे च निष्ठितः सर्वशास्त्रार्थतत्त्वज्ञो स्मृतिमान्‌ प्रतिभानवान् सर्व...
...ज्ञानन्दर्शनः सु...

धवाश्वकर्णककुभैर बिल्वतिन्दुकपाटलैः संकीर्णं बदरीभिश्च किं नव इदं दारुणं वनम तम उवाच महातेजा विश्वामित्रो महामुनिः श्रूयतां वत्स काकुत्स्थ यस्यैत

第3章 天父ディアウスと地神プリティヴィー

तपःस्वाध्यायनिरतं तपस्वी वाग्विदां वरम नारदं परिपप्रच्छ वाल्मीकिर मुनिपुंगवम को नव अस्मिन साम्प्रतं लोके गुणवान कश च
च कृतज्ञश च सत्यवाक्यो दृढव्रतः चारित्रेण च को युक्तः सर्वभूतेषु को हितः विद्वान कः कः समर्थश च कश चैकप्रियदर्शनः आत
जितक्रोधो मतिमान को ऽनसूयकः कस्य बिभ्यति देवाश च जातरोषस्य संयुगे एतद इच्छाम्य अहं शरोतुं परं कौतूहलं हि मे महर्षे
जञातुम एवंविधं नरम शरुत्वा चैतत तरिलोकज्ञो वाल्मीकेर नारदो वचः शरूयताम इति चामन्त्र्य परहृष्टो वाक्यम अब्रवीत बहवो
तवया कीर्तिता गुणाः मुने वक्ष्याम्य अहं बुद्ध्वा तैर युक्तः शरूयतां नरः इक्ष्वाकुवंशप्रभवो रामो नाम जनैः शरुतः नियतात्मा महा
धृतिमान वशी बुद्धिमान नीतिमान वाग्मी शरीमाञ शत्रुनिबर्हणः विपुलांसो महाबाहुः कम्बुग्रीवो महाहनुः महोरस्को महेष्वासो गूढ
आजानुबाहुः सुशिराः सुललाटः सुविक्रमः समः समविभक्ताङ्गः सनिग्धवर्णः परतापवान पीनवक्षा विशालाक्षो लक्ष्मीवाञ शुभलक्ष
सत्यसंधश च परजानां च हिते रतः यशस्वी जञानसंपन्नः शुचिर वश्यः समाधिमान रक्षिता जीवलोकस्य धर्मस्य परिरक्षिता वेदवेद
धनुर्वेदे च निष्ठितः सर्वशास्त्रार्थतत्त्वज्ञो समृतिमान परतिभानवान सर्वलोकप्रियः साधुर अदीनात्मा विचक्षणः सर्वदाभिगतः सद्भिः स
सिन्धुभिः आर्यः सर्वसमश चैव सदैकप्रियदर्शनः स च सर्वगुणोपेतः कौसल्यानन्दवर्धनः समुद्र इव गाम्भीर्ये धैर्येण हिमवान इव वि
सोमवत परियदर्शनः कालाग्निसदृशः करोधे कषमया पृथिवीसमः धनदेन समस तयागे सत्ये धर्म इवापरः तम एवंगुणसंपन्नं रामं स
जयेष्ठं शरेष्ठगुणैर युक्तं परियं दशरथः सुतम यौवराज्येन संयोक्तुम ऐच्छत परीत्या महीपतिः तस्याभिषेकसंभारान दृष्ट्वा भार्याथ कै
देवी वरम एनम अयाचत विवासनं च रामस्य भरतस्याभिषेचनम स सत्यवचनाद राजा धर्मपाशेन संयतः विवासयाम आस सुतं राम
परियम स जगाम वनं वीरः परतिज्ञाम अनुपालयन पितुर वचननिर्देशात कैकेय्याः परियकारणात तं वरजन्तं परियो भराता लक्ष्मण
सनेहाद विनयसंपन्नः सुमित्रानन्दवर्धनः सर्वलक्षणसंपन्ना नारीणाम उत्तमा वधूः सीताप्य अनुगता रामं शशिनं रोहिणी यथा पौरैर अ
दशरथेन च शृङ्गवेरपुरे सूतं गङ्गाकूले वयसर्जयत ते वनेन वनं गत्वा नदीस तीर्त्वा बहूदकाः चित्रकूटम अनुप्राप्य भरद्वाजस्य शासना
आवसथं कृत्वा रममाणा वने तरयः देवगन्धर्वसंकाशास तत्र ते नयवसन सुखम चित्रकूटं गते रामे पुत्रशोकातुरस तदा राजा दशरथ
विलपन सुतम मृते तु तस्मिन भरतो वसिष्ठप्रमुखैर दविजैः नियुज्यमानो राज्याय नैच्छद राज्यं महाबलः स जगाम वनं वीरो रामपाद
चास्य राज्याय नयासं दत्त्वा पुनः पुनः निवर्तयाम आस ततो भरतं भरताग्रजः स कामम अनवाप्यैव रामपादाव उपस्पृशन नन्दिग्रामे
रामागमनकाङ्क्षया रामस तु पुनर आलक्ष्य नागरस्य जनस्य च तत्रागमनम एकाग्रे दण्डकान परविवेश ह विराधं राक्षसं हत्वा शरभङ्
सुतीक्ष्णं चाप्य अगस्त्यं च अगस्त्य भरातरं तथा अगस्त्यवचनाच चैव जग्राहैन्द्रं शरासनम खड्गं च परमप्रीतस तूणी चाक्षयसायकौ
रामस्य वने वनचरैः सह ऋषयो ऽभयागमन सर्वे वधायासुररक्षसाम तेन तत्रैव वसता जनस्थाननिवासिनी विरूपिता शूर्पणखा राक्षसी
ततः शूर्पणखावाक्याद उद्युक्तान सर्वराक्षसान खरं तरिशिरसं चैव दूषणं चैव राक्षसं निजघान रणे रामस तेषां चैव पदानुगान रक्षसां
आसन सहस्राणि चतुर्दश ततो जञातिवधं शरुत्वा रावणः करोधमूर्छितः सहायं वरयाम आस मारीचं नाम राक्षसं वार्यमाणः सुबहुशो
रावणः न विरोधो बलवता कषमो रावण तेन ते अनादृत्य तु तद वाक्यं रावणः कालचोदितः जगाम सहमारीचस तस्याश्रमपदं तदा ते
दूरम अपवाह्य नृपात्मजौ जहार भार्यां रामस्य गृध्रं हत्वा जटायुषम गृध्रं च निहतं दृष्ट्वा हृतां शरुत्वा च मैथिलीम राघवः शोकसंतप्तो
विललापाकुलेन्द्रियः ततस तेनैव शोकेन गृध्रं दग्ध्वा जटायुषम मार्गमाणो वने सीतां राक्षसं संददर्श ह कबन्धं नाम रूपेण विकृतं घोर
निहत्य महाबाहुर ददाह सवर्गतश च सः स चास्य कथयाम आस शबरीं धर्मचारिणीम शरमणीं धर्मनिपुणाम अभिगच्छेति राघव सो
महातेजाः शबरीं शत्रुसूदनः शबर्या पूजितः सम्यग रामो दशरथात्मजः पम्पातीरे हनुमता संगतो वानरेण ह हनुमद्वचनाच चैव सुग्रीवेण
सुग्रीवाय च तत सर्वं शंसद रामो महाबलः ततो वानरराजेन वैरानुकथनं परति रामायावेदितं सर्वं परणयाद दुःखितेन च वालिनश च
कथयाम आस वानरः परतिज्ञातं च रामेण तदा वालिवधं परति सुग्रीवः शङ्कितश चासीन नित्यं वीर्येण राघवे राघवः परत्ययार्थं तु दुन्
उत्तमम पादाङ्गुष्ठेन चिक्षेप संपूर्णं दशयोजनम बिभेद च पुनः सालान सप्तैकेन महेषुणा गिरिं रसातलं चैव जनयन परत्ययं तदा ततः
तेन विश्वस्तः स महाकपिः किष्किन्धां रामसहितो जगाम च गुहां तदा ततो ऽगर्जद धरिवरः सुग्रीवो हेमपिङ्गलः तेन नादेन महता निर्
ततः सुग्रीववचनाद धत्वा वालिनम आहवे सुग्रीवम एव तद राज्ये राघवः परत्यपादयत स च सर्वान समानीय वानरान वानरर्षभः दि
परस्थापयाम आस दिदृक्षुर जनकात्मजाम ततो गृध्रस्य वचनात संपातेर हनुमान बली शतयोजनविस्तीर्णं पुप्लुवे लवणार्णवम तत्र ल
पुरीं रावणपालिताम ददर्श सीतां धयायन्तीम अशोकवनिकां गताम निवेदयित्वाभिज्ञानं परवृत्तिं च निवेद्य च समाश्वास्य च वैदेहीं मर्द
तोरणम पञ्च सेनाग्रगान हत्वा सप्त मन्त्रिसुतान अपि शूरम अक्षं च निष्पिष्य गरहणं समुपागमत अस्त्रेणोन्मुक्तम आत्मानं जञात्वा पै
मर्षयन राक्षसान वीरो यन्त्रिणस तान यदृच्छया ततो दग्ध्वा पुरीं लङ्काम ऋते सीतां च मैथिलीम रामाय परियम आख्यातुं पुनर आयान

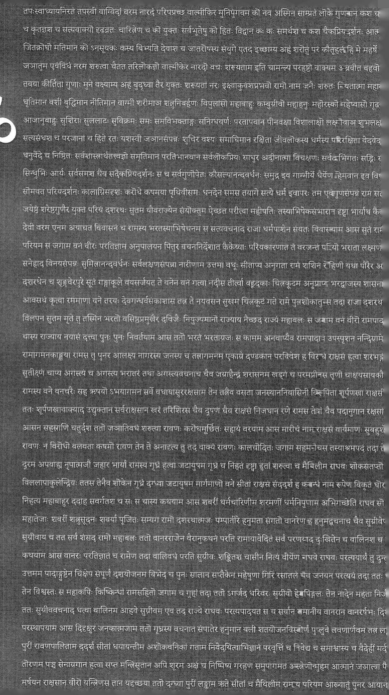

ディアウスはギリシャのゼウス、ローマのディウスにあたり、神が光明なることを暗示する英語 の「デーティイ」という語も、このディウスから来た。そのため「デーティイ」は、よく青空を表すディアゥスピターすなわち「天父」として祈願される。マックス・ミュラーの説によれば、「『十九世紀におけるもっとも重要な人文史上の発見は何か?』と問われれば、次のような簡単な答えで充分である。『サンスクリット語のディアウスピター、ギリシャのゼウスパーター、ローマのジュピター、古代スカンジナビア語のティールが同じ起源だということ』。この言葉にはどのような意味が含まれているか? 我らの祖先とホメロスおよびシセロの祖先とが、まだ分裂していない原始の郷土で、(のちの)インドの人民と、同一国語を話し、そればかりでなく彼らは同じ時代に、同じ信仰をもち、ひとしく天父という意味の同じ名称を使って、同一のすぐれた神を信仰したことを示している。数千年前、すでにアリアン民族は、分裂して四方に遊離し、それぞれ別の国語を話し、それぞれ特殊な領土と哲学を建設した。彼らは寺院をつくり、またこれを他の者にまかせて去った。彼らは歳月を重ねて、ますます善良ですぐれた知恵を得るようになった。しかし、ひとたび最高の存在、人類がもっとも恐るべきものを探究するとき、また恐れと愛と、無限と有限に思いいたったとき、彼らは無限の青空を見つめて、実在の本体を、遠くも近くも感じながら、その祖先の考えた跡をたどるに過ぎない。同一の語を結びつけて、「天にある我

らの父を永久に保った形にして、初期のアリアン民族の祈りの語の「天父」をさらに繰り返すほかない」と。

「天の父」と「地の母」とは、『ヴェーダ』の神々のもっとも古いもので、他の『ヴェーダ』の神々は、これから発生した原始の配神として信仰される。この二神は、ヴェーダ教では、「偉大、賢明で、威力に富むものとされ、この信仰者に対して、幸福を増やし、無限の福利を与えるものだ」と説いてある。二神は万有の創造者で、またその保有者で、一切に対して恩恵と仁慈を施す。二神の組み合わせは詩的に説明されている。ハックスレー曰く、『ヴェーダ』は豊富で荘厳な生活楽に満ち、また戦う人々の世界を、我らの眼前に展開させる。その一節に、『遊戯で雷鳴と日光を歓迎する』と説いた」と。

　素朴な原始民族は、あまねく照らす光明の天は、その下に行き渡らせる豊穣な大地と、抱きあうものと考えた。アイタレア・バラモン教によれば「神は天と地をともに立たせ、それで神々の婚儀を行う」と。ギリシャにおいても同じく、地を「神々の母」「星の輝く天の配妃」と名づけている。

　ウィルキンスは『ヒンドゥー神話』で「インド人がインドに植民して後、まもなく、その信仰において、インドラがだんだんディアウスを超え、新しいこの神の讃美の詩が歌われて、古いディアウスは忘れられた。今、ディアウスはまったく世に知られなくなり、イ

43
देवी और देवताओं ｜第３章　天父ディアウスと地神プリティヴィー

ンドラの信仰ばかりがいちじるしい。しかし『ヴェーダ』には、両者ともに天の神と称せられている」と記している。

この変化は古代インドの宗教思想の変化の、大多数の場合におけるのと同じように、「いる場所」の気候の変化ということで説明できる。すなわち古代アリアン民族の本土である中央アジアでは、日常に経験するものはものさびしい道を吹き荒れる寒風(かんぷう)であるから、「輝く天の光線をもっとも神聖なものとして仰ぎ見た」が、ひとたび住居を暑熱(しょねつ)強いインド平原に移すと、太陽はほとんど堪(た)えがたい熱さで照らすため、彼らはインドラの思いのままの冷たく澄んで、生気を与える雨を、求めるようになった。こうしてディヤウスはなおざりにされ、インドラの威力(いりょく)がこれに代わった。けれどもある期間は、ディヤウスもまた地母崇拝(じぼすうはい)と関連して、その信仰が続いていた。

『ヴィシュヌ・プラーナ』には、地母プリティヴィーの起源の物語が記されている。これによれば、昔、ヴェナーという一人の王がいた。この王は勝手きままで宗教上の義務を怠(おこた)ることいちじるしい人であった。当時の仙人たちは、ついに王の暴虐(ぼうぎゃく)に堪(た)えられず、王を殺害した。すると国が乱れてしまって、不良な統治者もいないよりはよいと感じ、そこで死んだヴェナー王の腿骨(たいこつ)を擦(す)って、黒い矮人(わいじん)を生んだが、王として戴くのはふさわしくないので即位させなかった。ついで死体の右腕を擦(す)って、プリトフーと称する美麗(びれい)な王子を

アラム・グマン象の肖像
Portrait of the Elephant 'Alam Guman
（1640年頃）

देवी और देवताओ ｜第３章　天父ディアウスと地神プリティヴィー

生まれさせ、プリトフーが父に代わって王位に昇った。

その治世中に、はげしい飢饉が国内に起こり、土地の産物が収穫されなかったので、大災厄が世をおおった。王は臣民の苦痛に決意して、「地神を殺してその産物を生じさせる」とまで言い放った。この威嚇を恐れて、地神は牝牛の姿で現れたが、王のために梵天（天の一角）にまで追いやられた。彼女はあまり追いかけられたために疲れて、振り向いて、「この身（地神）を刺そうと企てるのは、女性を殺す罪となることを知らないのですか？」と言った。王の答えはこうであった。「凶悪なものを殺すことで、多くの幸せが得られるなら、加害者の行為は有徳のものである」と。地神はこれを遮って、「もし王が臣民の福祉を考えて、この身を亡ぼしたなら、臣民の食料を誰に求めるのでしょう？」と。

地神は王の命令にしたがうことになり、「（彼女の）乳から出てくるように、すべての農産物を回復させましょう」、「人類の利益のために、牛乳を分泌する子牛を一頭、私（地神）に与えてください」、「乳をつくり、あらゆる植物の種子を播くため、すべての土地を平坦にしなさい」と言った。

王はこの言葉にしたがった。耕地や牧畜も、農業も、また商業の通路も、このとき始まり、すべての文化はプリトフー王の治世中に起こった。こうして土地はならされ、臣民の住所がつくられた。王はヤムブヴァ・マヌから搾乳した牛乳を女神に飲ませ、それを自分

の手に得た。そこから臣民が衣食のもととするすべての穀物と植物が生まれた。

このように地神はプリティヴィーに生命を与えたので、プリトフーはその父のようになり、その名にちなんで地神はプリティヴィーの名を得た。この伝説は、多少の違いはあるけれども、大抵の『プラーナ』に載せられている。ウィルソン教授は、「この話は（人々の求める）乳汁あるいは願いを、それぞれの階級に与える牝牛として、大地を形容した、かんたんな比喩が変形したものだ」と説いている。

大地を人格化したプリティヴィーは、また忍耐の徳も象徴する。ヒンドゥー教の諺では、地神を「最大の寛容の例」として挙げている。鋤で裂かれたり、傷つけられたり、また砕かれながら、恨みも不平も言わず、侮蔑を受けることを甘んじている。実際、地神は悪を善に振り替えるように、もっとも彼女を害する者に、もっとも豊かな恩恵を与える。

地神崇拝は、さまざまな形で表現される。信心深いヒンドゥー教徒は、朝早く床を出るとき、地神に敬意を捧げ、宗教に冷淡な人でさえも、鋤、鍬を手に取るときには、地神に敬意を表する。

またパンジャーブ地方では、牝牛または水牛をはじめて買ったとき、もしくは出産してはじめて授乳するときに、ほとばしり出るはじめの五流は、地の女神に捧げるため、大地に流すことを習わしとする。なお搾乳のたびごとにも、はじめのひと流れは常にこのよう

にする。地神の神聖さを信じることは、北インド一般に行われる。瀕死（ひんし）の人間は、死の瞬間に母なる地神の上に横たえられる。そして同じく生まれるときの母である土は、病気の治療薬と考えられ、また塗り薬として、外傷や切り傷の治療薬として使われ、しかもこのために障害（しょうがい）を生じない。

北インドの某連合教会のかたわらに、半年のあいだは乾燥している一つの池がある。近い村に住む未婚の婦人は、この乾いた池に入って、婚儀（こんぎ）の聖痕（せいこん）および饗宴（きょうえん）の調理に供（そな）えるかまどの材料として、池底の聖土を採る習慣がある。とりあげられた土は、朱色（しゅいろ）に塗られ、キンセンカをあちこちに散らし、土を運ぶ前に祈りを捧げる。土を掘った人が、土を花嫁となる乙女に与え、乙女はこれを受けて、行列を整えて居村（きょそん）に向かって帰る。既婚婦人は、この聖土に触れることさえも許されない。この儀式は、黄昏（たそがれ）の頃に、秘密に行われることを常とする。これは古代の地神崇拝の遺習（いしゅう）と見るべきものである。

第4章 火神アグニ

ॐ

तपःस्वाध्यायनिरतं तपस्वी वाग्विदां वरम् नारदं परिपप्रच्छ वाल्मीकिर्मुनिपुंगवम् को नव अस्मिन साम्प्रतं लोके गुणवान् कश्च च कृतज्ञश्च सत्यवाक्यो दृढव्रतः चारित्रेण च को युक्तः सर्वभूतेषु को हितः विद्वान कः कः समर्थश्च कश्च एकप्रियदर्शनः आत्म जितक्रोधो मतिमान् को अनसूयकः कस्य बिभ्यति देवाश्च जातरोषस्य संयुगे एतद् इच्छाम्यहं श्रोतुं परं कौतूहलं हि मे महर्षे जानातुम् एवंविधं नरम् शरत्वा चैतत् त्रिलोकज्ञो वाल्मीकेर्नारदो वचः श्रूयतामिति चामन्त्र्य प्रहृष्टो वाक्यम् अब्रवीत् बहवो त्वया कीर्तिता गुणाः मुने वक्ष्याम्यहं बुद्ध्वा तैर्युक्तः श्रूयतां नरः इक्ष्वाकुवंशप्रभवो रामो नाम जनैः श्रुतः नियतात्मा महा धृतिमान् वशी बुद्धिमान् नीतिमान् वाग्मी शरीमान् शत्रुनिबर्हणः विपुलांसो महाबाहुः कम्बुग्रीवो महाहनुः महोरस्को महेष्वासो गूढ आजानुबाहुः सुशिराः सुललाटः सुविक्रमः समः समविभक्तांगः स्निग्धवर्णः प्रतापवान् पीनवक्षा विशालाक्षः लक्ष्मीवान् शुभलक्ष सत्यसंधश्च परजनांश्च हिते रतः यशस्वी ज्ञानसंपन्नः शुचिर्वश्यः समाधिमान् रक्षिता जीवलोकस्य धर्मस्य परिरक्षिता वेदवेद धनुर्वेदे च निष्ठितः सर्वशास्त्रार्थतत्त्वज्ञो स्मृतिमान् प्रतिभानवान् सर्वलोकप्रियः साधुर् अदीनात्मा विचक्षणः सर्वाभिगतः सद्भिः स सिन्धुभिः आर्यः सर्वसमश्चैव सदैकप्रियदर्शनः स च सर्वगुणोपेतः कौसल्यानन्दवर्धनः समुद्र इव गाम्भीर्ये धैर्येण हेमवान इव वि सोमवत् प्रियदर्शनः कालाग्निसदृशः क्रोधे क्षमया पृथिवीसमः धनदेन समस्त्यागे सत्ये धर्म इवापरः तम् एवं गुणसंपन्नं रामं स ज्येष्ठं श्रेष्ठगुणैर्युक्तं प्रियं दशरथः सुतम् यौवराज्येन संयोक्तुम् ऐच्छत् प्रीत्या महीपतिः तस्याभिषेकसंभारान् दृष्ट्वा भार्याथ कैक देवी वरम् एनम् अयाचत विवासनं च रामस्य भरतस्याभिषेचनम् स सत्यवचनाद्राजा धर्मपाशेन संयतः विवासनम् आसः सुतं राम परियम् स जगाम वनं वीरः प्रतिज्ञाम् अनुपालयन पितुर्वचननिर्देशात् कैकेय्याः प्रियकारणात् तं व्रजन्तं पश्चियो भरता लक्ष्मणः स्नेहाद्विनयसंपन्नः सुमित्रानन्दवर्धनः सर्वलक्षणसंपन्ना नारीणाम् उत्तमा वधूः सीताप्यनुगता रामं शशिनं रोहिणी यथा पौरैर ऊ दशरथेन च शृङ्गवेरपुरे सुतं गङ्गाकूले व्यसर्जयत् ते वनेन वनं गत्वा नदीस्तीर्त्वा बहूदकाः चित्रकूटम् अनुप्राप्य भरद्वाजस्य शासनात् आवसथं कृत्वा रममाणा वने त्रयः देवगन्धर्वसंकाशास तत्र ते न्यवसन् सुखम् चित्रकूटे गते रामे पुत्रशोकातुरस्तदा राजा दशरथ विलपन् सुतम् स्मृत्वे तु तस्मिन् भरतो वसिष्ठप्रमुखैर्द्विजैः नियुज्यमानो राज्याय नैच्छद् राज्यं महाबलः स जगाम वनं वीरो रामपा चास्य राज्याय न्यासतः दत्ता पुनः पुनर्निवर्त्यमान आसः ततो भरतो भरताग्रजः स कामम् अनवाप्यैव रामपादाव् उपस्पृशन् नन्दिग्रामे रामागमनकांक्षया रामं तु पुनर् आलक्ष्य नागरस्य जनस्य च त्यागगमनम् एकाग्रे दण्डकान् परिविवेश ह विराधं राक्षसं हत्वा शरभङ्ग सुतीक्ष्णं चाप्य् अगस्त्यं च अगस्त्य भ्रातरं तथा अगस्त्यवचनाच्चैव जग्राहेन्द्र शरासनम् खड्गं च परमप्रीतस् तूणी चाक्षयसायकौ रामस्य वने वनचरैः सह ऋषयः अभ्यागमन् सर्वे वधायासुरराक्षसम तेन तत्रैव वसता जनस्थाननिवासिनी विरूपिता शूर्पणखा राक्षसी ततः शूर्पणखावाक्याद् उद्युक्तान् सर्वराक्षसान् खरं त्रिशिरसं चैव दूषणं चैव राक्षसम् निजघान रणे रामस् तेषां चैव पदानुगान् रक्षसां आसन् सहस्राणि चतुर्दश ततो ज्ञातिवधं श्रुत्वा रावणः क्रोधमूर्च्छितः सहाय वारयाम आस मारीचं नाम राक्षसं वार्यमाणः सुबहुशः रावणः न विरोधो बलवता क्षमो रावण तेन तेन् ते अनादृत्य तु तद् वाक्यं रावणः कालचोदितः जगाम सहमरीचस् तस्याश्रमपदं तदा तें दूरम् अपवाह्य नृपात्मजौ जहार भार्यां रामस्य गृध्रं हत्वा जटायुषम् गृध्रं च निहतं दृष्ट्वा हृतां श्रुत्वा च मैथिलीम् राघवः शोकसंतप्तो विलाप आकुलेन्द्रियः ततस् तेनैव शोकेन गृध्रं दग्ध्वा जटायुषम् मार्गमाणो वने सीतां राक्षसं संददर्श ह कबन्धं नाम रूपेण विकृतं घोर निहत्य महाबाहुर् ददाह स्वर्गतश्च सः स चास्य कथयाम आस शबरीं धर्मचारिणीम् श्रमणीं धर्मनिपुणाम् अभिगच्छेति राघव सो महातेजाः शबरीं शत्रुसूदनः शबर्या पूजितः सम्यग् रामो दशरथात्मजः पम्पातीरे हनुमता संगतो वानरेण ह हनुमद्वचनाच्चैव सुग्रीवे सुग्रीवाय च तत् सर्वं शंसद् रामो महाबलः ततो वानरराजेन वैरानुकथनं परति रामायावेदितं सर्वं प्रणयाद् दुःखितेन च वालिनस्य कथयाम आस वानरः प्रतिज्ञातं च रामेण तदा वालिवधं परति सुग्रीवः शंकितश्चासीन् नित्यं वीर्येण राघवः राघवः प्रत्ययार्थं तु दुन् उत्तमं पादाङ्गुष्ठेन चिक्षेप संपूर्णं दशयोजनम् बिभेद च पुनः सालान् सप्तैकेन महेषुणा गिरिं रसातलं चैव जननयन् प्रत्यये तदा ततः तेन विश्वस्तः स महाकपिः किष्किन्धां रामसहितो जगाम च गुहां तदा ततो अगर्जद् धरिवरः सुग्रीवो हेमपिंगलः तेन नादेन महता निज ततः सुग्रीववचनाद् हत्वा वालिनम् आहवे सुग्रीवम् एव तद् राज्ये राघवः प्रत्यपादयत् स च सर्वान् समानीय वानरान् वानरर्षभः दि प्रस्थापयाम आस दिदृक्षुर् जनकात्मजाम् ततो गृध्रस्य वचनात् संपातेर्हनुमान् बली शतयोजनविस्तीर्णं पुप्लुवे लवणार्णवम् तत्र लं पुरीं रावणपालितां ददर्श सीतां ध्यायन्तीम् अशोकवनिकां गताम् निवेद्यित्वाभिज्ञानं प्रवृत्तिं च निवेद्य च समाश्वास्य च वैदेहीं म तोरणं पदा सेनाग्रगान् हत्वा सप्त मन्त्रिसुतान् अपि शूरम् अक्षं च निष्पिष्य ग्रहणं समुपागमत् अस्त्रेणोन्मुक्तम् आत्मानं ज्ञात्वा ते मर्षयन् राक्षसान् वीरो यन्त्रिणस् तान् यदृच्छया ततो दग्ध्वा पुरीं लङ्काम् ऋते सीतां च मैथिलीम् रामाय प्रियम् आख्यातुं पुनर् आयात

『ヴェーダ』の詩篇中、雨を司る神インドラをのぞけば、火神アグニを歌ったものが他の神よりも多いが、これにはいくつかの理由がある。火は人類の生活上必要なもので、火で食物を調理し、夜は火のはたらきを借りてすべての仕事を営むことができる。また闇を広げようとする悪魔は火によってその威力を奪い取られる。

　現代インドの民度の高くない諸民族の場合と同じく、古代でも、火の起源について、常に神秘的な伝説があった。あるとき二個の木片を摩擦して、火神アグニがつくり出された。この神はまた堅い岩石からも生まれると言われる。人為をこえた不思議なアグニ神について、広く知れわたる神話が起こったのは驚くに足りない。遠い昔には、『ヴェーダ』の詩篇で、火神を、光と熱の神と同一視していた。祭壇の聖火にも、窯の火にも存する暖気のなかにも、また夜明けや、太陽や、太陽の背後にある光明の世界にもアグニは存在する。こうしてアグニは三通りの姿を見せ、天にあっては太陽となり、空中では光となり、地上においては通常使う火として現れる。

　キルキンスの説によれば、古い『ヴェーダ』の詩篇には、アグニに関する興味深い箇所があるという。「アグニの神の住処は、二個の木片のあいだにあって、その生命は乾いた枯れ木の材料から生まれるという点が記されている。さらに不思議なことに、アグニが子として生まれるとすぐに、早くも『(彼に生命を与えた親である) 木材を食いつくそう』

とはじめることである。彼の出生と同じく、その成長は実に驚くべきものである。アグニを育てる力のないその母は、彼が成長したときには、彼に破壊されてしまうと、『ヴェーダ』の詩句に歌われている」と。

やがてアグニは、偉大な力を得て、もろもろの神たちはその栄光をアグニに与え、そして永久不滅の力がアグニに送られた。アグニの神聖な閃光は、万物のなかに潜み、死んだものを復活させる能力を具えている。アグニ神は永遠不滅のものとして、有限の命をもつ人類とともに居住する。家庭に属するバラモン僧は、夜明けに先だって起き、明け方の光の下に、炉のなかに火をつけるとともに、一家の人々はその周りに団らんして、聖僧として、また友として、火の神アグニに敬愛の意を捧げる。人々の住処では、賓客としてあつかわれ、有形の神としてアグニを待遇する。

まず聖火に点火するものはアグニの神であり、災は上へ燃え広がって供物と犠牲となった生きものを神々のもとに運ぶから、アグニは「人と神々の媒介者」とも呼ばれる。黄昏の闇の深くなるときには、アグニのみが夜の恐怖を払う地上に残る唯一の力である。荘厳な光線が輝けば、人々の胸には勇ましい心が回復される。アグニが救済のために出現した際には、いかなる力が闇の悪魔の上を覆うか。

インド最古の詩である『リグ・ヴェーダ』の歌頌のなかに、アグニを歌った一節がある。

51
देवी और देवताओं ｜第 4 章　火神アグニ

曰く、「最高の聖者、神および犠牲の主宰者、富のもっとも豊かな者アグニを讃美する。アグニの徳は古の預言者のように、現在の人にも称賛される価値がある。アグニはこの土に神々を誘致する。この神によって人類は、富と豊穣を毎日得る。アグニに包まれ、完備された供物は、神々のもとまで捧げられる。賢明な御心の司祭者で、しかも光栄に富むアグニの神は、ここで神々とともに来て集まるだろう。アグニの神は、その信者にいかなる幸運を与えようとするか。夜の駆逐者でもあるアグニは、毎日の祈りとともに信仰を捧げる供物の司宰者、永久法則の擁護者、輝くもの、自らのあるところに増大するもの。父の子におけるように、我らに近づきやすくせよ。我らの幸福のために、我らとともにあれ」と。

現在にいたっても、インド人は厳粛さが求められるときに、アグニの出現を祈願する。花嫁は聖火をまわって歩き、死者はこの恐るべき元素（火）に委ねられる。聖供としてアグニに捧げられるものは、上質なバターである。バターのために炎がますます高くあがるとき、神々はその供物を受けとり、これによって燃え立つ献供も受用し、満足すると伝えられる。

ブラフマーとアグニは、神々の二つの口に喩えられる。アグニは『ヴェーダ経典』では天および地の子であり、ならびにインドラと双子の兄弟であったが、後の時代になると、そのすぐれた徳を失った。『マハーバーラタ』に挙げられた理由によれば、アグニは供物

を食べ過ぎたために、ついにその力を消耗したという。そこで彼はカーンダヴァの全森林を食いつくして、傷ついた健康を回復しようとしたという。この企ては長らくインドラのために妨げられたが、ついにクリシュナの力を借りて成功した。

インドにはなお火天バラモンという者がいて、『ヴェーダ』の儀式にしたがって、天の恵みを求めるための献供を行う。木材を打ち擦って新しい火を取る方法は、供物に溶けたバターを加えた渦巻く炎から、アグニが新しい生命を得るものとなっている。

アグニは肥満した姿で描かれ、肌は赤く、二つの顔をもち、頭髪は赤黄褐色をおびている。腕は七本、足は三本で、牡羊に乗り、その旗章にも同じ動物が示されている。それぞれの口からフォーク状の舌もしくは火炎を出し、これで献供のバターをなめつくす。

このような特質は、いずれも意味があり、二つの顔は「太陽熱」と「地球熱」という二種の火、あるいは「創造的の熱」と「破壊的の炎」を象徴し、三本の足はブラフマーの三種の聖火である「婚姻」、「祭儀」および「献供」の火を示すものか。また「太陽」、「光」および「祭式の汚れのない火」という三様式で示す宇宙の三部分、すなわち「天界」、「地上」ならびに「冥界」を統治するためにアグニの威力を象徴したものであろう。七本腕は、スーリヤが七頭の馬をもつのと同じで、プリズムで分解された光線の七色を示す。または火の透明性が宇宙に遍在する力を表すとも考えられる。

要するに神秘的現象を解釈するには、三もしくは七の数がもちいられるのが常である。ヒンドゥー、ゼウス、イスラム教徒およびキリスト教の国民は、いずれも七の数をもちいるが、仏教徒のみは、八という偶数を基本的に採用している。

第5章 太陽神スーリヤ、サヴィトリ

तप स्वाध्यायनिरतं तपस्वी वाग्विदां वरम् नारद परिपप्रच्छ वाल्मीकिर मुनिपुङ्गवम् को नु अस्मिन् साम्प्रतं लोके गुणवान् कश्च कृतज्ञश्च सत्यवाक्यो दृढव्रतः चारित्रेण च को युक्तः सर्वभूतेषु को हितः विद्वान् कः समर्थश्च कश्चैकप्रियदर्शनः आत्मजित्क्रोधो मतिमान् को अनसूयकः कस्य बिभ्यति देवाश्च जातरोषस्य संयुगे एतद् इच्छाय् अहं श्रोतुं परं कौतूहलं हि मे महर्षे ज्ञातुम् एवंविधं नरम् शक्तस्त्वं चैतत् तत्रिलोक्ज्ञो वाल्मीकेर नारदो वचः श्रूयताम् इति चामन्त्र्य प्रहृष्टो वाक्यम् अब्रवीत् बहवो तवया कीर्तिता गुणाः मुने वक्ष्याम्यहं बुद्ध्वा तैर युक्तः श्रूयतां नरः इक्ष्वाकुवंशप्रभवो रामो नाम जनैः श्रुतः नियतात्मा महा
धृतिमान् वशी बुद्धिमान् नीतिमान् वाग्मी श्रीमाञ शत्रुनिबर्हणः विपुलांसो महाबाहुः कम्बुग्रीवो महाहनुः महोरस्को महेष्वासो गूढ
आजानुबाहुः सुशिराः सुललाटः सुविक्रमः समः समविभक्ताङ्गः स्निग्धवर्णः परतापवान् पीनवक्षा विशालाक्षो लक्ष्मीवाञ् शुभलक्षणः
सत्यसंगधश्च परजाश्च हिते रतः यशस्वी ज्ञानसंपन्नः शुचिर वश्यः समाधिमान् रक्षिता जीवलोकस्य धर्मस्य परिरक्षिता वेदवेद्
धनुर्वेदे च निष्ठितः सर्वशास्त्रार्थतत्त्वज्ञो स्मृतिमान् प्रतिभानवान् सर्वलोकप्रियः साधुर अदीनात्मा विचक्षणः सर्वदाभिगतः सद्भि र
सिन्धुभिः आर्यः सर्वसमश्चैव सदैकप्रियदर्शनः स च सर्वगुणोपेतः कौसल्यानन्दवर्धनः समुद्र इव गाम्भीर्ये धैर्येण हिमवान् इव वि
सोमवत् परियदर्शनः कालाग्निसदृशः क्रोधे क्षमया पृथिवीसमः धनदेन समस् त्यागे सत्ये धर्म इवापरः तम् एवंगुणसंपन्नम् रामं स
ज्येष्ठं श्रेष्ठगुणैर युक्तं परियं दशरथः सुतम् यौवराज्येन संयोक्तुम् ऐच्छत् परीत्या महीपतिः तस्याभिषेकसंभारान दृष्ट्वा भार्यार्थ कैक
देवी वरम् एनम् अयाचत विवासनं च रामस्य भरतस्याभिषेचनम् स सत्यवचनाद् राजा धर्मपाशेन संयतः विवासयाम् आस सुतं रा
परियम् स जगाम वनं वीरः प्रतिज्ञाम् अनुपालयन् पितुर वचननिर्देशात् कैकेय्याः परियकारणात् तं व्रजन्तं परियो भराता लक्ष्मणो
स्नेहाद् विनयसंपन्नः सुमित्रानन्दवर्धनः सर्वलक्षणसंपन्ना नारीणाम् उत्तमा वधूः सीताप्यनुगता रामे शशिने रोहिणी यथा पौरैर अ
दशरथेन च शृङ्गवेरपुरे सुतं गङ्गाकुले व्यसर्जयत् ते वनेन वनं गत्वा नदीस् तीर्त्वा बहूदकाः चित्रकूटम् अनुप्राप्य भरद्वाजस्य शासना
आवसथं कृत्वा रममाणा वने त्रयः देवगन्धर्वसंकाशास् तत्र ते न्यवसन् सुखम् चित्रकूटं गते रामे पुत्रशोकातुरस्तदा राजा दशरथ
विलपन् सुतम् स्मृतेर्ति तस्मिन् भरतो वसिष्ठप्रमुखैर द्विजैः नियुज्यमानो राज्याय नैच्छद् राज्य महाबलः स जगाम वनं वीरो रामपा
चार्य राज्याय न्यासे दत्त्वा पुनः पुनः निवर्तयाम् आस ततो भरतं भरताग्रजः स कामम् अनवाप्यैव रामपादाव् उपस्पृशन् नन्दिग्रामे
रामागमनकाङ्क्षया रामस्य तु पुनर् आलक्ष्य नागरस्य जनस्य च तत्रागमनम् एकाग्रो दण्डकान् परिविवेश ह विराधं राक्षसं हत्वा शरभङ्
सुतीक्ष्णं चाप्य गस्त्यं च अगस्त्यभ्रातरं तथा अगस्त्यवचनाच्चैव जग्राहैन्द्रं शरासनम् खड्गं च परमप्रीतस् तूणी चाक्षयसायकौ
रामस्य वनेवसतः सह र्षयैः अभ्यागमन् सर्वे वधायासुरराक्षसाम् तेन तत्रैव वसता जनस्थाननिवासिनी विकृता शूर्पणखा राक्षसी
ततः शूर्पणखावाक्याद् उद्युक्तान् सर्वराक्षसान् खरं त्रिशिरसं चैव दूषणं चैव राक्षसम् निजघान रणे रामस् तेषां चैव पदानुगान् रक्षसा
आसन् सहस्राणि चतुर्दश ततो ज्ञातिवधं श्रुत्वा रावणः क्रोधमूर्छितः सहाय वरयाम् आस मारीचं नाम राक्षसम् वार्यमाणः सुबहुर्श
रावणः न विरोधो बलवता क्षमम् रावण तेन ते न अनाद्य्तु तद् वाक्यम् रावणः कालचोदितः जगाम सहमारीचस् तस्याश्रमपदं तदा ते
दूरम् अपवाह्य नृपात्मजौ जहार भार्याम् रामस्य गृध्रं हत्वा जटायुषम् गृध्रं च निहतं दृष्ट्वा हृतां श्रुत्वा च मैथिलीम् राघवः शोकसंतप्तो
विललापाकुलेन्द्रियः ततस् तेनैव शोकेन गृध्रं दग्ध्वा जटायुषम् मार्गमाणो वने सीतां राक्षसं संददर्शं ह कबन्धं नाम रूपेण विकृतं घोर
निहत्य महाबाहुर् ददाह स्वर्गतश्च सः स चास्य कथयाम् आस शबरीं धर्मचारिणीम् शरमणीं धर्मनिपुणाम् अभिगच्छेति राघव सो
महातेजाः शबरीं शत्रुसूदनः शबर्या पूजितः सम्यग् रामो दशरथात्मजः पम्पातीरे हनुमता संगतो वानरेण ह हनुमद्वचनाच्चैव सुग्रीवे
सुग्रीवाय च तत् सर्वं शंसद् रामो महाबलः ततो वानरराजेन वैरानुकथनं प्रति रामायावेदितं सर्वं प्रणयाद् दुःखितेन च वालिनस्त
कथयाम् आस वानरः प्रतिज्ञातं च रामेण तदा वालिवधं प्रति सुग्रीवः शङ्कितश्चासीन् नित्यं वीर्येण राघवे राघवं नघवंः प्रत्ययार्थं तु
उत्तमम् पादाङ्गुष्ठेन चिक्षेप संपूर्णं दशयोजनम् विभेद च पुनः सालान् सप्तैकेन महेष्वणा गिरिं रसातलं चैव जनयन् प्रत्ययं तदा त
तेन विश्वस्तः स महाकपिः किष्किन्धां रामसहितो जगाम च गुहां तदा ततो अगर्जद् धरिवरः सुग्रीवो हेमपिङ्गलः तेन नादेन महता निज
ततः सुग्रीववचनाद् धत्वा वालिनम् आहवे सुग्रीवम् एव तद् राज्ये राघवः परत्यपादयत् स च सर्वान् समानीय वानरान् वानरर्षभः दिश
प्रस्थापयाम् आस दिद्दक्षुर जनकात्मजाम् ततो गृध्रस्य वचनात् संपातेर हनुमान् बली शतयोजनविस्तीर्णं पुप्लुवे लवणार्णवम् तत्र ल
पुरीं रावणपालिताम् दर्दर्श सीतां ध्यायन्तीम् अशोकवनिकां गताम् निवेदयित्वाभिज्ञानं परवृत्तिं च निवेद्य च समाश्वास्य च वैदेहीं
तोरणम् पद्य सेनाग्रान् हत्वा सप्त मन्त्रिसुतान् अपि शूरम् अक्षं च निष्पिष्य गरहणं समुपागमत् अस्त्रेणोन्मुक्तम् आत्मानं ज्ञात्वा
मर्षयन् राक्षसान् वीरो यन्त्रिणस् तान् यदृच्छया ततो दग्ध्वा पुरीं लङ्काम् ऋते सीतां च मैथिलीम् रामाय प्रियम् आख्यातुं पुनर् आयात

太陽神はいくつかの名称をもち、『ヴェーダ』では、ここに掲げる二つの名を共用している。太陽が、その崇拝者に見られるときはスーリヤの名で呼ばれ、隠れている場合にはサヴィトリと名づけるという考えかたがある。『ヴェーダ』でサヴィトリに与えられている性格によれば、これはその威力を輝かせる場合の太陽であって、スーリヤとは毎日、出没する太陽を指す名称と考えるのが普通であるらしい。サヴィトリは目も、手も、舌も金色で、紅色で足の白い牝馬七頭に牽かれる馬車に乗って、天界を進み、朝、金色の長い腕を挙げて、いきいきとして敏捷になったとき、万物の眠りを呼び覚まし、これに活力を注ぎ込む。やがて日没になれば、これらを眠りに埋め去るのである。

太陽神スーリヤは、『ヴェーダ』における三大神の一つで、火神アグニおよび風神ヴァーユとともに、最古のヒンドゥーの三体をなす。太陽は光と熱の源泉であり、それぞれのものが生命の君主と考えられたために、古くは「諸生物の君主」という名称で呼ばれた。太陽神は、天父ディヤウスピターの子息と言われ、その一族はいずれも優秀な神である。オーロラはその娘であり、神々の御者および侍医である若く美麗な子のアシュヴィンは、牝馬の形となって逃れ去ったスーリヤの妃サンジュニャーの双子の子で、アシュヴィン双神は三輪車に座って、日々、世界を周遊する。

太陽を歌った『ヴェーダ』の歌の一節を挙げると、「人々が偉大、完全な神と眺める太陽に、

テラスでくつろぐ女性
Lady on a Terrace
（18世紀）

高く導く使者にも似た暁の光を見よ。太陽の光線が、すべてを見渡す目の出現する前には、星は夜の伴侶とともに、盗みをする者のように畏縮する。こうして太陽の光は輝く炎のように、もろもろの国民を照らしていく。スーリヤは、火の色をした全身の毛をもち、七頭の紅色の牝馬は突進する車両を保つ。これらとともに自らつなぎとめた駿馬と、馬車上の七人の娘はさらに進んでいく。この低い陰鬱の境を脱して、我らは光明の世界へ、その輝く天体へと登っていくであろう。神々のなかでもっともすぐれた神こそ太陽である」と。

スーリヤの妃サンジュニャーは、ヒンドゥーの火神ヴィシュヴァカルマの娘である。その三子の一人は、死の審判者ヤマであるが、妃は数年間、同棲の後に、天神の輝きと栄光にまったく抑圧され、ついに夫と別れて、「影の神」チャーヤを自分に代わらせて、自らは父の家に帰っていった。スーリヤがチャーヤとのあいだにもうけた二人の子息は、「黎明」と「黄昏」の薄明かりである。父はサンジュニャーが夫を見棄てたことをひとたびは叱責したが、道理ある訴えを聞くと、父はその帯紐に発光体を伝え、足をのぞいてすべての部分を飾った。彼が光輝の八分一を切り去った。この切り去られた断片が、地に落ちて伝播し、ヴィシュヴァカルマはこの断片からヴィシュヌの円盤、シヴァの三叉の戟、軍神スカンダの槍、および財神クベーラの武器をつくった。ついでサンジュニャーは、光栄に過ぎる夫スーリヤのもとに帰ることを願うようになった。

マックス・ミュラーは、太陽神がだんだんと発展して、最上位に進んだ経路を、きわめて明らかに説いている。そして太陽はヒンドゥー教徒の偉大なる神々の一つとして、今も信仰されている。その要約を記してみると、「はじめは単に太陽光線として見ていたものが、毎朝、人を眠りから覚まし、ただ人類のみならず、全自然界に新しい生命を与えるように感じ、『日常の生命を与える者』と呼ばれた。さらに進んで、単に日々の光線と生命を与えるにとどまらず、一般の『光と命の供給者』になった。光は一日のはじめだけでなく、創造のはじめでもあった。ついで単に『光と生命の供給者』であった太陽は創造者となり、やがてまた全世界の主宰者（しゅさいしゃ）となった。第三段階に、太陽は夜の恐ろしい暗黒を駆逐（くちく）し、また土地を豊穣（ほうじょう）にさせるため、すべての生物にとって親切な保護者だと考えられた。もっとも発達した思想においては、太陽は万事を見、万事を知るために、ただ太陽のみが知る罪業（ざいごう）を許してもらう祈願を、人は捧げるようになった」と。

中世時代になって、シャンカラの時代に、独特の神として太陽を信仰した多数の輩がいた。これらを分類して次の六派とする。

（一）朝日をブラフマーと同一視して信仰する流派。

（二）日中の太陽をシヴァと同一視して信仰する流派。

(三) 夕陽をヴィシュヌと同一視して信仰する流派。

(四) 前述の三状態における太陽をトリムルティ（三体顕現）と同一視して信仰する流派。

(五) 金色の頭髪、あごと頬のひげをもつ人体を現す物質的存在物として太陽を信仰する流派。この派の篤信者は、朝、太陽の昇るのを見ないうちは、食事を取らない慣習である。

(六) 心中に浮かぶ太陽の影像を信仰する流派。この派の信徒は絶えず太陽に対する仲介の位置に立ち、各自の額、腕および胸に、太陽の図形を印とする習慣がある。

ある説によれば、「アクバル帝は、イスラム教徒ではあったが、太陽信仰のある特殊な形式を領土内に広め、毎日四回、すなわち朝、正午、夕暮れ、夜中に太陽を礼拝することをその臣民に命じた。皇帝はまた太陽のサンスクリット名一〇〇一種を集めて、日々太陽に向かって礼拝しつつ、これらの名称を誦した。そして両耳の上部を捕らえて、すみやかに振り回って、拳で耳たぶを打つ習わしであった。また真夜中、楽隊に命じて演奏をさせた」。

太陽崇拝は多くの世紀にわたって続けられ、現代までおよんでいる。太陽の信仰に関する寺院や偶像は、今ではほとんど存在しないが、敬虔なインド人は、朝日が姿を現すときには、片脚で立ち、顔を東に向わせ、『ヴェーダ』中のもっとも神聖な経文であるガヤトリー

を口誦する。

近頃では、太陽はこれを領有するスーラシュナーラヤンまたはナーラーヤン（あるいはヴィシュヌ）の名の下に、広く郷土神となった。風の寒い冬の朝、目覚めるとき、夜明けの光が東の空に広がるなか、スーラシュナーラヤンを唱える声を聞くであろう。ナーラーヤン崇拝の一例を挙げると、北インドの多くの村民は、日曜日には決して塩を口にせず、またその日にはバター製造にもちいる牛乳の販売をせず、ただバラモンに差し出す米菓子をつくる材料に供するのみである。そうして太陽に連れそう思いで、寺廟を巡礼する慣例が行われる。新郎新婦の結婚式場では、聖火の周囲をまわるのも太陽の進む方向にしたがう。ヒンドゥーの花嫁は、結婚の翌朝、朝日に敬礼するために連れ出される。このとき、太陽の光を浴びた花嫁は、実に幸福であると言われる。

ニムバーラクと称する特殊な太陽崇拝の一派では、その名称の示す通り、ニーム樹における太陽を信仰する。この信仰の由来は次のように伝えられている。この派の創設者が、一人のバラモン僧を会食に招いて、その用意を整えたが、不幸にも太陽がまさに没しようとする頃になって賓客を招くことになった。遅くに招かれた仙人は、日没後の食事を師から禁じられているために、やむを得ず、「この招宴を辞さなければならない」と考えた。しかし、宴主の切なる望みを受けいれて、その下にもてなしの準備があるニームの梢にま

61
देवी और देवताओ ｜第５章　太陽神スーリヤ、サヴィトリ

で傾いた夕日は、宴席が終わるまで、その輝きを続けた。

太陽はその車を下りて、人間の姿を現し、地上に降って、その子孫を残しておいたと信じられている。古代のアヨーディヤー王族は太陽を祖先とし、偉大な英雄神ラーマは太陽の化身（けしん）である。大昔からの王族であるウダイプル・ラージプートの一族は太陽の直系であるとして、そこではとくに太陽信仰が盛んである。ウダイプルでは、主要な門にも、宮殿の主な部屋にも、宝蓋（ほうがい）にも、太陽神像を刻んであって、この伝説の信仰の多くの標識を見ることができる。

第6章 全能の宇宙主神ヴァルナ

तपःस्वाध्यायनिरतं तपस्वी वाग्विदां वरम नारदं परिपप्रच्छ वाल्मीकिर मुनिपुंगवम को नव अस्मिन साम्प्रतं लोके गुणवान कश च
च कृतज्ञश च सत्यवाक्यो दृढव्रतः चारित्रेण च को युक्तः सर्वभूतेषु को हितः विद्वान कः कः समर्थश च कश चैकप्रियदर्शनः आत
जितक्रोधो मतिमान को ऽनसूयकः कस्य बिभ्यति देवाश च जातरोषस्य संयुगे एतद इच्छाम्य अहं शरोतुं परं कौतूहलं हि मे महर्षे
जञातुम एवंविधं नरम शरुत्वा चैतत तरिलोकज्ञो वाल्मीकेर नारदो वचः शरूयताम इति चामन्त्र्य परहृष्टो वाक्यम अब्रवीत बहवो
तवया कीर्तिता गुणाः मुने वक्ष्याम्य अहं बुद्ध्वा तैर युक्तः शरूयतां नरः इक्ष्वाकुवंशप्रभवो रामो नाम जनैः शरुतः नियतात्मा महा
धृतिमान वशी बुद्धिमान नीतिमान वाग्मी शरीमाञ शत्रुनिबर्हणः विपुलांसो महाबाहुः कम्बुग्रीवो महाहनुः महोरस्को महेष्वासो गूढ
आजानुबाहुः सुशिराः सुललाटः सुविक्रमः समः समविभक्ताङ्गः सनिग्धवर्णः परतापवान पीनवक्षा विशालाक्षो लक्ष्मीवाञ शुभलक्ष
सत्यसंधश च परजानां च हिते रतः यशस्वी जञानसंपन्नः शुचिर वश्यः समाधिमान रक्षिता जीवलोकस्य धर्मस्य परिरक्षिता वेदवेद
धनुर्वेदे च निष्ठितः सर्वशास्त्रार्थतत्त्वज्ञो समृतिमान परतिभानवान सर्वलोकप्रियः साधुर अदीनात्मा विचक्षणः सर्वदाभिगतः सद्भिः स
सिन्धुभिः आर्यः सर्वसमश चैव सदैकप्रियदर्शनः स च सर्वगुणोपेतः कौसल्यानन्दवर्धनः समुद्र इव गाम्भीर्ये धैर्येण हिमवान इव विष्
सोमवत परियदर्शनः कालाग्निसदृशः करोधे कषमया पृथिवीसमः धनदेन समस तयागे सत्ये धर्म इवापरः तम एवंगुणसंपन्नं रामं सत
जयेष्ठं शरेष्ठगुणैर युक्तं परियं दशरथः सुतम यौवराज्येन संयोक्तुम ऐच्छत परीत्या महीपतिः तस्याभिषेकसंभारान दृष्ट्वा भार्याथ कैक
देवी वरम एनम अयाचत विवासनं च रामस्य भरतस्याभिषेचनम स सत्यवचनाद राजा धर्मपाशेन संयतः विवासयाम आस सुतं राम
परियम स जगाम वनं वीरः परतिज्ञाम अनुपालयन पितुर वचननिर्देशात कैकेय्याः परियकारणात तं वरजन्तं परियो भराता लक्ष्मणो
सनेहाद विनयसंपन्नः सुमित्रानन्दवर्धनः सर्वलक्षणसंपन्ना नारीणाम उत्तमा वधूः सीताप्य अनुगता रामं शशिनं रोहिणी यथा पौरैर अ
दशरथेन च शृङ्गवेरपुरे सूतं गङ्गाकूले वयसर्जयत ते वनेन वनं गत्वा नदीस तीर्त्वा बहूदकाः चित्रकूटम अनुप्राप्य भरद्वाजस्य शासन
आवसथं कृत्वा रममाणा वने तरयः देवगन्धर्वसंकाशास तत्र ते नयवसन सुखम चित्रकूटं गते रामे पुत्रशोकातुरस तदा राजा दशरथ
विलपन सुतम मृते तु तस्मिन भरतो वसिष्ठप्रमुखैर दविजैः नियुज्यमानो राज्याय नैच्छद राज्यं महाबलः स जगाम वनं वीरो रामपाद
चास्य राज्याय नयासं दत्त्वा पुनः पुनः निवर्तयाम आस ततो भरतं भरताग्रजः स कामम अनवाप्यैव रामपादाव उपस्पृशन नन्दिग्रामे
रामागमनकाङ्क्षया रामस तु पुनर आलक्ष्य नागरस्य जनस्य च तत्रागमनम एकाग्रे दण्डकान परविवेश ह विराधं राक्षसं हत्वा शरभङ्
सुतीक्ष्णं चाप्य अगस्त्यं च अगस्त्य भरातरं तथा अगस्त्यवचनाच चैव जग्राहैन्द्रं शरासनम खड्गं च परमप्रीतस तूणी चाक्षयसायकौ
रामस्य वने वनचरैः सह ऋषयो ऽभयागमन सर्वे वधायासुररक्षसाम तेन तत्रैव वसता जनस्थाननिवासिनी विरूपिता शूर्पणखा राक्षसी
ततः शूर्पणखावाक्याद उद्युक्तान सर्वराक्षसान खरं तरिशिरसं चैव दूषणं चैव राक्षसं निजघान रणे रामस तेषां चैव पदानुगान रक्षसां
आसन सहस्राणि चतुर्दश ततो जञातिवधं शरुत्वा रावणः करोधमूर्छितः सहायं वरयाम आस मारीचं नाम राक्षसं वार्यमाणः सुबहुश
रावणः न विरोधो बलवता कषमो रावण तेन ते अनादृत्य तु तद वाक्यं रावणः कालचोदितः जगाम सहमरीचस तस्याश्रमपदं तदा तै
दूरम अपवाह्य नृपात्मजौ जहार भार्यां रामस्य गृध्रं हत्वा जटायुषम गृध्रं च निहतं दृष्ट्वा हृतां शरुत्वा च मैथिलीम राघवः शोकसंतप्तो
विललापाकुलेन्द्रियः ततस तेनैव शोकेन गृध्रं दग्ध्वा जटायुषम मार्गमाणो वने सीतां राक्षसं संददर्श ह कबन्धं नाम रूपेण विकृतं घोर
निहत्य महाबाहुर ददाह सवर्गतश च सः स चास्य कथयाम आस शबरीं धर्मचारिणीम शरमणीं धर्मनिपुणाम अभिगच्छेति राघव सो
महातेजाः शबरीं शत्रुसूदनः शबर्या पूजितः सम्यग रामो दशरथात्मजः पम्पातीरे हनुमता संगतो वानरेण ह हनुमद्वचनाच चैव सुग्रीवे
सुग्रीवाय च तत सर्वं शंसद रामो महाबलः ततो वानरराजेन वैरानुकथनं परति रामायावेदितं सर्वं परणयाद दुःखितेन च वालिनश च
कथयाम आस वानरः परतिज्ञातं च रामेण तदा वालिवधं परति सुग्रीवः शङ्कितश चासीन नित्यं वीर्येण राघवे राघवः परत्ययार्थं तु दुन्
उत्तमम पादाङ्गुष्ठेन चिक्षेप संपूर्णं दशयोजनम बिभेद च पुनः सालान सप्तैकेन महेषुणा गिरिं रसातलं चैव जनयन परत्ययं तदा ततः
तेन विश्वस्तः स महाकपिः किष्किन्धां रामसहितो जगाम च गुहां तदा ततो ऽगर्जद धरिवरः सुग्रीवो हेमपिङ्गलः तेन नादेन महता निर्ज
ततः सुग्रीववचनाद धत्वा वालिनम आहवे सुग्रीवम एव तद राज्ये राघवः परत्यपादयत स च सर्वान समानीय वानरान वानरर्षभः दि
परस्थापयाम आस दिदृक्षुर जनकात्मजाम ततो गृध्रस्य वचनात संपातेर हनुमान बली शतयोजनविस्तीर्णं पुप्लुवे लवणार्णवम तत्र ल
पुरीं रावणपालिताम ददर्श सीतां धयायन्तीम अशोकवनिकां गताम निवेदयित्वाभिज्ञानं परवृत्तिं च निवेद्य च समाश्वास्य च वैदेहीं मर्द
तोरणम पञ्च सेनाग्रगान हत्वा सप्त मन्त्रिसुतान अपि शूरम अक्षं च निष्पिष्य गरहणं समुपागमत अस्त्रेणोन्मुक्तम आत्मानं जञात्वा पै
मर्षयन राक्षसान वीरो यन्त्रिणस तान यदृच्छया ततो दग्ध्वा पुरीं लङ्काम ऋते सीतां च मैथिलीम रामाय परियम आख्यातुं पुनर आयान

ここにマックス・ミュラーの説く一節を引用すれば、曰く、「天空の神ヴァルナはヒンドゥー思想の創造したもののなか、もっとも興味深いものの一つで、頭上に星がしきりに光り輝く大空が広がり、物質的な感じがありながらも、その容姿は、他のヴェーダの神のいずれよりも完全に純化され、そして全世界を監督し、悪事をはたらく者を罰し、かつ懺悔でその罪を許す神として、我らの前に現れる」と。『リグ・ヴェーダ』は、天空の神ヴァルナを最上位に配している。この神は、宇宙を人格化し、すべての自然界および存在を包容すると考える。無限を現す抽象的、神秘的な創造物であるアディティの子であって、神聖、不滅で永遠の存在アーディティヤ神群の主なものである。この偉大な母神には、十二の子供がいる。ヴァルナ、ミトラ、ダクシャ、インドラ、サヴィトリおよびスーリヤなどである。

ヴァルナの名に関してサンスクリット語とギリシャ語を比較すれば、この神は最古のアリアンの神々の一つで、民族分裂以前には、ギリシャとアリアンの両民族にひとしく信仰されていたことが知られる。この時代、ヴァルナは宇宙最高の神であった。神秘的存在、神秘的威力そして神秘の知識は、すべてこの神のものだった。ミュラーの説では、「この神は天で太陽を輝かせ、風はその呼吸であり、ヴァルナの意のままに河流は流れ、深い海もつくる。その命令は確実で、非難できない。ヴァルナの動作によって、月は光を敵って

歩み、星は夜の空に現れ、日光の下にその光のすじを収める。空を翔ける鳥、休みなく流れる河川は、自らこの神の威力を知ることはできないが、神は天空に鳥の飛ぶこと、はるかに流れただよう風の行く方向、大洋を進む船の航程を知り、過去と将来のあらゆる秘密の出来事を見破り、人間の真実と虚偽も見分ける」と。

実に、全知はこの神の顕著な属性である。太陽と無数の星は神の目であって、闇でも覆うことのできない地球上のすべての事象を観察している。晴れ渡った空の遥かな天の神でありながら、また我らとも疎遠なものではない。「青空から降りきたその観察者は、この世界にあまねく満ち、油断のないあまたの目は、地球の果てまでも届いて、ヴァルナの目の前には一つも包み隠されるものはなく、人類の目から秘密の瞬きを数えて、この宇宙の構成を支配する」と。

『ヴェーダ』には、ヴァルナのこれらの属性よりもさらに高尚な属性が記載してある。ヴァルナに付いた諸属性と職能は、無類の道徳的偉大さと、他の『ヴェーダ』の神よりもはるかにすぐれた厳かな神性を与えている。初期アリアン族の考えを『リグ・ヴェーダ』に求めれば、曰く、「偉大な力を具える神よ。憐れんで守りたまえ。我は力が弱いために罪を犯した。その罪を認めようと求め、しばしば賢者に問い尋ねた。しかし聖者らは、いずれも同じく『ヴァルナはその罪深さを怒る』と答えた。しかし、神がその信者と友を害しよ

うとすることは、大いなる罪ではあるまいか？　自由なる神よ。罪を除け。我はすみやかに神の崇拝者となるであろう。我らの祖先の罪と、我ら自身が犯した罪を消したまえ。自らの意で犯したものではなく、飲酒、憤怒、賭けごと、もしくは精神喪失などの、我らを悪の道に導いた誘惑のためであった。弱い力のあるものは、弱いものを迷わせる。睡眠でさえも罪過を招くにいたる」と。

『ヤジュール・ヴェーダ』には、ヴァルナに関して次のように述べてある。ヴァルナは、すべてのものの発生する最高精神すなわちブラフマンの本質について、聖者の一つとして認められる。万物は生じれば、ブラフマンによって生き、ブラフマンに向かって心を傾け、そしてブラフマンのなかに没入する。敬虔な瞑想を媒介として、この聖者は、ブラフマンであるべく食物すなわち物質を認識する。万物は食物から発生するためである。万物は発生すると食物によって生き、食物を注意し、食物中に没する。しかしこれをもっても満足せず、さらに進んで、呼吸をもってブラフマンとすることを発見した。すべてのものは呼吸から生成し、呼吸によって生存し、呼吸で心の動きを止め、呼吸のなかに滅びるためである。再び彼は、さらに深いそのなかに生を求め、知をもってブラフマンと認めた。万物は思想によって生成され、なおこれに生活、注意、没入が行われるためである。彼はこれを悟ったが、ヴァルナに対して、「我にブラフマンを知らしめよ」と言った。ヴァルナは

「敬虔な瞑想によって求めよ。ブラフマンはさらに深いものである」と、これに答えて。
彼は深く考察してのち、「悦楽はブラフマンにほかならない」と知った。万有は実に望みや欲から生じ、快楽によって活き、幸福に留意し、悦楽中に没する故である。

こうしたことは事物の本源のヴァルナに教えられた知識である。

アリアン民族が、北方パンジャーブにいたあいだは、ヴァルナは際限のない宇宙の神として、その優位を保持していた。けれども次第に諸民族がジャムナおよびガンジス両河川の灌漑する地方に進出すると、雲と嵐の神であるインドラがこれに代わった。可見の天空とそこに広がる不可見の事物の純潔が抑圧され、アリアン民族は厳しい暑さからヴァルナを忘れていった。人々が「傲慢なインドラがすべての神に先立つ」と口にしはじめたときは、ヴァルナは衰退していた。

『プラーナ』にいたっては、この光景に悲しい変化が見られるようになった。すなわちヴァルナは、『ヴェーダ』の神々の最高の一つであるため、大洋の神すなわち第二級のネプチューン（ローマの司海神）となった。彼は毒蛇の頭蓋骨でつくった、アボガーという一種の防水布の傘を携えている。

次に掲げる『リグ・ヴェーダ』の伝説によれば、一時は人間を犠牲としてヴァルナに捧げたようである。すなわちハリスチャンドラと呼ばれる人は、子供がいなかったが、ナー

ラダ仙人の勧(すす)めによって、ヴァルナのもとに行ったときに曰(いわ)く、「王よ、我にただ一人の男児を与えよ。そうすればそれを神前の供物(くもつ)として捧げよう」と。ヴァルナは、彼の願いを聞き入れて一人の子を授けた。その子が成長した後、父は自らの誓いをその子に告げた。

　しかし、子は神の犠牲となることを望まず、ひそかに家から逃げ去った。するとヴァルナは、父の誓いが遂行(すいこう)されないのを怒って、彼を水腫病(すいしゅびょう)にして苦しませた。一方、六年の長いあいだ、その子は林のなかをさまよっていたが、やがて三人の子をつれた貧しいバラモンに出会った。王子はその子の一人を買いとって、自分の代わりに献供(けんく)に立てようとした。しかし三子の父は、その長男を手離さず、母は末子を抱きしめた。こうして次男が買い取られ、身を縛(しば)られて、犠牲の準備が整ったときに、その子供は神々の徳をたたえる経文を誦(しょう)する許しを求めた。こうして彼が讃美(さんび)した神々は、歓喜のあまりに、彼の命を許すようにヴァルナの神に懇願(こんがん)した。ヴァルナは神々の要求を聞き入れたため、ハリスチャンドラの病いはたちまち回復した。

　ヴァルナの体は白色で、奇怪な海獣にまたがっている。その海獣の頭と前足は羊のようで、身体と尻尾は魚に似ている。そして神は、右手に輪索(わなわ)を持っている。干ばつのとき、世の人はしばしばこの神を信仰し、漁夫が網を投じるとき、ヴァルナに礼拝を捧げる。今ではヴァルナの像をつくることはまったくすたれてしまった。

『ヴェーダ』の神のミトラは、一般にヴァルナと関連し、その属性も同一である。しかし両者のいちじるしい違いを挙げると、ミトラは昼間の光を示す神として一般に現されるが、ヴァルナは夜の星の空を示している。詩は互いに共用されて、ヴァルナと同じ聖語がミトラにももちいられる。

न नान दुर्धर्षान दुराक्रमान बलीयसः तानि चास्त्राणि वेत्त्य एष यथावत कुशिकात्मजः अपूर्वाणां च जनने शक्तो भूयश्च धर्मवित एवं वीर्यो महातेजा विश्वामित्रो

第7章 雷神インドラ

तपःस्वाध्यायनिरतं तपस्वी वाग्विदां वरं नारदं परिपप्रच्छ वाल्मीकिर्मुनिपुंगवम् को नु अस्मिन् साम्प्रते लोके गुणवान् कश्च
च कृतज्ञश्च सत्यवाक्यो दृढव्रतः चारित्रेण च को युक्तः सर्वभूतेषु को हितः विद्वान् कः सः समर्थश्च कश्चैकप्रियदर्शनः आत्म
जितक्रोधो मतिमान् को अनसूयकः कस्य बिभ्यति देवाश्च जातरोषस्य संयुगे एतद् इच्छाम्यहं श्रोतुं परं कौतूहलं हि मे महर्षे
ज्ञातुम् एवंविधं नरम् शरुत्वा चैतत् त्रिलोकज्ञो वाल्मीकेर्नारदो वचः शरूयतामिति चामन्त्र्य प्रहृष्टो वाक्यमब्रवीत् बहवो
तवया कीर्तिता गुणाः मुने वक्ष्याम्यहं बुद्ध्वा तैर्युक्तः शरूयतां नरः इक्ष्वाकुवंशप्रभवो रामो नाम जनैः श्रुतः नियतात्मा महा
धृतिमान् वशी बुद्धिमान् नीतिमान् वाग्मी श्रीमाञ्छत्रुनिबर्हणः विपुलांसो महाबाहुः कम्बुग्रीवो महाहनुः महोरस्को महेष्वासो गूढ
आजानुबाहुः सुशिराः सुललाटः सुविक्रमः समः समविभक्ताङ्गः स्निग्धवर्णः प्रतापवान् पीनवक्षा विशालाक्षो लक्ष्मीवाञ् शुभलक्ष
सत्यसंधश्च प्रजानां च हिते रतः यशस्वी ज्ञानसंपन्नः शुचिर्वश्यः समाधिमान् रक्षिता जीवलोकस्य धर्मस्य परिरक्षिता वेदवे
धनुर्वेदे च निष्ठितः सर्वशास्त्रार्थतत्त्वज्ञो स्मृतिमान् प्रतिभानवान् सर्वलोकप्रियः साधुर् अदीनात्मा विचक्षणः सर्वदाभिगतः सद्भिः
सिन्धुभिः आर्यः सर्वसमश्चैव सदैकप्रियदर्शनः स च सर्वगुणोपेतः कौसल्यानन्दवर्धनः समुद्र इव गाम्भीर्ये धैर्येण हिमवान् इव वि
सोमवत् प्रियदर्शनः कालाग्निसदृशः क्रोधे क्षमया पृथिवीसमः धनदेन समस्त्यागे सत्ये धर्म इवापरः तम् एवं गुणसंपन्नं रामं स
ज्येष्ठं श्रेष्ठगुणैर्युक्तं प्रियं दशरथः सुतम् यौवराज्येन संयोक्तुम् ऐच्छत् प्रीत्या महीपतिः तस्याभिषेकसंभारान् दृष्ट्वा भार्याथ कै
देवी वरमेनमयाचत विवासनं च रामस्य भरतस्याभिषेचनम् स सत्यवचनाद् राजा धर्मपाशेन संयतः विवासयामास सुतं रा
परियं स जगाम वनं वीरः प्रतिज्ञामनुपालयन् पितुर्वचननिर्देशात् कैकेय्याः प्रियकारणात् तं व्रजन्तं प्रियो भ्राता लक्ष्मणः
स्नेहाद् विनयसंपन्नः सुमित्रानन्दवर्धनः सर्वलक्षणसंपन्ना नारीणामुत्तमा वधूः सीताप्य् अनुगता रामं शशिनं रोहिणी यथा पौरैर् अ
दशरथेन च शृङ्गवेरपुरे सूते गङ्गाकूले व्यसर्जयत् ते वनेन वनं गत्वा नदीस्तीर्त्वा बहूदकाः चित्रकूटम् अनुप्राप्य भरद्वाजस्य शासना
आवसथं कृत्वा रममाणा वने त्रयः देवगन्धर्वसंकाशास् तत्र ते न्यवसन् सुखम् चित्रकूटं गते रामे पुत्रशोकातुरः तदा राजा दशरथ
विलपन् सुतं स्मृते तु तस्मिन् भरतो वसिष्ठप्रमुखैर्द्विजैः नियुज्यमानो राज्याय नैच्छद् राज्यं महाबलः स जगाम वनं वीरो रामपाद
चास्य राज्याय न्यासं दत्त्वा पुनः पुनर्निवर्तयामास ततो भरतो भरताग्रजः स कामम् अनवाप्यैव रामपादाव् उपस्पृशन् नन्दिग्रामे
रामागमनकाङ्क्षया रामस्तु पुनर् आलक्ष्य नागरस्य जनस्य च तत्रागमनम् एकाग्रो दण्डकान् प्रविवेश ह विराधं राक्षसं हत्वा शरभङ्गं
सुतीक्ष्णं चाप्य् अगस्त्यं च अगस्त्यभ्रातरं तथा अगस्त्यवचनाच्चैव जग्राहैन्द्रं शरासनम् खड्गं च परमप्रीतः तूणी चाक्षयसायकौ
रामस्य वने वनचरैः सह ऋषयः अभ्यागमन् सर्वे वधायासुररक्षसाम् तेन तत्रैव वसता जनस्थाननिवासिनी विरूपिता शूर्पणखा राक्षसी
ततः शूर्पणखावाक्याद् उद्युक्तान् सर्वराक्षसान् खरं त्रिशिरसं चैव दूषणं चैव राक्षसं निजघान रणे रामस्तेषां चैव पदानुगान् राक्षसां
आसन् सहस्राणि चतुर्दश ततो ज्ञातिवधं श्रुत्वा रावणः क्रोधमूर्छितः सहायं वरयामास मारीचं नाम राक्षसम् वार्यमाणः सुबहुशो
रावणः न विरोधो बलवता क्षमो रावण तेन ते अनादृत्य तु तद् वाक्यं रावणः कालचोदितः जगाम सहमारीचस् तस्याश्रमपदं तदा त
दूरम् अपवाह्य नृपात्मजौ जहार भार्यां रामस्य गृध्रं हत्वा जटायुषम् गृध्रं च निहतं दृष्ट्वा हृतां श्रुत्वा च मैथिलीं राघवः शोकसंतप्तो
विललापाकुलेन्द्रियः ततस्तेनैव शोकेन गृध्रं दग्ध्वा जटायुषम् मार्गमाणो वने सीतां राक्षसं संददर्श ह कबन्धं नाम रूपेण विकृतं घोर
निहत्य महाबाहुर्ददाह स्वर्गतश्च सः स चास्य कथयाम् आस शबरीं धर्मचारिणीम् शरमणीं धर्मनिपुणाम् अभिगच्छेति राघवः सो
महातेजाः शबर्याः शबरीसूदनः शबर्या पूजितः सम्यग् रामो दशरथात्मजः पम्पातीरे हनुमता संगतो वानरेण ह हनुमद्वचनाच्चैव सुग्रीवेण
सुग्रीवाय च तत् सर्वं शंसद् रामो महाबलः ततो वानरराजेन वैरानुकथनं प्रति रामायावेदितं सर्वं प्रणयाद् दुःखितेन च वालिनश्च
कथयाम् आस वानरः प्रतिज्ञातं च रामेण तदा वालिवधं प्रति सुग्रीवः शङ्कितश्चासीन्नित्यं वीर्येण राघवं राघवः प्रत्ययार्थं तु दुन्दु
उत्तमं पादाङ्गुष्ठेन चिक्षेप संपूर्णं दशयोजनम् बिभेद च पुनः सालान् सप्तैकेन महेषुणा गिरिं रसातलं चैव जनयन् प्रत्ययं तदा त
तेन विश्वस्तः स महाकपिः किष्किन्धां रामसहितो जगाम च गुहां तदा ततो अगर्जद्धरिवरः सुग्रीवो हेमपिङ्गलः तेन नादेन महता निज
ततः सुग्रीववचनाद्धत्वा वालिनमाहवे सुग्रीवमेव तद् राज्ये राघवः प्रत्यपादयत् स च सर्वान् समानीय वानरान् वानरर्षभः दि
प्रस्थापयामास दिद्दृक्षुर्जनकात्मजाम् ततो गृध्रस्य वचनात् संपातेर्हनुमान् बली शतयोजनविस्तीर्णं पुप्लुवे लवणार्णवम् तत्र ल
पुरीं रावणपालितां ददर्श सीतां ध्यायन्तीम् अशोकवनिकां गताम् निवेदयित्वाभिज्ञानं प्रवृत्तिं च निवेद्य च समाश्वास्य च वैदेहीं
तोरणं पञ्च सेनाग्रगान् हत्वा सप्त मन्त्रिसुतान् अपि शूरम् अक्षं च निष्पिष्य ग्रहणं समुपागमत् अस्त्रेणोन्मुक्तम् आत्मानं ज्ञात्वा
मर्षयन् राक्षसान् वीरो यन्त्रिणस्तान् यदृच्छया ततो दग्ध्वा पुरीं लङ्कामृते सीतां च मैथिलीम् रामाय प्रियमाख्यातुं पुनर् आयाद्

『ヴェーダ』の神々のなかで優位を占め、アリアン民族中にもっとも普及(ふきゅう)しているのがインドラである。マックス・ミュラーによれば、「サンスクリット語では『雨の滴』をインドゥーという。そして雨を送る神は、インドラと呼ばれ、『雨の神』『灌漑(かんがい)の神』と信じられている。ローマ神話中にこれに対応する神はユピテルプルヴィウスである。インドラは、暴風雨の王、雷および自然の神である」。

　インドラは世界の東部を支配し、またヒマラヤ諸峰の一つであるゴールデンマウントメルにある天界の奏楽群(そうがくぐん)の長である。そしてインドラはここで、神酒と天楽をふるまって、神々を慰安(いあん)する。インドラはこの神殿のあるアマーラヴァティーの天界の都に住んでいる。そこには、天国の舞姫たちがいる。そして宮苑(きゅうえん)にはバリヤタカカルパズルムならびに同様に長大な他の三種の木が生えている。これらの木の一つでも所有すれば、それはインドラのもつ「富の主」という称号を名乗る資格が得られる。

　インドラは、大洋を撹拌(かくはん)して生まれた象形のアイラーヴァタに乗り、マタリがそれを御(ぎょ)している。インドラの妃をインドラニーという。

　インドラ神の古代の地位を説明するにあたって、唯一の根拠とするべきは、アリアン民族の住んだ地方の気候の状態である。ガンジス河平原の気候は、寒、暑と雨季の三つに分けられる。暑期(しょき)の末に向かえば、すべての自然物はなえしおれ、太陽は恐ろしい熱を注ぎ、

水の流れも枯渇して、滔々とした大河も、葉先の滴と変わり、日に焼けた数千エーカーの土地は、今にも餓死しようとする家畜の食べる緑草の痕跡を留めていない。悩める民衆は空を見上げ、そこに大洋から漂い来て、再生の泉を担う雲を見る。とはいえ雲は、これを峰の凹みに押しこめようとする悪魔のためにうながされて動く。

今や民衆は、インドラを招いて、はびこる損害を遠ざけ、雲を奪う悪魔の力を破ることを切望する。インドラの神も、人々もともに好むソーマ酒を祭壇に捧げ、神に注いで奉る。やがて空には雷光閃き、雷鳴が耳を打つ。これはインドラが、悪魔に向かって矢を投げ、彼が飛び去るときに、悪魔を攻撃して咆哮した。ほどなく天からの水は地上に降って、沙漠を花園に変わらせる。人間と動物、また木と花が、ひとしくインドラの天啓を楽しむ。『リグ・ヴェーダ』にも、インドラに関する詩が多いなかで、次の一節は干ばつの悪魔に対するインドラの勝利の記述と見ることもできる。

『リグ・ヴェーダ』の一節に曰く。「汝は我らの保護者であり、味方であり、また友でもある。また兄弟となり、父あるいは母となり、もしくはこれらすべての合一したものである。またもっとも慈愛に富む祖先である。我らは汝であって、汝はまた我らである。我らが汝を讃嘆するとき、恵み深い御心を慈悲とともに我らに向けよ。一つもしくは多くの罪のために、我らを害することがないように。今日も、明日も、日々、我らを教いたまえ。悪魔

73
देवी और देवताओ ｜第７章　雷神インドラ

が汝に挑み、汝のぜいたくな宝を奪おうとする努力は徒労に終わる。汝の矢鳴りの下に大地は震撼し、悪魔軍は撃破され、悪魔の住処は破壊され、その武器は役に立たず、城砦までもずたずたにされた。ついで水は地上に急降下し、波立つ川水は滔々として泡立ちながら、西へ西へと急流をなして流れ去る。こうして雷神は凱歌をあげる」と。

また曰く、「熟練したインドラの技能を称賛する。インドラは雲龍を叱って水を注ぎ下ろし、山と川とを分けた。重い強い赤色の武器をもって、敵に立ち向かうインドラの強さをたたえ奉る」と。

『ヴェーダ』において、インドラは天父と地母の子として、高い地位を占めている。インドラと火神アグニは、双子の同胞である。ヒンドゥーの神々は、ある期間、主宰となった後は、その地位を後継者に譲る。自らが優位を占める野心を満足させるのに先立って、インドラはすでに生まれていた。インドラは武器を求めさせ、「狂暴な武人として名声あるのは誰か？」と、母なる地神に尋ねた。さてインドラが成人してまもなく、ヒンドゥー教のなかでの、神の優位性に対する最初の厳しい戦いが生じた。インドラの父母である光輝く大空と、広くあまねく満たせる大地は、やむなくインドラの力を承認するにいたった。「ディヤウス神は、インドラの前にかがみ、大地はその広い空間とともに、インドラの前にかがむ」と『ヴェーダ』に説いてある。しかしながら、インドラも久しくは王位に留まらな

リンガ（シヴァ神）に祈りを捧げる女性
Bhairavi Ragini: Folio from a ragamala series（Garland of Musical Modes）（1640–50年頃）

かった。バラモン時代にいたっては、ヒンドゥー三大神につぎ、降って第二級の神となり、あるほかの神もしくは自らの功徳（くどく）によって、上昇する神に取って代わられていった。このためには、馬一〇〇頭を犠牲として献供（けんく）とする。

インドラとその妃は、白象にまたがり、聖牛ナンディに乗ったシヴァ、パールヴァティーと象頭のガネーシャを崇拝している。インドラの地位は、シヴァに反比例するように下級に移っていった。これは『ヴェーダ』の神々が、『プラーナ』のバラモン創建者によって、より低い地位に降下した過程の特色である。

インドラの神は、四本の腕をもち、白象に乗る変わった姿で表現される。この象の鼻は、降水のときに使う管（くだ）だと伝えられている。そうして右手に武器、金剛杵（こんごうしょ）と強い火矢を持ち、左手には、介殻（かいがら）、弓矢、鍵ならびに宝網（ほうもう）をもつ。インドのある地方において、とくに干ばつのときには、今もなおこの神の信仰が行われている。インドラの道徳性は、もっとも低く、ソーマ酒を飲んで酔態（すいたい）を見せる。「狂酔（きょうすい）はもっとも強烈で、牡牛（おうし）のように猛（たけ）く、飲料のある場所に突進して、渇いた牡鹿（おじか）のようにソーマ酒を貪（むさぼ）り飲む」と。

インドラは、とくにソーマ酒を嗜好（しこう）するものと考えられた。『リグ・ヴェーダ』にはこれに関して次のように述べてある。「この偉力ある者の偉力ある行為、この真実である者の真実の動きを宣言する。ツリカヅルカの祝祭において、インドラはソーマ酒を飲み、狂

喜のあまりに悪魔アイを刺殺した。彼は虚無の空間で大空を支える。インドラはソーマ酒の狂喜でこれをなし遂げた。彼はものさしを使って、一屋のように東方を測算し、雷で諸川の源泉をつくった」

同じく『リグ・ヴェーダ』に次のように載っている。

（一）我はソーマ酒を貪飲せり。我は実に牛馬を蓄えようと決心した。
（二）我はソーマ酒を貪飲せり。我の飲んだ酒量が、狂暴な疾風のように我を走らす。
（三）我はソーマ酒を貪飲せり。我の飲んだ酒量が、馬車の駿足のように我をうながす。
（四）我はソーマ酒を貪飲せり。信者の歌は、愛する仔牛に対する母牛のように我を急がせた。
（五）我はソーマ酒を貪飲せり。家匠の梁のように、我が心中に、我は歌を顧みた。
（六）我はソーマ酒を貪飲せり。人類の五族は我には一微塵も現れず。
（七）我はソーマ酒を貪飲せり。二つの世界は、我の半分にさえもひとしからず。
（八）我はソーマ酒を貪飲せり。我は天とこの広漠たる大地を、いちじるしく超越する。
（九）我はソーマ酒を貪飲せり。来たって、我に、そこもここも、この土を耕作せしめよ。
（十）我はソーマ酒を貪飲せり。急いで我にここやそこの土を打たせよ。

（十一）我はソーマ酒を貪飲せり。我の半分は上空にあり。我は半分を引き降ろした。
（十二）我はソーマ酒を貪飲せり。我は壮厳なり。天に登った。
（十三）我はソーマ酒を貪飲せり。我は従者として、また供物の奉持者として、神々の御もとに行こうと決意する。

暗黒界からインドラはただちに不徳に堕落し、聖道の先覚ガウタマの妻を奪うなどして、その乱行はついには一つの諺となった。インドラは他神への信仰に対しては、はげしい嫉みをもつ神である。またインドラの天には、多くの美しいアプサラ（神女）を抱え、アプサラはその妖艶さで、神々の領土を危うくするような隠者を誘惑する。賢者の一人ヴィスヴァミトラは、もっとも厳しい苦行を数千年行ったのであるが、メナカーという乙女の魅力に征服された。聖者は自ら反省して、ついに嘆きの声をもらした。「我が知識、我が厳格、我が確信はどうなってしまったのか？　一婦人のために、すべて一瞬で破壊された。インドラの喜ぶ罪過に誘われ、我は、我が『滅罪作善』から生じる利益を奪われた」と。

ときにインドラは、牧童の姿を装い、花園からザクロの花を盗みとって、インドラニー妃の黒い髪（髻）を覆う。「栄える花と、有望な紅玉色の果実を長く育てた愚かな農夫が、驟雨を降らせる神を捕え、強い縄で縛りあげた。不死の魔神が七回転して飛び去り、泡立

つ波は緑色のヴァルナをしたがえ、輝けるヴァーニィは、昼の灯で燃え盛り、翼ある風を結ぶマルトは遊ぶ。峻厳なヤマ、無慈悲な司裁者よ。イサの寒気は、適度に大胆なナリットとともに、雷鳴を示す紅色の閃光とともに、彼らは華美の紐帯を分ける。喜悦する神は、彼の一〇〇〇の目、尊い四本の腕ならびに変色した上着を回復する」と、サー・ウィリアム・ジョーンズは述べている。ここに変色の上着と言ったのは、雲であることはもちろん、一〇〇〇の目とはゴウタマの妻との関係に対する神々の不快の標である。

次の説話は、この神およびその行動について、特色ある記事である。あるとき、多くの神々が、インドラの宮殿で催された饗宴の席に招かれた。そして七人の美少女が、その場で踊りをはじめて、興を添えた。インドラの子のガンダールヴァスヌは、一人の乙女に思いを寄せて不良な行いがあったため、父インドラは「ロバの姿を借りて下界に降れ」と、彼に命じた。そこに居合わせた神々が、皆、調停に努めたところ、インドラもついに同意して、子息ガンダールヴァスヌを、昼間はロバに、夜のみ人間とすることに決めた。こうして父は子を放って、下界放浪の身としたのである。

ある日、一人のバラモンが池で水浴をしようとすると、池畔にロバがさまよっていた。ロバはバラモンに向かって人の言葉を話し、「自分がインドラの子であること」を告げ、「ダール王の娘との結婚の望みを王に告げられよ」と願った。バラモンはその求めに応じ

79
देवी और देवताओ ｜ 第7章 雷神インドラ

た。ついで翌日、王は顧問官をしたがえて、その場に来て、ロバと言葉を交わして、「彼の来歴と降生の原因」を聞きとった。しかし「(ロバが)降生を証明するに足る、奇跡を示さなければ、この婚儀を許さない」という王の言葉にしたがって、ロバは次の夜、ただちに方四十マイルにわたる高さ六マイルの鉄城を建設した。

そして王は仕方なく結婚の日を決めた。やがてその当日となって、美麗な装飾と舞踊と奏楽をつれ、多くの宝玉ともっとも貴い衣装で飾られた花嫁が、ロバと結婚するために鉄城内に導かれた。彼女を眺めた新郎は、声を立てるのを禁じ得なかった。ロバの叫びを耳にした来客は一向に悲痛と驚愕で満たされた。ある者は泣き、ある者は笑って顔を覆った。またある者は大胆にも王のもとに進み出て、「これがインドラの子息であるか？　王はすぐれた奇貨を見出された。婚儀を躊躇しなさるな。このように立派な配偶者は、我らはいまだかつて見たことがない。かつてロバと結婚したラクダがあった。そのとき、ロバはラクダを見上げて言った。『いつくしみたまえ、なんと美しいお姿よ』と。ロバの声を聞いたラクダは、『愛したまえ、可愛い声よ』と答えた。その婚姻では新郎、新婦は同じ動物の姿であったが、今、王女がこうした新郎と結婚することは、異常な出来事である」と。「歓喜の記号として、婚儀には聖貝を吹奏するものだが、今回はその必要がない」と言って、あるバラモンはロバの叫びを風刺した。貴婦人たちは「このように美しい天使のような姫

君を、ロバに与えて結婚させるとは何ごとか？」と叫んだ。このように聞いた王は自らの不明を恥じて首を傾けた。ついにガンダールヴァスヌは、かつての約束を王に告げ、そして言った。「賢者は身に着ける衣服によって、人を評価するものではない。身体はただの被服に過ぎない。今は父（インドラ）の呪文によってこのような姿になっているけれど、夜になれば人間の姿を現す」と。こうして王は反対の意見を打ち消して、式はとどこおりなく挙げられた。ときがたって来賓は退出し、夜はふけた。ロバは見た目よく整った男性となって、王の前に現れた。王は盛儀を行い花嫁を宮殿にともなって、新婦に与えたのである。

次の日、王は宝玉、乗馬、ラクダならびに侍者を新婦に与え、立派な贈りものを賓客に与えて帰らせた。けれども王は、「新しく来た婿がロバの姿を棄てるだろうか？」と気づかい頭を悩ませていた。たび重なる思案の果てに、王はひとり考えた。ガンダールヴァスヌはインドラの子息である。ゆえに彼は不滅の身である。夜間に彼の脱ぎ去ったロバの形体が、死屍のように地にあるとき、これを焚き棄てて、常に人間の姿を保たせよう。そして、この企てを実行し、インドラの呪いはついに解けた。

第8章 酒神ソーマ

ॐ

तपःस्वाध्यायनिरतं तपस्वी वाग्विदां वरम् नारदं परिपप्रच्छ वाल्मीकिर्मुनिपुंगवम् को नु अस्मिन् साम्प्रतं लोके गुणवान् कश्च
च कृतज्ञश्च सत्यवाक्यो दृढव्रतः चारित्रेण च को युक्तः सर्वभूतेषु को हितः विद्वान् कः कः समर्थश्च कश्च एकप्रियदर्शनः आत्म
जितक्रोधो द्युतिमान् को अनसूयकः कस्य बिभ्यति देवाश्च जातरोषस्य संयुगे एतद् इच्छाम्यहं श्रोतुं परं कौतूहलं हि मे महर्षे
ज्ञातुम् एवंविधं नरम् शरुत्वा चैतत् त्रिलोकज्ञो वाल्मीकेर्नारदो वचः श्रूयताम् इति चामन्त्र्य प्रहृष्टो वाक्यम् अब्रवीत् बहवो
तवया कीर्तिता गुणाः मुने वक्ष्याम्यहं बुद्ध्या तैर्युक्तः श्रूयतां नरः इक्ष्वाकुवंशप्रभवो रामो नाम जनैः श्रुतः नियतात्मा महा
धृतिमान् वशी बुद्धिमान् नीतिमान् वाग्मी श्रीमाञ्छत्रुनिबर्हणः विपुलांसो महाबाहुः कम्बुग्रीवो महाहनुः महोरस्को महेष्वासो गूढ
आजानुबाहुः सुशिराः सुललाटः सुविक्रमः समः समविभक्ताङ्गः स्निग्धवर्णः प्रतापवान् पीनवक्षा विशालाक्षो लक्ष्मीवान् शुभल
सत्यसंधश्च प्रजानां च हिते रतः यशस्वी ज्ञानसम्पन्नः शुचिर्वश्यः समाधिमान् रक्षिता जीवलोकस्य धर्मस्य परिरक्षिता वेदवे
धनुर्वेदे च निष्ठितः सर्वशास्त्रार्थतत्त्वज्ञो स्मृतिमान् प्रतिभानवान् सर्वलोकप्रियः साधुर् अदीनात्मा विचक्षणः सर्वदाभिगतः सद्भि
सिन्धुभिः आर्यः सर्वसमश्चैव सदैकप्रियदर्शनः स च सर्वगुणोपेतः कौसल्यानन्दवर्धनः समुद्र इव गाम्भीर्ये धैर्येण हिमवान् इव वि
सोमवत् प्रियदर्शनः कालाग्निसदृशः क्रोधे क्षमया पृथिवीसमः धनदेन समस्त्यागे सत्ये धर्म इवापरः तम् एवंगुणसम्पन्नं रामं स
ज्येष्ठं श्रेष्ठगुणैर्युक्तं प्रियं दशरथः सुतम् यौवराज्येन संयोक्तुम् ऐच्छत् प्रीत्या महीपतिः तस्याभिषेकसम्भारान् दृष्ट्वा भार्याथ कै
देवी वरम् एनम् अयाचत विवासने च रामस्य भरतस्याभिषेचनम् स सत्यवचनाद् राजा धर्मपाशेन संयतः विवास्याम् आस सुतं रा
परियम् स जगाम वनं वीरः प्रतिज्ञाम् अनुपालयन् पितुर्वचननिर्देशात् कैकेय्याः प्रियकारणात् तं व्रजन्तं प्रियो भ्राता लक्ष्मणो
स्नेहाद् विनयसम्पन्नः सुमित्रानन्दवर्धनः सर्वलक्षणसम्पन्ना नारीणाम् उत्तमा वधूः सीतापि अनुगता रामं शशिनं रोहिणी यथा पौरैर् अ
दशरथेन च शृङ्गवेरपुरे सूतं गङ्गाकूले व्यसर्जयत् ते वनेन वनं गत्वा नदीस्तीर्त्वा बहूदकाः चित्रकूटम् अनुप्राप्य भरद्वाजस्य शासनात्
आवसथं कृत्वा रममाणा वने त्रयः देवगन्धर्वसंकाशाः तत्र ते न्यवसन् सुखम् चित्रकूटं गते रामे पुत्रशोकातुरस् तदा राजा दशरथ
विलपन् सुतम् स्मृत्वा तस्मिन् भरतो वसिष्ठप्रमुखैर् द्विजैः नियुज्यमानो राज्याय नैच्छद् राज्यं महाबलः स जगाम वनं वीरो रामपाद
चास्य राज्याय न्यासं दत्त्वा पुनः पुनः निवर्तयाम् आस ततो भरत भरताग्रजः स काममनवाप्यैव रामपादाव् उपस्पृशन् नन्दिग्रामे
रामागमनकाङ्क्षया रामस्तु पुनर् आलक्ष्य नागरस्य जनस्य च तत्रागमनम् एकाग्रे दण्डकान् परविवेश ह विराधं राक्षसं हत्वा शरभ
सुतीक्ष्णं चाप्य् अगस्त्यं च अगस्त्य भ्रातरं तथा अगस्त्यवचनाच्चैव जग्राहैन्द्रं शरासनम् खङ्गं च परमप्रीतस् तूणी चाक्षयसायक
रामस्य वने वनचरैः सह ऋषयो अभ्यागमन् सर्वे वधायासुररक्षसाम् तेन तत्रैव वसता जनस्थाननिवासिनी विकृपिता शूर्पणखा राक्षसी
ततः शूर्पणखावाक्याद् उद्युक्तान् सर्वराक्षसान् खरं त्रिशिरसं चैव दूषणं चैव राक्षसं निजघान रणे रामस् तेषां चैव पदानुगान् रक्षस
आसन् सहस्राणि चतुर्दश ततो ज्ञातिवधं श्रुत्वा रावणः क्रोधमूर्छितः सहायं वरयाम् आस मारीचं नाम राक्षसम् वार्यमाणः सुबहुशो
रावणः न विरोधो बलवता क्षमो रावण तेन ते अनाद्रत्य तु तद् वाक्यं रावणः कालचोदितः जगाम सहमरीचस् तस्याश्रमपदं तदा त
दूरम् अपवाह्य नृपात्मजौ जहार भार्यां रामस्य गृध्रं हत्वा जटायुषम् गृध्रं च निहतं दृष्ट्वा हृतां श्रुत्वा च मैथिलीम् राघवः शोकसंतप्तो
विललापाकुलेन्द्रियः ततस् तेनैव शोकेन गृध्रं दग्ध्वा जटायुषम् मार्गमाणो वने सीतां राक्षसं संददर्श ह कबन्धं नाम रूपेण विकृतं घोरं
निहत्य महाबाहुर् ददाह स्वर्गतश्च सः स चास्य कथयाम् आस शबरीं धर्मचारिणीम् श्रमणीं धर्मनिपुणाम् अभिगच्छेति राघव सो
महातेजाः शबरीं शत्रुसूदनः शबर्या पूजितः सम्यग् रामो दशरथात्मजः पम्पातीरे हनुमता संगतो वानरैः ६ हनुमद्वचनाच् चैव सुग्रीवेण
सुग्रीवाय च तत् सर्वं शंसद् रामो महाबलः ततो वानरराजेन वैरानुकथनं प्रति रामायावेदितं सर्वं प्रणयाद् दुःखितेन च वालिनश्च
कथयाम् आस वानरः प्रतिज्ञातं च रामेण तदा वालिवधं प्रति सुग्रीवः शङ्कितश्चासीन् नित्यं वीर्येण राघवे राघवः प्रत्ययार्थं तु दुं
उत्तमम् पादाङ्गुष्ठेन चिक्षेप सम्पूर्णं दशयोजनम् बिभेद च पुनः सालान् सप्तैकेन महेष्वणा गिरिं रसातलं चैव जनयन् प्रत्ययं तदा ततः
तेन विश्वस्तः स महाकपिः किष्किन्धां रामसहितो जगाम च गुहां तदा ततो अगर्जद् धरिवरः सुग्रीवो हेमपिङ्गलः तेन नादेन महता निज
ततः सुग्रीववचनाद् धत्वा वालिनम् आहवे सुग्रीवम् एव तद् राज्ये राघवः प्रत्यपादयत् स च सर्वान् समानीय वानरान् वानरर्षभः दि
परस्थापयाम् आस दिद्रक्षुर् जनकात्मजाम् ततो गृध्रस्य वचनात् सम्पातेर् हनुमान् बली शतयोजनविस्तीर्णं पुप्लुवे लवणार्णवम् तत् ल
पुरीं रावणपालितां ददर्श सीतां ध्यायन्तीम् अशोकवनिकां गताम् निवेदयित्वाभिज्ञानं प्रवृत्तिं च निवेद्य च समाश्वास्य च वैदेहीं मर्द
तोरणं पञ्च सेनाग्रगान् हत्वा सप्त मन्त्रिसुतान् अपि शूरम् अक्षं च निष्पिष्य ग्रहणं समुपागमत् अस्त्रेणोन्मुक्तम् आत्मानं ज्ञात्वा
मर्षयन् राक्षसान् वीरो यन्त्रिणस् तान् यदृच्छया ततो दग्ध्वा पुरीं लङ्काम् ऋते सीतां च मैथिलीम् रामाय प्रियम् आख्यातुं पुनर् आयात्

酒神ソーマは『ヴェーダ』の創造物のなかでもっとも異質で、後の時代の考えからは想像しづらい性格をもつ。パンジャーブの丘や、ボランパッスや、他の二、三の北部地方には、ある小さい取り付き植物（纏繞植物）が生える。この植物はほとんど葉がなくて、適度の辛味のある純粋な白い液汁を分泌する。この植物が効き目のいちじるしい液体を生じることを発見したのは、長い巡礼で疲れ果てたあるアリアン族の冒険者であった。この液は心の疲れと鬱気を消し、異常の喜びで満たしてくれる。極少量の滴りをすすりながら、彼らは「葉脈のなかに神が棲んでいる」と感動した。

さて、「これがなぜ神として崇拝されるにいたったか」については、ある学者は次のように説明している。自然現象とその異常な威力への崇拝を、己の宗教としていた単純な思想のアリアン民族にとっては、この液体が、精神を興奮させ、一時的な狂暴を起こし、その影響で個性が鼓舞されて、己が自然の力量以上の行為を営むことができる力をもつことは、ソーマ酒のなかになんらかの神聖なものが存在すると考えさせた。このような力を与えるものは、彼らの脅威に対して一つの神であった。

ソーマ酒のようなものを供給した植物はこれら民衆にとっては、植物界の王である。したがってこれをつくる過程は、一つの神聖な儀式であり、その醸造にもちいる器具も聖物である。古代の詩にはこう歌われた。「我らは貴いソーマ酒を飲みふけった。そして無限

に成長する。我らは光明のうちに入った。神はすべてを知らしめる。どんな死が、今、我らをそこなうことができよう。いかなる敵が、我らを苦しめられるだろう。汝によって我らは天空に飛翔する永遠の御神よ」。

この植物は、こうした人々には神と認められた。異常に発酵した液汁をつくる、目に見えない精霊ソーマに対し、神としての性格を与え、栄誉を加えた。神として最高の尊敬が捧げられるソーマはすべての力を有し、またすべての幸福を付与する。衣のない身に衣を覆い、病めるものを癒やし、盲目に視力を与え、臆病者にも力を与える。また神々と人々に不滅性を授けるために、将来の福祉もこれによって求め得られる。「永続不滅の世界に我をおけ。そこには永遠の光と繁栄がある」と、『リグ・ヴェーダ』の一節に説かれている。

もっとも通俗の信仰をもつこの神に捧げられた尊敬は、実際、限りないものであって、『リグ・ヴェーダ』の第九冊には、全巻一一四節の詩で、ソーマ酒の讃美に費やし、なお他の詩中にも随所に多くの賛辞が散見されるほどである。

ソーマの起源については、『ヴェーダ』に説明がある。最初、ソーマはインドラ天の合唱者であるガンダルヴァのなかにいたが、神々はソーマが天界での徳者であることを知って、これを得ようと望んだ。ついでまずブラフマーの妃ガヤトリーは、飛鳥の姿になって、これを奪い去ろうと試みたが、護衛のガンダルヴァに妨げられて果たせなかった。弁舌の

女神ヴァーチェは「ガンダルヴァは美女を好むゆえに、私が行ってソーマを誘ってこよう」と言った。さてガンダルヴァは、女神の甘言に抵抗できず、ソーマをともなって神々のもとへ出てくることを承諾した。

ソーマがはじめて神々の前に連れられて来たとき、「誰が最初にソーマ酒を飲むべきか」という論争が起こったが、ついに競走でこれを決めることとなった。そして第一位が風神ヴァーユで、インドラは次着であった。はじめインドラは、とても勝利の見込みがないと思ったので、勝敗が決まりそうになったとき、「賭けもの（ソーマ酒）の三分の二の量をヴァーユが取ることにして、同時に着くこと」を提案した。しかし風神ヴァーユは勝利を独占しようと思って、この要求には応じなかった。ついでインドラは、「四分の一で満足しよう」と再び妥協を試みた。こうして風神も承諾したから、約束の分量でその飲料が分配された。

近代のインド人は、温和な民族で、『ヴェーダ』に現れたような性質のソーマは信仰されなくなった。が、その名称だけは、チャンドラの名とあわせて「月の称」として与えられている。後期の『ヴェーダ』では、ソーマという言葉は、あるいは狂酔性液体の神として、または夜を司る月として、使われている。夜の女王の巧みに欺く性質で、この理由がうなづける。『ヴェーダ』に「太陽は、アグニの性質をもち、月はソーマの本質を具える」

とあることでも明らかである。また薫酒は月の光点に現存し、神々が美液を貪飲するためにヴィシュヌの鳥人ガルダを遣ってそれを取らせたと考えられている。

元来、ソーマ神の妻は、三十三人におよび、いずれもブラジャーパティの娘である。彼は妻たちを平等に愛することができなくて、ローヒニーをとくに寵愛した。そのため残りの三十二人の婦女たちは、その待遇に満足せず、不平を言いながらそれぞれ父のもとに還された。しかしソーマは彼女たちが再び帰ってくることを望んだため、夫人たちは「これからはひとしく愛すること」を約束させて、その望みにしたがったが、ソーマのローヒニーに対するはげしい愛は、ついにこの決心を忘れさせた。そしてソーマはその懲罰として衰亡の呪いをかけられた。インド人は、これをもって月の満ち欠けの理由としている。

月（チャンドラ＝ソーマ）の変化については、ボンベイ領では、なお他の奇妙な説明が行われている。ある日、ガネーシャがその軍馬であるネズミから落ちたとき、その姿のおかしさに月は笑いを禁じ得なかった。ガネーシャ神は怒って月を罰し、「誰の目にも決して再び月を見せない」という誓いを立てた。しかし月の謝罪を受け入れて、呪いをいくらか酌量して、「ある時期だけは懲罰を実行して、月の姿を隠すこととした」と伝えられる。

ソーマは、神々を教え導くブリハスパティの妻ターラーを連れ去ることを命じられた。彼女の夫は、この罰として妻には石を投げ、月には自分の靴を投げた。そうして月の面の

汚点だと説明されるソーマの面の黒斑を残した。他のインド人は「月に兎が住む」と説き、子供たちはよく「糸車をまわす老婆が月のなかに座っている」とも言う。

ソーマは白色身をしていて、十頭立て三輪の馬車に乗り、右手は与願の印を結び、左手には棍棒をもっている。いずれも確かに一つの寓意である。ソーマは現代にいたっては、ただ太陽および諸遊星（惑星）に関係あるものとして崇拝されるのみである。

シヴァの像はそのおでこに、半月形の標がある。この由来は次のように伝えられている。ソーマの神すなわちチャンドラが、寵姫ローヒニーをともなって、下界を通行したとき、思いがけずシヴァの妻ガウリイの住む森林に進入した。元来、この森は、かつて妻をともなって入って神を驚かせた二、三の人々が、罰として女身に変えられて以来、もしここに入る男子がいたら、すべて同様の運命に陥ると信じられていた。そしてチャンドラ（ソーマ）はすぐに女性の身となった。彼はこの変身を悩み、そして恥じて、ローヒニーを天に還らせてその定居を求めさせ、自分ははるかに西方の地に急ぎ去った。

そして後にソーマギリと呼ぶ山中に隠遁して、ここでもっとも厳粛な贖罪の生活を行った。すると暗黒は夜ごとに世界の表面を覆い、地上の産物は破壊され、宇宙は乱れて、それぞれの頭にブラフマーを戴いていた神々はシヴァの助力を求めた。そしてチャンドラは、シヴァの額におかれたと同時に、その本来の性を現した。これによってシヴァは、「チャ

ンドラセカアラ」の称号を得て、冠の上に月を戴いた。月がその居所、またローヒニーの座位、あるいは昴宿におけるとき、南方の山の背後に隠れるように見えることは、この物語に説明を求められる。

クルークの説によれば、月は疾病についていろいろ特殊な機能をもっている。月光の下に採集した草根、薬草などは一層有効である。月夜に採集したすべての薬草から取った毒物のことも述べてある。「病は下弦の月のもと、ある人によって招かれるもの」という信仰はとても広く見られる。患者にはよくバター、牛乳もしくは水に映る月を眺めさせ、これが治療に効き目あるものと認められている。

世の進歩にともなって、月の特殊な信仰はきわめて僅少となって、その形像をつくるのは、太陽神の像に準ずるに過ぎない。今も月の信仰のもっとも一般に行われているのは、ベンガルおよびビハールの二州である。

第9章 冥府の主神ヤマ

ॐ

तपःस्वाध्यायनिरतं तपस्वी वाग्विदां वरं नारदं परिपप्रच्छ वाल्मीकिर्मुनिपुङ्गवम् को नव अस्मिन् साम्प्रतं लोके गुणवान् कश्च कृतज्ञश्च सत्यवाक्यो दृढव्रतः चारित्रेण च को युक्तः सर्वभूतेषु को हितः विद्वान् कः समर्थश्च कश्चैकप्रियदर्शनः आत्म जितक्रोधो मतिमान् को ऽनसूयकः कस्य बिभ्यति देवाश्च जातरोषस्य संयुगे एतद् इच्छाम्यहं श्रोतुं परं कौतूहलं हि मे महर्षे ज्ञातुम् एवंविधं नरम् शरुत्वा चैतत् त्रिलोकज्ञो वाल्मीकेर्नारदो वचः शरूयताम् इति चामन्त्र्य प्रहृष्टो वाक्यम् अब्रवीत् बहवो तवया कीर्तिता गुणाः मुने वक्ष्याम्यहं बुद्ध्वा तैर् युक्तः शरूयतां नरः इक्ष्वाकुवंशप्रभवो रामो नाम जनैः शरुतः नियतात्मा महा धृतिमान् वशी बुद्धिमान् नीतिमान् वाग्मी शरीमाञ्श्रत्रुनिबर्हणः विपुलांसो महाबाहुः कम्बुग्रीवो महाहनुः महोरस्को महेष्वासो गूढ आजानुबाहुः सुशिराः सुललाटः सुविक्रमः समः समविभक्ताङ्गः स्निग्धवर्णः परतापवान् पीनवक्षा विशालाक्षो लक्ष्मीवाञ् शुभलक्ष सत्यसंधश्च परजानां च हिते रतः यशस्वी ज्ञानसंपन्नः शुचिर् वश्यः समाधिमान् रक्षिता जीवलोक्य धर्मस्य परिरक्षिता वेदवे धनुर्वेदे च निष्ठितः सर्वशास्त्रार्थत्त्वज्ञो समृतिमान् परतिभानवान् सर्वलोकप्रियः साधुर् अदीनात्मा विचक्षणः सर्वदाभिगतः सद्भिः सिन्धुभिः आर्यः सर्वसमश्चैव सदैकप्रियदर्शनः स च सर्वगुणोपेतः कौसल्यानन्दवर्धनः समुद्र इव गाम्भीर्ये धैर्येण हिमवान् इव वि सोमवत् परियदर्शनः कालाग्निसदृशः करोधे क्षमया पृथिवीसमः धनदेन समस् त्यागे सत्ये धर्म इवापरः तम् एवंगुणसंपन्नं रामं स जयेष्ठं शरेष्ठगुणैर् युक्तं परियं दशरथः सुतम् यौवराज्येन संयोक्तुम् ऐच्छत् परीत्या महीपतिः तस्याभिषेकसंभारान् दृष्ट्वा भार्याथ कै देवी वरम् एनम् अयाचत विवासनं च रामस्य भरतस्याभिषेचनम् स सत्यवचनाद् राजा धर्मपाशेन संयतः विवासयाम् आस सुतं रा परियम् स जगाम वने वीरः परतिज्ञाम् अनुपालयन पितुर् वचननिर्देशात् कैकेय्याः परियकारणात् तं वरजन्तं परियो भराता लक्ष्मणः सनेहाद् विनयसंपन्नः सुमित्रानन्दवर्धनः सर्वलक्षणसंपन्ना नारीणाम् उत्तमा वधूः सीताप्य अनुगता रामं शशिनं रोहिणी यथा पौरैर् अ दशरथेन च शृङ्गवेरपुरे सुतं गङ्गाकूले व्यसर्जयत् ते वनेन वनं गत्वा नदीस् तीर्त्वा बहूदकाः चित्रकूटम् अनुप्राप्य भरद्वाजस्य शासना आवसथं कृत्वा रममाणा वने त्रयः देवगन्धर्वसंकाशास् तत्र ते न्यवसन् सुखम् चित्रकूटे गते रामे पुत्रशोकातुरस् तदा राजा दशरथ विलपन् सुतम् मृते तु तस्मिन् भरतो वसिष्ठप्रमुखैर् द्विजैः नियुज्यमानो राज्याय नैच्छद् राज्यं महाबलः स जगाम वनं वीरो रामपा चास्य राज्याय न्यासं दत्त्वा पुनः पुनर् निवर्तयाम् आस ततो भरतो भरताग्रजः स कामम् अनवाप्यैव रामपादाव उपस्पृशन् नन्दिग्रामे रामागमनकाङ्क्षया रामस्य तु पुनर् आलक्ष्य नागरस्य जनस्य च तलागमनम् एकाग्रे दण्डकान् परिविवेश ह विराधे राक्षसं हत्वा शरभङ्ग सुतीक्ष्णं चाप्य अगस्त्यं च अगस्त्य भरातरं तथा अगस्त्यवचनाच् चैव जग्राहैन्द्रं शरासनम खड्गं च परमप्रीतस् तूणी चाक्षय्यसायकौ रामस्य वने वनचरैः सह ऋषयो ऽभ्यागमन् सर्वे वधायासुररक्षसाम् तेन तत्रैव वसता जनस्थाननिवासिनी विरूपिता शूर्पणखा राक्षसी ततः शूर्पणखावाक्याद् उद्युक्तान् सर्वराक्षसान् खरं त्रिशिरसं चैव दूषणं चैव राक्षसं निजघान रणे रामस् तेषां चैव पदानुगान् रक्षसा आसन् सहस्राणि चतुर्दश ततो ज्ञातिवधं शरुत्वा रावणः करोधमूर्छितः सहायं वरयाम् आस मारीचं नाम राक्षसं वार्यमाणः सुबहु रावणः न विरोधो बलवता क्षमो रावण तेन ते न अनाहृत्य तु तद् वाक्यं रावणः कालचोदितः जगाम सहमारीचस् तस्याश्रमपदं तदा दूरम् अपवाह्य नृपात्मजौ जहार भार्यां रामस्य गृध्रं हत्वा जटायुषम् गृध्रं च निहतं दृष्ट्वा हृतां शरुत्वा च मैथिलीम् राघवः शोकसंतप्तो विललापाकुलेन्द्रियः ततस् तेनैव शोकेन गृध्रं दग्ध्वा जटायुषम् मार्गमाणो वने सीतां राक्षसं संददर्श ह कबन्धं नाम रूपेण विकृतं घो निहत्य महाबाहुर् ददाह सवर्गतश् च सः स चास्य कथयाम् आस शबरीं धर्मचारिणीम् शरमणीं धर्मनिपुणाम् अभिगच्छेति राघव सो महातेजाः शबरीं शत्रुसूदनः शबर्या पूजितः सम्यग् रामो दशरथात्मजः पम्पातीरे हनूमता संगतो वानरेण ह हनुमद्वचनाच् चैव सुग्रीवे सुग्रीवाय च तत् सर्वं शंसद् रामो महाबलः ततो वानरराजेन वैरानुकथनं परति रामायावेदितं सर्वं परणयाद् दुःखितेन च वालिनश्च कथयाम् आस वानरः परतितातेन च रामेण तद्वद् वालिवधं परति सुग्रीवः शङ्कितश्चासीन् नित्यं वीर्येण राघवे राघवः परत्ययार्थं तु दुन् उत्तमं पादाङ्गुष्ठेन विक्षेप संपूर्णं दशयोजनम् बिभेद च पुनः सालान् सप्तैकेन महेषुणा गिरिं रसातलं चैव जनयन् परत्ययं तदा ते तेन विश्वस्तः स महाकपिः किष्किन्धां रामसहितो जगाम च गुहां तदा ततो ऽगर्जद् धरिवरः सुग्रीवो हेमपिङ्गलः तेन नादेन महता ततः सुग्रीववचनाद् धत्वा वालिनम् आहवे सुग्रीवम् एव तद् राज्ये राघवः परत्यपादयत् स च सर्वान् समानीय वानरान् वानरर्षभः दि परस्थापयाम् आस दिदृक्षुर् जनकात्मजाम् ततो गृध्रस्य वचनात् संपातेर् हनुमान् बली शतयोजनविस्तीर्णं पुप्लुवे लवणार्णवम् तत्र लं पुरीं रावणपालितां ददर्श सीतां ध्यायन्तीम् अशोकवनिकां गताम् निवेदयित्वाभिज्ञानं परवृत्तिं च निवेद्य च समाश्वास्य च वैदेहीं म तोरणं पञ्च सेनाग्रगान् हत्वा सप्त मन्त्रिसुतान् अपि शूरम् अक्षं च निष्पिष्य ग्रहणे समुपागमत् अस्त्रेणोन्मुह्य आत्मानं ज्ञात्वा त मर्षयन् राक्षसान् वीरो यन्त्रिणस् तान् यदृच्छया ततो दग्ध्वा पुरीं लङ्काम् ऋते सीतां च मैथिलीम् रामाय परियम् आख्यातुं पुनर् आयाद्

太陽神の子たち（死の神のこと）ははじめてこの世界に生まれた生きもので、ヒンドゥーの冥官ヤマと、その妹ヤミー（ジャムナ河として知られている）がいる。ヤマは長男であったこともあって、最初に世を去り、そして死界に行く道を発見した。そして、恐ろしい冥界の宮廷で死者を裁判するようになった。

ヤマは死の主宰者となり、法庁を構え、審判者としてそこに立ち、ヤマによって壮観な裁判が行われる。チトラダプタは秘書となって、その分厚い書物を読み上げ、死者の生涯の行いを述べる。その後、ヤマは、記録に上った善悪の軽重にしたがって宣告を与え、死者の霊魂を楽土に昇らせ、あるいは罪業の軽重に応じて、ヒンドゥー教所説の二十一種の地獄の一つへ送る。また他の姿にして、地上で生きるため、すぐに再生させる場合もある。

インド人は、人の臨終にあたって、ヤマの使者が恐ろしい姿でやって来て、霊魂を連れ去るものだと想像している。死後、すべての霊魂は、すぐにヤマのもとにいたり、この旅を終わらせるには、四時間四十分を要するという。そのため、この時間の経過するまでは、死体を焚くことを避けねばならない。死者の霊魂が、ヤマの法庁に到着すると、すぐに裁判が開かれる。この旅路には危険がたくさんあって、二頭の貪欲な犬が行く手をさえぎる。一つはカルブラと呼ぶまだら犬で、他はシイアマという黒犬である。おのおの四つの目、嚙み鳴らした歯並び、広い鼻孔を有していて、道を守り、死者をうながして力の限りに道

を急がせる。これらの犬は、ヤマの使者として、人々のあいだを立ちまわっている。ヤマプラの市街に、それぞれの主人が現れたときに、彼らを呼ぶためである。ヤマには秘書のほか、主要な侍者（じしゃ）の二人がいて、その命を遂行（すいこう）している。伝令者ヤマチウタスは、死者の霊魂をともない来たり、ヴァイディアタが裁判庁の門を守っている。

さて死者は裁判の後にどうなるのか。善行の者の未来は、次の通りである。あらゆる悪と不完全の行いを地上に棄てて、祖先の踏んだ道をたどって、神々と同じ栄光を受け、スワルガの天界に飛翔する。ここは天の第一階層であって、永遠の光明世界である。スワルガに生まれた者は、車や翼で天空を飛行し、完全な美しい姿を現して、過去の体を回復する。そしてヤマとともに楽しみのなかで暮らす遠祖（えんそ）に会い、神々の前でさらに完全な生活をしながら、快楽、無窮（むきゅう）の待遇（たいぐう）を得る。ここで夫は妻に、子供は両親、兄弟姉妹に再会する。彼らは不定、苦痛および悲哀（ひあい）を解脱（げだつ）した地上生活の快楽をすべて享受（きょうじゅ）できる。神々もまたこれにあずかり、ともに祝福の状態で生活する。

ヒンドゥー教においては、天界を次の五つに分け、生きていたときに信仰していた宗派によって、死後の霊魂は昇天（しょうてん）する。

（一）スワルガ　インドラが棲む天界で、ここでインドラは舞姫アプサラと天楽の演奏者

ガンダルヴァの群れに囲まれている。
(二) カイラーサ　ヒマラヤ山中にあって、シヴァの天界である。シヴァはその妻パールヴァティーならびに子のガネーシャ、スカンダとともに、ここに暮らし、悪の精霊の群れを制御(せいぎょ)する。
(三) ヴァイクンタ　ヴィシュヌの住処(すみか)でメル山にあり、黄金でつくられた宮殿である。池には、青、赤または白色の蓮華(れんげ)が咲き乱れ、ヴィシュヌは日中の太陽のように、光輝(こうき)はなばなしく玉座につき、火炎のようなラクシュミーがその右側に侍(じ)する。
(四) ゴーローカ　牝牛宮(ひんぎゅうきゅう)に住むクリシュナの天界である。身は荘厳(そうごん)な宝玉の飾りをしていて、右手には一つの笛を携える。牧牛者であるゴーピス、ゴーパスはその侍者(じしゃ)である。
(五) ブラマーローカ　ブラフマーのものである。この天は、現在では崇拝されなくなった。

裁判後の不善者(ふぜんしゃ)の運命も、同じくヒンドゥー経典に説いてある。ヤマは審判官にとどまらず、不善者(ふぜんしゃ)の落ちる多くの地獄をも管轄(かんかつ)する。彼は地獄へ落ちる者の住所である南部区域の主である。「ヤマの恐ろしい地域である多くの畏怖(いふ)すべき地獄があり、苛責(かしゃく)と火で苦しめられる」と『ヴィシュヌ・プラーナ』に載っている。獄中の死者の苦痛については、インド人が強く信じていることは明らかである。『リグ・ヴェーダ』に載せられた地獄

ベンガルのミューズ（音楽を視覚化したラーガマーラ絵画）
Bangali Ragini: Folio from a ragamala series
（Garland of Musical Modes）（1709年）

रसमाल्ञ्नितिलकमनमाह मासजटाकरनसमापिटाशे वोरसि
इकोर्ये तनगारी कर त्रिश्रुलेजोसोभावेत जैसीज्ञोसिर्वे
नलरहंल ६ दोहा सरगमपधनीरहषष्जि सप्घरनरसि
र्द चमुरजामदिनगाइये ऋलेमिगारेदई ६

は、ただ一か所で、しかも苦痛はなく、単に暗黒の場所に過ぎない。しかし後のバラモン教にいたっては、地獄は苦しみを受ける場所となり、その数も増加して、『マヌ法典』では、次のような二十一地獄を列記している。曰く、「暗黒」「醜悪」「猛火」「叉鉄」「油煎」「剣樹」「刀葉林」「鉄枷」など。嘘をついた妄言の罪人は、ラウラヴァ地獄に落とされ、牝牛を殺し、人を絞殺したものはロダ地獄に落ちる。馬を盗んだ者は赤熱した鉄の地獄に堕ち、神々祖先や賓客に捧げずに自ら先に食事をした卑賤徒の落ちる地獄では、唾液を食物に代えられ、樹木を切り倒した者は刀葉林のなかに落ちる。以上の記述を見れば、その罪の性質に応じた厳密な刑罰が課せられる。

『ヴァーヴィシャ・プラーナ』には、ヤマの結婚の物語が載せられている。はじめヤマは、バラモンの娘ヴィジャヤァとの結婚を望んだが、彼女ははじめてヤマを見たとき、その外貌と識見に驚いた。ヤマはついに（当初は躊躇していた）娘の心配をやわらげて、ヴィジャヤァも結婚を承諾した。少女がヤマの家に着いたとき、彼女が安寧に暮らすために、この王国の南部を訪れてはならないことをヤマは訓戒した。しかし、すぐにヴィジャヤァは好奇心に駆られ、ヤマの寵愛を争う女がそこにいると思い、ついに禁じられていた南の地方に旅した。そこには苦痛に沈む罪人がいて、そのなかに自分の母の姿を発見してヴィジャヤァは驚いた。彼女は大いに悲しんで、「母の苦悩を救うように」とヤマに切願したが、

「人間世界に残った人たちが、死者の冥福を祈る善事を営む以外は、母を助ける方法はない」と拒んだ。そして少女は苦心の末、母の冥福を祈る追善の儀を行って、ついに亡き母の苦しみを救った。

次の民間に流行した歌は、『マハーバーラタ』の貞徳を歌ったもので、これによると、恐ろしい冥府の主ヤマも、ときには信者を憐れみ、またひとたび冥界に入った者を人間世界へ還すこともある。

アシュヴァパティ王の愛娘サヴィトリが、隠者の子息サティアヴァットと恋に落ちた。しかしサティアヴァットは、余命わずか一年と決まっていたため、「彼への愛はあきらめるように」とある予言者から戒められた。そのとき、姫の答えはこうであった。「余生は長くても短くても、また恩恵を与えられる場合も、そうではない場合も、ひとたび決まった私の心は、今さら改められるものではありません」。ついに彼らは、結婚した。花嫁は恐ろしい彼の運命を忘れようと努めていたが、月日は過ぎていった。妻は心も心ならず、夫の命を奪っていく運命を何とかしようとして、懺悔、祈願に心を砕いた。妻に対して夫は自分の運命を念頭にとどめなくなり、妻も表面的には平然を装って日々を過ごした。

やがて恐ろしい日の夜明けが来た。それに気づかないサティアヴァットは、木を伐りに森へ出かけた。妻サヴィトリは夫の許しを得て、夫の後にしたがって、沈む心を奮い立たせ、

太陽に微笑みつつ森中へと向かった。ほどなくサティアヴァットが、斧の音を森に響かせたとき、突然、彼はこめかみに苦悶の痛みを感じて、妻を呼んで倒れようとする身を支えさせた。『ヴェーダ』の作者の筆は巧みにその光景を記している。「息も絶えようとする夫の身を、妻は両手で抱きとめ、冷たい地上に身をおいて、うなだれた頭を、静かに膝枕させて、悲しみのうちにも、胸に浮かぶのは聖者の予言、年月日時を数えれば、今がまさしくそのときである」。

・

この瞬間に恐ろしい異形の姿のヤマが、サヴィトリの前に現れた。頭にまばゆい王冠を戴き、身には血色の赤衣を着け、姿は太陽のごとく輝いているけれど、暗鬱の気を帯びている。目は火炎のように輝き、手には鋼索を携えて、見るも恐ろしい形相である。異形の人は夫のそばに立ち寄って、恐ろしい目で見つめている。妻は慄きつつも立ち上がり、地面に夫の身体を寝かせて、うやうやしく合掌した。そして騒ぐ胸を押ししずめて、ヤマに向かって問い試みた。「あなたは神でしょう。そのような姿はこの世の人のものではない。神のようなあなたは、そもそも何者ですか？　なぜここに来られたのですか？」と。「(自分は）死の王ヤマであって、（サヴィトリの夫の）霊魂を連れ去るために来たのだ」と、ヤマは答えた。ヤマはサヴィトリの夫の身体から、人間の親指ばかりの大きさの霊魂を引き出して、鋼索で縛って縮めて引き立てた。生きる力をそがれ、呼吸を奪われたサティア

ヴァットの肉体は、たちまちすべての荘厳と美麗を失い、色青ざめて、冷灰のようになった。そして霊魂を縛って、ヤマは南方の宮殿に帰っていった。そのとき、貞淑な妻サヴィトリは、なおも夫にしたがって歩んだ。「家に帰って夫の葬儀の準備をせよ」というヤマの勧めも受け入れず、「夫に従う」と固守したのである。ついにヤマもその熱意に動かされて、「夫の寿命はどうしようもない。それ以外の望みは何なりと叶えよう」との言葉に、サヴィトリは盲目の夫の父の視力を回復することを願った。ヤマはこれを承諾して、彼女を満足させて家に帰らせようとしたが、なおも彼女は随行をやめなかった。このような具合でさらに二つの恩恵が与えられたが、ついにはサヴィトリの不撓不屈の心に、ヤマも力尽きて、どんな望みでも叶えることを許した。貞良な妻は「強い偉力をもつ王よ。夫を甦らせよ。夫と離れたこの身には、たとえ自ら天となっても、それに何の幸せがあるでしょう。夫と別れたこの身には、死ぬほかには道はないのです」と叫んだ。「貞淑な妻よ。（妻は）実にこうあるべきだ。夫を再び人間世界に返してやろう」と言って、ヤマは霊魂の縛りを解き棄てた。

99

शापस तल गृच्यते सवपुव राजशार्दूल रामं सत्यपराक्रमम् काकपक्षधरं शूरं ज्येष्ठं में दातुम् अर्हसि शक्तो ह्यष एष मया गुप्तो दिव्येन स्वेन तेजसा राक्षसा ये विकर्तारस्

第10章 『ヴェーダ』の小神

暁の女神ウシャス

暁の女神ウシャスは、『ヴェーダ』でもっとも詩的思想に富み、大変称賛、敬愛されている。大空の娘、太陽の妻で、夜はこの神の妹である。太陽の御者アシュヴィンは、この神の友で、火神アグニとは相思の間柄である。

ウシャスは光が入り乱れて、美しくきらめく不滅の女神であって、毎日、その生をあらためるために、常に若い年頃の姿であるが、その夫である太陽スーリヤの激しい抱擁によって消滅するため、彼女の生涯はきわめて短い。しかし次の朝には、ウシャスは再び現れてくる。

一方で、この神は無数の年を重ねて生存するために老齢でもある。はるかにただよう光線で、暗黒と神秘の国土から還り、光る馬車に座って夜の恐怖を駆逐し、世界を輝かせ、すべてのものにその宝を普及する。この神によって眠れる者は目醒め、若い鳥は巣から羽ばたき、そして人々はそれぞれ無数の営みを繰り返す。

太陽の御者アシュヴィン

太陽の御者アシュヴィンは、双生児の神で、若くて元気、気高く、栄光に満ちたものとして表現される。彼らは馬にまたがって、暁の神の先頭を行く。ある学者は、「これらの

神々は、曙の空における光を、もっともはじめにもたらす。曇りの日には、暁の神の前に進んで、その道を整える」と記している。「彼らの鞭で、露に蜂蜜を滴らす」とも言われる。彼らは悲しむ者を救う。不思議な植物ソーマの生える場所を、彼らは神に示す。『ヴェーダ』の註解者ヤスカの説によれば、両者の混和が、これらの神々の双生児の性質によって説明される。不可分離の二元を生じるとき、闇から光へいたる経験を表現する。

これらの神は、さらに神々の天界スワルガの侍医という職務をもっている。天の神々が医者を必要とするとは不思議な現象であるが、必ずしも天界に限らず、下界へも周遊して治病にあたる。

これらの神々が、家族に棄てられたある老人にほどこした治術について、次のような伝説が残っている。ある聖者の子供たちが、一老人が路上に伏せているのを見て、死んだものと考えて石を投げつけた。聖者はその子の行為を大いに悲しみ、娘をともなって行って、子息たちの罪を謝罪し、老人に、贖罪の贈りものとして彼女を与えた。アシュヴィンは、美しい娘に想いを寄せて、「あなたが連れそう老衰した人はどんな人ですか？　あんな老夫を見棄てて、私たちと一緒に住みましょう」と誘惑した。しかし彼女は、「命ある限りは、父の決めた夫を捨てる心づもりはありません」と言ってうなづかない。

次に彼女がアシュヴィンに会った際、夫が言った言葉にしたがって、「あなたたちは私

103

の夫を軽蔑したが、あなた自身もまた不完全なのではないですか？」と、彼女は言った。アシュヴィンは「自分たちが不完全だ」ということの説明を求め、彼女は（老人の）夫を再び若くさせたなら、「なぜアシュヴィンを不完全だと非難したかを告げましょう」と言った。ついでアシュヴィンは、「（彼女が）夫をともなってある池に行って、そこで水浴したなら、その力を再び回復するであろう」と説明した。彼女は、アシュヴィンを不完全だと呼ぶ原因として、他の神々と会合するために催されたある大儀式に、アシュヴィンが招かれなかったことを挙げた。するとアシュヴィンは、大儀式の場所に進んで行って、その席に列なることを求めた。神々は、彼らが医者として治療に従事しながら、衆人のあいだを巡遊したために不潔だとして、参列を禁じたのである。アシュヴィンは、自分たちの仕事が必要であり、純潔であることを弁解した。そうして式場に列することを許された。

ヒンドゥーの火神ヴィシュヴァカルマ

ヒンドゥーの火神ヴィシュヴァカルマは、宇宙の大建築者であり、神々の機械工匠である。天界の武器を制作し、インドラの雷矢、アグニの鉄斧も鍛えあげた。『リグ・ヴェーダ』の二つの詩には、天地創生のとき、腕と翼で、万物を形成した一つの全知の神と載っている。また全世界を知る父、造物者ならびに指導者であり、神々にそれぞれの名を与え、普

通なら死滅するはずの領域外に存在する、と。インド人の手による文明進歩の結果として、『マハーバーラタ』では、ヴィシュヴァカルマは「芸術の神」「すべての手による工芸の実行者」「神々の工匠」「各種装飾の制作者」として、またその力で人々の生活を営む技工の最優秀者であり、偉大で不滅な神として信仰を受けていると記されてある。

今では、この神の彫像をつくらないが、工匠家たちは仕事で使う道具を信仰し、毎年八月に日を選んで、このための祭祀が催される。工匠たちは、日常の仕事をはじめるにあたって、日課の前に大きな木材から木屑のかけらを削りとり、仕事用の道具とともにこれを前において、これらの神々のご加護を祈るということがしばしば行われる。インドでは現在でもこれと同じように、農民は「鋤」を、学生は「書籍」を、事務員は「ペン」を、陶工は「ろくろ」を、鍛冶屋は「鉄のかなづち」と「ふいご」を礼拝する。

また織物師は、その機織り台の下の地面に穴を掘って、その内に梭（機織りの道具）をおいて祈る。兵士や好戦的な民族は、武器を敬い、ラージプートは自分の剣を崇拝する。

もし低い階級の男子が、高級なラージプートの女子と結婚を行う場合には、マハラジャ・ホルカーの場合と同じように、花嫁は織物に包んだ新郎の剣と婚儀を挙げる習わしである。

インドの職人たちは、仕事の用具を「自分たちの繁栄、幸福の源泉だ」と思って尊重する。ある民族は、漁網をまつり、その前で香を焚く。これによって資産が増し、食物が豊

かになるものと考えるためである。
こうした奇習は、ヴェーダ時代のアリアン民族に知られ、『アタルヴァ・ヴェーダ』には、牛乳と祭式にもちいる他の飲料を沸かすための釜も、崇拝されると記されている。アリアン族はまた祭式の「杯」も尊重する。このほかのいろいろの物、例えば犠牲の動物をつないでおく材料も神聖なものと考え、詩のなかには、戦争の武器を歌ったものもある。漆喰をつくるためにレンガを砕き、また穀物の籾すりにもちいる木枠は、聖なるものの一つとして信仰対象になる。
また神々の聖なる座に備える草は天地を支える柱とされ、カエルでさえも、生物学上の一奇例として、その名誉を認める詩篇もある。「数百の牝牛を我らに与えるカエルは、この豊穣な季節に、我らの生活に力を与える」。

風の神々マルト

マルトは、「風の神」「ルドラの子」「空中の野猪」として、『ヴェーダ』で優位を占め、人々のために雨を降らせるインドラの伴侶として表現されている。
その数は『リグ・ヴェーダ』では一八〇と説き、『プラーナ』では四九と記してある。獅子のように咆哮する風の翼にまたがり、いずれの神の制御も受けず、限りないほどの力

で、強く吹く、恐ろしい嵐をまとめ支配する。体は炎のように輝く紅の太陽色をしていて、乗る車は紅の馬にひかれ、電光の槍をもって、敵をすっかり打ち払う。

疑問詞

『ヴェーダ』では、疑問詞に神格を与え、これを信仰しているが、この現象はギリシャのアテネでも見られるもので、「不可知（人の知ることができない）の神」に祭壇を捧げている。マックス・ミュラーは、もろもろのバラモン経典を参照して、疑問詞について論じている。疑問の句に出くわしたときは、常に筆者は、「力はもろもろの生きものの主であるプラジャパティである」と記した。なおこれにとどまらず、疑問詞をもついくつかの詩篇は、「カドヴァト」と呼んでいたが、まもなく新しい形容詞がつくられ、詩だけでなく、神に捧げる供物にまでももちいられて、「カァヤ」と呼ばれることとなった。

それなのに『プラーナ』の後期のサンスクリット語文学では、「カァヤ」はその系統はむしろその妻の系譜になって、肯定の神として現れている。そして『マヌ法典』では、プラジャパティ婚姻という名で、一般に知られる結婚の承諾様式の一つが、「カァヤ」という不可思議な名称の下に行われる。

以上に挙げたことは『ヴェーダ』の小さな神のうちの主要なものに過ぎない。『ヴェーダ』

には、青空、地上ならびに水中に、それぞれ十一尊の神々が存在すると説いてある。しかし、『リグ・ヴェーダ』によれば、さらに神の数は多く、三〇〇もしくは三〇〇〇あるいは三九尊いる、と。ただしこれとともに、ある古い詩人が「一つの神を他のものと同一視したこと」を説いていることを見逃してはならない。神々が異なる名称であっても、実はただ一尊であるということは、詩篇（しへん）でしばしばもちいられる形式である。『アタルヴァ・ヴェーダ』に、「アグニは夕方にはヴァルナとなり、朝、天へ登るときにはミトラとなる。そしてスーリヤとなって青空を通過し、インドラとなって日中の天を暖める」とあるのはその一例である。

　これによれば、太古の歌唱者が、『ヴェーダ』に現れた多神教の多くの過程とともに、『ヴェーダ』以前のインド・アリアン人の信仰が、一神教的であった時代の昔の信仰を残していることは明らかである。マックス・ミュラーは、「『ヴェーダ』の多神教に先立って、一神教が行われ、無数の神々に祈願をこめるときでさえも、ただひとつで無限の唯一神の記憶が、過ぎゆく雲のあいだに現れる青空のように、偶像（ぐうぞう）的信仰の霧を透（す）かしながらそのきらめきを示す」と結論している。

देवी और देवताओं | 第10章 『ヴェーダ』の小神

第三篇
ヒンドゥー教の神々

ラーマと猿王スグリーヴァ、熊王ジャーンバヴァットの面会
(『ラーマーヤナ』) "Rama Receives Sugriva and Jambavat,
the Monkey and Bear Kings", Folio from a Ramayana (1605年頃)

स्वधिर्यवीननरतं तपसा बीमिवेद वेशी नारद परिपप्राच्छ वाल्मीकिर्मुनिपुंगवम् को न्वस्मिन् सांप्रतं लोके गुणवान् कश्च
वान को विष्णुश्रेणो धार्मिकश्च कृतज्ञश्च सत्यवाक्यो दृढव्रतः देवार्च्च जातितूसंयुक्त इच्छाम्यहं श्रोतुं परं कौतू-
हलं बहुशो दुर्लभाश्चेत मे तदाख कीर्तिता गुणा मुनि पर्य्यातं वद वृद्ध्या तैः सुक्तः सम्पयवाल पर हृव्लोकईश्वराणां सर्वो-
स्तमु महर्षयस्य महस्याली गुरुजनूर आदिक आजानुवाहु सुश्रीराः सुलताभ पृथिविस्थः सम सर्वोज्यसम्बल्लु भीमशभरज्ञः पर-
णो जीवलोक्य धर्मस्य परिरक्षिता वेदवेदांद्वत्तत्त्वज्ञो धनुर्वेदे च निष्ठितः सर्व्ययास्त्रार्थतत्त्वज्ञो स्मृतिमान् प्रतिमानवान् स-
व्योगस्य सत्यवादी प्रजानाथः श्रीमान् सर्वानुकूल्यः सिन्धुसागरचेलास सुन्धुसागरचेलास सहस्रा कोरेचे व
रत्येन पंगीवृक्षं रक्षाकारी च जीवानां धर्मस्य परिरक्षिता रक्षिता स्वस्य धर्मस्य एनमेव गम्यावत्
ताम् अनुपालयेन कथयस्व महाराज कथा रामस्य धीमतः गोरख रूपि स आगत य स्नेहाद्धि चिन
रपुते सते गङ्गातीरे स्नानमासौ प्रवर्त्तिय स्नायन्तिमस्य स्मायान् स्नानात् रथ्यं हि
न सुवर्ण बूते तु मुनि वाल्मीकि जनकस्य पार्श्वग शोचा बन चोरों वाम
व्रामे अकरोदि राज्ञा एकाक्षी धर्मेण शासन च सूर्यपुरी सुखेनैव पारविवेश हि शि
चाक्षयमात्मको वयुरं य एकाक्षो विशेषतः शत्रुध्नसहितो धीमान् रम्यं देशं जनख्यानि ति
स वैशाघ्रे यद्यनुप्राप्य दिग्विजयप्रदेशके ये विन्ध्य पर्वतानां तु द्वाःसार्थिकः राहाय वर
चौर्दुत्तं जगाम स पद्म स पद्मः सुर्यस्मुच्च सुदेश्या पुत्र हत्वा जटायुं
गदाशौ ददर्श हृदयेनैव तेजसा ज्वलिता इव भव्याद्य यान्तं तम्प्यास्य कथयाम-
वागर्थाः सम्परार्थसमाचरत्यत्र सुक्तिः मुनिराज्य प्रयत्नेन स रामो महाबल-
र्यच परित मुनीर्श्विस्तं तम्यो रामः सुधीर्यस्तुत सुश्लिष्ठे संपूर्णे दु-
हिस्त्रा जगाम व मुनिरयमस्य प्रजञ्जली श्रद्धाभक्तिसमायुक्तो संयोज्यवचनाद
ब्यक्ज्ञाज्ञ तदा गुप्त्रं वरजन्येऽस्य विहितंम् न्य्लौकमविता ग्राह्यं पूर्वी रावणप-
स्मान् हुत्वा धन रक्ष सत्स्थं चक्रेर स्मैयु प्रतिजज्ञे स रामस्य तथेति वा पैतामहाद्वरा
जिकाय महातरो य स्तेन प्रजलिता त्रिकालज्ञो महायशाः गङ्गातीरे महौदधे समु-
रावणम् शास्त्रे अदनुरुह्यं तत्र तत्रोपलभ्यते देवतानां च सर्वेषां तथ रावक्ष-
व्यासञ्च नन्दिग्राम गत्वा प्राङ्मुखः स शुकेय निज्ञासाश्च परन्तप इत्यावयम् वच ग्रा
भविष्यन्ति पवित्राणि सर्वलोकेषु सर्वदा तथा अश्वमेघशते-
र्गो नियोक्ष्यति दु विप्रज्ञी ये ये चार्थिन प्रजाच्छ धिन लाप्ये पुण्य वेदिशः
यो बागुपग्रम्य ईलिप्ताये यन्तान् तत्र परिणन्त्रंत्या पुत्रो अपि महत्त्मा
द्यच्चाभ्यनुज्ञातः स गं भीरो हृदय्मान् बन्धुयेषु गुरुषु च अतिदूरतः स त
पुष्यमानं यथा सच्यं यदा कृत्य सज्ञा राजा महाविस्त्रीतं तथा भरद्वाजो चा-
तस्याप्यायाते तु मित्रस्य पाद्यं तस्माद् ददेव सः लक्षवं वनप्रस्थतं गते प्रमादे पा-
नि पादनेन निपातितो हेतुना विन्ध्य वचना निशाम्य रुदतीं
विभूष हदि श्री लीक्ष्णिस्तेष्मी वचेनो ऽन्तिम शिंपे चैवात
वाच्यम् अनुत्तम्म् ऋषिणा वाच्यं संमायि तम एष चिन्तय
धार्मिक उपविष्ठ परिधाय चतुर्मुखो महातो
व्यासमानेनन्दी परमं सन्तोष कुरु मे महर्षे सन्निद्देश
न पारत्वत करीदु व पारिकरु मूल्वा शोकपरायण
कृषो कृशो न्व्यं स न तुं मर्दगाम्ं दृष्टवा च परक
वेषयति न तै लागं अनुज्ञा कार्य्य का चिंत न्न भविष्यति कुल राम कथा प्रवश्च शोकेचछद्दोां मनोरागां यावत् सम्भारतति निर्दल
हर्मिण इच्छ उत्तदा भगवान ब्रह्मा तलीकान्तर्शपितो साः शाशियो चार्णविश्वर मुनिः नीरवसन्न आगत्य तदा विश्वास तातः सर्व जग
कुत्वा आगतं तरयं बहिरं हृा चाला वाल्मीकि सर्वविद्याज्ञानं कृत्वा रामायणं काव्यम् दृष्टि करिष्यम अद्य उद्तारमुत्यादेर तं
हितम् सुस्त्वान आनोदते भूमो यद कुरत सत्य शोधार्थ: उपनाग्भेश्वरच स्थानं मुनि सचितता कृताञ्जुलिः पराचीमालेषु दुर्मुषु
विलस्तद्यण्ए आसन बाण च विवाहे च सनुग्रह च निरुत्तसत रामम्मानिवादः न गुप्तान दारीर्तेज तथा तथाऽभिषेके राज्याय केकैस
प्रधिविष्याद् सुतोपार्व्वर्त्तेन तथा गङ्गायासां सार्भिसार भरद्वजस्य दर्शनम् भरद्वाजो आज्ञयुक्तनात् दृष्टं चित्रकूटस्य दर्शनम् प्रस्तुकर्मि

मुनिपुंगवः ऋषींश च तान यथा न्यायं महाभागान उवाच ह ते सर्वे हृष्टमनसस तस्य राज्ञो निवेशनम विविशुः पूजितास तत्र निषेदुश च यथार्हतः अथ हृष्टमना राजा वि

第11章 ヒンドゥーの三大神

तपःस्वाध्यायनिरतं तपस्वी वाग्विदां वरम नारदं परिपप्रच्छ वाल्मीकिर मुनिपुंगवम को नव अस्मिन साम्प्रतं लोके गुणवान कश च
धर्मज्ञश च कृतज्ञश च सत्यवाक्यो दृढव्रतः चारित्रेण च को युक्तः सर्वभूतेषु को हितः विद्वान कः कः समर्थश च कश चैकप्रियदर्श
को जितक्रोधो मतिमान को ऽनसूयकः कस्य बिभ्यति देवाश च जातरोषस्य संयुगे एतद इच्छाम्य अहं शरोतुं परं कौतूहलं हि मे म
ऽसि जञातुम एवंविधं नरम शरुत्वा चैतत तरिलोकज्ञो वाल्मीकेर नारदो वचः शरूयताम इति चामन्त्र्य परहृष्टो वाक्यम अब्रवीत
चैव ये तवया कीर्तिता गुणाः मुने वक्ष्याम्य अहं बुद्ध्वा तैर युक्तः शरूयतां नरः इक्ष्वाकुवंशप्रभवो रामो नाम जनैः शरुतः नियतात्
दयुतिमान धृतिमान वशी बुद्धिमान नीतिमान वाग्मी शरीमाञ शत्रुनिबर्हणः विपुलांसो महाबाहुः कम्बुग्रीवो महाहनुः महोरस्को मह
अरिंदमः आजानुबाहुः सुशिराः सुललाटः सुविक्रमः समः समविभक्ताङ्गः सनिग्धवर्णः परतापवान पीनवक्षा विशालाक्षो लक्ष्मीवा
धर्मज्ञः सत्यसंधश च परजानां च हिते रतः यशस्वी जञानसंपन्नः शुचिर वश्यः समाधिमान रक्षिता जीवलोकस्य धर्मस्य परिरक्षित
धनुर्वेदे च निष्ठितः सर्वशास्त्रार्थतत्त्वज्ञो समृतिमान परतिभानवान सर्वलोकप्रियः साधुर अदीनात्मा विचक्षणः सर्वदाभिगतः सद्भिः
सिन्धुभिः आर्यः सर्वसमश चैव सदैकप्रियदर्शनः स च सर्वगुणोपेतः कौसल्यानन्दवर्धनः समुद्र इव गाम्भीर्ये धैर्येण हिमवान इव वि
वीर्ये सोमवत परियदर्शनः कालाग्निसदृशः करोधे कषमया पृथिवीसमः धनदेन समस तयागे सत्ये धर्म इवापरः तम एवंगुणसंपन्नं रा
जयेष्ठं शरेष्ठगुणैर युक्तं परियं दशरथः सुतम यौवराज्येन संयोक्तुम ऐच्छत परीत्या महीपतिः तस्याभिषेकसंभारान दृष्ट्वा भार्याथ कै
देवी वरम एनम अयाचत विवासनं च रामस्य भरतस्याभिषेचनम स सत्यवचनाद राजा धर्मपाशेन संयतः विवासयाम आस सुतं रा
परियम स जगाम वनं वीरः परतिज्ञाम अनुपालयन पितुर वचननिर्देशात कैकेय्याः परियकारणात तं वरजन्तं परियो भराता लक्ष्मण
ह सनेहाद विनयसंपन्नः सुमित्रानन्दवर्धनः सर्वलक्षणसंपन्ना नारीणाम उत्तमा वधूः सीताप्य अनुगता रामं शशिनं रोहिणी यथा पौरैर
पित्रा दशरथेन च शृङ्गवेरपुरे सूतं गङ्गाकूले वयसर्जयत ते वनेन वनं गत्वा नदीस तीर्त्वा बहूदकाः चित्रकूटम अनुप्राप्य भरद्वाजस्य
आवसथं कृत्वा रममाणा वने तरयः देवगन्धर्वसंकाशास तत्र ते नयवसन सुखम चित्रकूटं गते रामे पुत्रशोकातुरस तदा राजा दशरथ
विलपन सुतम मृते तु तस्मिन भरतो वसिष्ठप्रमुखैर दविजैः नियुज्यमानो राज्याय नैच्छद राज्यं महाबलः स जगाम वनं वीरो रामपाद
पादुके चास्य राज्याय नयासं दत्त्वा पुनः पुनः निवर्तयाम आस ततो भरतं भरताग्रजः स कामम अनवाप्यैव रामपादाव उपस्पृशन न
ऽकरोद राज्यं रामागमनकाङ्क्षया रामस तु पुनर आलक्ष्य नागरस्य जनस्य च तत्रागमनम एकाग्रे दण्डकान परविवेश ह विराधं राक्ष
ददर्श ह सुतीक्ष्णं चाप्य अगस्त्यं च अगस्त्य भरातरं तथा अगस्त्यवचनाच चैव जग्राहैन्द्रं शरासनम खड्गं च परमप्रीतस तूणी चाक्ष
वसतस तस्य रामस्य वने वनचरैः सह ऋषयो ऽभयागमन सर्वे वधायासुररक्षसाम तेन तत्रैव वसता जनस्थाननिवासिनी विरूपिता शू
कामरूपिणी ततः शूर्पणखावाक्याद उद्युक्तान सर्वराक्षसान खरं तरिशिरसं चैव दूषणं चैव राक्षसं निजघान रणे रामस तेषां चैव पद
निहतान्य आसन सहस्राणि चतुर्दश ततो जञातिवधं शरुत्वा रावणः करोधमूर्छितः सहायं वरयाम आस मारीचं नाम राक्षसं वार्यमा
मारीचेन स रावणः न विरोधो बलवता कषमो रावण तेन ते अनादृत्य तु तद वाक्यं रावणः कालचोदितः जगाम सहमरीचस तस्याश्र
मायाविना दूरम अपवाह्य नृपात्मजौ जहार भार्यां रामस्य गृध्रं हत्वा जटायुषम गृध्रं च निहतं दृष्ट्वा हृतां शरुत्वा च मैथिलीम राघवः श
विललापाकुलेन्द्रियः ततस तेनैव शोकेन गृध्रं दग्ध्वा जटायुषम मार्गमाणो वने सीतां राक्षसं संददर्श ह कबन्धं नाम रूपेण विकृतं घो
निहत्य महाबाहुर ददाह सवर्गतश च सः स चास्य कथयाम आस शबरीं धर्मचारिणीम शरमणीं धर्मनिपुणाम अभिगच्छेति राघव से
महातेजाः शबरीं शत्रुसूदनः शबर्या पूजितः सम्यग रामो दशरथात्मजः पम्पातीरे हनुमता संगतो वानरेण ह हनुमद्वचनाच चैव सुग्रीवे
सुग्रीवाय च तत सर्वं शंसद रामो महाबलः ततो वानरराजेन वैरानुकथनं परति रामायावेदितं सर्वं परणयाद दुःखितेन च वालिनश च
कथयाम आस वानरः परतिज्ञातं च रामेण तदा वालिवधं परति सुग्रीवः शङ्कितश चासीन नित्यं वीर्येण राघवे राघवः परत्ययार्थं तु दु
उत्तमम पादाङ्गुष्ठेन चिक्षेप संपूर्णं दशयोजनम बिभेद च पुनः सालान सप्तैकेन महेषुणा गिरिं रसातलं चैव जनयन परत्ययं तदा ततः
तेन विश्वस्तः स महाकपिः किष्किन्धां रामसहितो जगाम च गुहां तदा ततो ऽगर्जद धरिवरः सुग्रीवो हेमपिङ्गलः तेन नादेन महता नि
हरीश्वरः ततः सुग्रीववचनाद धत्वा वालिनम आहवे सुग्रीवम एव तद राज्ये राघवः परत्यपादयत स च सर्वान समानीय वानरान वान
परस्थापयाम आस दिदृक्षुर जनकात्मजाम ततो गृध्रस्य वचनात संपातेर हनुमान बली शतयोजनविस्तीर्णं पुप्लुवे लवणार्णवम तत्र ल
पुरीं रावणपालिताम ददर्श सीतां धयायन्तीम अशोकवनिकां गताम निवेदयित्वाभिज्ञानं परवृत्तिं च निवेद्य च समाश्वास्य च वैदेहीं म
तोरणम पञ्च सेनाग्रगान हत्वा सप्त मन्त्रिसुतान अपि शूरम अक्षं च निष्पिष्य गरहणं समुपागमत अस्त्रेणोन्मुक्तम आत्मानं जञात्वा
मर्षयन राक्षसान वीरो यन्त्रिणस तान यदृच्छया ततो दग्ध्वा पुरीं लङ्काम ऋते सीतां च मैथिलीम रामाय परियम आख्यातुं पुनर आया

ブラフマン（最高精神）

偶像崇拝に関して、教育水準の高いインド人の考えを示せば、「私たちは偶像そのものを崇拝しているのではない、永遠に広がる大いなる精神の前にひざまずいている。この大いなる精神は万物の根源で、偶像はその信仰を助ける象徴に過ぎない。無智の村民はこれら偶像をもって、真の神と信じるであろうが、教養ある私たちは単に神の代表的なものであると認めている。神そのものは永遠で、また見ることのできないものである」と。

ヨーロッパ人からみると、インドの教育ある人士でさえも、多数の神を信仰しているように思われている。これについてあるバラモンの答えは次の通りであった。曰く、「ヒンドゥー教の教義によれば、すべてに超越する唯一の宇宙精神の存在を信じると同時に、この一つの神はいろいろな姿を見せ、しかもそれはいずれも信仰されるべきと信じられている。あたかも黄金は、異なった場所と国々において別の形と名前であっても、やはり黄金以外の何物でもないのと同じである。人ごとにもっとも信仰を捧げる神を選び、これに特殊の信仰を捧げる」と。

異なる地方においては、それぞれ特有の信仰神がある。ベナレスでは、とくにシヴァの絵や彫刻が普及し、マトゥラーではクリシュナが盛んであるといったことを、その一例とする。これらの神々の一つは、いずれもさまざまな儀式や祭典などに関連するが、そこで

現れる最高神は、すべて我らの献げものと宗教的な真の目的物である。
　詞の終わりごとに次のように言う。「そのふるまいによって、すぐれた者は感謝される。ゆえにたとえあなたがたの目には、多神教に見えようとも、我らにとってはあくまで一神教徒である。なおまた我らは欧州の学者の考えるような意外の汎神教徒でもない。私たちのうちもっとも深遠なる思想をもつ者たちは、人格的神のほかにすべての根底に横たわる、人から離れた人格精神の存在を認める。教育あるバラモン族は、実際上、有神論者である」。
　創造者ブラフマーは、最高精神であるブラフマンと同時に生まれたはずで、ヒンドゥー三体の最初に位置する。ブラフマンは宇宙の大精神で、そのものが生存し、抽象的、永久なものである。それ自らがあらゆる空間に遍満し、人や動物（有情）、木や石（非情）を通じてすべての自然界にわたり、最低級の動物におけるのとひとしく、最高級の神にも存在している。ブラフマンはまた純粋で一番すぐれたもので、その限界はなく、形をもっておらず、見ることはできず、美しく澄み渡っている。
　バラモン教の説によれば、地上にあるすべての見ることができる形やありさまは、大洋の水滴のように、またひらめく火のように、一つの永遠不滅の実体から派生したものである。岩石、山岳、河流、植物、また動物など、これらすべての事物は、ブラフマン自体の無限の進化のなかの向上発展の経路の痕跡である。地上における最高の派生は人類であっ

115
देवी और देवताओ ｜第11章　ヒンドゥーの三大神

て、人類は階級をつくって派生する。そしてバラモン族は最高級で、順序をつくって向上した形跡がすなわち階級である。

この最高精神は、直接に崇拝されることはなく、『ヴェーダ』によれば、ブラフマンは光栄に富んで、形像をもたないという。インドでブラフマンのために建設された寺院はほぼなく、ブラフマンについては抽象的な信仰ではあるが、なおひたむきに真心を向ける対象である。熱烈な信仰をもつヒンドゥー教徒は、苦しい生死輪廻を通じて、宇宙精神をただひたすらに想う状態に入ろうと望む。そのために、「我への執着」をしりぞけ、無限の苦行を行う。そうして情熱、苦痛、生死ならびに存在そのものからも脱しようと望む。これが後期ヴェーダ時代の宗教であるバラモン教の根本教義で、また現在のヒンドゥー教の根抵をつくる思想である。

要するに、一つの永遠の精神、すなわちブラフマンと、人類、動物類、鳥類、昆虫類、その他、より低級に属する生きものに居住するこの精神の派生とが宇宙間に存在する。例えば人間においては、これらの精神派生は物質中に存在する情熱および苦痛に関する。苦行と何度も生まれ変わる輪廻転生で、このような迷いの心をのぞくことで、ついに純粋な神の性質に入っていき、悟りによって最終的な幸福を獲得する。

「唯一の存在があるだけ、さらに第二次のものはない」。これは宇宙精神の趣旨を示す信条

牛飼い女たちの衣服をとりあげたクリシュナ神
The Gopis Plead with Krishna to Return Their Clothing: Folio from "Isarda" Bhagavata Purana
（1560–65年頃）

देवी और देवताओं ｜ 第 11 章　ヒンドゥーの三大神

である。つまり宇宙精神という唯一の存在をのぞいては、何も存在するものはない。この理を表現するものは秘奥の字音『オーム』である。これは祈願や宗教的行いの最初に遭遇する言葉で、何人もいまだその発音を耳にしないほどに、神聖視される。

ついで当然起こることは、「なぜこの永遠の唯一精神であるブラフマンによって、近世ヒンドゥー教の偶像教および多神教が生じるにいたったか」という疑問である。ヒンドゥー経典中にこれに答える理由が示されている。まず『アタルヴァ・ヴェーダ』の説を挙げると、曰く、「牝牛が牛の厩舎にあるように、すべての神々はブラフマンにおいて存在する。最初のブラフマンはこの宇宙であって、神々を創造する。このように神々を創造して、これをそれぞれの世界に配置する。例えば、火天アグニをこの世界に、インドラ、ヴァーユを大気中に、そうしてスーリヤを大空におくように。なおこれらの神々は、元来は寿命に限りがあるが、ブラフマンによって行き渡った場合には、不滅のものとなる」と。『ヴィシュヌ・プラーナ』には、この主題についてさらに詳述してある。「このブラフマンというものは、二種類の状態をもっている。一つは可滅性（命に限りある状態）で姿かたちがあり、一つは不滅性で姿かたちはない。これらはもとからあるもので、不滅性のものは最高の存在、可滅性のものはあらゆる世界に存在する。一点において燃える火の輝きは、光と熱を周囲に与える。目や耳でとらえた世界は、最高精神のブラフマンの示した力にほ

かならない。ゆえに我らが火に近づき、もしくは遠ざかるにしたがって、光と熱は、強くもしくは弱く感じる。最高存在の力は、すべてのものにおいて多少強く、それから多少離れている。ブラフマーとシヴァ、ヴィシュヌは、いずれも神の最大の力である。これに次ぐものは、低級に属する神々、つきしたがっている諸精霊、人類、動物、鳥類、昆虫類および諸植物で、それぞれその最初の根源からより遠く離れるにしたがって微弱となる」と。

さてこの最高精神の統合の教義は、このように高尚で、奥深いため、一般民衆には満足を与えなかった。ついでアリアン民族中には、征服した地方で行われる特殊な神々を信仰する習慣が生じ、土着の信仰がアリアン民族の生活状態に影響を与えはじめた。民衆がこれに赴くよりも、むしろバラモンたちが、この新たな（土着の）神を採用して、古い『ヴェーダ』の神々から、土着の神々の教えや系統を発見した。こうしてヒンドゥー神話は、現在のところにまで到達した。

あらゆるものを人格化することは、ほとんど無限に広がっている観があり、ヒンドゥー教で信仰されている神は、現在、三億三〇〇〇万種に達していると言われる。最近の人口調査によれば、インドの住民は三億一五〇〇万で、神の数が全国土の人口よりも多いという、ほかでは見られない状況となっている。モニーア・ウィリアムスは曰く、「およそ天地のあいだで、インド人の信仰対象とならないものは一つも存在しない。太陽、月および

星座はもちろん、岩石、樹幹をはじめ、高い木、低い木、草類、海沼、河流、その他、商売上の道具、ならびにもっとも役に立つ動物類、もっとも恐れられる有毒の爬虫類、または剛勇、聖岩、善徳もしくは悪習などの性質ではっきり目立つ人、善および悪の鬼神、死者の魂、魔物、死者の霊魂、無数の半人半神、世界中の住民は、いずれも神であるという名誉にあずかり、信仰の対象になる」と。

ヒンドゥーの三体論

ブラフマー、シヴァおよびヴィシュヌをヒンドゥーの三体と名づける。これらは創造、破壊また維持の三作用や原則を表現する。ブラフマーは、宇宙を創造する情熱や欲求の性質を具体化したもので、シヴァは暗黒や憤怒、宇宙を壊滅する破壊的な属性を示したものである。さらにヴィシュヌは、宇宙を存続させるための慈悲と善良の本質を象徴したものである。これを他の方面から観察すると、活動性の最高の存在がブラフマーであって、善良性によるものがヴィシュヌ、暗黒性によるものはシヴァである。この三神は、『プラーナ』と近世ヒンドゥー教の最高位の神々である。

バラモンの教義にしたがえば、マーヤーによって拡充した場合の最高精神ブラフマン、もしくは幻想的創造力から、順々に三つの世界と万物を創造する原始の男神ブラフマーが

生まれた。そして創造の作用は、必然的に保存と分離の両作用をともなう。そのためヴィシュヌとブラフマーの融合は維持者となり、ルドラ＝シヴァの融合は、分離と生産の作用を生む。完成、維持および分離の三動作において考察されるこれらの三神は、神々の原始集団を形成した。そしてこの集団にもとづいて、無数の神々の異なった支派をもつ近世ヒンドゥー教の全系統が生まれた。

これらの神々を象徴的に表現するものは、すでに説いたように、ブラフマンの音『オーム』である。この聖音は神秘(しんぴ)深い意味をもち、三ヴェーダを表示するものとして、ヴェーダ時代から伝えられてきた。『ヴェーダ』の当時は自然現象の「地」「水」また「火（もしくは太陽）」の三大元素を数え、「地球」「空気」および「青空」の三世界を分け、また物質には、「固体」「液体」「気体」の三種類を説き、『ヴェーダ』の三神すなわち「火天」「風天」および「太陽」を立てた。

元来、インド人のつくった三神格は、太陽の能力を人格化したものにほかならない。つまり太陽は、適度な「熱」で万物をつくりあげ、「光」によってこれを保持し、その火からつくられる「物質の集中力（火）」でこれを破壊する能力をそなえている。ゆえに太陽は、夜になって西方に没するとき、保持者ヴィシュヌとなり、朝日はブラフマーで、日中にはシヴァとして現れる。

バラモン教の教説によれば、三体中のいずれの一つも、他の二体に比べて優劣はつけられず、三者はまったく同等で、いずれもそれぞれ最高主体を表し、他のものに代わるものではない。インドの詩聖カーリダーサは次のように歌った。「三体あわせて一つの神が示されている。三体のそれぞれはいずれも最初のもので、また最終のものである。三体中の一つが独立して存在するのではなく、ブラフマーとヴィシュヌとシヴァはそれぞれ第一、第二、第三となる」と。

しかしながらこの「三体は同等」という説は、ほどなく放棄され、後の時代の神話では見られなくなった。創造の作用が止められたブラフマーの崇拝は、次第に減退して、他の二神が重要なものとなったことは、ヴィシュヌの章で記した通りである。
ある学者の説によれば、「これらの三神は、他の輪廻から解脱した神人のいずれとも異なり、またこれよりも優れている。彼らの地位は、できる限り最上のものである。今、このヒンドゥー教のものと、キリスト教の三位一体の思想の差別は、この点にある。ブラフマー、ヴィシュヌおよびシヴァは、派生的、二次的なもので、これら三体の信仰によって、最高存在が信仰される。この三位一体の名は、だんだんと低位のものと考えられ、他のものの崇拝によって一つの大精神が崇拝される。次には低位の神々、すでに亡くなった祖先、現存するバラモン、英雄また動植物などの崇拝をもって、宇宙精神に尊敬を捧げる。そう

いうわけで三位が永久に唯一神で存在するキリスト教の純粋な教説と、やがて性格を変えて多神教となった派生的、第二次的の三位一体とのあいだの対照は、このようにいちじるしい」と。

क्रमः काख्याद् विष्णोर बहुभागः सर्वैः समुदितो गुणैः अथ लक्ष्मणशत्रुघ्नौ सुमित्राजनयत सुतौ वीरौ सर्वास्त्रकुशलौ विष्णोर अर्धसमन्वितौ राज्ञः पुत्रा महात्मानश्च

第12章 創造神ブラフマーと学芸の女神サラスヴァティー

創造者ブラフマー

ブラフマーは、最高精神「ブラフマン」の派生を人格化した三大ヒンドゥー神の第一位のもので、宇宙の創造者、構成者である。また（ギリシャ・ローマの）ジュピターと同じく、もろもろの神人たちの父であって、『ヴェーダ』での称号は、プラジャーパティすなわち「万物の主」という意味をもっている。万物はブラフマーより生まれ、ブラフマーによって存続する。インドで「樫の木が樫の実によって存在し、果実が種子によって存在する」と説くように、すべての物質な姿は、発展を予想するブラフマーによって存在する。ダーウィンは「穀粒に継ぐのに穀粒をもってする収穫が続き、果てのない森が、一つの殻皮（穀粒の皮）のうちに眠る」と述べている。

宇宙の創造に関して、『リグ・ヴェーダ』には次のように載っている。曰く、「最初は虚無も実体もなく、仰いでも青空と大気を見なかった。万有を包みこむものは何であったか？ いかなる容器に盛られてあったか？ 深き淵にたたえる水であったか？ そこには死もなければ、また永遠の生命もなかった。昼と夜との区別はなかった。ただ、静かに呼吸して、自守自存する一体があるのみで、このほかになんの違いや差は現われてはいない。この世のはじまりでは、万物は暗闇に包まれて、静かで動かず、平等、何の差別も見られなかった。空虚に横たわり、絶対無に包まれたこの一体が、やがて感動の力によって進歩して、それ

自体からまず意識の萌芽である欲望が生まれた。もろもろの聖者は、知的研究によって、『有（存在）』と『空（無存在）』の二つを連絡する関係が心の内にあることに考えを行き着かせた。万有を包みこむ力と、それそのもので生存する原理とが、その下に存在し、その活力が表に現れる。この創造のはじまりにいたっては、誰かよく解明できるものがあるだろうか？」。

マックス・ミュラーの説によれば、最初は自存の静態にあったある一体が、固有の熱の力によって発達して、カーマすなわち欲望の原因となり、この欲望はすなわち意識のはじめの萌芽で、「有（存在）」と「空（無存在）」の両界をつなぐ最初の鎖である。『ヴェーダ』の詩人は、包容する力と、受け入れる能力と、生き生きと動く活力を述べて、「宇宙がいかにして生まれるかについては説明できない」と告白している。

宇宙創造説について、さらに他のヒンドゥーの書物を見てみると、マヌは次のように理解している。曰く、「宇宙がまったく眠りにあった時代には、混沌としてただ暗黒なものであった。そして五種の要素およびその他のすべてをもって、宇宙を明らかにする自存する偉大な造物主が、暗闇をとり除いてはっきりと現れた。この主宰者は、精細ではっきりとしない感覚、認識以上のもの、またあらゆるものの根本にあり、不思議な本心である。自らいろいろな物象を生み出そうと欲して、まず水をつくって、これに一粒の種子を委ねた。この種子は、太陽として輝く金色の卵となり、そのなかであらゆる世界の始祖である

ブラフマーが現れた。こうして卵状態として一年を経過した後、その単一な思想によって二部分に分けられ、各部分から天および地がつくられ、青空と八個の土地と水の永遠の住まいをその中間におかれた」

『ヴィシュヌ・プラーナ』も、この奇妙な卵に関して記載している。すなわち、「メル山峰のように広大なその胎内は、諸山岳によって成り立ち、その中間を満たす水は、大洋となっている。大陸も、海も、また山岳も、もろもろの遊星（惑星）と宇宙の各部、諸神群鬼および人類にいたるまで、ことごとくこのなかに包みこまれていた。それなのに創造主が、神界の一年すなわち人間の一〇〇〇年を経た後に、卵は破壊して、ブラフマーが黙想によって生まれ、創造の作用が始まった」。

『マハーバーラタ』および他の二、三の『プラーナ』によると、ブラフマーはこのように卵から発生したのでなく、「ヴィシュヌのへそから生じた蓮華から現れた」と説かれている。さらに『ラーマーヤナ』をひもとけば、世界創造をこのように理解している。「世界の起源は、残らずただ一つの水であって、大地もこれによって形成された。ここでそれそのものが存在するブラフマーは、神々とともに生まれ、そして野猪となって強い牙の上に大地をかかげ、その子である聖徒たちとともに全世界を創造した」と。またある学者はこれについてさらにくわしく述べている。すなわちブラフマーはまず水をつくり、次に大地を

ラーヴァナを思いとどまらせようとする悪魔マーリーチャ
The Demon Marichi Tries to Dissuade Ravana
(1780年頃)

देवी और देवताओ ｜第12章　創造神ブラフマーと学芸の女神サラスヴァティー

つくり、さらにその心からバラモン聖徒と、四人の女性を生まれさせた。そしてブラフマーの腕から、戦いの種族クシャトリヤを生まれ、また腿部から、商人の徒ヴァイシャを形成し、足部からはシュードラ族すなわち下僕の階級が生まれた。このようにして、ヒンドゥー教の社会制度が形成され、これにしたがって、なお数多くの階級的な区別がつくられた。また太陽はブラフマーの目から生まれ、月はその心からつくられ、そうしてその体から生まれた萌芽によって、今、見られるような動植物界のあらゆる区別が現れるにいたった」と伝えられている。

ブラフマーの姿は、『プラーナ』によれば、本来、五頭身であったと説いてあるが、通例四頭（四つの顔）をもち、体は赤色で、白衣を着て、鵞鳥の背にまたがった男形神である。手には宝杖と施物を受ける宝鉢を携えている。

『プラーナ』には、ブラフマーの五面（顔）に関して次のような伝説が載っている。「ブラフマーが（有限の）姿を現して、その体の半分から美しい女性サタルーパーをつくった。彼女の美しい姿は、ブラフマーの心を酔わせたが、元来、その分身である彼女は、ブラフマーにとっては娘と言えるから、ブラフマーも正しくない感情を恥じて、分不相応の望みと抑制の衝突に思いを悩ませていた。このようなあいだにも、ブラフマーの目は常にサタルーパーの上にのみ注がれた。彼女は敏感にその意を察し、ブラフマーの視線を避けるた

めに、四たびその住居を移したので、自分の座を動くことができないブラフマーは、美女の行方にしたがって、その姿を見つめることができるよう、四隅のそれぞれに対して一個ずつの顔を生成した」。

『マハーバーラタ』には、ブラフマーの第五の顔が失われたことについて次のように記されている。ある日、ブラフマー、シヴァなど、三神中の最高位のヴィシュヌの目の前で、聖徒たちの尋問を受けた。が、ブラフマーはある自分の考えを告白した。こうしてブラフマーとヴィシュヌのあいだに議論が起こって、ついに『ヴェーダ』の教えに判定を仰ぐことで一致した。聖典には、この名誉をシヴァに属すると説いているが、他の二つの経典には、これに反論を加えている。曰く、「妖魔の主、墓場の歓楽者、外見は痩せて、蛇身で飾った巻きついた総毛を着け、灰で覆われた裸形の修行者が、どうして最高のものとなれるだろうか?」と。ブラフマーの第五の顔は、シヴァに対して怒りに燃えて、人を見下したような言葉を放った。これがシヴァの怒りを買って、そのためシヴァはもっとも恐ろしい姿になって、左手の親指で、すぐにブラフマーの頭を切り去ってしまった。この光景は、世界にとっていかに驚くべきものであったか。大いなる創造者の頭が、バイラヴァ(シヴァの怒りの姿)の左手の親指の爪で切り去られたのは、いかに奇怪な現象であったか。ブラフマーはその姿尊く、荘厳な務めと尊貴な名称とが、尊敬に値するかどうかにかか

131

देवी और देवताओ ｜ 第12章　創造神ブラフマーと学芸の女神サラスヴァティー

わらず、道徳的には非難すべき経歴をもっている。すなわち三界の創造主であるブラフマーは、肉親同士が争う非行によって、他の神々から罰せられ、崇拝に制限を加えられ、また酒に酔う負担を課せられた。『スカンダ・プラーナ』には、うそ偽りの負担を課せられた素朴な伝説があって、ブラフマー崇拝がほとんど絶滅した理由として、この話が挙げられている（後述のサラスヴァティーの項目に記載）。

現在、インドにおいては、ブラフマーの信仰はほとんど皆無と言うことができ、これをまつる寺院は、ラージプターナのプシュカラ湖畔に一寺、アーブ山付近のイダルあたりに一寺を数えるのみである。

この禁戒のために、バラモン教徒は、ブラフマーについての念呪を、朝と夕暮れの勤行の際、操り返し、正午にはときに一枝の花をブラフマーに捧げ、またほかの時刻には、清浄なバターを献上する。またひとしく悪行の他の神々も続いて信仰されている。現在、ブラフマーが世間で認められていない原因は、その活動が単に創造の一つにとどまっているからで、ひとたび完成の域に達した以上は、インド人にはそれ以上の興味を与えないからである。

インド神話に現れたブラフマーの寿命は、神齢で数えた一〇〇年であって、その一年を形成する一日のそれぞれは、「カルパ」と呼ばれる時間のある単位で、人間界の四三二万

年に相当し、一夜の長さもまた同じ期間に相当する。各カルパが終わるときには、宇宙は一度壊滅して、ブラフマーがその長い夜の休みを終えた後、再び創造が繰り返される。

学芸の女神サラスヴァティー

ヒンドゥーの女神は、すべてその夫の神に従属した威力として表現されている。このサラスヴァティーは創造主ブラフマーの妃で、（創造に関する）創案や想像の性質を帯びた「智慧の女神」として表現される。「ヴェーダの母」という称号をもち、デーヴァナーガリー文字やサンスクリットの創始者という栄誉を担い、美術、音楽、また言葉の技法の守護神とも呼ばれ、「談話の女神」の意義をもつヴァーグデーヴィーとも呼ばれる。

サンスクリット名サラスヴァティーを文字通りに理解すれば、「水のもの」という意味で、パンジャーブ地方に流れていた古い河流の名前である。古代にはその両岸で厳粛な儀式を行って神々を祭る習わしであった。澄み渡る水のなめらかな流れを、よどみない弁舌や、美しく響く楽の音、または聖典を読み、祈りを捧げる階調にたとえて、サラスヴァティーを弁舌の守護神、芸術文学の守護神として見立てられる。

後の時代の神話では、サラスヴァティーは、異なるいくつかの名称のもとに、ブラフマーの配妃となっている。ワードの説によれば、「この女神は全インドの学生、階級に正しく

133
देवी और देवताओ ｜ 第12章　創造神ブラフマーと学芸の女神サラスヴァティー

信仰されている。サラスヴァティーの姿は、寵愛する孔雀の背に乗り、楽器を携え、両手には一巻の書物をもち、花をとって夫ブラフマーに捧げている。この形像は、多くのインドの学校および専門学舎の入口と門戸の上におかれている。サラスヴァティー信仰の儀式は、とくに一月五日に、その形像前もしくは筆管（筆の軸）、墨汁容器、書物など、女神の体とひとしい性格をしているものの前で行われる。サラスヴァティーの形像もしくはその代替物を、邸宅の西または南方の卓上において、参列したバラモン僧が、儀式の決まりをつつしんで読み、供物を献上した後、各信者は手に手にもろもろの花をとって、祈念の詞を捧げ、女神の前に献上する。この式後には、バラモン僧たちに定例の施物を贈り、またご馳走を供える。そしてこの祭祀の翌日は、たとえそれを職業とするものであっても、決して書物をひもとき、または文字を記すことをしない習わしである。なおサラスヴァティーの信徒は、一日中ただ一回しか食せず、そのうえ魚類を避けて口にしない。

ブラフマーは、才色兼ね備えたサラスヴァティーのほか、ガーヤトリーという牛飼い少女を側室とした。これについて『スカンダ・プラーナ』には興味深い話が掲載されている。シヴァが、その妃パールヴァティーに『どのようにサラスヴァティーが、ブラフマーを嫌悪して、そのためにブラフマーがガーヤトリーを妻に迎えたか』について語った。『ヴェーダ』には、犠牲から大いなる利を得て、これによって神々が歓喜し、地上に恵みの雨を与

えることが説かれている。この目的のために、ブラフマー、サラスヴァティー、その他の神々ならびに聖者は、プシュカラのもとに集まった。

すべての準備が整えられ、犠牲を献上するためのもろもろの儀式が行われることになったが、サラスヴァティーはちょうどそのとき、家事に携わっていて、儀式に参列していなかった。そして、バラモン僧は女神を迎えるために、サラスヴァティーのもとを訪れたが、サラスヴァティー女神は「私はまだ身の装いが終わっておらず、しなくてはならない家の仕事もある。ラクシュミー、ガンガー、インドラ妃はじめ、他の神々の妃たちも行っていないのに、私ひとりで祭祀に行くことはできない」と言って了承しなかった。バラモン僧はブラフマーのもとに帰って、この旨を伝えた。「妃の列席がなくては、この儀式も意味のないものになる」とブラフマーは言って、サラスヴァティー女神の行為に怒りながら、インドラを招き寄せて、「急いでどこからか一人の妃となる女性を迎えて来るように」と命じた。インドラはその使命を果たそうとして、すぐに各地を尋ね求めたが、一人の若い牛飼い少女が、美しい顔に微笑をたたえつつ、バターの壺を携えているのを見た。ついでインドラは、すぐさまその乙女を捕まえて、儀式の席にともなって来た。そのときブラフマーは、このガーヤトリーという乙女を妻にする旨を、集まっている神々、聖者たちに告げた。やがてガーヤトリーは花嫁の席に導かれて、宝石を散りばめた衣服で身を飾られた。

135

देवी और देवताओ ｜ 第12章　創造神ブラフマーと学芸の女神サラスヴァティー

このときちょうど、サラスヴァティーはヴィシュヌ、ルドラならびに神々の妃たちをしたがえて、祭祀（さいし）の式場に臨んだが、見れば花嫁の座席には一人の牛飼い少女がいて、バラモン僧たちは献供（けんく）の儀式を行いつつあった。ついでサラスヴァティー女神は、「ブラフマーよ。あなたの妻である私をしりぞけようとして、あなたはこの罪深い行為を企（くわだ）てたのでしょうか？　こんな浅ましい行いも、恋のために恥ずかしいと思う心も失ったのでしょうか？　ブラフマーは神々、聖者たちの真の父でありながら、今、三界の嘲笑（ちょうしょう）を招くふるまいを公然と行ったのです。夫に棄てられた妻が、今さら、どうして顔を人に向けられるでしょうか？」と打ち嘆（なげ）いた。ブラフマーはこれを聞いて、「バラモン僧たちは、儀式の時間になったが、妻の席の空いたままでは、祭祀（さいし）を行うことはできない旨を私に告げた。そしてインドラが、このガーヤトリーをともなって来て、ヴィシュヌやルドラは、私に彼女との結婚をうながしたのだ。そうした事情のため、私のこの背信行為（はいしんこうい）を許してくれ。もう二度とあなたの心には背（そむ）くまい」と堅く誓った。

　サラスヴァティーは夫の言葉を聞き終えて、それから言った。「私が苦行して得た力で、ブラフマーは一年中わずかに一日をのぞいて、寺院や聖堂で礼拝されないようにしましょう。またインドラはブラフマーのもとに牛飼い少女をともなって来たため、鎖につながれて異郷で禁錮（きんこ）の身となるように。ヴィシュヌはブラフマーに背徳（はいとく）の結婚を勧（すす）めたために、

人間界に生を受け、長く家畜の番人として放浪の生涯を送るはず。このバラモンたちは今後も、ただ供物ほしさから、祭祀を行い、強欲のためにのみ聖式に参加するでしょう」。
このように呪い終わってサラスヴァティーは、集会の席を退いたが、ヴィシュヌとラクシュミーは、ブラフマーの命を受けてサラスヴァティーについて行って、「家に帰るように」と彼女に勧めた。

サラスヴァティーが家に帰ってくると、ブラフマーは「ガーヤトリーをどのようにしようと望むのか？」と彼女に問い、そのときガーヤトリーはサラスヴァティーの足元に身を投げ伏した。彼女はガーヤトリーの身を助け起こした。「妻は夫の欲するまま、その命にしたがわねばなりません。夫をののしり、争い、愚痴を言う妻は、その死のときに必ず地獄に落ちるものです。ならば私たち二人はともに夫に仕えるのがよいでしょう」。そう優しく言われ、ガーヤトリーは「私はあなたの仰せに、誓って長くしたがうでしょう。命に代えてあなたの友情に背きはしません。私をあなたの娘と思っていただき、長く愛してください」と。

このように互いの心のわだかまりは解けたが、サラスヴァティーが怒りに任せて呪った言葉は、今なお効力を示して、世俗のヒンドゥー教に驚くほど知られている。

第13章 維持神ヴィシュヌと運命の女神ラクシュミー

तपःस्वाध्यायनिरते तपस्वी वाग्विदां वरम् नारदं परिपप्रच्छ वाल्मीकिर्मुनिपुंगवम् कोन्वस्मिन्साम्प्रतं लोके गुणवान्कश्च
धर्मज्ञश्च कृतज्ञश्च सत्यवाक्यो दृढव्रतः चारित्रेण च को युक्तः सर्वभूतेषु को हितः विद्वान्कः कः समर्थश्च कश्चैकप्रियदर्शनः
कोजितक्रोधो मतिमान् कोऽनसूयकः कस्य बिभ्यति देवाश्च जातरोषस्य संयुगे एतदिच्छाम्यहं श्रोतुं परं कौतूहलं हि मे
एवंविधे नरं श्रुत्वा चैतत्त्रिलोकज्ञो वाल्मीकेर्नारदो वचः श्रूयतामिति चामन्त्र्य प्रहृष्टो वाक्यमब्रवीत्
बहवो दुर्लभाश्चैव ये त्वया कीर्तिता गुणाः मुने वक्ष्याम्यहं बुद्ध्वा तैर्युक्तः श्रूयतां नरः इक्ष्वाकुवंशप्रभवो रामो नाम जनैः श्रुतः नियतात्मा
महावीर्यो द्युतिमान् धृतिमान् वशी बुद्धिमान् नीतिमान् वाग्मी श्रीमाञ्शत्रुनिबर्हणः विपुलांसो महाबाहुः कम्बुग्रीवो महाहनुः महोरस्को
महेष्वासो गूढजत्रुरारिदमः आजानुबाहुः सुशिराः सुललाटः सुविक्रमः समः समविभक्ताङ्गः स्निग्धवर्णः प्रतापवान् पीनवक्षा विशालाक्षो लक्ष्मीवान्
शुभलक्षणः धर्मज्ञः सत्यसंधश्च प्रजानां च हिते रतः यशस्वी ज्ञानसंपन्नः शुचिर्वश्यः समाधिमान् रक्षिता जीवलोकस्य धर्मस्य परिरक्षिता
रक्षिता स्वस्य धर्मस्य स्वजनस्य च रक्षिता वेदवेदाङ्गतत्त्वज्ञो धनुर्वेदे च निष्ठितः सर्वशास्त्रार्थतत्त्वज्ञः स्मृतिमान् प्रतिभानवान् सर्वलोकप्रियः साधुर्अदीनात्मा विचक्षणः सर्वदाभिगतः सद्भिः
सिन्धुभिः आर्यः सर्वसमश्चैव सदैकप्रियदर्शनः स च सर्वगुणोपेतः कौसल्यानन्दवर्धनः समुद्र इव गाम्भीर्ये धैर्येण हिमवान् इव
विष्णुना सदृशो वीर्ये सोमवत्प्रियदर्शनः कालाग्निसदृशः क्रोधे क्षमया पृथिवीसमः धनदेन समस्त्यागे सत्ये धर्म इवापरः तम् एवंगुणसंपन्नं रामं सत्यपराक्रमम्
ज्येष्ठं श्रेष्ठगुणैर्युक्तं प्रियं दशरथः सुतम् यौवराज्येन संयोक्तुमैच्छत् प्रीत्या महीपतिः तस्याभिषेकसंभारान् दृष्ट्वा भार्याथ कैकेयी
पूर्वं दत्तवरा देवी वरम् एनम् अयाचत विवासनं च रामस्य भरतस्याभिषेचनम् स सत्यवचनाद्राजा धर्मपाशेन संयतः विवासयामास सुतं रामं दशवर्षाणि पञ्च च
भरतं चाभिषिञ्चाम्बैः प्रार्थयत रामं स जगाम वनं वीरः प्रतिज्ञाम् अनुपालयन् पितुर्वचननिर्देशात् कैकेय्याः प्रियकारणात् तं व्रजन्तं प्रियो भ्राता लक्ष्मणः
अनुजगाम ह स्नेहाद्विनयसंपन्नः सुमित्रानन्दवर्धनः भ्रातरं दयितो भ्रातुः सौभ्रात्रमनुदर्शयन् रामस्य दयिता भार्या नित्यं प्राणसमा हिता जनकस्य कुले जाता देवमायेव निर्मिता सर्वलक्षणसंपन्ना नारीणाम् उत्तमा वधूः सीताप्यनुगता रामं शशिनं रोहिणी यथा पौरैर्
अनुगतो दूरं पित्रा दशरथेन च शृङ्गवेरपुरे सूतं गङ्गाकूले व्यसर्जयत् ते वनेन वनं गत्वा नदीस्तीर्त्वा बहूदकाः चित्रकूटम् अनुप्राप्य भरद्वाजस्य शासनात्
रम्यम् आवसथं कृत्वा रममाणा वने त्रयः देवगन्धर्वसंकाशाः तत्र ते न्यवसन्सुखम् चित्रकूटं गते रामे पुत्रशोकातुरस्तदा राजा दशरथः
स्वर्गं जगाम विलपन्सुतं मृते तु तस्मिन् भरतो वसिष्ठप्रमुखैर्द्विजैः नियुज्यमानो राज्याय नैच्छद्राज्यं महाबलः स जगाम वनं वीरो रामपाद
मूलं मूर्धानि वर्षकः रामात्तु पादुके गृह्य नृप्सार्गेण च पीडितः स भरतस्त्वरितो जगाम रामं प्रणम्य शिरसा पादुके चास्य राज्याय न्यासं दत्त्वा पुनः पुनः निवर्तयामास ततो भरतो भरताग्रजः स कामम् अनवाप्यैव रामपादाव् उपस्पृशन् नन्दिग्रामेऽकरोद्राज्यं रामागमनकाङ्क्षया गते तु भरते श्रीमान् सत्यसन्धो जितेन्द्रियः रामस्तु पुनरालक्ष्य नागरस्य जनस्य च तत्रागमनम् एकाग्रो दण्डकान् प्रविवेश ह विरोधो राक्षसैः
दुर्द्धर्षैः हत्वा चैव सुतीक्ष्णं चाप्य गस्त्यं च अगस्त्य भ्रातरं तथा अगस्त्यवचनाच्चैव जग्राहैन्द्रं शरासनम् खड्गं च परमप्रीतस्तूणी चाक्षयसायकौ
वसतस्तस्य रामस्य वने वनचरैः सह ऋषयोऽभ्यागमन् सर्वे वधायासुररक्षसाम् तेन तत्रैव वसता जनस्थाननिवासिनी विरूपिता शूर्
कामरूपिणी ततः शूर्पणखावाक्यादुद्युक्तान्सर्वराक्षसान् खरं त्रिशिरसं चैव दूषणं चैव राक्षसम् निजघान रणे रामस्तेषां चैव पद
निहतानि ससहस्राणि चतुर्दश ततो ज्ञातिवधं श्रुत्वा रावणः क्रोधमूर्छितः सहायं वरयामास मारीचं नाम राक्षसम् वार्यमाण
मारीचेन स रावणः न विरोधो बलवता क्षमो रावण तेन ते अनादृत्य तद्वाक्यं रावणः कालचोदितः जगाम सह मारीचस्तस्याश्रमपदं तदा
मायाविना दूरम् अपवाह्य नृपात्मजौ जहार भार्यां रामस्य गृध्रं हत्वा जटायुषम् गृध्रं च निहतं दृष्ट्वा हृतां श्रुत्वा च मैथिलीम् राघवः
व्यललापाकुलेन्द्रियः ततस्तेनैव शोकेन गृध्रं दग्ध्वा जटायुषम् मार्गमाणो वने सीतां राक्षसं संददर्श ह कबन्धं नाम रूपेण विकृतं घोरं
निहत्य महाबाहुर् ददाह स्वर्गतश्च सः स चास्य कथयामास शबरीं धर्मचारिणीम् श्रमणीं धर्मनिपुणाम् अभिगच्छेति राघवः सोऽभ्यागच्छन्
महातेजाः शबरीं शत्रुसूदनः शबर्या पूजितः सम्यग्रामो दशरथात्मजः पम्पातीरे हनुमता संगतो वानरेण ह हनुमद्वचनाच्चैव सुग्रीवेण
सुग्रीवाय च तत्सर्वं शंसद्रामो महाबलः ततो वानरराजेन वैरानुकथनं प्रति रामायावेदितं सर्वं प्रणयाद् दुःखितेन च वालिनश्च
कथयामास वानरः परितुष्टश्च रामेण तदा वालिवधे प्रति सुग्रीवः शङ्कितश्चासीन्नित्यं वीर्येण राघवे राघवः प्रत्ययार्थं तु दुन्
दुभेः कायम् उत्तमम् पादाङ्गुष्ठेन चिक्षेप संपूर्णं दशयोजनम् बिभेद च पुनः सालान्सप्तैकेन महेषुणा गिरिं रसातलं चैव जनयन्प्रत्ययं तदा ततस्
तेन विश्वस्तः स महाकपिः किष्किन्धां रामसहितो जगाम च गुहां तदा ततो अगर्जद्धरिवरः सुग्रीवो हेमपिङ्गलः तेन नादेन महता निर्
हरीश्वरः ततः सुग्रीववचनाद्धत्वा वालिनम् आहवे सुग्रीवम् एव तद्राज्ये राघवः प्रत्यपादयत् स च सर्वान्समानीय वानरान्वानर
यूथपानाम् आस दिद्देशुः जनकात्मजाम् ततो गृध्रस्य वचनात् संपातेर्हनुमान्बली शतयोजनविस्तीर्णं पुप्लुवे लवणार्णवम् तत्र ल
पुरीं रावणपालितां ददर्श सीतां ध्यायन्तीम् अशोकवनिकां गताम् निवेदयित्वाभिज्ञानं प्रवृत्तिं च निवेद्य च समाश्वास्य च वैदेही
तोरणं पञ्च सेनाग्रायान् हत्वा सप्त मन्त्रिसुतान् अपि शूरम् अक्षं च निष्पिष्य ग्रहणं समुपागमत् अस्त्रेणोन्मुह्यम् आत्मानं ज्ञात्वा
मर्षयन् राक्षसान्वीरो यन्त्रिणस्तान्यदृच्छया ततो दग्ध्वा पुरीं लङ्कामृते सीतां च मैथिलीम् रामाय प्रियम् आख्यातुं पुनर् आय

維持神ヴィシュヌ

すべてのヒンドゥー教徒を、ヴィシュヌの信者であるヴィシュヌ派、シヴァに属するシヴァ派、ならびに女神（もしくは活力）の信仰者であるシャクティ派と三大別することができる。このうちヴィシュヌ神が、ヒンドゥーの多神教中にどれほど重要な位置を占めているかは、かんたん知ることができる。インド人には、いろいろな化身（けしん）の姿のヴィシュヌを信仰する者が多い。シヴァ信者が、主に南方のおだやかで上品な人たちに多いのに対して、ヴィシュヌの信徒は、だいたい北方に住む剛勇（ごうゆう）な好戦種族中にいる。またシャクティ崇拝は、実際、ベンガルおよびオリッサなどの諸地域（東インド）に限られている。

ヴィシュヌは、ヒンドゥー三体の第二位を占め、その特別な働きとして、ブラフマーの創造に対して、世界を維持する任務にあたっている。『プラーナ』の説によれば、最高精霊は、この世界を創造するために、その右側からブラフマーを生み、世界を持続（保持）するために、その左側からヴィシュヌを生み、そして中央からは世界を破壊するために、シヴァを生んだ。ヒンドゥー三体中で、ヴィシュヌはもっとも人間性に富み、またその性格はもっとも親切で、思いやりがあるため、もっとも広く信仰されている。ヴィシュヌは、信者救済の力の象徴として四本腕をもっている。四本腕によって特別な力を示すのが、ヒンドゥー教では一般的である。下界に起こる急変、危機に際して、その救済のためには、これら神

性の全部もしくは一部分を変えて、おだやかな威光を示す。そしてそのヴィシュヌの力が、善良な人類および現存する僧侶に伝来していると信じられている。

ヴィシュヌ派であることを信者が表示するにあたっては、忠実にヴィシュヌの特性を表現している。彼らの額上には「V宇形」の記号をつけている。またヴィシュヌと水の一致は、水の本質として示されている。ヴィシュヌの標号は、生命を与えること、および火によって示される破壊の力の象徴で、この関係からヴィシュヌ派はよくヴィシュヌ・ナーラーヤンと称される。『マヌ法典』には、これに関する説明が見られる。すなわち、水はナーラすなわち神霊がはじめてつくったもののため、ナーラと呼ばれる。そしてはたらきの最初の場所であるから、ナーラーヤナすなわち「水の移動」の意味となっている。また「光は水から生じた」と言われるように、ヴィシュヌと関係をもっている。

ヴィシュヌは、線光、熱、空気ならびに水と関連するために、明らかに広く行き渡るという性格をもつ。そして人や動物（有情）、木や石（非情）を問わず、すべての現象、例えば黒いシャーラグラーマのような石類、ガンジスなどの河流、もろもろの植物、魚、すっぽん、野猪などの動物もしくは人類など、それぞれの目的に応じてその本質を付与する。

三体中、ヴィシュヌが他の二神にすぐれる理由について二種の伝説がある。その一つの『バーガヴァタ・プラーナ』によれば、かつてサラスヴァティーの河畔で、ある儀式が行

141
देवी और देवताओं ｜第 13 章　維持神ヴィシュヌと運命の女神ラクシュミー

われた際、集まった諸聖者間に、「三尊中のいずれがもっとも偉大であるか？」についての議論があった。これを解決するために、ブラフマーの子をそれぞれの神のもとへ遣わすことになって、まず彼は父ブラフマーのいる天を訪れた。ところが議論の真理（答え）を発見しようと熱望するあまり、礼儀をつくすことを忘れてブラフマーの宮廷に駆け込んだ。そしてブラフマーはその無礼をとがめ、ほとんど彼をぶとうとしたが、それが自分の子であると知って、たちまち怒りをやわらげた。続いて子息は、シヴァの住所であるカイラスに進んだとき、シヴァは兄弟として急いで彼を抱こうと試みたが、彼はこれを避けた。この行動がシヴァの怒りを招き、シヴァは三叉戟を取り上げ、一撃のもとに彼を殺そうとした。ちょうどそのとき、パールヴァティーがシヴァの足下に身を投げて命乞いをしたために、彼は許された。

　最後にヴィシュヌの天を訪れて、神が眠りに入ったとき、ヴィシュヌ神の胸を蹴ってしまった。ヴィシュヌは立ちあがって、丁寧に彼に会釈して、歓迎の意を表し、彼を座らせて、このように言った。「賓客を迎えるときに、つくさねばならない礼を欠いた罪を許したまえ」。ヴィシュヌは手で子息の足を撫で、なお言葉を続けた。「汝の罪ある足の汚れを私の胸に加えたため、今、私は高き誉れがある」。彼はこの答えを聞いて、自らの無礼を悔いて、目には涙をたたえて、急いで聖者たちのもとに帰った。こうして一同は、ヴィシュヌの忍

クリシュナ神の「目隠し遊び」(『バーガヴァタ・プラーナ』)
Blindman's Bluff: Page From a Dispersed Bhagavata Purana
(Ancient Stories of Lord Vishnu)
(1715–20年頃)

देवी और देवताओं │ 第13章 維持神ヴィシュヌと運命の女神ラクシュミー

耐強いふるまいを徳として、ヴィシュヌ神を神々中の最上位に決めた。

さらに『スカンダ・プラーナ』の説には次のように記されている。大昔、世界のすべてが水に覆われ、ヴィシュヌは千頭蛇の胸で眠りを貪っていたとき、そのへそから一茎(ひとくき)の蓮が生じ、すぐに茎が延びて、水の表面に達した。そこから花が開き、なかからブラフマーが生まれた。ブラフマーはあたりを見ても、はてのない視界に目をさえぎる一つの生きものがいないのを見て、世界にはじめて生まれたものが自分であることを悟り、他のすべての物や現象中の最上位に自ら（ブラフマー）をおいた。

さてブラフマーは、まず豊富な水の深さを測り、そのなかになにが存在するかを見きわめようと意を決し、蓮の茎にそって降り、眠っているヴィシュヌを見て、声高く、「何人であるか？」と問い試みた。ヴィシュヌの答えはこのようであった。「私は最初の生体(せいたい)である」。ブラフマーがこの答えを否定したので、両者のあいだに、最初の存在をめぐる議論が起こった。そしてそこに現れたシヴァがその調停を試みて、「真に最初に、世界に生まれ出たのは俺であるが、俺の要求は両者に譲る考えである。汝(なんじ)たちは俺の頭の頂上、あるいは俺の足先に達し、これを見るとよいだろう」と言った。

ブラフマーはただちに立ち上がったが、シヴァの頭上にたどり着くことはできなかった。ブラフマーは無限の領域に一つの目的をもたないことに疲れを感じていた。シヴァは、

144

散漫（集中できずとりとめのない）と虚偽という二つの罪悪によって、「ブラフマーのために は決して祭祀が行われないこと」を宣告した。その後、ヴィシュヌはシヴァの足を見るのに適当でなかったことを悟った。すると、シヴァはヴィシュヌに「（謙虚さを知ったヴィシュヌこそ）神々中、最初に生まれたものであって、すべてに秀で優れていること」と告げた。こうして、ヴィシュヌの世襲権と道徳上の優秀性が確立された。

　ヴィシュヌは、ヴェーダ期と近世のヒンドゥー教において、同じ名称の下で、信仰されている三尊中のうちの唯一の神で、『リグ・ヴェーダ』によれば、ヴィシュヌは日の出、日没と日中の三段階の太陽として考えられる。『ヴェーダ』の詩人は、三段階の天に代わるものとしてヴィシュヌを認めていた。これがヴィシュヌの偉大な行為で、特殊の誉れで語られる。太陽の段階に関して、三段階のうちの二つ、すなわち日の出と日没は、人間の住まいに近づき、日中における場所は誰もこれに到達できず、大空に飛翔する鷲でさえヴィシュヌに近づくことはできない。ヴィシュヌが、これら三段階の道のりを取る理由は、生きものの保存と利益のためで、世界は太陽のもとで幸福な生活を持続できる。正午、天の中心にいる姿が、ヴィシュヌ本来の位置と言われている。

　他の神々と区別されるヴィシュヌの特色は、さまざまの化身を見せることである。ラーマ、クリシュナなどのさまざまな姿で、ヴィシュヌは思想を広く行き渡らせ、人間界の数

145

多くの生命を救う。人間界の持続（維持）のための活動は、「ヴィシュヌの最高の務め（維持）であるから」と、この化身は説明できる。大きな災禍の起こったときは、常に地上の人類と悪行邪行が、進歩と幸福のための侵しがたい障害となる。このとき、ヴィシュヌは奥が深く美しい顔を隠して、人類救済のために特殊な姿に化身し、地上に降臨して、その務めが終われば、再び天に帰還する。

　化身のなかには、世界的性質のものもあるが、クリシュナをはじめ実在した人物、歴史的事実に基礎をおいて、その個性（実在人物）に次第に神の属性が与えられて、ついにヴィシュヌ神の化身になる者もいる。この見解は、神話思想の成長発達の経路とまったく一致した見方である。ヴィシュヌの化身の進歩は、生物の低い形態から進展していくことに注意しなければならない。すなわち、魚類、亀、野猪から醜い半人半獣（獅首人身）を経て、ついに矮人の姿となり、ついで馬の最高の形を現し、半神の属性を示す。あるいは「これらの多くは最初は物語としてつくられたが、近世のインド人が軽々しく信じることによって、つくり話が史実となり、事件が奇跡へと変化した」という説もある。

　ヴィシュヌは、最高の威力について、死力をつくしてヤマと争ったことがあり、その話は次の通りである。アジャミーラというとても好き嫌いの激しいある人間がいた。この人は牝牛とバラモンを殺戮し、化けものをしたがえるなど、生涯悪行をほしいままにしてい

た。やがて寿命が尽きようとする最期のとき、ヤマの使者が彼を捕らえようとして現れ、まさに地獄に堕とそうとしたとき、ちょうどヴィシュヌの使いもやって来て、彼の霊魂を救った。ヤマの帳簿は彼の悪行で満ちていたために、急いでヴィシュヌの棲む天界に使いを遣わし、その説明を要求した。そしてヴィシュヌは、「アジャミーラが臨終のときに、ヴィシュヌの名を唱えたために、彼は救済されることになった」と答えた。

一生悪を続けた人間といえども、死ぬ間際に、ヴィシュヌもしくはその化身の名を唱えたなら、死後は必ず救済される。インド人はだいたいがこの教説にしたがい、臨終のとき、ヴィシュヌの聖号であるラーマ、クリシュナ、ナーラーヤンもしくはハリなどの名を口にすると、「来世は解脱を得る」と信じていた。

インド人の葬礼を見ると、遺体を白い木綿のひもで巻き、それを竹ざおの上において、火葬場に運び、泣き男（雇われて声を立てて泣く男）がそばにいて、「ラーマ、ラーマ。サチア、ナーマ。ラーマ、ラーマ。真の名」と呼ぶ。この名が、ヴィシュヌの化身を表すもので、死の旅路の門戸を守り、ヤマの密使を撃退して、天国に入るための許しを得る力をもつ。

ヴィシュヌは、年ごとに四か月間、すなわち六、七月頃から十、十一月頃まで、眠りに入るものだと一般に信じられている。この期間には悪魔も退散するため、多数の饗宴が催さ

れる。その日、神は休養のために退(しりぞ)き、婦人たちは、お守りとして牛糞(ぎゅうふん)で家を飾り、昼間は断食をして、夜になって砂糖漬けの果実を口にする。この時期に結婚することを避け、わらぶき小屋の修繕(しゅうぜん)や寝床の改修も行わない決まりである。ヴィシュヌ神が眠りから覚める日には、さとうきびの収穫がはじめられるので、そのとき、製糖水車には赤い顔料で標(しるし)がほどこされ、それに灯(あか)りがともされる。長さ約一フィート半の木板に、バターと牛糞(ぎゅうふん)でヴィシュヌとその妻ラクシュミーを描き、板上には木綿(もめん)、ふじまめ、くるみ、糖果(とうか)などの供物(くもつ)をならべる。そして聖火を捧げ、五本のさとうきびをその壇(だん)の近くにおいてその先っぽをたばね、ヴィシュヌの標石(ひょうせき)を掲げて、人々は飾り気のない調子の歌を歌い、それで神の眠りを覚まさせる。

「雲は去って、やがて月は満月の光を見せるであろう。我は純粋な清らかさを得ようと欲し、新鮮な季節の果物を御前(ごぜん)に献じるために来た。長い眠りから覚(さ)めたまえ。覚(さ)めたまえ。世界の主よ」というのが、ヴィシュヌ神の眠りを覚ます呪文の詞(ことば)である。

祭祀(さいし)が正しく行われた後に、それを担当したバラモンは、吉祥の時刻が到来したことを宣言する。ヴィシュヌ神は目覚め、それより収穫をはじめることができる。このとき、全村あげて喜び、宴(うたげ)を行って、舞踏(ぶとう)、歌唱するあいだに、収穫した新しい果実が運ばれてくる。

ヴィシュヌの形像(けいぞう)は、黒色の肌で四本腕を有し、両手の一方には、棍棒(こんぼう)をもち、一方に

は貝をもち、第三の手には敵軍を撃破するための宝輪（一種の鉄環）を掲げ、第四の手には蓮華の茎を携える。蛇の体にもたれて、常に水中に住み、ガルダという神秘な鳥の背にまたがっている。

　ヴィシュヌ神の恩恵を受けるための方法は、『ヴィシュヌ・プラーナ』に次のように説いてある。最高の神ヴィシュヌをもっともよく歓喜させようとすれば、階級の模範となることと清浄な行いに務めるのが唯一の道である。ヴィシュヌはすべてに行き渡っているがゆえに、供物を捧げ、祈りを捧げるごとにヴィシュヌに働きかけられ、もし生きものに害を加えることがあれば、それはヴィシュヌを害するにひとしくなる。利他の行を欠かず、悪口、偽りを決して口にせず、他人の妻や財宝に執着せず、何人に対しても悪意を抱かず、人や動物（有情）、木や石（非情）にかかわらず、怒って暴力を加えることなく、神々、バラモン、昔の聖人を尊敬し、子供や女性、人々と、自らの心の安寧を求め、不完全な愛憎にもとづく歓楽を捨て、心を純潔に保てば、ヴィシュヌ神は讃嘆の笑みをもらしてくれる。各階級および生活条件について、経説で教えられた責務に服従する人は、もっともよくヴィシュヌを信仰する人であって、ヴィシュヌの神に奉仕する方法は、残らず上述の通りである。

『バーガヴァタ・プラーナ』には、さらに立ち入って説いてある。曰く。ヴィシュヌのご

加護を望むなら、信者は純粋で清らかな無我の愛に悟入しなくてはならない。貴族、富豪、博学、その他あらゆる地上の価値は、ヴィシュヌの前ではなんの効果もない。ゆえに人々はこの神に最高の愛を捧げる。人間の真の学識は、ヴィシュヌに対する最上の愛と帰依から成り立つ。そしてすべての創造物において現れたような尊敬をもって神に対する。この愛と帰依は、神に対する完全で、かつ分離不可能な奉仕である。この場合のヴィシュヌを愛することは、けちんぼの金銭に対するように、母の初生児に対するように、青春の徒の恋人に対するようにである。

この深源な愛を分けると、(一)教師に対する尊敬、(二)信仰心ある人たちおよび世界的愛情に満ちた人々の提携、(三)すべての動作と知識を神に任せること、(四)ヴィシュヌを愛し、純粋な心をもって蓮茎の下に住むこと、(五)形あるすべてのものに神は存在するため、これらを愛すること、(六)色欲、怒り、欲深さ、俗事にとらわれる心、傲慢および嫉妬などの心のなかの六感に常に抑制を加えること、などである。

好運の女神ラクシュミー

ラクシュミーは、通常はシュリーの名で知られる。ヴィシュヌの能動的活力で、絶世の美しさと艶やかさをもち、性格純潔な女神である。ラクシュミーの夫ヴィシュヌは、ほか

の神々にその例を見ないほど、多様な化身を見せるが、ラクシュミーもまた夫ヴィシュヌに応じて、多種の化身を示す。ヴィシュヌが矮人として生まれたときには、ラクシュミーはパドマーとなって蓮華中に生まれ、夫がラーマとして現れたときには、シーターとなってお伴としてつきしたがい、クリシュナとして化身したときは、ルクミニーとして現れる。ヴィシュヌが天界の姿になれば、ラクシュミーもまた聖相となり、限りある年齢の身となっては、女神もまたこれに応じた姿になる。ヴィシュヌの心を慰めるためには、あらゆる性格にあわせて、自らの個性を変化させる。

この女神ラクシュミーは、インド全土にわたって、美麗、繁昌、好運の女神として信仰されている。もし人が富を手にしたときは、この好運の女神が来てその家に入ったと言い、また逆境におちいることがあれば、その人はラクシュミーに見棄てられたのだと考えられる。女神ラクシュミーは、好運の女王としてすべてのインド人の心に宿り、とくに祭祀のための寺院はないが、常に人々の敬愛を受け、財神クベーラよりも、この女神に向かって幸福と利益を得る祈願をこめる者が多い。

この女神の降誕については、『ラーマーヤナ』によれば、ヒンドゥーの乳海中から生まれたとされ、「海から生まれる」という伝説はギリシャのアフロディーテと同様である。ラクシュミー女神は、神々と諸悪魔によって、大洋の攪拌のために生まれた至宝の一つで

ある。『ヴィシュヌ・プラーナ』には、次のように載っている。シヴァの一部分をつくるズルヴァラスという聖者が、旅行中のある日に、一人の美しい乙女に出会って、その身に着けていたよい香りの花冠をほしがり、それをもらうことができた。そして香りのかぐわしさに打たれ、思わず舞いはじめた。やがて象の背に座ったインドラに会って、この偉大な神に法楽を捧げるため、聖者はさきほどの花冠をインドラに贈った。インドラは贈られた花冠を受けとって、それを象の首にかけると、象はすぐに浮き立ち、長い鼻で花冠をつかみとって、地上目がけて投げつけた。聖者は自分の贈りものが、このように軽んじられたことを怒り、インドラを呪ったため、以来、インドラの力は衰退しはじめた。

この恐ろしい呪文の効果は、神々にもおよんだので、神々はブラフマーに助けを求めた。が、ブラフマーの力もおよばないことであったので、神々はヴィシュヌに救いを願った。ヴィシュヌは、神々に教えて、諸悪魔の力を借りるように言い、「神々と諸悪魔とが協力して、あの大洋を攪拌すれば、一つの生体が現れて、それがインドラの呪いを解くであろう」と。こうしてラクシュミーが出現すると、聖者たちは歓喜をおさえることができず、天の楽人は讃美の歌を合唱し、乙女たちは女神の前で舞い奏でた。ガンジス河をはじめ他の諸聖河は、これにしたがい、天の霊象が現れて、清浄な河水をラクシュミーに注ぎかけた。そして乳海は、永遠に色の変わらない花の冠を捧げ、神々の技芸者は、愛らしい飾り

ラクシュミー女神
Lakshmi
（1894年）

で、ラクシュミーの身を装った。こうして準備を終え、身の装いを整えて、ラクシュミーはその身をヴィシュヌの胸に託してから、神々に神酒の聖盃を贈った。そして酒宴の後に神々は、戦いに赴いて、うまい具合にインドラの呪いをのぞき去った。

神々でさえも、ラクシュミーの荘厳さと贈りものに対して羨望のまなざしを向けていたという。ラクシュミーは、好運の女神であるため、またの名を「移り気」と言われている。なぜこの神がこのような名で、辱められたかの理由は判然としない。そして女神ラクシュミーは、永久不変と貞淑の模範として、常にその夫ヴィシュヌ神とともに姿を変えて現れる。ヴィシュヌが、「無限」の象徴である千頭蛇に、静かにもたれかかっているとき、ラクシュミーはその足を揉んでいる。夫がラーマとして現れたときには、貞淑な妻シーターとなるというように、女神ラクシュミーは思いのままに現れる。『ヴィシュヌ・プラーナ』によると、「世界万物の母であるヴィシュヌの新婦シュリー（ラクシュミー）は、永遠不変の女神であって、ヴィシュヌが、世界にあまねく行き渡る姿を見せるとき、女神はあまねく満たされる徳を表し、ヴィシュヌが思考の象徴となったとき、ラクシュミーは言語の象徴となる。ヴィシュヌの政道に対して、女神は謹慎の態度を表す。ヴィシュヌが正義、理解の性格となったときには、女神は知識と尊敬をもってこれに対する。ヴィシュヌという一語が、あらゆる男性的なものを示すと同時に、ラクシュミーという名はすべての女性的なものを代表し、

世界でこの二神のほかには何物も存在しない。

ヴィシュヌとラクシュミーとのあいだにもうけられた子は、愛の神カーマデヴァである。北インドの諸都市の特色のなかで、いちじるしいのは「ランプの祭」で、十、十一月頃、二週間、暗黒を続けた最終日に行われる。このときは、家ごとにランプに点火し、戸外にも灯火を備え、収穫物を奪う悪鬼の来襲を防ぐために、井戸や泉または田園に数々の灯りをともす。この祭礼は、きわめて広く世間に行われ、主にラクシュミーのためにするものと考えられている。富と幸運の女神は「賭けごとを愛好する」と一般に信じられているから、この祭礼中はとくに競争が盛んである。

ベンガルでは、「ドゥルガー・プージャー」に続いて、ラクシュミー祭が行われる。インドの家では、家ごとに一つの籠が備えつけてある。これは富貴や繁栄を表現するものとして崇拝され、籠に米を満たし、そのまわりを花で飾り、一片の布でおおう。一家族は、この籠を前において、夜を徹して、ラクシュミーの来るのを待つ。もし、この夜の番を怠るときは、不幸がその一族の身に来るものと信じられている。なおこの際には施物をし、または金銀を失くしたり、浪費したりしてはならないという奇習がある。これに背くと富と栄えの守護神である女神ラクシュミーの怒りを招くと伝えられている。

ते: बरह्मणा च समागन्य तत्र तस्थौ समाहितः तम अब्रुवन सुराः सर्वे समभिष्टूय संनताः तवां नियोक्ष्यामहे विष्णो लोकानां हितकाम्यया राज्ञो दशरथस्य तवम अयोध्या

第14章 ヴィシュヌの十種化身（マハー・アヴァターラ）

तपःस्वाध्यायनिरतं तपस्वी वाग्विदां वरम नारदं परिपप्रच्छ वाल्मीकिर मुनिपुंगवम को नव अस्मिन साम्प्रतं लोके गुणवान कश
धर्मज्ञश च कृतज्ञश च सत्यवाक्यो दृढव्रतः चारित्रेण च को युक्तः सर्वभूतेषु को हितः विद्वान कः कः समर्थश च कश चैकप्रियदर्
को जितक्रोधो मतिमान को ऽनसूयकः कस्य बिभ्यति देवाश च जातरोषस्य संयुगे एतद इच्छाम्य अहं शरोतुं परं कौतूहलं हि मे म
ऽसि जञातुम एवंविधं नरम शरुत्वा चैतत तरिलोकज्ञो वाल्मीकेर नारदो वचः शरूयताम इति चामन्त्र्य परहृष्टो वाक्यम अब्रवीत
चैव ये तवया कीर्तिता गुणाः मुने वक्ष्याम्य अहं बुद्ध्वा तैर युक्तः शरूयतां नरः इक्ष्वाकुवंशप्रभवो रामो नाम जनैः शरुतः नियता
दयुतिमान धृतिमान वशी बुद्धिमान नीतिमान वाग्मी शरीमाञ शत्रुनिबर्हणः विपुलांसो महाबाहुः कम्बुग्रीवो महाहनुः महोरस्को मा
अरिंदमः आजानुबाहुः सुशिराः सुललाटः सुविक्रमः समः समविभक्ताङ्गः सनिग्धवर्णः परतापवान पीनवक्षा विशालाक्षो लक्ष्मीवा
धर्मज्ञः सत्यसंधश च परजानां च हिते रतः यशस्वी जञानसंपन्नः शुचिर वश्यः समाधिमान रक्षिता जीवलोकस्य धर्मस्य परिरक्षित
धनुर्वेदे च निष्ठितः सर्वशास्त्रार्थतत्त्वज्ञो समृतिमान परतिभानवान सर्वलोकप्रियः साधुर अदीनात्मा विचक्षणः सर्वदाभिगतः सद्भिः
सिन्धुभिः आर्यः सर्वसमश चैव सदैकप्रियदर्शनः स च सर्वगुणोपेतः कौसल्यानन्दवर्धनः समुद्र इव गाम्भीर्ये धैर्येण हिमवान इव वि
वीर्ये सोमवत परियदर्शनः कालाग्निसदृशः करोधे कषमया पृथिवीसमः धनदेन समस तयागे सत्ये धर्म इवापरः तम एवंगुणसंपन्नं र
जयेष्ठं शरेष्ठगुणैर युक्तं परियं दशरथः सुतम यौवराज्येन संयोक्तुम ऐच्छत परीत्या महीपतिः तस्याभिषेकसंभारान दृष्ट्वा भार्याथ कै
देवी वरम एनम अयाचत विवासनं च रामस्य भरतस्याभिषेचनम स सत्यवचनाद राजा धर्मपाशेन संयतः विवासयाम आस सुतं रा
परियम स जगाम वनं वीरः परतिज्ञाम अनुपालयन पितुर वचननिर्देशात कैकेय्याः परियकारणात तं वरजन्तं परियो भराता लक्ष्म
ह सनेहाद विनयसंपन्नः सुमित्रानन्दवर्धनः सर्वलक्षणसंपन्ना नारीणाम उत्तमा वधूः सीताप्य अनुगता रामं शशिनं रोहिणी यथा पौरै
पित्रा दशरथेन च शृङ्गवेरपुरे सूतं गङ्गाकूले वयसर्जयत ते वनेन वनं गत्वा नदीस तीर्त्वा बहूदकाः चित्रकूटम अनुप्राप्य भरद्वाजस्य
आवसथं कृत्वा रममाणा वने तरयः देवगन्धर्वसंकाशास तत्र ते नयवसन सुखम चित्रकूटं गते रामे पुत्रशोकातुरस तदा राजा दशर
विलपन सुतम मृते तु तस्मिन भरतो वसिष्ठप्रमुखैर दविजैः नियुज्यमानो राज्याय नैच्छद राज्यं महाबलः स जगाम वनं वीरो रामपा
पादुके चास्य राज्याय नयासं दत्त्वा पुनः पुनः निवर्तयाम आस ततो भरतं भरताग्रजः स कामम अनवाप्यैव रामपादाव उपस्पृशन न
ऽकरोद राज्यं रामागमनकाङ्क्षया रामस तु पुनर आलक्ष्य नागरस्य जनस्य च तत्रागमनम एकाग्रे दण्डकान परविवेश ह विराधं राक्ष
ददर्श ह सुतीक्ष्णं चाप्य अगस्त्यं च अगस्त्य भरातरं तथा अगस्त्यवचनाच चैव जग्राहैन्द्रं शरासनम खड्गं च परमप्रीतस तूणी चाक्ष
वसतस तस्य रामस्य वने वनचरैः सह ऋषयो ऽभयागमन सर्वे वधायासुररक्षसाम तेन तत्रैव वसता जनस्थाननिवासिनी विरूपिता श
कामरूपिणी ततः शूर्पणखावाक्याद उद्युक्तान सर्वराक्षसान खरं तरिशिरसं चैव दूषणं चैव राक्षसं निजघान रणे रामस तेषां चैव पद
निहतान्य आसन सहस्राणि चतुर्दश ततो जञातिवधं शरुत्वा रावणः करोधमूर्छितः सहायं वरयाम आस मारीचं नाम राक्षसं वार्यमा
मारीचेन स रावणः न विरोधो बलवता कषमो रावण तेन ते अनादृत्य तु तद वाक्यं रावणः कालचोदितः जगाम सहमरीचस तस्याश्र
मायाविना दूरम अपवाह्य नृपात्मजौ जहार भार्यां रामस्य गृध्रं हत्वा जटायुषम गृध्रं च निहतं दृष्ट्वा हृतां शरुत्वा च मैथिलीम राघवः श
विललापाकुलेन्द्रियः ततस तेनैव शोकेन गृध्रं दग्ध्वा जटायुषम मार्गमाणो वने सीतां राक्षसं संददर्श ह कबन्धं नाम रूपेण विकृतं घो
निहत्य महाबाहुर ददाह स्वर्गतश च सः स चास्य कथयाम आस शबरीं धर्मचारिणीम शरमणीं धर्मनिपुणाम अभिगच्छेति राघव सो
महातेजाः शबरीं शत्रुसूदनः शबर्या पूजितः सम्यग रामो दशरथात्मजः पम्पातीरे हनुमता संगतो वानरेण ह हनुमद्वचनाच चैव सुग्रीवे
सुग्रीवाय च तत सर्वं शंसद रामो महाबलः ततो वानरराजेन वैरानुकथनं परति रामायावेदितं सर्वं परणयाद दुःखितेन च वालिनश च
कथयाम आस वानरः परतिज्ञातं च रामेण तदा वालिवधं परति सुग्रीवः शङ्कितश चासीन नित्यं वीर्येण राघवे राघवः परत्ययार्थं तु दु
उत्तमम पादाङ्गुष्ठेन चिक्षेप संपूर्णं दशयोजनम बिभेद च पुनः सालान सप्तैकेन महेषुणा गिरिं रसातलं चैव जनयन परत्ययं तदा ततः
तेन विश्वस्तः स महाकपिः किष्किन्धां रामसहितो जगाम च गुहां तदा ततो ऽगर्जद धरिवरः सुग्रीवो हेमपिङ्गलः तेन नादेन महता निर
हरीश्वरः ततः सुग्रीववचनाद धत्वा वालिनम आहवे सुग्रीवम एव तद राज्ये राघवः परत्यपादयत स च सर्वान समानीय वानरान वान
परस्थापयाम आस दिदृक्षुर जनकात्मजाम ततो गृध्रस्य वचनात संपातेर हनुमान बली शतयोजनविस्तीर्णं पुप्लुवे लवणार्णवम तत्र ल
पुरीं रावणपालिताम ददर्श सीतां धयायन्तीम अशोकवनिकां गताम निवेदयित्वाभिज्ञानं परवृत्तिं च निवेद्य च समाश्वास्य च वैदेहीं मर
तोरणम पञ्च सेनाग्रगान हत्वा सप्त मन्त्रिसुतान अपि शूरम अक्षं च निष्पिष्य गरहणं समुपागमत अस्त्रेणोन्मुक्तम आत्मानं जञात्वा
मर्षयन राक्षसान वीरो यन्त्रिणस तान यदृच्छया ततो दग्ध्वा पुरीं लङ्काम ऋते सीतां च मैथिलीम रामाय परियम आख्यातुं पुनर आया

ヴィシュヌの章で説いたように、ヴィシュヌは神々および人類を脅かそうとする大危害、あるいはなんらかの悪が、世界を震撼させた場合、人間もしくは動物の姿を借りて、これらの害悪をとりのぞくために地上に降臨する。このような化身の種類の数は一定していないが、あるヒンドゥー経典には十種を列挙してある。その他、二十四種とも言われ、また無数とする説もあるが、十種説はもっとも一般に認められていて、またもっとも主要なものである。そうして十種中、一種だけは「今からなろう」とするもので、他の九種は既成(過去)のものである。

最高の精神は、無限の恩恵、親切、愛情ならびに寛大の大洋である。ヴィシュヌはその中核の神性を棄てずに、いろいろな姿で現れ、その信者に臨み、信教、富裕、地上の愛もしくは解脱など、それぞれの祈願を満足させる。このような化身を現すのは、人生の重荷を救済する目的のためばかりでなく、社会的地位の高くない普通の人でも、近づきやすく、見ることのできる姿を通じて、世界に臨み、あらゆる人々を惹きつけるようにするためである。

化身の原理に関する諸学説を一つ、二つ記すと、ある説では、神は人間界に対して思いやりを感じ、人々の求めに応じるから、化身は人々の信仰にもとづく深い心の叫びである。人間界の悪と悲惨のなかにあって、神聖な救済者に対する人々の願いを示している。「神々

は、究極的に、人間に同化することができる」という信念には、神による救済を求める人々の思いが含まれている。しかし神が化身して人間の姿で現れ、人間界に降臨するという思想は、キリスト教における神の概念とは、いちじるしく異なっている。

またこれらの神格あるいは半神格者の姿と働きは、不思議、畏怖、でたらめに満ちている。その半数は神に属す英雄の行動は、もっとも荒々しい龍の尾をもつ妖怪の類に属するものと想像される。そして多神教は、このように皆めずらしく、変わった象徴で示されていて、これら象徴は半獣、半神の姿、食人鬼もしくは頭が複数ある巨人、嫌な悪鬼などである。化身＝肉身の神は、インド人の宗教思想において、目覚ましい進歩をしたことは明らかである。神が天界からこの地上に降臨して、世界を救済するために、生物の姿で現れるという思想の根抵には、深い真理が存在しなくてはならない。十種の化身について考えると、最初のものは、全身もしくは一部分が動物の姿で、後の部分は英雄の姿となっている。魚（マツヤ）の次には、亀（クールマ）、猪（ヴァラーハ）、人身の獅子（ナラシンハ）、矮人（ヴァーマナ）、斧のラーマ（パラシュラーマ）、完全な英雄（ラーマ）、クリシュナおよびブッダ、カルキである。動物の姿の化身については、単に臆測するしかないが、後の化身に関しては、その意義が明らかである。つまり、その神が信仰されていた時代に、ヴィシュヌの化身として創造されている。例えば、パラシュラーマの話は「バラモンたちがクシャ

159
देवी और देवताओ ｜第 14 章　ヴィシュヌの十種化身（マハー・アヴァターラ）

トリヤ階級に対する激しい戦いの後に得た勝利の結果」と認められ、ラーマ、クリシュナおよびブッダはいずれも実在の人であるが、はじめは伝説上の偉人であって、後に強い力をもつ神となった。これらの偉人が、インド古代において実在したことは疑いない。

第一の化身マツヤ（魚）

ヒンドゥーの経典には、大昔に、世界を荒らした大洪水の記事がしばしば見える。キリスト教の『創世記』に載っているものと類似していて、この洪水の際、人類の絶滅を防ぐため、ヴィシュヌは魚の姿で現れて、新しい人類の祖先であるマヌを救済した。（ノアの洪水のように）マヌは敬虔(けいけん)であったために、乱れた世のなかで最高神の恩恵(おんけい)を受けたのである。

マヌの物語に関しては、いくつかの書の記すところで、多少は異なっている。『プラーナ』によると、マヌのほかにブラフマーの子である七人の聖者とその妻もともに魚のために絶滅の危機を逃れたと言われている。また、魚への化身(けしん)の目的は、四ヴェーダの保護にあって、全地球が氾濫(はんらん)の災いをこうむったとき、これら四聖典は水底に沈んで、知識の欠乏から世界絶滅の危機に瀕した。このときヴィシュヌは、マツヤになって水底まで行き、再びその聖典を世に出した。

160

第二の化身クールマ（亀）

ヒンドゥー神話では、神々と悪魔の間の戦争は永久に絶えない。悪魔は非常に強い力で、神々よりもすぐれた幸運をしばしば得た。ヴィシュヌの亀の姿の化身は、この場合の一つである。

ある戦いで悪魔の勝利となった際、神々はひとたび失墜した力を回復させることを、ヴィシュヌに懇願した。前節に掲げた大洪水の際、さまざまの至宝とともに失われたもののなかに、生命の泉である不滅の飲料アムリタがあった。ヴィシュヌは亀の姿になって海底に行き、乳海を撹拌しはじめた。これによって天の主神は、この聖酒アムリタを飲みほして、その力を回復することができた。

第三の化身ヴァラーハ（野猪）

バラモン教典によれば、プラジャーパティのような創造者ブラフマーは、はてしない洪水のなかから、大地をもちあげるために、野猪の姿となって現れたと説いてある。また後世の書物や一般の信仰ではこの行いをヴィシュヌのものだとしている。

はてしない大洪水の当時、ヒラニヤークシャという悪魔のために、この国土は水の底に沈められ、あらゆる生命は絶滅に瀕していた。このとき、ヴィシュヌはその聖体の一部を

化身とし、大きな野猪の身で現れ、底もわからない深い水中に潜って、一〇〇〇年にわたる戦いを経て、ついに悪魔を刺殺して、国土の災いを救った。

『プラーナ』には、この奇跡の寓意について説明が加えてある。すなわち大きな野猪が、牙をもって「水中から地球を引きあげる」ということは、最高存在体ヴィシュヌの威力によって、大洪水中から世界を救い出す意味を暗示するという。

第四の化身ナラシンハ（獅子）

ヒラニヤークシャの兄弟に、ヒラニヤカシプという悪魔があった。この悪魔が、ブラフマーの恩恵を受けて、神々、人類、もろもろの動物たちの何物からも、危害を受けない特性を与えられた。この特権によって、ヒラニヤカシプはおごり高ぶり、ついに全世界の支配権を簒奪するにいたった。ヒラニヤカシプは、野猪の化身となったヴィシュヌがその兄弟ヒラニヤークシャを害したから、とてもヴィシュヌを憎み、三界の主宰をヴィシュヌと争った。一方、この魔神の子のプラフラーダは、熱心なヴィシュヌの信者であった。そのため、父ヒラニヤカシプは子のプラフラーダがヴィシュヌを信仰することに対して怒りを禁じ得なかった。

『バガヴァッド・ギーター』によれば、プラフラーダはその父と議論を戦わせて、「ヴィシュ

悪魔将軍と戦うヴィシュヌ神の第3の化身ヴァラーハ（野猪）
**Vishnu as Varaha, the Boar Avatar, Slays Banasur, A Demon General:
Page from an Unknown Manuscript**
（1800年頃）

देवी और देवताओ ｜ 第 14 章　ヴィシュヌの十種化身（マハー・アヴァターラ）

ヌは自分とともにあり、いたるところに存在すること」を説いた。父ヒラニヤカシプは、「ヴィシュヌがもしもいたるところに存在するならば、この柱にも存在するはず」と、はげしく手で柱を打った。ヴィシュヌは突然、半獅半人の姿ナラシンハになって、柱の中心から出現し、魔神の髄をくわえ、その鋭い牙にかけて、ずたずたに噛み裂いてしまった。ブラフマーの予言があって、純然とした人間もしくは動物の身では、この魔神ヒラニヤカシプの身に、危害を加えることはできないため、ヴィシュヌはたくみに半獣半人の姿で現れてその望みを遂げた。

第五の化身ヴァーマナ（矮人）

この化身の起源(きげん)は、前章に上述したように、太陽神として『ヴェーダ』に記された「ヴィシュヌの三歩」に由来する。

魔界の王バリはプラフラーダの孫で、その信仰と厳粛(げんしゅく)さで、天上界、地界ならびに冥界(めいかい)の三界を掌握(しょうあく)するにいたった。そしてインドラの主都アマーラヴァティーを囲んでついにこれを占領した。

ヴィシュヌは、神々の受けた恥辱(ちじょく)をそいで、その失った場所を回復するために、バラモンの姿をした矮人(わいじん)の身になって現れた。この外観の小さい化身(けしん)は、「三歩に相当する土地

の領有権」を暴君バリに要望し、この願いが許された。すると不思議にも今まで小さかった矮人はたちまち巨人になり、わずか一歩で天界に踏みまたがり、第二歩で大地を覆いつくした。しかしヴィシュヌは、憐れみの念を抱いて、冥界の支配をバリおよび悪魔軍にまかせた。

また他の伝説によれば、この征服が終わった後、ヴィシュヌはバリに「五人の無智の者とともに天国へ行くか？　賢者五人をともなって地獄へ落ちるか？」の一つを選ぶ自由を与えた。このとき、バリは「愚者とともにあっては、どこにいても何の楽しみがあるだろう？　善良な友さえいれば、苦痛の場所でも楽しいものだろう」と、後者を選んだと伝えられている。

第六の化身パラシュラーマ（斧を携えるラーマ）

パラシュラーマ（斧を携えるラーマ）は、クシャトリヤすなわち司戦種族を殲滅する目的で降臨した化身である。古代、バラモンとクシャトリヤの二大種族間に、「どちらがすぐれているか？」という優劣をめぐる長い戦いが行われた。クシャトリヤはその権威を守り通して、バラモン階級より上位に自らをおこうと再三試みたが、結局、勝利はバラモン族のものとなって、二〇〇〇年後の今にいたるまでバラモン族は優位を占めている。

パラシュラーマはバラモン族に属し、敬虔（けいけん）な聖者ジャマダグニの子である。ある日、父の聖者が不在のとき、カルタヴィリアと呼ばれるクシャトリヤ族の有力な一君主が、俗世間から離れた静かな庵（いおり）を訪れて、聖者の妻からたび重なる待遇（たいぐう）を受けた。この君主は一〇〇〇の腕を与えられて、不思議な金の車をもち、ほしいままにこれに乗って、どこへでも行ける力をもっていた。しかし、王カルタヴィリアは、ここで受けた厚遇（こうぐう）とその恩を忘れたばかりでなく、聖者のもつ不思議な子牛（こうし）群を盗んで立ち去った。

そのため子のパラシュラーマは、父に加えられたこの侮辱（ぶじょく）を怒って、王の行方を追って、ついに斧をふるってカルタヴィリアを殺した。そのとき、王の子息たちは、復讐（ふくしゅう）を考え、パラシュラーマの不在のときをうかがい、草庵を襲って、老衰（ろうすい）した憐（あわ）れな父を殺害した。こうしてその子パラシュラーマは、全クシャトリヤに対してこの怨（うら）みをはらそうと決心した。パラシュラーマは七度までもクシャトリヤ族の男子をこの世から駆逐（くちく）して、その血を五つの大なる湖にたたえた。この恐ろしい復讐（ふくしゅう）の後、パラシュラーマは静かにマヘンドラの山中に隠退した。

第七の化身ラーマ

ヴィシュヌ神のこの化身（けしん）は、もっとも重要なものであって、北インド全域にわたって、

信仰の対象となっている。

世界文学のなかでもっとも美しい詩の一つである『ラーマーヤナ』には、ラーマの勇敢さ、苦悩と、その妃シーターのふたつとない純潔と愛情についての伝説が載せられている。

第八の化身クリシュナ

この化身もまた、ヴィシュヌの主な化身の一つである。クリシュナは、北インドでの一般信仰において、前節のラーマと優劣つけられない関係にある。クリシュナの信仰はきわめて広く行われ、信者はクリシュナを単にヴィシュヌの化身としてだけでなく、最高存在そのものとして考える。

第九の化身ブッダ

ブッダはもともとヴィシュヌの化身とは、無関係なものであるから、『プラーナ』に簡単に記してあるのみである。ヒンドゥー教典中で、ブッダを説くことがまれなことは、仏教に敵対するバラモン教徒が、「人生の罪過を戒めるために、ヴィシュヌがブッダとして化身した」と教えることを考えれば、さほど驚くものでもない。『バーガヴァタ・プラーナ』には、「ブッダとして説いて、これによってヴィシュヌが異教徒を欺きまどわす」と書か

れているが、恐ろしい考えではあるまいか。
　これは人々が仏教に帰依するのを防ぐために、バラモン教徒の考え出した一つの手段に過ぎない。この憎悪のありさまを考察するにあたって、記憶しなくてはならないのは、ある時代のインドで、「仏教こそ優秀な信仰だ」として、ヒンドゥー教を排除したことである。数世紀の後になると、仏教はそのもともとの弱性により、またその分裂、隠遁生活、怠りなどのために衰退を招き、今日ではかつてブッダが生存し、修行した広いガンジス平原にも仏教徒の影がきわめて稀になった。すべてに適応していくヒンドゥー教は、ブッダにも適応して、その多神主義のなかで、ヴィシュヌの化身としてブッダを信仰体系内にとりこんでいる。仏教は衰滅の悲運に陥ったが、これを征服したもの（ヒンドゥー教）のなかで不朽の痕跡を留めている。
　現在では、ヒンドゥー教徒も、また仏教徒も、ともにひとしく活動的生活ではなく、むしろ瞑想的生活を行っている。「動作は荒っぽく大まかな思想である」とは、アミールの言葉である。東洋人は意見を言わずにしたがうことを尊ぶ。およそ生きていくことは精神の疲労困憊を招き、死は恐怖ではなくて、むしろ望ましいものである。あらゆる生存競争の流れは、やがて宇宙精神の大海水にいたり、生まれる前の姿に還って、最高存在と離れず異ならずの境地に入る。

第十の化身カルキ

他のヴィシュヌの化身と異なり、この化身は、いまだ姿を見せていない。敬虔な希望と予想で、インド人は「ヴィシュヌが将来、この化身で現れて、再び往時のように宇宙の繁栄と平和の玉座にいたろうとすること」を信じている。これはあたかもユダヤ民族が、正義の玉座に来たるべき救世主の出現を待ち続けているのと同じである。

そうしてカルキの降臨は、カリユガという第四期の終わりに見られるもので、この時期には、クリシュナが再び昇天し、これから世界が退廃に向かうときである。罪悪が盛んに行われる時代に、最高位のカルキ（ヴィシュヌ）は、悪をことごとく破壊し、これに代わって、創世当初の黄金時代のような、純浄、正義、平和に満ちた新しい時代を建設するために空中に現れる。その姿は白馬にまたがり、剣を持って、彗星のような美しい光彩を放っている。

またインドの低い階級に属するもののなかには、この予言とは趣を異にし、「カルキは将来の教主として、またすでに失った社会上の地位の回復者として出現する」という期待をもって自らの心をなぐさめている。

ユダヤ教徒も、キリスト教徒も、またヒンドゥー教徒も、また未来のブッダ出世を予想する仏教徒も、終末の来ることを予期するイスラム教徒も、将来に対するこの大いなる望

みだけはいずれも一致している。

将来現れるというヴィシュヌ第十の化身カルキ
Kalki Avatar, the Future Incarnation of Vishnu
（1700–1710年頃）

देवी और देवताओं ｜第 14 章　ヴィシュヌの十種化身（マハー・アヴァターラ）

第15章 ラーマとシーター（「ラーマーヤナ」）

तपःस्वाध्यायनिरतं तपस्वी वाग्विदां वरम् नारदं परिपप्रच्छ वाल्मीकिर्मुनिपुङ्गवम् कोन्वस्मिन्साम्प्रतं लोके गुणवान्कश्च वीर्यवान् धर्मज्ञश्च कृतज्ञश्च सत्यवाक्यो दृढव्रतः चारित्रेण च को युक्तः सर्वभूतेषु को हितः विद्वान्कः कः समर्थश्च कश्चैकप्रियदर्शनः कोजितक्रोधो मतिमान्को ऽनसूयकः कस्य बिभ्यति देवाश्च जातरोषस्य संयुगे एतदिच्छाम्यहं श्रोतुं परं कौतूहलं हि मे म-
हर्षे त्वं समर्थोऽसि ज्ञातुमेवंविधं नरम् श्रुत्वा चैतत्त्रिलोकज्ञो वाल्मीकेर्नारदो वचः श्रूयतामिति चामन्त्र्य प्रहृष्टो वाक्यमब्रवीत्
बहवो दुर्लभाश्चैव ये त्वया कीर्तिता गुणाः मुने वक्ष्याम्यहं बुद्ध्वा तैर्युक्तः श्रूयतां नरः इक्ष्वाकुवंशप्रभवो रामो नाम जनैः श्रुतः नियत-
आत्मा महावीर्यो द्युतिमान्धृतिमान् वशी बुद्धिमान्नीतिमान्वाग्मी श्रीमान्शत्रुनिबर्हणः विपुलांसो महाबाहुः कम्बुग्रीवो महाहनुः महोरस्को म-
हेष्वासो गूढजत्रुररिन्दमः आजानुबाहुः सुशिराः सुललाटः सुविक्रमः समः समविभक्ताङ्गः स्निग्धवर्णः प्रतापवान् पीनवक्षा विशालाक्षो लक्ष्मीवा-
ञ्छुभलक्षणः धर्मज्ञः सत्यसन्धश्च प्रजानां च हिते रतः यशस्वी ज्ञानसम्पन्नः शुचिर्वश्यः समाधिमान् रक्षिता जीवलोकस्य धर्मस्य परिरक्षिता
धनुर्वेदे च निष्णातः स्मृतिमान्प्रतिभानवान् सर्वलोकप्रियः साधुरदीनात्मा विचक्षणः सर्वदाभिगतः सद्भिः
सिन्धुभिः आर्यः सर्वसमश्चैव सदैकप्रियदर्शनः स च सर्वगुणोपेतः कौसल्यानन्दवर्धनः समुद्र इव गाम्भीर्ये धैर्येण हिमवानिव
विष्णुना सदृशो वीर्ये सोमवत्प्रियदर्शनः कालाग्निसदृशः क्रोधे क्षमया पृथिवीसमः धनदेन समस्त्यागी सत्ये धर्म इवापरः तमेवंगुणसम्पन्नं र-
रामं सत्यपराक्रमम् ज्येष्ठं श्रेष्ठगुणैर्युक्तं प्रियं दशरथः सुतम् यौवराज्येन संयोक्तुमैच्छत् प्रीत्या महीपतिः तस्याभिषेकसम्भारान्दृष्ट्वा भार्याथ कै-
केयी देवी वरमयाचत विवासनं च रामस्य भरतस्याभिषेचनम् स सत्यवचनाद्राजा धर्मपाशेन संयतः विवासयामास सुतं
प्रियं स जगाम वनं वीरः प्रतिज्ञामनुपालयन् पितुर्वचननिर्देशात्कैकेय्याः प्रियकारणात् तं व्रजन्तं प्रियो भ्राता लक्ष्मण-
ह् अनुजगाम ह विनयसम्पन्नः सुमित्रानन्दवर्धनः सर्वलक्षणसम्पन्ना नारीणामुत्तमा वधूः सीताप्यनुगता रामं शशिनं रोहिणी यथा पौरै-
रनुगतो दूरं पित्रा दशरथेन च शृङ्गवेरपुरे सूते गङ्गाकूले व्यसर्जयत् तेन वने गत्वा नदीस्तीर्त्वा बहूदकाः चित्रकूटमनुप्राप्य भरद्वाजस्य
आवसथं कृत्वा रममाणा वने त्रयः देवगन्धर्वसङ्काशास्तत्र ते न्यवसन् सुखम् चित्रकूटं गते रामे पुत्रशोकातुरस्तदा राजा दशर-
थ विललाप सुतं स्मृत्वा स्वर्गं जगाम ह तस्मिन्भरतो वसिष्ठप्रमुखैर्द्विजैः नियुज्यमानो राज्याय नैच्छद्राज्यं महाबलः स जगाम वनं वीरो रामपा-
दप्रसादकः गत्वा तु स महात्मानं रामं सत्यपराक्रमम् अयाचद्भ्रातरं रामं आर्यभावपुरस्कृतः त्वमेव राजा धर्मज्ञ इति रामं वचोऽब्रवीत् रामोपि पर-
मोदारः सुमुखः सुमहायशाः न चैच्छत्पितुरादेशाद्राज्यं रामो महाबलः पादुके चास्य राज्याय न्यासं दत्त्वा पुनः पुनः निवर्तयामास ततो भरतं भरताग्रजः स कामम् अनवाप्यैव रामपादावुपस्पृशन् न-
न्दिग्रामेऽकरोद्राज्यं रामागमनकाङ्क्षया रामस्तु पुनरालक्ष्य नागरस्य जनस्य च तत्रागमनमेकाग्रो दण्डकान्प्रविवेश ह विराधं रा-
क्षसं हत्वा सुतीक्ष्णं चाप्यगस्त्यं च अगस्त्यभ्रातरं तथा अगस्त्यवचनाच्चैव जग्राहैन्द्रं शरासनम् खड्गं च परमप्रीतस्तूणी चाक्ष-
यसायकौ वसतस्तस्य रामस्य वने वनचरैः सह ऋषयो ऽभ्यागमन् सर्वे वधायासुररक्षसाम् तेन तत्रैव वसता जनस्थाननिवासिनी विरूपिता शू-
र्पणखा कामरूपिणी ततः शूर्पणखावाक्याद्रुद्यतान्सर्वराक्षसान् खरं त्रिशिरसं चैव दूषणं चैव राक्षसं निजघान रणे रामस्तेषां चैव पद-
अनुगान् निहत्या राक्षसान् वने सहस्राणि चतुर्दश ततो ज्ञातिवधं श्रुत्वा रावणः क्रोधमूर्च्छितः सहायं वरयामास मारीचं नाम राक्षसं वार्यमा-
णः सुबहुशो मारीचेन स रावणः न विरोधो बलवता क्षमो रावण तेन ते अनादृत्य तु तद्वाक्यं रावणः कालचोदितः जगाम सहमारीचस्तस्याश्र-
मपदं तदा तेन मायाविना दूरमपवाह्य नृपात्मजौ जहार भार्यां रामस्य गृध्रं हत्वा जटायुषम् गृध्रं च निहतं दृष्ट्वा हृतां च मैथिलीं रामः राघव-
विललापाकुलेन्द्रियः ततस्तेनैव शोकेन गृध्रं दग्ध्वा जटायुषम् मार्गमाणो वने सीतां राक्षसं सन्ददर्श ह कबन्धं नाम रूपेण विकृतं घो-
रम् तं निहत्य महाबाहुर्ददाह स्वर्गतश्च सः स चास्य कथयामास शबरीं धर्मचारिणीम् श्रमणीं धर्मनिपुणाम् अभिगच्छेति राघवः सो-
ऽभ्यगच्छन्महातेजाः शबरीं शत्रुसूदनः शबर्या पूजितः सम्यग्रामो दशरथात्मजः पम्पातीरे हनुमता संगतो वानरेण ह हनुमद्वचनाच्चैव सुग्रीवे-
ण सुग्रीवाय च तत्सर्वं शंसद्रामो महाबलः आदितस्तद्यथावृत्तं सीतायाश्च विशेषतः सुग्रीवश्चापि तत्सर्वं श्रुत्वा रामस्य वानरः चकार
सख्यं रामेण प्रीतश्चैवाग्निसाक्षिकम् ततो वानरराजेन वैरानुकथनं प्रति रामायावेदितं सर्वं प्रणयाद्दुःखितेन च वालिनश्च
कथयामास वानरः प्रतिज्ञातं च रामेण तदा वालिवधं प्रति सुग्रीवः शङ्कितश्चासीन्नित्यं वीर्येण राघवे राघवप्रत्ययार्थं तु दु-
न्दुभेः कायमुत्तमम् पादाङ्गुष्ठेन चिक्षेप सम्पूर्णं दशयोजनम् बिभेद च पुनः सालान् सप्तैकेन महेष्वणा गिरिं रसातलं चैव जनयन्प्रत्ययं तदा ततः
तेन विश्वस्तः स महाकपिः किष्किन्धां रामसहितो जगाम च गुहां तदा ततो ऽगर्जद्धरिवरः सुग्रीवो हेमपिङ्गलः तेन नादेन महता
हरीश्वरः ततः सुग्रीववचनाद्धत्वा वालिनमाहवे सुग्रीवमेव तद्राज्ये राघवः प्रत्यपादयत् स च सर्वान्समानीय वानरान्वान-
रर्षभः परस्थापयामास दिग्भ्यः जनकात्मजाम् ततो गृध्रस्य वचनात्सम्पातेर्हनुमान्बली शतयोजनविस्तीर्णं पुप्लुवे लवणार्णवम् तां
पुरीं रावणपालितां ददर्श सीतां ध्यायन्तीम् अशोकवनिकां गताम् निवेदयित्वाभिज्ञानं प्रवृत्तिं च निवेद्य च समाश्वास्य च वैदेहीं
मर्दयामास तोरणम् पञ्च सेनाग्रगान्हत्वा सप्त मन्त्रिसुतान् अपि शूरमक्षं च निष्पिष्य ग्रहणं समुपागमत् अस्त्रेणोन्मुच्य चात्मानं ज्ञात्वा
मर्षण राक्षसान्वीरो यन्त्रिणस्तान्यदृच्छया ततो दग्ध्वा पुरीं लङ्कामृते सीतां च मैथिलीम् रामाय प्रियमाख्यातुं पुनरायान्म

ラーマとシーターの恋物語の美しい詩は、ヒンドゥー文学の萌芽であって、ベナレスについで神聖なアヨーディヤーの栄誉は、この詩篇に関係している。ラーマとシーターの伝説は、紀元前約一〇〇〇年頃の作であるサンスクリット語の叙事詩『ラーマーヤナ』に掲載され、そしてその話は、アヨーディヤーの王統にまつわるものである。

叙事詩『ラーマーヤナ』の描写が真実であるとすれば、大昔の都アヨーディヤーは、壮観を極めたようで、街区は広く、著名な寺院、緑濃い並木道、壮麗な宮苑、清く澄んだ泉が、街の風景を飾り、香しい宮中には、旗が穏やかにひるがえっている。バラモンたちは、『ヴェーダ』の詩篇を唱え、楽人は抒情詩篇を誦し、かつ音楽を奏でて王の徳を褒め称える。王はダシャラタといい、都の中央に位置する宮殿に住んでいる。アヨーディヤーの臣民は、深くこの王を敬慕して、治世がいつまでも続くことを望んでいた。

『ラーマーヤナ』に見るように、アヨーディヤーの国王ダシャラタはラーマの父であって、明るく、多学多能の人で、『ヴェーダ』の聖典とその注釈にも精通していた。『ヴェーダ』は四種に類別され、近代の知識の光明となっていて、儀式、発音、音律、文法、語意の解釈および天文学などにおいても、『ヴェーダ』の説に負うところの多さは興味深い。このように順調であったダシャラタ王の身に、ただ一つの不幸は、王子をもたないことであった。インド人の習慣として、葬式に子がいないのはとても不幸だとされている。そ

174

して王は意を決して、神々へ大きな馬を犠牲に捧げ、一年間は献上する馬を、思いのままにさまよわせ、そうした後にその命を奪った（馬の犠牲祭を行った）。

ちょうどそのとき、神々もまた忙しい時期であった。というのは悪魔の一族であるラークシャサと干戈（かんか）を交えることが絶えず、悪魔族の指揮はランカー王ラーヴァナがとっていた。こうしたときにアヨーディヤー王ダシャラタが、「一子を得たい」と訴え願って、馬の犠牲を供（そな）えたのだった。ヴィシュヌは神々の願いを聞き入れて、ラーヴァナ討伐のために地上に降臨（こうりん）することを決め、また神酒の入った金の盃をダシャラタ王に与え、「王妃にもこれを飲ませるように」と言った。王妃カウサリアは神酒の半分を飲みほし、残った半分を、王はほかの二妃に分け与えた。こうしてカウサリアは、ヴィシュヌの化身（けしん）であるラーマを妊娠し、またほかの王妃もそれぞれ王子をもうけることになった。ラーマとその異母兄弟のラクシュマナとは、とくに気があい、成長した後は、ますます離れがたい間柄（あいだがら）となった。

当時、アヨーディヤーから離れたミティラーのジャナカ王には、一人の美しい娘がいた。年ごろで、顔の美しさはもちろん、容姿もあでやかで、性格は温厚、しかも慎（つつ）ましやかな美徳をもっていた。そして、その出生もまた不思議なものであった。ある日、王が農地を耕そうとしたとき、その鋤（すき）のあたった大地に、突然、一人の童女が現れた。王はこの童女

175
देवी और देवताओ ｜第 15 章　ラーマとシーター（『ラーマーヤナ』）

をシーターと名づけたが、出生のめずらしさもあって、シーターはラクシュミーの化身だとされている。

さてラーマとシーターとの結婚のありさまを述べると、次の通りになる。昔は野蛮な遊戯や力くらべの優勝者に、乙女を与えて結婚させることがたびたびあり、今日でもインドの原始的な生活を送る丘陵の部族では、掠奪結婚が行われている。そしてジャナカ王は、シヴァ神から褒賞として与えられた大弓を曲げる力をもつクシャトリヤに、王の娘で十五歳のシーターを与える旨を宣言した。しかし、誰の力をもってしても、この大弓をたずさえることさえ不可能であった。しかし、ひとりラーマはそれを曲げたばかりでなく力あまって弓を真ん中から折ってしまった。ジャナカ王の驚嘆は言うまでもない。こうしてシーターは、ことなくラーマと結婚することになった。

この結婚の伝説を鑑みて、現在のインドの結婚式に、古代の規制が多く残っているのは興味深いことである。『ラーマーヤナ』によれば、ラーマの結婚は古代アリアン風習の盛大な儀式であったと言われ、挙式の際に、新郎新婦は祭壇に燃える聖火の前に立ち、アグニの象徴である炎の立ちのぼる前で新郎は新婦の手を取り、司式のバラモン僧は二人に浄水をそそいでその身を浄める。そして新婦は立ちあがって、聖火を七度めぐる。このような結婚の儀式では、葬式と同じく、自然界の大要素である「火」と「水」をもって、は

ラーマとラクシュマナの前の猿神ハヌマーン
Hanuman before Rama and Lakshmana
(1710–25年頃)

देवी और देवताओं | 第15章 ラーマとシーター(『ラーマーヤナ』)

るか遠い過去も、現代と同じ作法が行われている。

結婚したラーマは、後には父の王位を継承することになって、父王の在位中も、政務に参加する権限を与えられた。臣民は王の計画を開いて喜び、都市は装飾に満ち、終夜、祝いの宴を催した。しかし、思いがけない不詳事から、ラーマの運命はたちまち転じて、逆境に向かうこととなった。ある一人の下僕女が、バラタの母カイケーイーのもとに来て、たくみに嫉妬の念を煽り、「その子バラタを跡継ぎにして、ラーマを追放しよう」と決心させた。カイケーイーは宮殿の奥まった一室に閉じこもって、歓楽の営みから自ら遠ざかった。王はこのようなはかりごとを知るわけもなく、彼女の身を気づかって、この別殿を訪れた。カイケーイーは「どんな望みでも叶える」という王の言質を取ろうと試み、王はその計画に愚かにも乗せられて、これを許した。カイケーイーはすぐに神々を招き、王の誓いの言葉を証明させ、「もし翌朝までに自分の望みが受け入れられなければ、自分は命を絶つであろう」と脅しておいて、その分不相応の大きな望みをゆっくりと語り出した。それを聞いた王は心狂うばかりに悲しんだが、神々の前に立てた誓いの言葉に背く術はなく、彼女の奸計を遂げさせることとなった。

こうして翌朝、晴れの儀式の装いに身を飾ったラーマが、父王の前に赴いたとき、名誉ある恩命に接することと思っていたのに、「(ラーマを)十四年のあいだ、南国の林間に

放逐する」という厳命を受けた。そしてラーマはこの悲報をもって妻シーターのもとに帰った。その命を耳にしたシーターの驚きと悲しみはどれほどかと察して、ラーマは胸を悩ませたが、意外にもシーターは「貴い王位を失った不運も、長い年月をさびしいへんぴな土地でさまよって日陰で暮らす生活も、夫とともにある限りは、自分にとって何の意に介することでもない」と答えた。実にシーターは、妻として理想の資格を備えていた。「どこまでも」と夫を慕う彼女の望みは、無我の愛から湧き出るもっとも貴い信仰であった。

シーターの言葉の一節は次の通りである。「妻は夫の運命をともに負うべきもので、夫の進む限り、どこまでもともわれていくのが妻の務めです。夫と離れては、天国の住居も何でありましょう。夫に棄てられた妻の身は、いたたましい死骸に同じです。この世も次の世も、形と影のように、私はあなたにしたがうでしょう。あなたは私の王であり、道しるべであり、またただ一つの隠れ家であり、さらに私の神です。あなたが道なきいばらの草むらにさまようときは、私は先に枝かきわけて道をつくりましょう。そうなっても、私は疲れも知らず、とげの木陰も絹の衣服の心地です。さびしい住まいもあなたがいるなら、華麗な宮殿、天国の楽しさにもまさります。あなたの腕に守られるなら、神も悪魔も人々も、私を害することはできないでしょう。木の根、果実で飢えしのんでも、あなたの手は私の生命を支える充分な糧となります。さすらいの日暮れで一〇〇〇年を送っても、私は

一日のように過ごすでしょう。あなたさえいれば、地獄の猛火も、空の雲のたなびく姿と眺めるでしょう」。

このような真心を見せられて、ラーマに留まる理由もない。シーターの思いを受け入れて、ただ弟のラクシュマナを守りのためにともなうことにした。こうして一同は、粗末な装いで裸足のまま、都を後にしてまずプラヤーグ（アラハバード）へ向かった。しかし、そこで思わぬ悲報を耳にした。それはダクシャラ王が、ラーマたちが立ち去るとまもなく、悲しみのあまりに世を去ったということで、やがてバラタは馬を急がせて一行に追いつき、「王国に戻ってラーマが王位を継ぐこと」を求めた。しかしラーマは「決められた放逐の年月の終わるまでは」と、かたく拒んでそれに応じない。バラタもやむなく、ラーマを真の王として、自分は代わって政務をとることにした。そして自ら副王であることを示すため、かつてラーマの履いた一足の靴を、宮廷の正しい席においた。

ラーマとシーターとは、南へ南へと旅の日数を重ねて、ブンデルカンドの林中のチトラクタという小丘に着いた。ここに茅の庵を建て、鹿の肉やら果実、蜂蜜などの森の食料で命をつないでいた。この流浪の生活のあいだに、ラーマたちは多くのバラモン僧の草庵を訪れたが、聖者たちがしばしば羅刹（ラークシャサ）のために、その住まいを襲われることを知った（この羅刹を、南インドとランカー島の仏教徒と同一視しようとする二

三の歴史家もいる。来襲した族の長はランカーの王ではあるが、おそらくそれは仏教の名声を傷つけようと企てたバラモン僧のつくった説であろう）。羅刹はバラモン教の修行に妨害を試みたが、ラーマは羅刹を撃ち払う任務にあたり、はげしい戦いで、敵の兵士一万四〇〇〇を破った。しかし、この怨みに報いようとしてラーヴァナは、ラーマの愛妃シーターの掠奪を試みた。

　ラーヴァナの配下の悪魔マーリーチャは、シーターの目を惹くために、美しい黄金色に銀の色輝く斑点ある鹿に変身した。この誘惑は成功した。シーターの望むがまま、ラーマはラクシュマナに妻を守らせ、珍しい鹿を捕えようとして追いかけた。ラーマは矢をもって鹿を射た。鹿は傷を負って亡くなるときに、力をこめて、声を張りあげた。ラーマの音の調子を真似て、「シーターよ」「ラクシュマナよ」と呼んだのだった。この声を聞きつけた二人は、ラーマの身に危機が起こったと考え、ラクシュマナはシーターただひとりを残して、声のする方へ急いだ。一方、シーターは、そばに身を隠してシーターの様子をうかがっていたラーヴァナの獲物となった。ラーヴァナはシーターを捕えて、すぐに空中はるかに昇っていき、魔車に乗ってランカー島の家にともなった。そしてラーヴァナはシーターに迫ったが、純潔貞淑のシーターは激しく怒って、ラーヴァナの威嚇をあざけり、その想いを退けた。

ラーマの悲しみと怒りはなみなみではなかった。そこで猿族ヴァーナル王スグリーヴァとその司令官ハヌマーンの援助を得て、討伐を思い立った。猿族の大軍は、ヒマラヤ連山から大岩石を運んできて、ランカー島とインドを分ける海峡に、一つの橋を架設した。今もこの海峡には、海上はるかに突出した岩崖があって、「ラーマの橋（アダムス・ブリッジ）」と呼ばれている。ラーマの大軍は多くの歳月を費し、数々の苦戦の後、猿族の助け（ハヌマーンの統率のよさ）もあって、全勝の好結果を収め、ラーヴァナはついに戦死した。

ラーマは急いで使いを遣わし、シーターに暴虐者の死を報じた。シーターは御簾の垂れ下げられた輿に乗って送られてきたが、彼女のために幾多の困苦を受けた人々にその顔を示すため、ラーマは乗りものの覆いをのけさせた。そして、シーターの思っていた歓びと違って、ラーマは次のように語った。「女性の守りはその暮らす部屋でなく、高い城壁でもない。女性自身の行為が最上の防御である。シーターを悪鬼王ラーヴァナから奪い返したのは、凌辱された自分の名誉を回復するためであった」。と、ラーマの口から戦いの原因を聞いて、シーターは悲哀に沈んだ。ラーマが猿族を率いて戦ったのは、シーターへの愛のためではなく、敵への復讐のためであった。彼女が不慮の災禍でラーヴァナに奪われ、その住居にとらわれたことで、ラーマの愛がシーターから去ったと受けとめられた。

この不当な疑念の犠牲となった憐れなシーターは、自らの純潔を証明するために、「火

鬼神クンバカルナの目覚め、ランカー島の黄金都市にて（『ラーマーヤナ』）"The Awakening of Kumbhakarna in the Golden City of Lanka", Folio from a Ramayana（1605年頃）

の裁判法」を思い立った。ラクシュマナは、聖火を燃やすたきぎの束を準備した。この火でシーターは身を焚かれるか、それともその濡れ衣を晴らすことができるか、答えは彼女の過去の行い一つで分かれる。火は燃え上がった。危機は迫った。シーターは聖火をめぐり、アグニに身の潔白を訴えて、炎のなかに身を投じた。それと同時にアグニの神は姿を現し、その手にシーターを抱いて、夫のもとに帰し、彼女の潔白を宣言した。神々もまた、彼女にかけられた疑いの雲を晴らすことを望んだのである。

シーターはその身の潔白が認められ、再び夫婦仲むつまじい幸せを得た。長く続いた戦いが終わり、ラーマは勝利を得て、ラーマとシーターはハヌマーンと猿族の兵たちに守られて、アヨーディヤーに凱旋した。バラタは自ら望まなかった仮の位を還し、ラーマはバラモン僧の手で王冠を受けることになった。ラーマはアヨーディヤーの国王の栄誉を戴き、長く国の繁栄は続いた。

しかし、二人は再び悲しい運命に陥ることになった。人々はラーヴァナのもとに長くいた妻の貞操について噂し、またもラーマを思い悩ませることになった。ラーマはこのような噂の原因を与えた彼女を訝って、彼女を俗世間を避けた住居に移して、そこで双子の子を産ませた。夫妻が年老いた後、シーターはひそかに二子を宮廷にともなった。彼女が訪れたときに、ラーマは会議の席上で、「身の潔白を証明せよ」と命じたが、妻として長く

苦痛の日を送ったシーターはラーマの言葉に耐えることができず、彼女を生んだ地神を呼んで「住むべきところを与えよ」と言った。すると、たちまち大地は二つに裂け、シーターをその懐に受け入れた。

ラーマの悲しみはとめどなく、妻への疑念を後悔する生活に疲れ果てた。そこに冥府の主ヤマが来て、ラーマのなすべきことを告げた。ラーマはヤマの審判にしたがって、ガンジスの支流スールジア聖流の河畔にいたり、現世の姿を棄てて、ヴィシュヌの本身を現し、そして昇天した。『ラーマーヤナ』は、世界的に知られた一大叙事詩で、今もインドの各地の舞台で演じられている。悲劇として広く観客の興味を惹き、冬の夜、田舎の炉端で語られる悲劇的なシーターの身の上に、若い娘たちは同情の涙で袖を濡らすのである。

देवी और देवताओ | 第 15 章　ラーマとシーター（『ラーマーヤナ』）

कर्मसंयुक्तं हि पक्रिवे न तेष्व अहःसु शरान्तो या कलुषितो वापि दृश्यते नाविद्वान वराह्मणस तत्र नारातानुचरस तथा अराह्मणा भुञ्जते नित्यं नाथवन्तश च भुञ्जते

ॐ

第16章 クリシュナとラーダー

तपःस्वाध्यायनिरतं तपस्वी वाग्विदां वरम नारदं परिपप्रच्छ वाल्मीकिर मुनिपुंगवम को नव अस्मिन साम्प्रतं लोके गुणवान कश
धर्मज्ञश च कृतज्ञश च सत्यवाक्यो दृढव्रतः चारित्रेण च को युक्तः सर्वभूतेषु को हितः विद्वान कः कः समर्थश च कश चैकप्रियदर्
को जितक्रोधो मतिमान को ऽनसूयकः कस्य बिभ्यति देवाश च जातरोषस्य संयुगे एतद इच्छाम्य अहं शरोतुं परं कौतूहलं हि मे
ऽसि जञातुम एवंविधं नरम शरुत्वा चैतत तरिलोकज्ञो वाल्मीकेर नारदो वचः शरूयताम इति चामन्त्र्य परहृष्टो वाक्यम अब्रवीत
चैव ये तवया कीर्तिता गुणाः मुने वक्ष्याम्य अहं बुद्ध्वा तैर युक्तः शरूयतां नरः इक्ष्वाकुवंशप्रभवो रामो नाम जनैः शरुतः नियतात्
दयुतिमान धृतिमान वशी बुद्धिमान नीतिमान वाग्मी शरीमाञ शत्रुनिबर्हणः विपुलांसो महाबाहुः कम्बुग्रीवो महाहनुः महोरस्को म
अरिंदमः आजानुबाहुः सुशिराः सुललाटः सुविक्रमः समः समविभक्ताङ्गः सनिग्धवर्णः परतापवान पीनवक्षा विशालाक्षो लक्ष्मीवान
धर्मज्ञः सत्यसंधश च परजानां च हिते रतः यशस्वी जञानसंपन्नः शुचिर वश्यः समाधिमान रक्षिता जीवलोकस्य धर्मस्य परिरक्षित
धनुर्वेदे च निष्ठितः सर्वशास्त्रार्थतत्त्वज्ञो समृतिमान परतिभानवान सर्वलोकप्रियः साधुर अदीनात्मा विचक्षणः सर्वदाभिगतः सद्भिः
सिन्धुभिः आर्यः सर्वसमश चैव सदैकप्रियदर्शनः स च सर्वगुणोपेतः कौसल्यानन्दवर्धनः समुद्र इव गाम्भीर्ये धैर्येण हिमवान इव वि
वीर्ये सोमवत परियदर्शनः कालाग्निसदृशः करोधे कषमया पृथिवीसमः धनदेन समस तयागे सत्ये धर्म इवापरः तम एवंगुणसंपन्नं र
जयेष्ठं शरेष्ठगुणैर युक्तं परियं दशरथः सुतम यौवराज्येन संयोक्तुम ऐच्छत परीत्या महीपतिः तस्याभिषेकसंभारान दृष्ट्वा भार्याथ कै
देवी वरम एनम अयाचत विवासनं च रामस्य भरतस्याभिषेचनम स सत्यवचनाद राजा धर्मपाशेन संयतः विवासयाम आस सुतं र
परियम स जगाम वनं वीरः परतिज्ञाम अनुपालयन पितुर वचननिर्देशात कैकेय्याः परियकारणात तं वरजन्तं परियो भराता लक्ष्म
ह सनेहाद विनयसंपन्नः सुमित्रानन्दवर्धनः सर्वलक्षणसंपन्ना नारीणाम उत्तमा वधूः सीताप्य अनुगता रामं शशिनं रोहिणी यथा पौरै
पित्रा दशरथेन च शृङ्गवेरपुरे सूतं गङ्गाकूले वयसर्जयत ते वनेन वनं गत्वा नदीस तीर्त्वा बहूदकाः चित्रकूटम अनुप्राप्य भरद्वाजस्य
आवसथं कृत्वा रममाणा वने तरयः देवगन्धर्वसंकाशास तत्र ते नयवसन सुखम चित्रकूटं गते रामे पुत्रशोकातुरस तदा राजा दशर
विलपन सुतम मृते तु तस्मिन भरतो वसिष्ठप्रमुखैर दविजैः नियुज्यमानो राज्याय नैच्छद राज्यं महाबलः स जगाम वनं वीरो रामपा
पादुके चास्य राज्याय नयासं दत्त्वा पुनः पुनः निवर्तयाम आस ततो भरतं भरताग्रजः स कामम अनवाप्यैव रामपादाव उपस्पृशन न
ऽकरोद राज्यं रामागमनकाङ्क्षया रामस तु पुनर आलक्ष्य नागरस्य जनस्य च तत्रागमनम एकाग्रे दण्डकान परविवेश ह विराधं राक्ष
ददर्श ह सुतीक्ष्णं चाप्य अगस्त्यं च अगस्त्य भरातरं तथा अगस्त्यवचनाच चैव जग्राहैन्द्रं शरासनम खड्गं च परमप्रीतस तूणी चाक्ष
वसतस तस्य रामस्य वने वनचरैः सह ऋषयो ऽभयागमन सर्वे वधायासुररक्षसाम तेन तत्रैव वसता जनस्थाननिवासिनी विरूपिता श
कामरूपिणी ततः शूर्पणखावाक्याद उद्युक्तान सर्वराक्षसान खरं तरिशिरसं चैव दूषणं चैव राक्षसं निजघान रणे रामस तेषां चैव पद
निहतान्य आसन सहस्राणि चतुर्दश ततो जञातिवधं शरुत्वा रावणः करोधमूर्छितः सहायं वरयाम आस मारीचं नाम राक्षसं वार्यम
मारीचेन स रावणः न विरोधो बलवता कषमो रावण तेन ते अनादृत्य तु तद वाक्यं रावणः कालचोदितः जगाम सहमरीचस तस्याश्र
मायाविना दूरम अपवाह्य नृपात्मजौ जहार भार्यां रामस्य गृध्रं हत्वा जटायुषम गृध्रं च निहतं दृष्ट्वा हृतां शरुत्वा च मैथिलीम राघवः
विललापाकुलेन्द्रियः ततस तेनैव शोकेन गृध्रं दग्ध्वा जटायुषम मार्गमाणो वने सीतां राक्षसं संददर्श ह कबन्धं नाम रूपेण विकृतं घो
निहत्य महाबाहुर ददाह सवर्गतश च सः स चास्य कथयाम आस शबरीं धर्मचारिणीम शरमणीं धर्मनिपुणाम अभिगच्छेति राघव सो
महातेजाः शबरीं शत्रुसूदनः शबर्या पूजितः सम्यग रामो दशरथात्मजः पम्पातीरे हनुमता संगतो वानरेण ह हनुमद्वचनाच चैव सुग्रीवे
सुग्रीवाय च तत सर्वं शंसद रामो महाबलः ततो वानरराजेन वैरानुकथनं परति रामायावेदितं सर्वं परणयाद दुःखितेन च वालिनश च
कथयाम आस वानरः परतिज्ञातं च रामेण तदा वालिवधं परति सुग्रीवः शङ्कितश चासीन नित्यं वीर्येण राघवे राघवः परत्ययार्थं तु दु
उत्तमम पादाङ्गुष्ठेन चिक्षेप संपूर्णं दशयोजनम बिभेद च पुनः सालान सप्तैकेन महेषुणा गिरिं रसातलं चैव जनयन परत्ययं तदा ततः
तेन विश्वस्तः स महाकपिः किष्किन्धां रामसहितो जगाम च गुहां तदा ततो ऽगर्जद धरिवरः सुग्रीवो हेमपिङ्गलः तेन नादेन महता नि
हरीश्वरः ततः सुग्रीववचनाद हत्वा वालिनम आहवे सुग्रीवम एव तद राज्ये राघवः परत्यपादयत स च सर्वान समानीय वानरान वान
परस्थापयाम आस दिदृक्षुर जनकात्मजाम ततो गृध्रस्य वचनात संपातेर हनुमान बली शतयोजनविस्तीर्णं पुप्लुवे लवणार्णवम तत्र ल
पुरीं रावणपालिताम ददर्श सीतां धयायन्तीम अशोकवनिकां गताम निवेदयित्वाभिज्ञानं परवृत्तिं च निवेद्य च समाश्वास्य च वैदेहीं म
तोरणम पञ्च सेनाग्रगान हत्वा सप्त मन्त्रिसुतान अपि शूरम अक्षं च निष्पिष्य गरहणं समुपागमत अस्त्रेणोन्मुक्तम आत्मानं जञात्वा
मर्षयन राक्षसान वीरो यन्त्रिणस तान यदृच्छया ततो दग्ध्वा पुरीं लङ्काम ऋते सीतां च मैथिलीम रामाय परियम आख्यातुं पुनर आया

宗教の進歩から比べると、ヴィシュヌの化身であるラーマと、もうひとりの化身クリシュナのあいだには、約一〇〇〇年間の隔（へだ）たりがある。ラーマとクリシュナは、いずれも地上の国王であり、ともに奇跡的な力をもち、勇敢（ゆうかん）な戦士でもある。異なる点は一人（ラーマ）は徳をもち、礼儀正しい模範的な人であって、もう一人（クリシュナ）は勝手気ままで乱暴の不徳者というところである。懺悔（ざんげ）と苦行（くぎょう）がシヴァ信仰の主な特色であり、家族と国と神に対して果たすべき責任が、ラーマ信仰の主要な点であるとするなら、クリシュナ信仰の場合には精神的および地上の愛が特徴である。そしてクリシュナの崇拝でとくに注目すべきなものは、感情的な愛が同時に精神的なものとなり、恍惚（こうこつ）的な愛がすべてをおおいつくすといった具合である。

クリシュナとは「黒」という意味で、ヒンドゥー教の神々のうち、クリシュナほどひたむきな真心と信仰を受けるものは他に存在しない。インドの大部分で信仰され、若いインドの理想的な神である。賢いこと、愚かなことを論じず、世界の宗教に現れた最大の精神の姿として考えられている。

クリシュナの生涯は、ヒンドゥー経典中にくわしく説かれ、その実在をめぐって反対意見の余地は存在しない。史家のあいだにはこの存否（そんぴ）に関してさまざまの議論もあるが、クリシュナが実在の英雄であったことは明白で、それがヴィシュヌの化身（けしん）と関連づけられて

188

この神は成立した。

クリシュナの事蹟は、ヒンドゥー文学を通して、その経路を尋ねることができる。古くはバラモン経典にも、クリシュナに関して少し述べてある。『マハーバーラタ』は、多くの素材からつくられたもので、後の時代につけ加えられたものも少なくない。そのなかで、もっとも簡単で、おそらく最古と思われる一連の物語では、「クリシュナは単にドワールカーの勇敢な王子で、なみはずれてすぐれた力をもつ者」として描かれている。『マハーバーラタ』によれば、この半神的英雄はシヴァの偉大さを認めるために、現れたものだという。後にヴィシュヌの化身の一つとなり、紀元前七世紀の作である『バガヴァッド・ギーター』にも、「最高の主神」という称号を受け、人類を救済するため、俗世間の姿で現れたものだとされている。『ギーター』には『プラーナ』で見られるように、クリシュナの行いに言及しないで、「クリシュナは善を守り、悪を滅ぼし、教法を樹立するために降臨したもの」と自ら告げている。両者の説くところは同じではないけれども、今しばらく『プラーナ』の説にしたがって記してみよう。

そのとき、カンサ王と呼ぶ恐ろしい悪魔がいて、地神がその暴虐に堪えかねて、唸りはじめた。ついで地神は牝牛の姿になって、インドラのもとに行って訴えた。「悪の精霊が世界で悪い行いをはじめ、そのため宗教も正義もすでに世から消え去ってしまった。もし

許されるなら、私もまた世界を棄てて冥界に行こうと思う」と。このとき、神々とともにいたインドラは、ヴィシュヌに大地の秩序を整えることを求めた。ヴィシュヌは化身を示そうとして、頭から黒と白の二筋の髪をぬきとった。そして「これらの毛髪が地上に降って地神の苦しみを救うであろう」と、神々に告げて白髪でバララーマを、黒髪でクリシュナをつくった。

ある日、ヴァースデーヴァという聖者とその妻デーヴァキーが、カンサ王に追われたことがあった。そのとき、空中には雷鳴のような高い響きがして、ある言葉が聞こえた。「愚か者よ。汝が追う女の第八の子が、汝の生命を奪い去るであろう」と。カンサ王はこれを聞いて、デーヴァキーを殺そうとしてその剣を抜いた。ヴァースデーヴァはこれを遮って、「これから彼女の産む子を、ことごとく王にさしあげるため、デーヴァキーの命を救いたまえ」と言った。カンサ王はこの約束によって心をやわらげ、殺害を思いとどまったが、なお不安は消えず、デーヴァキーの部屋の前に昼夜ともに見張りの兵をつけておいた。

デーヴァキーが第八の子を産んだとき、ヴァースデーヴァは見張り兵の監視の目をさけて、城内から逃げ出した。そして、ナンダという牛飼いの子供を、第八の子（＝クリシュナ）と取り替えた。まもなく赤子（ナンダの子供）の泣き声が、見張りの耳に入り、その報によって、カンサがこの部屋に来て、赤子を石に打ちあてた。ナンダは妻とともに、赤

牛飼い女たちは衣類を返すようにクリシュナ神に懇願する
The Gopis Plead with Krishna to Return Their Clothing, Page from a
Bhagavata Purana (Ancient Stories of Lord Vishnu) series
(1610年頃)

देवी और देवताओ | 第16章 クリシュナとラーダー

子クリシュナをともなってゴクラまで逃れ去っていた。

クリシュナは素直でなく、わんぱくっ子であった。あるとき、乳母がその悪戯が過ぎるのに困って、重い木製の臼にクリシュナをしばりつけたが、クリシュナはその臼ごと引きずって歩いた。またあるとき、赤子クリシュナがナンダの車の下で横たわって泣いていたところ、母の来るのが遅れたため車両を蹴って、これをひっくり返して周囲の大人を驚かせた。クリシュナは、あらゆる悪戯を試み、バターを盗み、牛乳桶や、クリームの器をひっくり返したりした。彼はバター盗みの悪戯っ子として、広く知られていた。成長したクリシュナはそこいらの窃盗や悪者よりも、もっとひどい罪悪を行った。

あるとき、クル族とパーンダヴァ族とのあいだに戦いがあった。そのときクリシュナは「もし敵の愛児が死んだならば、味方は戦うことを悩むだろう」と考えて、「五種の虚偽」を唱えた。

クリシュナの寵愛する妃は、通常はラーダーであるが、彼女はアヤナゴーシャの妻であった。そしてラーダーの義妹が、その不貞をその兄に告げた。ラーダーは、このことで心を悩ましていたが、クリシュナは「いつでも、アヤナゴーシャが来た場合には、すぐに自分は女神カーリー像に変身して、（ラーダーがその愛人クリシュナとともにおらず）アヤナゴーシャはラーダーがカーリーを崇拝するのを見ることになる」と約束して、彼女を安心

させた。

暗殺と窃盗をクリシュナのしわざにする話も存在する。クリシュナは、魔王カンサを征伐する途中、マトゥラーにいたった。街に近づいたとき、クリシュナは自らの服装の露出が多いのを恥じて、「皆も美しく装って行き交う街中に、この姿では入ることができない」と兄のバララーマに語った。ちょうどそのとき、川べりに美しい衣を洗っている者がいて、兄をそこに遣わした。しかしその衣は王のものであったため、バララーマの求めは拒否された。そこで争いが起き、クリシュナは洗濯人を打ち殺して、衣を奪い去った。兄弟は続いて商店に行き、二本の襟帯を盗みとり、自分たちの身の装いを整えた。

クリシュナの行いの道徳性は、後期の『ウパニシャッド』から考えると不思議な問題となる。「上位階級の家族の女性を眺める場合には、そのなかに上流社会の外観を装った母の神性を認める。さらに都市に住むある女性が、開け放した縁側に座り、無道徳と恥知らずの姿を示した場合にも、上述の場合と異なった母の神性が発見される」（『ウパニシャッド』）。

ある物語によれば、道ばたにクプジャという一人の身をかがめた猫背の婦人がいて、クリシュナに香気ある薬剤を与えた。彼は憐れみの念を起こして、親指と人差し指で、彼女の頭を引き起こし、ヤシの木のように直立させた。この美しい奇跡は、クリシュナの不徳

のはじまりであった。身体の救世主は、クプジャを辱めたのである。このような場合、神々の行為を許し、有罪と考えないのがインドでは一般的である。強い力や威光の前には、いかなる罪も消滅する。そのため神々は、道徳的な責任を超越した存在と考えられている。

このほかに広く知られているクリシュナの生涯の不思議な現象として、牛飼い女が洗っていた衣服を奪って、彼女たちとともに有名な舞踏を試みたというのもある。しかし、クリシュナの伝記中には、特殊な要素がいろいろと混入していて、その真偽を判断するのに苦しむことがある。この神に関する物語には、超自然的また荒唐無稽の話が少なくない。

クリシュナが八歳のとき、牛飼いたちが司雨の神インドラを信仰しているのを見て、その信仰をやめさせるために、牝牛の群れを追い放った。そして、クリシュナは家畜を飼育できるゴーヴァルダナ山を信仰することを勧めた。牛飼いたちがゴーヴァルダナ山に供物を捧げると、クリシュナは神として山頂に現れ、「私は山である。私を信仰せよ」と告げた。

インドラは、クリシュナの態度の無礼なのを怒って、牛飼いたちや家畜などを撃ち払うために豪雨を降らせた。しかしクリシュナはこれに対する備えとして、指一本でゴーヴァルダナ山をもちあげ、傘のように人々をおおった。そして七日七晩のあいだ、荒れ狂う恐ろしい嵐のなかから、その友を救った。

『ヴィシュヌ・プラーナ』には、次のような伝説が載っている。カーリヤ蛇は、ジャムナ

川を棲み家として、情熱の火で流れる水を沸き立たせ、そのために岸の上の樹木は枯れ、鳥は炎に身を焦がされていた。クリシュナはこの凄まじい状況をものともせず、流れのなかに飛び込んで、蛇身に向かって戦いを挑んだ。そして、ついにこれに打ち勝って、その後、笛を吹奏し、楽曲にあわせて踊り、そして大蛇の妻たちの悲しみを慰めた。

またあるとき、魔王ナラカを倒したクリシュナは、一万六一〇〇人ものナラカの寡婦と結婚した。そして、クリシュナにはこの他に八人の主な妃がいた。クリシュナは不思議な力をもっていて、これらのいずれの女性にも自分ただ一人のためにクリシュナ（夫）がいると思わせることができた。クリシュナには十八万の子孫がいるという。クリシュナの経歴は、興味が尽きない。

あるとき、クリシュナは多くの婦人、他の王子たちをともなって、プラバーサへ遊覧に出かけた。そして饗宴に興を添えるため、インドラの天界にいる舞姫を宴席に招いて、王子たちは享楽にふけった。この饗宴のときダルヴァーサという聖者が、その足に落ちた食べものの かけらを拭い去ることをクリシュナは気づかないままだった。そのため、クリシュナは「足の傷がもとで死を招くこと」を予言された。聖者の去った後、クリシュナは深い考えに沈み、ヨーガをし、左脚を右の腿におき、腰を外に向けていた。そのとき偶然にも、ジャラという一人の猟夫が、遠くからクリシュナを鹿と見誤り、放った矢で踵を傷つけら

れた。ジャラはその過ちを知ると、すぐにクリシュナの足下にひざまずいて謝罪した。クリシュナはゆっくりと彼を慰めて「少しも気にするな。神々のもとに行け、猟夫よ」と答えた。こうして天から車が現れ、猟夫はそれに乗せられて、はるか天界へと飛び去った。そしてクリシュナも、迷える肉体を脱した。

クリシュナの生涯の終わりは、ヴィシュヌの状態を暗示している。彼はその兄弟の死にあたって現れ、その子供たちは激しい戦いをし、ついに最後の一人までも死に、クリシュナ自身は猟夫の矢にあたった傷で自滅する。

これらはクリシュナの生涯中の、もっとも興味ある話であるが、これに応じる『ギーター』にもまたおもしろい事実が伝えられている。そしてこれは『マハーバーラタ』および『プラーナ』にも載せられている。

とくにクリシュナの恋物語が有名で、物質的な恋によって霊的な愛が描写されている。クリシュナとラーダーや多くの他の妻妾との放縦な愛は、精神的なものに理想化されて、最高の存在に消化させている。クリシュナが、牛飼い少女の洗っていた衣を盗み、それを求めるために少女たちを水浴から岸へあがらせたのは、神の前では何ももっていないことと謙遜の象徴である。クリシュナがなみはずれた愛を表現できるのも単なる幻影で、実際には純粋で清らかである。クリシュナは牛飼い少女たちとともに、輪をつくって舞い踊っ

クリシュナ神はゴーヴァルダナ山をもちあげ、ブラージの人たちを守った
"Krishna Holds Up Mount Govardhan to Shelter the Villagers of Braj",
Folio from a Harivamsa（The Legend of Hari（Krishna））（1590–95年頃）

た。そして、全員を親切にもてなして、嫉妬や悪い感覚を起こさせなかった。クリシュナが一万六一〇〇人の妻妾をもった五頭の魔王ナラカを殺し、その寡婦たちと結婚したのは、クリシュナが音楽に興味をもち、五弦の簡単な楽器から、一万六一〇〇種の異なった調律が生まれたことにたとえられた。

近世ヒンドゥー教の教育ある階級に属する人々は、昔の国民的理想であるクリシュナの伝説を彩る宴会や酔っぱらい、あるいは乱舞、感覚的な恋などを、現代の高い道徳の基準で判断しようと試みているが、これはきわめて困難で、クリシュナのふるまいはただ神秘的に解釈されるべきものである。これらは、いずれも最高精神と人間界との関係を示し、牛飼い少女とその他の愛人たちは、人の心のさまざまなありさまを表わす。またクリシュナ自身は、完全な満足とやすらぎをすべてのものが得る最高精神を現したものである。

このように背徳な神に対する信仰が普及した結果として、不道徳な行為が行われたのは悲しむべきことである。現代のヒンドゥー教では、クリシュナ、シヴァおよびカーリーを中心としていて、とくにクリシュナが主要となっている。

広く見られるクリシュナの姿は、牛飼い少女から奪った衣の上に座る姿である。クリシュナの世俗の祭はラサと呼ばれて、神が牛飼い少女たちと舞い遊ぶ記念として行われる。このとき、青年たちはクリシュナとラーダーの装いをして、ともに踊りを楽しみ、世間話を

198

して、宴は夜を徹し、明け方になってその宴席を収める。ラーダーもまたヒンドゥー教で神と崇められていて、諸寺の殿堂内にはクリシュナのそばにその像をまつり、クリシュナとならんで信仰されている。このように二尊の像をならべて安置するのはこの神の特色である。カルカッタの風習では、いずれの家にもクリシュナ像を一つ安置している。

第17章 仏教の創始者ブッダ

तपःस्वाध्यायनिरतं तपस्वी वाग्विदां वरम् नारदं परिपप्रच्छ वाल्मीकिर्मुनिपुंगवम् को न्वस्मिन् साम्प्रतं लोके गुणवान् कश्च
धर्मज्ञश्च कृतज्ञश्च सत्यवाक्यो दृढव्रतः चारित्रेण च को युक्तः सर्वभूतेषु को हितः विद्वान् कः कः समर्थश्च कश्च एकप्रियदर्शनः
को जितक्रोधो मतिमान् अनसूयकः कस्य बिभ्यति देवाश्च जातरोषस्य संयुगे एतद् इच्छाम्यहं श्रोतुं परं कौतूहलं हि मे
असि ज्ञातुम् एवंविधं नरम् शरुत्वा चैतत् त्रिलोकज्ञो वाल्मीकेर्नारदो वचः श्रूयतामिति चामन्त्र्य प्रहृष्टो वाक्यमब्रवीत्
चैव ये तवया कीर्तिता गुणा मुने वक्ष्याम्यहं बुद्ध्वा तैर्युक्तः श्रूयतां नरः इक्ष्वाकुवंशप्रभवो रामो नाम जनैः श्रुतः नियतात्मा
द्युतिमान् धृतिमान् वशी बुद्धिमान् नीतिमान् वाग्मी श्रीमान् शत्रुनिबर्हणः विपुलांसो महाबाहुः कम्बुग्रीवो महाहनुः महोरस्को म
अरिंदमः आजानुबाहुः सुशिराः सुललाटः सुविक्रमः समः समविभक्ताङ्गः स्निग्धवर्णः परतपावान् पीनवक्षा विशालाक्षो लक्ष्मीवा
धर्मज्ञः सत्यसंधश्च प्रजानां च हिते रतः यशस्वी ज्ञानसंपन्नः शुचिर्वश्यः समाधिमान् रक्षिता जीवलोकस्य धर्मस्य परिरक्षिता
धनुर्वेदे च निष्ठितः सर्वशास्त्रार्थतत्त्वज्ञो स्मृतिमान् प्रतिभानवान् सर्वलोकप्रियः साधुर् अदीनात्मा विचक्षणः सर्वदाभिगतः सद्भिः
सिन्धुभिः आर्यः सर्वसमश्चैव सदैकप्रियदर्शनः स च सर्वगुणोपेतः कौसल्यानन्दवर्धनः समुद्र इव गाम्भीर्ये धैर्येण हिमवान् इव वि
दीर्घः सोमवत् प्रियदर्शनः कालाग्निसदृशः क्रोधे क्षमया पृथिवीसमः घनदेन समस्त्यागे सत्ये धर्म इवापरः तमेवंगुणसंपन्नं र
ज्येष्ठं श्रेष्ठगुणैर्युक्तं प्रियं दशरथः सुतम् यौवराज्येन संयोक्तुम् ऐच्छत परीत्या महीपतिः तस्याभिषेकसंभारान् दृष्ट्वा भार्याथ कै
देवी वरम् एनम् अयाचत विवासनं च रामस्य भरतस्याभिषेचनम् स सत्यवचनाद् राजा धर्मपाशेन संयतः विवासयामास सुतं रा
परियं स जगाम वनं वीरः प्रतिज्ञाम् अनुपालयन् पितुर्वचननिर्देशात् कैकेय्याः प्रियकारणात् तं व्रजन्तं प्रियो भ्राता लक्ष्मणो
ह स्नेहाद् विनयसंपन्नः सुमित्रानन्दवर्धनः सर्वलक्षणसंपन्ना नारीणाम् उत्तमा वधूः सीताप्यनुगता रामं शशिनं रोहिणी यथा पौरै
पिता दशरथेन च शृङ्गवेरपुरे सुतं गङ्गाकूले व्यसर्जयत् ते वनेन वनं गत्वा नदीस्तीर्त्वा बहूदकाः चित्रकूटम् अनुप्राप्य भरद्वाजस्य
आवसथं कृत्वा रममाणा वने त्रयः देवगन्धर्वसंकाशास् तत्र ते न्यवसन् सुखम् चित्रकूटं गते रामे पुत्रशोकातुरस्तदा राजा दशरथ
विलपन् सुतम् स्मृत्वा तु तस्मिन् भरतो वसिष्ठप्रमुखैर् द्विजैः नियुज्यमानो राज्याय नैच्छद् राज्यं महाबलः स जगाम वनं वीरो रामपा
पादुके चास्य राज्याय न्यासे दत्त्वा पुनः पुनः निवर्तयाम आस ततो भरतो भरताग्रजः स कामम् अनवाप्यैव रामपादाव् उपस्पृशन् न
ऽकरोद् राज्यं रामागमनकाङ्क्षया रामस्तु पुनर् आलक्ष्य नागरस्य जनस्य च तत्रागमनम् एकाग्रे दण्डकान् प्रविवेश ह विराधं राक्षस
ददर्श ह सुतीक्ष्णं चाप्यगस्त्यं च अगस्त्यभ्रातरं तथा अगस्त्यवचनाच्चैव जग्राहैन्द्रं शरासनम् खड्गं च परमप्रीतस्तूणी चाक्
वसतस्तस्य रामस्य वने वनचरैः सह ऋषयो ऽभ्यागमन् सर्वे वधायासुररक्षसाम् तेन तत्रैव वसता जनस्थाननिवासिनी विरूपिता श्
कामरूपिणी ततः शूर्पणखावाक्याद् उद्युक्तान् सर्वराक्षसान् खरं त्रिशिरसं चैव दूषणं चैव राक्षसं निजघान रणे रामस्तेषां चैव पदा
निहतानि आसन् सहस्राणि चतुर्दश ततो ज्ञातिवधं श्रुत्वा रावणः क्रोधमूर्छितः सहायं वरयाम आस मारीचं नाम राक्षसं वार्यमा
मारीचेन स रावणः न विरोधो बलवता क्षमो रावण तेन ते अनादृत्य तु तद्वाक्यं रावणः कालचोदितः जगाम सहमारीचस्तस्याश्र
मायाविना दूरम् अपवाह्य नृपात्मजौ जहार भार्यां रामस्य गृध्रं हत्वा जटायुषम् गृध्रं च निहतं दृष्ट्वा हृतां श्रुत्वा च मैथिलीं राघवः
विललापाकुलेन्द्रियः ततस्तेनैव शोकेन गृध्रं दग्ध्वा जटायुषम् मार्गमाणो वने सीतां राक्षसं संददर्श ह कबन्धं नाम रूपेण विकृतं घो
निहत्य महाबाहुर् ददाह स्वर्गतश्च सः स चास्य कथयामास शबरीं धर्मचारिणीम् शरमण्यां धर्मनिपुणाम् अभिगच्छेति राघव सं
महातेजाः शबरीं शत्रुसूदनः शबर्या पूजितः सम्यग् रामो दशरथात्मजः पम्पातीरे हनुमता संगतो वानरेण ह हनुमद्वचनाच्चैव सुग्रीवे
सुग्रीवाय च तत् सर्वं शंसद् रामो महाबलः ततो वानरराजेन वैरानुकथनं प्रति रामायावेदितं सर्वं प्रणयाद् दुःखितेन च वालिनश्च
कथयामास वानरः प्रतिज्ञातं च रामेण तदा वालिवधं प्रति सुग्रीवः शङ्कितश्चासीन् नित्यं वीर्येण राघवे नाघवः प्रत्ययार्थं तु सु
उत्तमं पादाङ्गुष्ठेन चिक्षेप संपूर्णं दशयोजनम् बिभेद च पुनः सालान् सप्तैकेन महेषुणा गिरिं रसातलं चैव जनयन् प्रत्ययं तदा तत
तेन विश्वस्तः स महाकपिः किष्किन्धां रामसहितो जगाम च गुहां तदा ततो ऽगर्जद् धरिवरः सुग्रीवो हेमपिङ्गलः तेन नादेन महता नि
हरीश्वरः ततः सुग्रीववचनाद् धृत्वा वालिनम् आहवे सुग्रीवं स्थापयामास तस्मिन् राज्ये हरीश्वरम् स च सर्वान् समानीय वानरान् वान
परस्थापयाम आस दिक्षु हि जनकात्मजाम् ततो गृध्रस्य वचनात् संपातेर् हनुमान् बली शतयोजनविस्तीर्णं पुप्लुवे लवणार्णवम् तत्र ल
पुरीं रावणपालितां ददर्श सीतां ध्यायन्तीम् अशोकवनिकां गताम् निवेदयित्वाभिज्ञानं प्रवृत्तिं च निवेद्य च समाश्वास्य च वैदेहीं मर्
तोरणं पञ्च सेनाग्रान् हत्वा सप्त मन्त्रिसुतान् अपि शूरम् अक्षं च निष्पिष्य ग्रहणं समुपागमत् अस्त्रेणोन्मुक्तम् आत्मानं ज्ञात्वा प
मर्षयन् राक्षसान् वीरो यन्त्रिणस्तान् यदृच्छया ततो दग्ध्वा पुरीं लङ्काम् ऋते सीतां च मैथिलीम् रामाय प्रियम् आख्यातुं पुनर् आय

ラーマとクリシュナとの中間の位置し、そのいずれよりもさらに偉大な資格を備え、かつて地上に足跡を残した人類の最優者はブッダである。ゴータマ・ブッダは、クシャトリヤ族に属するある小国の王の子であって、紀元前五六〇年頃に生まれた。そして、ここまで人道上で深い印象を留めた人物は、他にその類例を見ない。帰依者の数は数百万に上り、すべてに目を通すことができないほど、その名によった書物は多数存在していて、サンスクリット語、パーリ語はもちろん、チベット、ビルマ、ジャワ、タイ、中国、モンゴル、その他多くの国の言葉で記されている。

ブッダの信仰は、はじめから特殊なものであって、当時、インドに流布していたバラモン教義に対する一つの反逆者であった。ブッダはインド固有の階級制度（かいきゅうせいど）を破壊し、宗教的権威を倒し、『ヴェーダ』および他の聖典によらず、犠牲を捧げる祭神の儀式をなくそうと努めた。そして、道徳および無我（むが）の最高理想を説き、神に没入（ぼつにゅう）することを教えとした。ブッダは、禁欲的道徳の無欲、無執（むしつ）の使徒となり、存在の背後に滅失（めっしつ）があり、死の外側に涅槃（ねはん）の境地があると考えた。

ブッダという言葉は、「悟った者」の意味で、その誕生地は、現在のアウド州の北、ネパールの連山の麓の一王国の首都カピラヴァストゥである。その国王の子である彼はシャカ族のゴータマ族に属している。母はスプラブッダの娘マーヤーデーヴィーで、容姿美麗（ようしびれい）なの

202

は言うまでもなく、威厳も備えた婦人であった。ブッダという名称は、悟りを開いた後の呼称で、幼時にはシッダルタといった。

シッダルタの誕生後、七日を経て母は世を去り、王は母夫人の姉に幼い王子シッダルタの養育をまかせた。王子は成長するにしたがってかしこく、博識となり、才能や学識で、師に勝るようになった。仲間との遊びにも交わらず、影深い森林中でひとり瞑想にふけるのをこの上ない喜びとしていた。父王は王子のふるまいが普通でないことを知ると、王子の思いが夢幻の領域に陥るのを防ぐ手段として結婚のことを思い立った。王位の跡継ぎであることを長老や諸官から伝達されたとき、シッダルタは七日のあいだ、落ち着いて考えるための暇を願い、ついに結婚は心の平和を乱すわけではないと確信して、妃の選定を諸官に許すことにした。こうして選ばれた女子は、ダンダパーニの娘ゴーピカー（ヤショーダラー）という夫人であった。彼女の父は、最初はこの結婚に反対だったが、シッダルタのすぐれたところを見て、ついにこの結婚を承諾した。結婚は人生最大の慶事の一つであるが、王子はなお前のように、人生と死の問題について瞑想することに余念がなかった。

「世に常なるものは一つもなく、何物も本当に存在しているものはない」と、いつも王子は考えていた。生命は木の摩擦によって生じる火花のようで、出じた光もやがて消えていく。その原因を知らず、また去っていく理由も知らず。琴の音が漂うように、賢者もその

203

देवी और देवताओ ｜ 第17章　仏教の創始者ブッダ

去来を考えても何も悟るところもない。私たちが安らかにいられる最高の知識が、現世の外に存在するはずである。私はその満足を得て、執着を免れたなら、すぐに世界の救済を志そうと、王子は常に考えていた。

若い王子が憂鬱状態に陥ったのを知った父王は、深い瞑想からその心を変えるために、あらゆる方法を試みたが、結果はすべて徒労に終わった。そして思いがけず人生の三大悲相（老・病・死）が王子の目にとまって、ブッダの生涯で重要な思想の転機となった。それを略記すれば、次の通りである。ある日、王子が多くの従者をともなって、宮苑で遊ぶため都の東門を通過するとき、たまたま道端に一人の老人が横たわっているのを見た。地を這うばかりに身は曲がり、肉は痩せて脈管や筋が全身に現れ、歯の根はゆらぎ、しわにおおわれ、頭髪ははげて、言葉の響きも整わず、杖にすがって手足やふしぶしがぶるぶるふるえている。王子はこれを見て問いただし御者に向かい、「これは一体誰であるか？体は縮み、心は弱く、肉も血潮もかわき果て、全身疲れて、わずかに杖に助けられ、一歩ごとにつまずくほど自由に歩くこともできない。このような姿はこの者の一族に限ったことか？　また誰も最後には免れることのできない運命か？」と尋ねた。御者は謹しんでこれに答えた。「あの者は、すでに老齢になり、感覚は鈍り、苦悩のために力もなく、一族親戚にはうとまれて、誰の助けもなく、森の枯れ木のように、人に棄てられて世を去るの

印（転法輪印）を結ぶブッダ
Buddha with His Hands Raised in Dharmacakra Mudra,
Leaf from a dispersed
Pancavimsatisahasrika Prajnaparamita Manuscript
（1090年頃）

205
देवी और देवताओ ｜ 第17章　仏教の創始者ブッダ

です。このような惨めさは、この一族に限らず、おおよそ生あるものは皆、老齢のためその活力を失っていくのです。また母も、縁者も、友も、ことごとく同じ姿となり、これはあらゆる生きものが、最後にたどりつく道にほかなりません」。王子は聞き終わって嘆くように言った。「愚かにもすべての生きものは、やがて来る老いを忘れ果てて、目の前の若い日の悦楽に心を奪われている。この老人を前にして、一時の楽しみを求めてどうなるだろう？」と、すぐに御者に命じて車を返させ、その日の御遊は中止となった。

またある日、花園を目指して南門を過ぎるとき、路上に悩む病者の姿が視界に入った。熱気に焦げて身は疲れ、泥にまみれ、友はなく、家もない孤独の身。呼吸するのも苦しそうで、ただ死を待つのみである。王子はまたも御者に尋ねたが、その答えは予想した通りであった。王子は「身体の健康な者も、夢のなかの遊技のように、ひとたび苦悩に捕らわれては、この恐るべき姿に変わってしまう。この憐れなありさまを見た後は、何も楽しむことはできない」と言って、すぐに車を返させた。

さらに王子は西門を過ぎて遊行の最中に、布でおおい、棺に乗せた死体に出会った。まわりに集まる友人たちには、すすり泣く者、声を挙げて叫ぶ者もいた。またも御者から死者のことを聞き、その日も出遊をやめて、途中から引き返させた。

最後に北門から外出するとき、路上に一人のもの乞いがいた。外貌は穏和で、伏し目が

ちであるが、威厳ある教服をまとって、托鉢のための鉄鉢を携えている。やがて例の問いを受けて、御者はありのままを答えた。「このもの乞いは、あらゆる快楽と欲望を断ち、苦行生活を送って、自らに打ち勝とうと努めているのです。その日常の行為には、激しい感情は起こらず、嫉妬に悩まず、巡り歩いて施物を受け、これによってはかない命を支えているのです」と。王子は聞いて感心し、「あの者の行動は賞揚されるべきもので、そこは私の保護所であり、またあらゆる生きものの守られるところである。この道を修めて、私は真実の生活に入り、幸福と永遠の境界に到達したい」と言って、王子はまたも車を返させて王宮に帰った。

王子シッダルタは父と妃に、「隠遁したい」という志を告げた。そして、ある夜、番卒の眠る隙に王城を逃れ出た。終夜、馬を急がせ、暁の頃にはある聖山のそばに達し、ここで身に装った飾りを解いて、乗馬とともに侍者に与えて、カピラヴァストゥに帰らせた。

シッダルタは、まずヴァイシャリー国に向かった。そこで当時、良い評判を集めて、三〇〇の弟子をもつバラモンに教えを受けたが、師の教えるところ、シッダルタを満足させることはできず、ブッダは失望してここを去った。ついでマガダ国の首都ラージギルにいたり、七〇〇人の弟子を数えるバラモンに師事したが、やはり真の解脱の手段は得られなかった。そしてシッダルタは五人の学徒をしたがえ、ブッダガヤに近いウルヴェーラと

いう村落の近くに暮らして、六年間、厳しい苦行生活を送った。やがて苦行禁欲の方法では、真理に到達することの不可能なことを理解し、それまでの苦行のやりかたをやめてしまった。五人の侍僧は「シッダルタの求道心は落ちぶれた」と誤解し、シッダルタのもとを去っていった。

シッダルタはひとり自ら真理の追求に心身を委ね、バラモンの教義と修行の方法では、人類救済、また老・病・死の苦痛を脱出するために、なんの効果もないことを知った。シッダルタは長い瞑想の後、心が晴れわたって悟りの境地に達し、ついに永久に残る真理を発見して、人類救済の途に上るにいたった。「無限に繰り返す生死の輪廻、そのたびごとに苦しみの報いを受ける原因は、人それぞれの煩悩である。もし人が煩悩を棄て去ったときは、永遠に続く生死は跡を絶って、苦しみがなく楽しみの涅槃を得る」。これがブッダの教えの趣旨である。

ブッダははじめ自ら悟った真理を、ひとりで味わい、自分だけでひたって満足するべきか、あるいは世に示して、万民に真理を伝えるべきかを考えた。幾億万の生きものの運命の未来を左右することは簡単なことではない。が、その苦悩を傍観して、ひとり真理悟入の喜びにひたることは、若い王子の願いではなかった。こうしてブッダは、二〇〇〇年以上の後世まで、世界に幾億の信徒をもつ大宗教の建設者となった。

208

ブッダはベレナスに行って、さきにたもとを分かった五人の学徒のために、新たな教法を説き、ここに最初の五弟子を得た。ブッダの教えを要約すれば、いわゆる四諦の教えである。四諦とは何か？（一）苦諦は、世界や人生の苦しみを観察し、（二）集諦は、苦の原因はもろもろの煩悩にあることを知り、（三）滅諦によって、原因である煩悩を滅すれば、その結果である苦痛は、消滅することを教え、（四）道諦は、その煩悩を滅する方法を挙げている。すなわちいわゆる八正道のことで、正見、正思、正語、正業、正命、正精進、正念、正定である。

この説法を聴聞して、さきの五人の学徒はすぐに仏弟子となり、以来、ベナレスにおける五か月間の説法で六十人の弟子を得た。ついでブッダはこれらの弟子たちを諸方に派遣して、盛んに新教義を宣伝させた。以来、ブッダは四十九年間、諸方をめぐって教えを広め、なかでもマガダ国の首都ラージギルと、コーサラ国の首都シュラヴァスティーには、長いあいだ、足を留めて、教化にその一生を委ねた。このコーサラは、王が自ら従来の学問を棄て、ブッダの新教義に帰入した土地である。

やがて人々を教化する縁も尽きて、ついにブッダは、逃れがたい病床につくようになった。ブッダは自ら終焉の時期の近いことを知り、弟子に向かって真理を尊ぶべきことを力説し、ブッダ入滅後も仏法をしっかり守ることをアーナンダに伝えた。「あらゆるもので、

不滅のものは存在しない。完成にいたるように修行すること」。これがブッダ最後の教えであった。ほどなくブッダは涅槃に入った。
 史家の見地から見たならば、ブッダの行いに良し悪しと思える点もあるだろうが、とにかく、世界人類の多くに、多大な影響をおよぼした点で、ブッダはインド史上最大の偉人である。しかも他のインドの宗教とは異なっていて、もしヒンドゥー教を「無道徳の神を説くもの」とするならば、仏教は「無神主義の道徳」と言ってよかろう。

第18章 世界の主ジャガンナート

ॐ

तपःस्वाध्यायनिरतं तपस्वी वाग्विदां वरम् नारदं परिपप्रच्छ वाल्मीकिर्मुनिपुंगवम् को नव अस्मिन् साम्प्रतं लोके गुणवान् कश्च वीर्यवान् धर्मज्ञश्च कृतज्ञश्च सत्यवाक्यो दृढव्रतः चारित्रेण च को युक्तः सर्वभूतेषु को हितः विद्वान् कः कः समर्थश्च कश्च एकप्रियदर्शनः आत्मवान् को जितक्रोधो मतिमान् को अनसूयकः कस्य बिभ्यति देवाश्च जातरोषस्य संयुगे एतद् इच्छाम्यहं श्रोतुं परं कौतूहलं हि मे महर्षे त्वं समर्थोऽसि ज्ञातुम् एवंविधं नरम् श्रुत्वा चैतत् त्रिलोकज्ञो वाल्मीकेर्नारदो वचः श्रूयतामिति चामन्त्र्य प्रहृष्टो वाक्यमब्रवीत् बहवो दुर्लभाश्चैव ये त्वया कीर्तिता गुणाः मुने वक्ष्याम्यहं बुद्ध्वा तैर्युक्तः श्रूयतां नरः इक्ष्वाकुवंशप्रभवो रामो नाम जनैः श्रुतः नियतात्मा महावीर्यो द्युतिमान् धृतिमान् वशी बुद्धिमान् नीतिमान् वाग्मी श्रीमाञ्शत्रुनिबर्हणः विपुलांसो महाबाहुः कम्बुग्रीवो महाहनुः महोरस्को महेष्वासो गूढजत्रुररिंदमः आजानुबाहुः सुशिराः सुललाटः सुविक्रमः समः समविभक्ताङ्गः स्निग्धवर्णः प्रतापवान् पीनवक्षा विशालाक्षो लक्ष्मीवाञ्शुभलक्षणः धर्मज्ञः सत्यसंधश्च प्रजानां च हिते रतः यशस्वी ज्ञानसंपन्नः शुचिर्वश्यः समाधिमान् रक्षिता जीवलोकस्य धर्मस्य परिरक्षिता रक्षिता स्वस्य धर्मस्य स्वजनस्य च रक्षिता वेदवेदाङ्गतत्त्वज्ञो धनुर्वेदे च निष्ठितः सर्वशास्त्रार्थतत्त्वज्ञो स्मृतिमान् प्रतिभानवान् सर्वलोकप्रियः साधुरदीनात्मा विचक्षणः सर्वदाभिगतः सद्भिः समुद्र इव सिन्धुभिः आर्यः सर्वसमश्चैव सदैकप्रियदर्शनः स च सर्वगुणोपेतः कौसल्यानन्दवर्धनः समुद्र इव गाम्भीर्ये धैर्येण हिमवानिव विष्णुना सदृशो वीर्ये सोमवत्प्रियदर्शनः कालाग्निसदृशः क्रोधे क्षमया पृथिवीसमः धनदेन समस्त्यागे सत्ये धर्म इवापरः तम् एवंगुणसंपन्नं रामं सत्यपराक्रमं ज्येष्ठं श्रेष्ठगुणैर्युक्तं प्रियं दशरथः सुतम् प्रकृतीनां हितैर्युक्तं प्रकृतिप्रियकाम्यया यौवराज्येन संयोक्तुमैच्छत् प्रीत्या महीपतिः तस्याभिषेकसंभारान् दृष्ट्वा भार्याथ कैकेयी पूर्वं दत्तवरा देवी वरं एनम् अयाचत विवासनं च रामस्य भरतस्याभिषेचनम् स सत्यवचनाद् राजा धर्मपाशेन संयतः विवासयामास सुतं रामं दशरथः प्रियम् स जगाम वनं वीरः प्रतिज्ञां अनुपालयन् पितुर्वचननिर्देशात् कैकेय्याः प्रियकारणात् तं व्रजन्तं प्रियो भ्राता लक्ष्मणोऽनुजगाम ह स्नेहाद् विनयसंपन्नः सुमित्रानन्दवर्धनः सर्वलक्षणसंपन्ना नारीणाम् उत्तमा वधूः सीताप्यनुगता रामं शशिनं रोहिणी यथा पौरैरनुगतो दूरं पित्रा दशरथेन च शृङ्गिवेरपुरे सूतं गङ्गाकूले व्यसर्जयत् ते वनेन वनं गत्वा नदीस्तीर्त्वा बहूदकाः चित्रकूटमनुप्राप्य भरद्वाजस्य शासनात् तत्र ते न्यवसन् रम्ये मृगपक्षिसमाकुले दशरथस्तु तदा शुद्धे देवकल्पे वनेऽवसत् देवगन्धर्वसंकाशास्तत्र ते न्यवसन् सुखम् चित्रकूटं गते रामे पुत्रशोकातुरस्तदा राजा दशरथः स्वर्गं जगाम विलपन् सुतम् मृते तु तस्मिन् भरतो वसिष्ठप्रमुखैर्द्विजैः नियुज्यमानो राज्याय नैच्छद् राज्यं महाबलः स जगाम वनं वीरो रामपादप्रसादकः गत्वा तु स महात्मानं रामं सत्यपराक्रमम् अयाचद् भ्रातरं रामम् आर्यभावपुरस्कृतः त्वमेव राजा धर्मज्ञ इति रामं वचोऽब्रवीत् रामोऽपि परमोदारः सुमुखः सुमहायशाः न चैच्छत् पितुरादेशाद् राज्यं रामो महाबलः पादुके चास्य राज्याय न्यासं दत्त्वा पुनः पुनः निवर्तयामास ततो भरतमग्रजः स कामम् अनवाप्यैव रामपादावुपस्पृशन् नन्दिग्रामेऽकरोद् राज्यं रामागमनकाङ्क्षया गते तु भरते श्रीमान् सत्यसंधो जितेन्द्रियः रामस्तु पुनरालक्ष्य नागरस्य जनस्य च तत्रागमनं एकाग्रो दण्डकान् प्रविवेश ह विराधं राक्षसं हत्वा शरभङ्गं ददर्श ह सुतीक्ष्णं चाप्यगस्त्यं च अगस्त्यभ्रातरं तथा अगस्त्यवचनाच्चैव जग्राहैन्द्रं शरासनम् खड्गं च परमप्रीतः तूणी चाक्षय्यसायकौ वसतस्तस्य रामस्य वने वनचरैः सह ऋषयोऽभ्यागमन् सर्वे वधायासुररक्षसाम् तेन तत्रैव वसता जनस्थाननिवासिनी विरूपिता शूर्पणखा राक्षसी कामरूपिणी ततः शूर्पणखावाक्याद् उद्युक्तान् सर्वराक्षसान् खरं त्रिशिरसं चैव दूषणं चैव राक्षसं निजघान रणे रामस्तेषां चैव पदानुगान् वने तस्मिन् निवसता जनस्थाननिवासिनाम् रक्षसां निहतान्यासन् सहस्राणि चतुर्दश ततो ज्ञातिवधं श्रुत्वा रावणः क्रोधमूर्छितः सहायं वरयामास मारीचं नाम राक्षसम् वार्यमाणः सुबहुशो मारीचेन स रावणः न विरोधो बलवता क्षमो रावण तेन ते अनादृत्य तु तद्वाक्यं रावणः कालचोदितः जगाम सहमारीचस्तस्याश्रमपदं तदा तेन मायाविना दूरमपवाह्य नृपात्मजौ जहार भार्यां रामस्य गृध्रं हत्वा जटायुषम् गृध्रं च निहतं दृष्ट्वा हृतां श्रुत्वा च मैथिलीम् राघवः शोकसंतप्तो विललापाकुलेन्द्रियः ततस्तेनैव शोकेन गृध्रं दग्ध्वा जटायुषम् मार्गमाणो वने सीतां राक्षसं संददर्श ह कबन्धं नाम रूपेण विकृतं घोरम् तं निहत्य महाबाहुर्ददाह स्वर्गतश्च सः स चास्य कथयामास शबरीं धर्मचारिणीम् श्रमणीं धर्मनिपुणां अभिगच्छेति राघव सोऽभ्यगच्छन्महातेजाः शबरीं शत्रुसूदनः शबर्या पूजितः सम्यग् रामो दशरथात्मजः पम्पातीरे हनुमता संगतो वानरेण ह हनुमद्वचनाच्चैव सुग्रीवेण समागतः सुग्रीवाय च तत् सर्वं शंसद् रामो महाबलः आदितस्तद् यथावृत्तं सीतायाश्च विशेषतः सुग्रीवश्चापि तत् सर्वं श्रुत्वा रामस्य वानरः चकार सख्यं रामेण प्रीतश्चैवाग्निसाक्षिकम् ततो वानरराजेन वैरानुकथनं प्रति रामायावेदितं सर्वं प्रणयाद् दुःखितेन च ततः प्रतिज्ञातवानेतद् वालिनश्च वधं प्रति वालिनश्च बलं तत्र कथयामास वानरः सुग्रीवः शङ्कितश्चासीन् नित्यं वीर्येण राघवे राघवप्रत्ययार्थं तु दुन्दुभेः कायमुत्तमम् पादाङ्गुष्ठेन चिक्षेप संपूर्णं दशयोजनम् बिभेद च पुनः सालान् सप्तैकेन महेषुणा गिरिं रसातलं चैव जनयन् प्रत्ययं तदा ततः प्रीतमनास्तेन विश्वस्तः स महाकपिः किष्किन्धां रामसहितो जगाम च गुहां तदा ततोऽगर्जद् धरिवरः सुग्रीवो हेमपिङ्गलः तेन नादेन महता निर्जगाम हरीश्वरः ततः सुग्रीववचनाद्धत्वा वालिनमाहवे सुग्रीवमेव तद्राज्ये राघवः प्रत्यपादयत् स च सर्वान् समानीय वानरान् वानरर्षभः दिशः प्रस्थापयामास दिदृक्षुर्जनकात्मजाम् ततो गृध्रस्य वचनात् संपातेर्हनुमान् बली शतयोजनविस्तीर्णं पुप्लुवे लवणार्णवम् तां पुरीं रावणपालितां ददर्श सीतां ध्यायन्तीं अशोकवनिकां गताम् निवेदयित्वाभिज्ञानं प्रवृत्तिं च निवेद्य च समाश्वास्य च वैदेहीं मर्दयामास तोरणम् पञ्च सेनाग्रगान् हत्वा सप्त मन्त्रिसुतानपि शूरम् अक्षं च निष्पिष्य ग्रहणं समुपागमत् अस्त्रेणोन्मुक्तमात्मानं ज्ञात्वा पैतामहाद्वरात् मर्षयन् राक्षसान् वीरो यन्त्रिणस्तान् यदृच्छया ततो दग्ध्वा पुरीं लङ्कामृते सीतां च मैथिलीम् रामाय प्रियमाख्यातुं पुनर्

ジャガンナートの神像は、これよりも恐ろしいものがないほど、想像にもおよばないほど、忌(い)まわしいまでに醜(みにく)い。頭と他の諸部分とはまったくつりあいを失い、大きな目が突出し、手足がなくて、ただ二の腕を見るのみである。しかもこの神はヴィシュヌの後裔(こうえい)、たとえばラーマやクリシュナのようにヴィシュヌの一部分の表現ではなく、ヴィシュヌそのものを現したものと考えられている。

この神の崇拝の中心となる大寺院は、オリッサのプリーにある。この地は全インド国中、もっとも神聖な七聖都の一つであって、この寺院について興味深い物語が伝えられている。この寺院はもともとヴィシュヌとは何の関係もなく、古代仏教寺院の敷地であって、ブッダの遺骨が、セイロン島に移される以前、ここに安置されていた。後にある村神の像が、それに代えられたが、これがジャガンナートである。そうしてジャガンナートをヴィシュヌの表現の一つとし、ヒンドゥー多神教中に加えられた。この像の源を考えれば、プリーでのブッダの影響を察知(さっち)することができる。

ジャガンナートの寺院は、古いインドの書物には見えない。この建物をヴェーダ時代のものと認めようと努める者もいるが、『プラーナ』にもこの神のことは記されていない。この地はいずれの点から見ても、仏教以後のものであり、飲食に関する階級的制限がなく、自由なことはジャガンナート寺院特有の現象で、このようなことは他のどこにも認められ

ない。プリーの寺院は十二世紀以降のものであるが、ジャガンナートという名称は、すでに四世紀に存在していた。史上の事蹟（じせき）は判明しないが、この寺院の壮麗さと人を魅了する力は、真に驚嘆（きょうたん）のほかない。

ジャガンナートの異形（いぎょう）については一つの物語が伝えられている。クリシュナがかつて猟夫（りょうふ）のジャラに撃たれたとき、クリシュナの帰依者（きえしゃ）のある者が、その遺骨を集めてこれを一つの箱に収めた。そしてインドラフンマという王は、ヴィシュヌを熱心に慰（なぐさ）めたが、その命で一個の彫像をつくり、クリシュナの遺骨をそのなかに納め、これによって未来の福を受けることを願った。さてこの王は神々の工匠ヴィシュヴァカルマに、この像建立の助力を願った。彼はすぐにその願いを聞き入れたが、「万一、何者かが彼の姿を認め、あるいはその完成に要する二十一日までに、彼の工程を妨（さまた）げるものがあれば、すぐに作業を中止すること」を条件とした。王はこの約束を結びながらも、好奇心にかられて、十五日目にひそかにその作業室の戸を開いた。工匠ヴィシュヴァカルマの技は果たして中止され、今見るような未完成の像が残されたのだという。ジャガンナート像のそばにはクリシュナの愛する兄弟バララーマと、その姉妹スバドラーとの像がまつられている。

この神像の礼拝は、殿堂内に限らず、毎年三日間を決めて、像を屋外に持ち出して、人々に自由に見えるようにする（巡行する）のは、特色にあげられる。第一日には、像を寺院

213
देवी और देवताओ ｜第 18 章　世界の主ジャガンナート

の外に運び出し、多くの人々が見ることができるように、高い壇上に安置し、バラモンが像を沐浴させる。こうして露天にさらされることで、神像が風邪にかかったものと考え、二週間、神像を病室において心をこめて看護する。この後、換気のために像を大きな車に乗せ、他の神殿に詣でるように信徒にひかれて、興奮した群集のなかを進む。この祭礼は流血をともない、神車の通路にわざと身を横たえ、あるいは群集にもまれ、押されて、車にひかれ、倒れた者も多かったらしい。数日後には還御の祭儀が行われ、「世界の主」の奇像は、その本殿に帰還する。ひとたびこの像を見るだけでも無上の幸福を得られ、ましてこの車をひくのに力を貸せば、大きな功徳だと信じられている。ベンガルあたりの大きな町村には、このような車を所有する者も少なくない。

ある旅行家の話によれば、プリーの三像は、そのもともとの源は仏教にあるようである。サンチーにある仏教の宝輪と組み合わせ文字は、ジャガンナートの三尊像の様式を思わせる。ヒンドゥー教が仏教に代わると、ヒンドゥー寺院がかつて仏教寺院のあった場所に建てられ、また古代の神殿に見られる標などは、今、ヴィシュヌ派の神々の祖型と考えられる。すなわちこれらの像は、ヒンドゥー教のものよりも、むしろ仏教の神像によく似ている。

ジャガンナートは、その特別な祭式のほかに、日々沐浴し、朝夕には衣服を替え、夜は床に寝て、侍者の差し出す毎日四度の食事に臨む。食後にいつも寺院の大広間で音楽を奏

し、舞踏を試みる決まりで、その日常生活はきわめて多忙の神である。このため、寺院には一二〇人の舞姫が住んでいる。巡礼の信徒は、この神に供えた聖餐の少量を分けられ、これを携えて帰ることが大切で、これを食べれば、その人は幸福と長寿を得られ、他人に売れば、多大の利益を得られる。

ジャガンナートは階級制度を無視し、あらゆる拘束を脱し、異なる種族がここに集まって食事をとる。仏教の影響はこのような点にも認められる。ジャガンナート崇拝の起源はともあれ、今では侮れないほどの勢力を得て、大祭には一〇万人の参加者を見るほど盛大なものになっている。多くの僧徒と侍者は、群衆を監督、指揮することを務めとし、料理人は巡礼者の食事の調理に忙殺される。

ジャガンナート寺院の内外に奉仕する者のほかに、インド国内の各地方へ信徒勧誘の代理人が派遣されている。これらの人々は、各地の信徒の富力を調査して、その寄付金負担力を、あらかじめ本部に報告しておく。そうして信者が寺院にいたったとき、親しく近づいてジャガンナートの像を拝することを許されるか、あるいは遠くからこれを見るに留まるか、像の全部を見るのも、その一部に限られるのも、皆、寄付金額の多少によって決定される。しかも「親しく全像を見れば、功徳はもっとも大きい」と言われている。もし要求された金額を支払える持ち合わせがなければ、借用証文を提出して、自身と子孫にいた

る負債として、これを完済する義務を負う。現にインドの人々には、祖先の篤い信仰によって、このような負債を受け継いで、数代にわたって窮乏に悩んでいる家も少なくはない。

また巡礼者が、寺院に入る際には、東門すなわち獅子門を入って後、まず左方から殿堂を二、三度まわることを命じられる。案内者はこのようにするあいだに巡礼者の注意を、外部の装飾や塔に向かわせ、それらの白く洗われた日光を照り返すまぶしい光に目をくらませる。そして、内部に入って聖廟を見る際には、そのなかで何物も認めることを難しくする。こうしてジャガンナートの尊い姿を拝することのできないのは、罪が深いためだとされ、さらに贖罪の金を献上させる。巡礼者が、神のいる聖室に入ろうとするには多額の金を寄進しなければならない。

またある物語によると、はじめてこの寺院に巡礼したときは、何も見ることができなかったという。ついで彼は祈祷によって罪を浄め、寺院の利益となることを営まねばならないと決心して、「もし神体を見ることができれば、自ら費用を投じてカルカッタからプリーにいたる黄金の舗道をつくり、途上に体憩所、施薬所を設けて、巡礼者の便利になるようにする」と誓った。こうして再びジャガンナート寺院にいたって、堂の周囲を迂回せず、すぐに座に導かれて、絢爛たる神の姿を礼拝することができたと言っている。ついに彼は多額の財産を投じて、現在の参道をつくった。

देवी और देवताओं │ 第18章　世界の主ジャガンナート

ां ते सुरगरु च विमुच्यताम ततो राजाब्रवीद् वाक्यं सुमन्त्रं मन्त्रिसत्तमम सुमन्त्रावाहय क्षिप्रम ऋत्विजो ब्रह्मवादिनः ततः सुमन्त्रस्त्वरितं गत्वा त्वरितविक्रमः स

第19章 愛の神カーマデーヴァ

तपःस्वाध्यायनिरतं तपस्वी वाग्विदां वरं नारदं परिपप्रच्छ वाल्मीकिर्मुनिपुंगवम् को नु अस्मिन् साम्प्रतं लोके गुणवान् कश्च
धर्मज्ञश्च कृतज्ञश्च सत्यवाक्यो दृढव्रतः चारित्रेण च को युक्तः सर्वभूतेषु को हितः विद्वान् कः कः समर्थश्च कश्चैकप्रियदर्शनः
को जितक्रोधो मतिमान् को अनसूयकः कस्य बिभ्यति देवाश्च जातरोषस्य संयुगे एतद् इच्छाम्यहं श्रोतुं परं कौतूहलं हि मे
अस्ति ज्ञातुमेवंविधं नरं शरुश्वा चैतत् त्रिलोकज्ञो वाल्मीकेर्नारदो वचः शरूयतामिति चामन्त्र्य प्रहृष्टो वाक्यमब्रवीत्
चैव ये तवया कीर्तिता गुणाः मुने वक्ष्याम्यहं बुद्ध्वा तैर्युक्तः श्रूयतां नरः इक्ष्वाकुवंशप्रभवो रामो नाम जनैः श्रुतः नियत-
द्युतिमान् धृतिमान् वशी बुद्धिमान् नीतिमान् वाग्मी शरीमान् शत्रुनिबर्हणः विपुलांसो महाबाहुः कम्बुग्रीवो महाहनुः महोरस्को
अरिंदमः आजानुबाहुः सुशिराः सुललाटः सुविक्रमः समः समविभक्ताङ्गः स्निग्धवर्णः प्रतापवान् पीनवक्षा विशालाक्षो लक्ष्मीवान्
धर्मज्ञः सत्यसंधश्च प्रजानां च हिते रतः यशस्वी ज्ञानसंपन्नः शुचिर्वश्यः समाधिमान् रक्षिता जीवलोकस्य धर्मस्य परिरक्षिता
धनुर्वेदे च निष्ठितः सर्वशास्त्रार्थतत्त्वज्ञो समृतिमान् प्रतिभानवान् सर्वलोकप्रियः साधुर् अदीनात्मा विचक्षणः सर्वदाभिगतः सद्भिः
सिन्धुभिः आर्यः सर्वसमश्चैव सदैकप्रियदर्शनः स च सर्वगुणोपेतः कौसल्यानन्दवर्धनः समुद्र इव गाम्भीर्ये धैर्येण हिमवान् इव
वीर्ये सोमवत् प्रियदर्शनः कालाग्निसदृशः क्रोधे क्षमया पृथ्वीसमः घनदेन समस्त्यागो सत्ये धर्म इवापरः तमेवंगुणसंपन्नं रा-
जयेष्ठं श्रेष्ठगुणैर्युक्तं प्रियं दशरथः सुतं यौवराज्येन संयोक्तुम् ऐच्छत् परीत्या महीपतिः तस्याभिषेकसंभारान् दृष्ट्वा भार्याथ कै-
केयी वरं एनम् अयाचत विवासने च रामस्य भरतस्याभिषेचनम् स सत्यवचनाद् राजा धर्मपाशेन संयतः विवासयाम् आस सुतं रा-
मं स जगाम वनं वीरः प्रतिज्ञाम् अनुपालयन् पितुर्वचननिर्देशात् कैकेय्याः प्रियकारणात् तं वरजन्तं प्रियो भ्राता लक्ष्म-
णः अनुजगाम विनयसंपन्नः सुमित्रानन्दवर्धनः सर्वलक्षणसंपन्ना नारीणाम् उत्तमा वधूः सीताप्य अनुगता रामं शशिनं रो-
हिणी यथा पौरैः पित्रा दशरथेन च शृंगवेरपुरे सूतं गङ्गाकूले व्यसर्जयत् ते वनेन वनं गत्वा नदीस्तीर्त्वा बहूदकाः चित्रकूटम्
अनुप्राप्य भरद्वाजस्य आवसथं कृत्वा रममाणा वने त्रयः देवगन्धर्वसंकाशास्तत्र ते नयवसन् सुखम् चित्रकूटे गते रामे पुत्रशोकातुरस्तदा राजा दशरथः
विलपन् सुतम् मृते तु तस्मिन् भरतो वसिष्ठप्रमुखैर्द्विजैः नियुज्यमानो राज्याय नैच्छद् राज्यं महाबलः स जगाम वनं वीरो रामपा-
दप्रसादकः मातुरप्रियम् अत्यन्तं दृष्ट्वा रामं महायशाः अभिषेक्ष्यन् महाबाहुः रामं राज्ये महाबलः स काममनवाप्यैव रामपादाव् उपस्पृश्य न-
न्दिग्रामे कृत्वा राज्यं रामागमनकाङ्क्षया रामस्य तु पुनर आलक्ष्य नागरस्य जनस्य च तत्रागमनम् एकाग्रो दण्डकान् परिविवेश ह विराधं राक्षसं
हत्वा सुतीक्ष्णं चाप्य अगस्त्यं च अगस्त्य भ्रातरं तथा अगस्त्यवचनाच्चैव जग्राहैन्द्रं शरासनं खड्गं च परमप्रीतस्तूणी चाक्ष-
यसागरौ तस्य रामस्य वने वन्यचरैः सह ऋषयो अभ्याजगमुः सर्वे वधायासुररक्षसाम् तेन तत्रैव वसता जनस्थाननिवासिनी विरूपिता श्रू-
पनखा राक्षसी विकृता कामरूपिणी ततः शूर्पणखावाक्याद् उद्युक्तान् सर्वराक्षसान् खरं त्रिशिरसं चैव दूषणं चैव राक्षसं निजघान रणे रामस्तेषां चैव पदा-
तिनां निहत्यानि आसन् सहस्राणि चतुर्दश ततो ज्ञातिवधं श्रुत्वा रावणः क्रोधमूच्छितः सहायं वरयाम् आस मारीचं नाम राक्षसं वार्यमा-
णः स रावणेन बहुशो न विरोधो बलवता क्षमो रावण तेन तेन अनादृत्य तु तद्वाक्यं रावणः कालचोदितः जगाम सह मारीचस्तस्याश्रमपदं तदा
मायाविना दूरम् अपवाह्य नृपात्मजौ जहार भार्यां रामस्य गृध्रं हत्वा जटायुषम् गृध्रं च निहतं दृष्ट्वा हृतां श्रुत्वा च मैथिलीम् राघवः
विललाप आकुलेन्द्रियः ततस्तेनैव शोकेन गृध्रं दग्ध्वा जटायुषम् मार्गमाणो वने सीतां राक्षसं संदर्श ह कबन्धं नाम रूपेण विकृतं घो-
रं निहत्य महाबाहुर् ददाह सवर्गतश्च सः स चास्य कथयाम् आस शबरीं धर्मचारिणीम् श्रमणीं धर्मनिपुणाम् अभिगच्छेति राघव सो
महातेजाः शबरीं शत्रुसूदनः शबर्या पूजितः सम्यग् रामो दशरथात्मजः पम्पातीरे हनुमता सङ्गतो वानरेण ह हनुमद्वचनाच्चैव सुग्रीवेण चैव
सुग्रीवाय च तत् सर्वं शंसद् रामो महाबलः ततो वानरराजेन वैरानुकथनं प्रति रामायावेदितं सर्वं प्रणयाद् दुःखितेन च वालिनश्च
कथयाम् आस वानरः प्रतिज्ञातं च रामेण तदा वालिवधं प्रति सुग्रीवः शङ्कितश्चासीन् नित्यं वीर्येण राघवे राघवप्रत्ययार्थं तु दु-
न्दुभेः कायम् उत्तमं पादाङ्गुष्ठेन चिक्षेप सम्पूर्णं दशयोजनम् बिभेद च पुनः सालान् सप्तैकेन महेषुणा गिरिं रसातलं चैव जननं प्रत्ययं तदा
तेन विश्वस्तः स महाकपिः किष्किन्धां रामसहितो जगाम च गुहां तदा तो अगर्जद् धरिवरः सुग्रीवो हेमपिङ्गलः तेन नादेन महता
हरीश्वरः ततः सुग्रीववचनाद् धत्वा वालिनम् आहवे सुग्रीवम् एव तद् राज्ये राघवः प्रत्यपादयत् स च सर्वान् समानीय वानरान् वा-
नरप्रस्थापयाम् आस दिक्षु सर्वासु जनकात्मजाम् ततो गृध्रस्य वचनात् संपातेर् हनुमान् बली शतयोजनविस्तीर्णं पुप्लुवे लवणार्णवम्
पुरीं रावणपालितां ददर्श सीतां ध्यायन्तीम् अशोकवनिकां गताम् निवेदयित्वाभिज्ञानं प्रवृत्तिं च निवेद्य च समाश्वास्य च वैदेहीं
तोरणं पद्म सेनाग्रान् हत्वा सप्त मन्त्रिसुतान् अपि शूरम् अक्षं च निष्पिष्य ग्रहणं समुपागमत् अस्त्रेणोन्मुक्तम् आत्मानं ज्ञात्वा
मर्पयन् राक्षसान् वीरो यन्त्रिणस्तान् यदच्छया ततो दग्ध्वा पुरीं लङ्काम् ऋते सीतां च मैथिलीम् रामाय प्रियम् आख्यातुं पुनर् आया-

『ヴェーダ』によれば、欲望は創造作用の最初に出たもので、心の第一の萌芽、また一切の行動の源泉である。この神が、インド人のあいだに目立って尊敬を受けているのは、当然の事柄である。カーマデーヴァは、一般にクリシュナおよびルクミニーとしてそれぞれ現れるヴィシュヌとラクシュミーの子と言われるが、またブラフマーから出たとも伝えられている。

カーマの像は、弓矢を携えた美少年の姿である。弓はさとうきびでつくられ、これに蜜蜂が棲み、矢先には美しい花がついている。オウムに乗って、美しい天女をしたがえる。一人の天女はその前に立って一本の旗を掲げている。この旗は赤地に魚の姿を表したものである。カーマデーヴァは、その妻である愛情の女神ラティをともない、三界を巡るのに護衛としてホトトギス、ぶんぶんばちならびに軟風をしたがえている。カーマともっとも親しいのは、愛の季節を代表する春を人格化したヴァサンタである。この神は、本性の激烈盛んな性格にもとづいて、さまざまな異名をもつ。すなわち「平和破壊者」「幻惑者」「春の灯」「音立てる炎」「世界の教師」「感情の幹茎」「花の矢もつ神」「愛をもって酔わしめる者」「万物の克服者」などはその主なものである。

彼はシヴァの第三の眼から発した炎によって焼かれた。それはカーマデーヴァがシヴァ神が瞑想にふけっていたとき、シヴァ神に矢を射向けて、シヴァ神の禁欲的生活を棄てさ

220

シュリー・ラクシュミー女神
Shri Shri Lakshmi
（1880年頃）

せ、パールヴァティーとの恋に陥らしたためである。憐れむべきシヴァは、カーマを焼いたが、自らは心臓に失を受けた。『ヴァーマナ・プラーナ』には、シヴァの苦痛について長い物語を載せている。これによれば傷ついたシヴァは、安息を得ることができず、カリディ河に身を投げたが、水は渇いて黒色に変わった。以来、黒い流れは、乙女の髪を結ぶ糸のように森をつらぬいて走っている。シヴァは庵から庵へとさまよって、心休まる暇もなかった。隠者の妻はダルヴァナムの森からやって来て、各地を訪ねたとき、その夫たちはシヴァを呪い、彼の力を奪いとった。その後、シヴァはついに郷土に帰ってパールヴァティーと結婚した。

愛の神カーマデーヴァが死ぬと、ラティの哀しみは言葉にできないほどで、カーマデーヴァを甦らせるよう、パールヴァティーからシヴァに願わせた。ラティの望みは適えられ、カーマは再びクリシュナの子として生まれることとなり、ラティはその家の下働きの女となって、やがて生まれたこの家の子供を愛し、大切に育てた。やがて成長した後、ラティはクリシュナに願って、再び夫のカーマと結ばれることになって歓喜したと伝えられる。カーマデーヴァを表現する彫像は、ベンガルでは見ない。しかし結婚にあたって、妻が生家を去って夫の家に行くとき、夫妻ならびに将来、子となる者の幸福をカーマデーヴァに祈る。三月十三、十四の両日は、カーマの祭礼を行い、その徳をたたえる詩を歌い奏でる。

222

第20章 托鉢神チャイタニヤ

तपःस्वाध्यायनिरतं तपस्वी वाग्विदां वरम् नारदं परिपप्रच्छ वाल्मीकिर्मुनिपुङ्गवम् कोन्वस्मिन् साम्प्रतं लोके गुणवान् कश्च धर्मज्ञश्च कृतज्ञश्च सत्यवाक्यो दृढव्रतः चारित्रेण च को युक्तः सर्वभूतेषु को हितः विद्वान् कः कः समर्थश्च कश्चैकप्रियदर्शनः को जितक्रोधो मतिमानको अनसूयकः कस्य बिभ्यति देवाश्च जातरोषस्य संयुगे एतद् इच्छाम्यहं श्रोतुं परं कौतूहलं हि मे महर्षे त्वं समर्थोऽसि ज्ञातुमेवंविधं नरम् श्रुत्वा चैतत् त्रिलोकज्ञो वाल्मीकेर्नारदो वचः श्रूयतामिति चामन्त्र्य प्रहृष्टो वाक्यमब्रवीत् बहवो दुर्लभाश्चैव ये त्वया कीर्तिता गुणाः मुने वक्ष्याम्यहं बुद्ध्वा तैर्युक्तः श्रूयतां नरः इक्ष्वाकुवंशप्रभवो रामो नाम जनैः श्रुतः नियतात्मा महावीर्यो द्युतिमान् धृतिमान् वशी बुद्धिमान् नीतिमान् वाग्मी श्रीमाञ्शत्रुनिबर्हणः विपुलांसो महाबाहुः कम्बुग्रीवो महाहनुः महोरस्को म आरिन्दमः आजानुबाहुः सुशिराः सुललाटः सुविक्रमः समः समविभक्ताङ्गः स्निग्धवर्णः प्रतापवान् पीनवक्षा विशालाक्षो लक्ष्मीवान् धर्मज्ञः सत्यसंधश्च प्रजानां च हिते रतः यशस्वी ज्ञानसंपन्नः शुचिर्वश्यः समाधिमान् रक्षिता जीवलोकस्य धर्मस्य परिरक्षिता धन्वेदे च निष्ठितः सर्वशास्त्रार्थतत्त्वज्ञो स्मृतिमान् प्रतिभानवान् सर्वलोकप्रियः साधुर् अदीनात्मा विचक्षणः सर्वदाभिगतः सद्भिः सिन्धुभिः आर्यः सर्वसमश्चैव सदैकप्रियदर्शनः स च सर्वगुणोपेतः कौसल्यानन्दवर्धनः समुद्र इव गाम्भीर्ये धैर्येण हिमवान् इव वीर्ये सोमवत् प्रियदर्शनः कालाग्निसदृशः क्रोधे क्षमया पृथिवीसमः धनदेन समस्त्यागे सत्ये धर्म इवापरः तम एवंगुणसंपन्नं ज्येष्ठं श्रेष्ठगुणैर्युक्तं प्रियं दशरथः सुतं यौवराज्येन संयोक्तुम् ऐच्छत् परीतया महीपतिः तस्याभिषेकसंभारान् दृष्ट्वा भार्याथ कै देवी वरं एनम् अयाचत दिवासने च रामस्य भरतस्याभिषेचनम् स सत्यवचनाद् राजा धर्मपाशेन संयतः विवासयामास सुतं र परियं स जगाम वनं वीरः प्रतिज्ञाम् अनुपालयन् पितुर्वचननिर्देशात् कैकेय्याः प्रियकारणात् तं व्रजन्तं प्रियो भ्राता लक्ष्म ह सनेहाद् विनयसंपन्नः सुमित्रानन्दवर्धनः सर्वलक्षणसंपन्ना नारीणाम् उत्तमा वधूः सीताप्यनुगता रामं शशिनं रोहिणी यथा पौरै पित्रा दशरथेन च शृङ्गवेरपुरे सूतं गङ्गाकूले व्यसर्जयत् ते वनेन वनं गत्वा नदीस्तीर्त्वा बहूदकाः चित्रकूटम् अनुप्राप्य भरद्वाजस्य आवसथं कृत्वा रममाणा वने त्रयः देवगन्धर्वसंकाशास् तत्र ते न्यवसन् सुखम् चित्रकूटं गते रामे पुत्रशोकातुरस्तदा राजा दशर विलप सुतं स्मृत्वा तु स्विर्गं भरतो वसिष्ठप्रमुखैर्द्विजैः नियुज्यमानो राज्याय नैच्छद् राज्यं महाबलः स जगाम वनं वीरो रामपा पादुके चास्य राज्याय न्यासे दत्त्वा पुनः पुनः निवर्तयाम् आस ततो भरते भरताग्रजः स कामम् अनवाप्यैव रामपादाव उपस्पृशन् ऽक्रौद राज्यं रामागमनकाङ्क्षया रामस्तु पुनर् आलक्ष्य नागरस्य जनस्य च तत्रागमनम् एकाग्रे दण्डकान् प्रविवेश ह विराधं राक्ष ददर्श ह सुतीक्ष्णं चाप्य गस्त्यं च अगस्त्य भ्रातरं तथा अगस्त्यवचनाच्चैव जग्राहैन्द्रं शरासनम् खड्गं च प्रमुप्रीतस तूणी चाऽ वसतस तस्य रामस्य वने वनचरैः सह क्रूपयो ऽभ्याजगमुः सर्वे वधायासुरर क्षसाम् तेन तत्रैव वसता जनस्थाननिवासिनी विरूपिता र कामरूपिणी ततः शूर्पणखावाक्याद् उद्युक्तान् सर्वराक्षसान् खरं त्रिशिरसं चैव दूषणं चैव राक्षसं निजघान रणे रामस्तेषां चैव प निहतान्य् आसन् सहस्राणि चतुर्दश ततो ज्ञातिवधं श्रुत्वा रावणः क्रोधमूर्च्छितः सहायं वरयाम् आस मारीचं नाम राक्षसं वार्यम मारीचस तु रावणं न विरोधो बलवता क्षमो रावण तेन ते अनादृत्य तु तद् वाक्यं रावणः कालचोदितः जगाम सहमारीचस् तस्याश्र मायाविना दूरम् अपवाह्य नृपात्मजौ जहार भार्यां रामस्य गृध्रं हत्वा जटायुषम् गृध्रं च निहतं दृष्ट्वा हृतां श्रुत्वा च मैथिलीं राघवः विललापाकुलेन्द्रियः ततस तेनैव शोकेन गृध्रं दग्ध्वा जटायुषम् मार्गमाणो वने सीतां राक्षसं सन्द्दर्श ह कबन्धं नाम रूपेण विकृतं घो निहत्य महाबाहुर् ददाह स्वर्गातश्च सः स चास्य कथयाम् आस शबरीं धर्मचारिणीं श्रमणां धर्मनिपुणाम् अभिगच्छेति राघव से महातेजाः शबरीं शत्रुसूदनः शबर्या पूजितः सम्यग रामो दशरथात्मजः पम्पातीरे हनुमता संगतो वानरेण ह हनुमद्वचनाच्चैव सुग्रीवे सुग्रीवाय च तत् सर्वं शंसद् रामो महाबलः ततो वानरराजेन वैरानुकथनं परति रामायावेदितं सर्वं प्रणयाद् दुःखितेन च वालिनश्च कथयाम् आस वानरः प्रतिज्ञातं च रामेण तदा वालिवधं परति सुग्रीवः शाङ्कितश चासीन् नित्यं वीर्येण राघवे राघवः प्रत्ययार्थं तु दु उत्तमं पादाङ्गुष्ठेन चिक्षेप संपूर्णं दशयोजनम् विभेद च पुनः सालान् सप्तैकेन महेषुणा गिरिं रसातलं चैव जनयन् परत्ययं तदा तु तेन विश्वस्तः स महाकपिः किष्किन्धां रामसहितो जगाम च गुहां तदा ततो ऽगर्जद् धरिवरः सुग्रीवो हेमपिङ्गलः तेन नादेन महता नि हरीश्वरः ततः सुग्रीववचनाद् धत्वा वालिनम् आहवे सुग्रीवम् एव तद् राज्ये राघवः परत्यपादयत् स च सर्वान् समानीय वानरान् वान् परस्थापयाम् आस दिद्दक्षुर् जनकात्मजाम् ततो गृध्रस्य वचनात् संपातेर हनुमान् बली शतयोजनविस्तीर्णं पुप्लुवे लवणार्णवम् तत्र पुरीं रावणपालितां ददर्श सीतां ध्यायन्तीम् अशोकवनिकां गताम् निवेदयित्वाऽभिज्ञानं परवृत्तिं च समाश्वास्य च वैदेहीं म तोरणं पद्म सेनाग्रगान् हत्वा सप्त मन्त्रिसुतान् अपि शूरम् अक्षं च निष्पिष्य ग्रहणं समुपागमत् अस्त्रेणोन्मुह्यम् आत्मानं जज्ञात्म मर्षयन् राक्षसान् वीरो यन्त्रिणस तान् यद्दच्छया ततो दग्ध्वा पुरीं लङ्कां ऋते सीतां च मैथिलीम् रामाय प्रियम् आख्यातुं पुनर आया

ヴィシュヌの化身チャイタニヤは、クリシュナの場合と同じく、「我々が人類を神的なものである」と考えるにいたった道筋を、チャイタニヤを通して探求できるために興味深い。チャイタニヤ崇拝の中心は、ベンガルのナディアで、その寺院に小さなクリシュナ像が安置されているのは一つの奇観である。チャイタニヤはクリシュナの弟子であるにもかかわらず、この像はクリシュナの像よりも大きく目立っている。これを信仰するインド人は、大きな団体を形成し、その団員の五分の一はベンガルの住民だという。その説によれば、ヴィシュヌの多くの化身のなかで、もっとも主要なものはアナンタと称する白色化身、またきカピラ、黒いクリシュナならびに黄色のチャイタニヤの四尊である。

チャイタニヤを主尊とする宗派の二人の首座のうち一人は、アダイティアというバラモン僧で、ベンガルのサンチィホールに住み、他の一人はニチィアーナンダといってピルブム地方のエカチャクラという村落で、わずかにチャイタニヤに先立って生まれた。チャイタニヤは、西暦一四八四年にベンガルのナディアに生まれ、一五二七年、プリーで没した。父はジャガンナートというバラモン僧で、その子はヴィスヴァルーパといって托鉢僧となった。

チャイタニヤは第二子として生まれた。当時、母はすでに高齢に達していたから、子はとても虚弱で、三日間も授乳しない。そのため、その頃の風習にしたがって、両親は赤子

を小さな籠に入れ、木の枝に吊るして死の運命に任せておいた。たまたまここを通りかかったアダイティアは、「雨露にさらされている赤子は、私が待ちうけていたもので、かねてお告げを受けた神の化身であろう」と思った。そして木の下に立ち寄って、クリシュナ礼拝の秘密を弟子に授けるために使われた呪文を、足の指で地上に書いた。母はこの光景に感動して、赤子を木から取りさげたが、そこから赤子は食事をとりはじめて、勇気と力の兆候を示した。

チャイタニヤが成長すると、学問を好み、これに努めた。十一歳のとき、ラクシュミーという少女と結婚したが、妻は齢若くして夫に先立ったので、十六歳のときにヴィシュヌプリヤーという女子と再び婚儀を挙げた。この妻と二十四歳まで同棲したが、チャイタニヤは人類の苦悩を憐れみ、ついにバラモンの職を棄てて禁欲生活に入った。社会の高い地位にあるバラモンの身分を、ある日、破れた履きもののように棄て去るのは、並々ならない克己の行為である。

家を棄て、親から離れ、妻と別れたチャイタニヤは、六年間を遊行修練で過ごした。その足跡はインド全国におよび、教えを広めながら多くの信者を得て、主尊と崇めるクリシュナ信仰を広く宣伝した。このような行者の常として、彼はベナレスの聖地にいたり、その地の学匠プラカースアーナジダと多くの学者の帰依を受け、弟子をすべて「ヴィシュヌの

信者」と称し、入門の儀式としてアダイティアがあの樹下で唱えた呪文を授けた。

チャイタニヤの説くところは、ヒンドゥー教の正統には背くものであるが、それでも多数の弟子を得て、ここまで成功したのはチャイタニヤの多大な熱心と、他人を愛するという念が強く響いたためであろう。チャイタニヤは常に、「ヴィシュヌに対する滅我帰依（バクティ）」を説いた。自分の罪を滅するために、あるいは幸福と利益を得ようとして行う礼拝は真の信仰ではなく、これは一種の物品交換に過ぎないことを力説して、ありったけの言葉で自己犠牲を説いた。「人は真の信者となるには、まず草木のような純真な心を会得する必要がある。草木は無私公平で、ただ他者のために生育する」と。チャイタニヤの教義を要約すると次の通りである。

（一）神の慈悲には、人種、家系の差などないため、階級制度を撤廃すること。（二）努めて托鉢の生活を営むこと。（三）信者は、神を体得する手段として、クリシュナに化身するヴィシュヌを礼拝し、その祈りを捧げるのに際しては、ヴィシュヌに捧げて聖木でつくった数珠をもちいること。（四）解脱を求める唯一の方法として、クリシュナに対して沈黙の信仰上に立つ熱烈な帰依を行うこと。

そしてこの帰依にはその深い浅いによって五種の等級をつくる。（1）クリシュナを静観すること。（2）召使いが主人に対するように奉仕すること。（3）クリシュナと友の

ように親しむこと。（4）子が親を慕うようにクリシュナに対するようにクリシュナを愛すること。（5）女子のその恋人に対するように、またゴピスのクリシュナに対するように愛すること。

またチャイタニヤは、時勢に先んじて社会改革の声を挙げた人である。彼は寡婦の再婚を許し、広く飲酒肉食を禁じ、動物の犠牲もやめさせた。このような犠牲をもちいる者とは、その弟子に付きあうことさえ厳禁した。勝手気ままな酒宴の楽しみや、醜く賤しい婦人のやりたい放題のふるまいを尊ぶことは、もっともチャイタニヤの嫌悪したもので、この汚点をなくすことに努めた。チャイタニヤは理想実現の第一歩として、親友と会ったその席上で、クリシュナの生涯とその性行を詳細に書き記し、たとえ話を交えながらその本来の意味を明らかにしていった。こうして人の心の最奥にある琴線に触れ、清らかな感情で感覚欲を抑えた。心のこもったチャイタニヤの言論は、すぐに幾百の人々を感動させ、一団の弟子でたちまち座っているそばを囲まれることになった。

チャイタニヤの信条とするところは以上の通りであるが、彼がベンガルにおいて信仰による救済を力説しているのとほとんど同時代に、ヨーロッパでは有名なマルチン・ルターが同じ功績にはげんでいたのは、とても興味深い事実である。

チャイタニヤは晩年になって、プリーのジャガンナートの大寺院に閉じこもり、集まって来た巡礼者にその信条を伝え、かつ平凡な考えを断ち、恍惚として神と一体となる境地

227
देवी और देवताओ ｜第 20 章　托鉢神チャイタニヤ

にいたる手段として、瞑想（めいそう）にあわせて唱歌、舞踊（ぶよう）が大切なことを主張した。チャイタニヤの信徒は、宗教的感情に興奮してしばしば倒れる者もいた。チャイタニヤの怒りやすく、神経質で、感情の鋭い性格は、チャイタニヤをしばしば気変わりさせ、ときに狂人のようになったこともあった。チャイタニヤは十八年をプリーのジャガンナート寺院で過ごして、ついに天界に帰還した。彼はクリシュナの幻影と、その侍者（じしゃ）であるゴピスを見たものと思い、波間に乙女と戯れつつあるクリシュナの友のなかに入ろうとして、恍惚（こうこつ）とした発作とともに海に歩み入り、ついに溺れ死んだ。チャイタニヤは生前に、多くの信徒と高い名誉を得た。オリッサ王は、自らチャイタニヤの弟子となった。なお一般の伝説によれば、神々は彼に四本の腕を与えたという。余分の手足をもつことは、神力（しんりょく）の増進を意味し、インド人には神の名誉を高めることと考えられている。

チャイタニヤには一人の子もなかったため、アダイチイア、ニチアーナンダと、チャイタニヤの教えにあずかった人々は、チャイタニヤの死後、新教法大指導の任にあたって数年間はベナレスに隠棲（いんせい）して、その宗教的生活を続けた。その後、出家せずに在家の生活に還ったが、子孫は今も続いていて、精神的指導者として広く社会の尊敬を受けている。しかも彼らは多大の富を有し、そのなかのある者は下級社会の行う結婚によって収入を得た。また遺言を残さずに死んだ弟子の財産より利益を得て、葬式を営む資格を得るためにチャ

イタニヤ教を奉じる不徳な婦女子からも収入を得た。なおこのような婦女子は、その行いも生活も、ヒンドゥー教の正統から離脱している。チャイタニヤの像は、黄色に彩られて、ほとんど裸形（らぎょう）のような托鉢僧（たくはつそう）の姿である。

यास्य भविष्यन्ति चत्वारो ऽमितविक्रमाः येषाप्रतिष्ठानकताः सर्वलोकेषु विभुताः एवं स देवप्रवरः पूर्वं कथितवान् काथां सनत्कुमारो भगवान् पुरा देवयुगे परभु

第21章 破壊神シヴァ

तपः स्वाध्यायनिरतं तपस्वी वाग्विदां वरम् नारदं परिपप्रच्छ वाल्मीकिर्मुनिपुंगवम् को नव अस्मिन्साम्प्रतं लोके गुणवान् कश्च
धर्मज्ञश्च कृतज्ञश्च सत्यवाक्यो दृढव्रतः चारित्रेण च को युक्तः सर्वभूतेषु को हितः विद्वान् कः कः समर्थश्च कश्च एकप्रियदर्शनः
को जितक्रोधो मतिमान् को अनसूयकः कस्य बिभ्यति देवाश्च जातरोषस्य संयुगे एतद् इच्छाम्यहं श्रोतुं परं कौतूहलं हि मे
महर्षे त्वं समर्थोऽसि ज्ञातुम् एवंविधं नरम् श्रुत्वा चैतत् त्रिलोकज्ञो वाल्मीकेर्नारदो वचः श्रूयतामिति चामन्त्र्य प्रहृष्टो वाक्यमब्रवीत्
बहवो दुर्लभाश्चैव ये त्वया कीर्तिता गुणाः मुने वक्ष्यामि अहं बुद्ध्वा तैर्युक्तः श्रूयतां नरः इक्ष्वाकुवंशप्रभवो रामो नाम जनैः श्रुतः नियतात्मा
महावीर्यो द्युतिमान् धृतिमान् वशी बुद्धिमान् नीतिमान् वाग्मी श्रीमाञ् शत्रुनिषूदनः विपुलांसो महाबाहुः कम्बुग्रीवो महाहनुः महोरस्को म
हेष्वासो गूढजत्रुररिंदमः आजानुबाहुः सुशिराः सुललाटः सुविक्रमः समः समविभक्ताङ्गः स्निग्धवर्णः प्रतापवान् पीनवक्षा विशालाक्षो लक्ष्मीवा
ञ् शुभलक्षणः धर्मज्ञः सत्यसन्धश्च प्रजानां च हिते रतः यशस्वी ज्ञानसंपन्नः शुचिर्वश्यः समाधिमान् रक्षिता जीवलोकस्य धर्मस्य परिरक्षिता
रक्षिता स्वस्य धर्मस्य स्वजनस्य च रक्षिता वेदवेदाङ्गतत्त्वज्ञो धनुर्वेदे च निष्ठितः सर्वशास्त्रार्थतत्त्वज्ञो स्मृतिमान् प्रतिभानवान् सर्वलोकप्रियः साधुर्अदीनात्मा विचक्षणः सर्वदाभिगतः सद्भिः
समुद्र इव सिन्धुभिः आर्यः सर्वसमश्चैव सदैकप्रियदर्शनः स च सर्वगुणोपेतः कौसल्यानन्दवर्धनः समुद्र इव गाम्भीर्ये धैर्येण हिमवान् इव
विष्णुना सदृशो वीर्ये सोमवत्प्रियदर्शनः कालाग्निसदृशः क्रोधे क्षमया पृथिवीसमः धनदेन समस्त्यागे सत्ये धर्म इवापरः तमेवंगुणसंपन्नं रा
मं सत्यपराक्रमम् ज्येष्ठं श्रेष्ठगुणैर्युक्तं प्रियं दशरथः सुतम् प्रकृतीनां हितैर्युक्तं प्रकृतिप्रियकाम्यया यौवराज्येन संयोक्तुम् ऐच्छत्प्रीत्या महीपतिः तस्याभिषेकसंभारान् दृष्ट्वा भार्याथ कै
केयी पूर्वं दत्तवरा देवी वरमेनमयाचत विवासनं च रामस्य भरतस्याभिषेचनम् स सत्यवचनाद्राजा धर्मपाशेन संयतः विवासयामास सुतं
रामं दशरथः प्रियम् स जगाम वनं वीरः प्रतिज्ञामनुपालयन् पितुर्वचननिर्देशात् कैकेय्याः प्रियकारणात् तं व्रजन्तं प्रियो भ्राता लक्ष्मण
ोऽनुजगाम ह स्नेहाद्विनयसंपन्नः सुमित्रानन्दवर्धनः भ्रातरं दयितो भ्रातुः सौभ्रात्रमनुदर्शयन् रामस्य दयिता भार्या नित्यं प्राणसमा हिता जनकस्य कुले जाता देवमायेव निर्मिता सर्वलक्षणसंपन्ना नारीणामुत्तमा वधूः सीताप्यनुगता रामं शशिनं रोहिणी यथा पौरैः
पिता दशरथेन च शृङ्गवेरपुरे सूतं गङ्गाकूले व्यसर्जयत् ते वनेन वनं गत्वा नदीस्तीर्त्वा बहूदकाः चित्रकूटम् अनुप्राप्य भरद्वाजस्य
शासनात् रम्यमावसथं कृत्वा रममाणा वने त्रयः देवगन्धर्वसंकाशास्तत्र ते न्यवसन् सुखम् चित्रकूटं गते रामे पुत्रशोकातुरस्तदा राजा दशरथः
स्वर्गं जगाम विलपन् सुतम् मृते तु तस्मिन् भरतो वसिष्ठप्रमुखैर्द्विजैः नियुज्यमानो राज्याय नैच्छद्राज्यं महाबलः स जगाम वनं वीरो रामपा
दप्रसादकः गत्वा तु स महात्मानं रामं सत्यपराक्रमम् अयाचद्भ्रातरं रामम् आर्यभावपुरस्कृतः त्वमेव राजा धर्मज्ञ इति रामं वचोऽब्रवीत् रामोऽपि परमोदारः सुमुखः सुमहायशाः न चैच्छत्पितुरादेशाद्राज्यं रामो महाबलः पादुके चास्य राज्याय न्यासं दत्त्वा पुनः पुनः निवर्तयामास ततो भरतो भरताग्रजः स कामम् अनवाप्यैव रामपादावुपस्पृशन् न
न्दिग्रामेऽकरोद्राज्यं रामागमनकाङ्क्षया गते तु भरते श्रीमान् सत्यसन्धो जितेन्द्रियः रामस्तु पुनरालक्ष्य नागरस्य जनस्य च तत्रागमनमेकाग्रो दण्डकान् प्रविवेश ह विशालाक्षो राक्षसं
दण्डकारण्ये प्रविष्टस्तु महाबाहुर्विराधं राक्षसं हत्वा शरभङ्गं ददर्श ह सुतीक्ष्णं चाप्यगस्त्यं च अगस्त्यभ्रातरं तथा अगस्त्यवचनाच्चैव जग्राहैन्द्रं शरासनं खड्गं च परमप्रीतस्तूणी चा
क्षयसायकौ वसतस्तस्य रामस्य वने वनचरैः सह ऋषयोऽभ्यागमन् सर्वे वधायासुररक्षसाम् तेन तत्रैव वसता जनस्थाननिवासिनी विरूपिता श
र्पणखा रामेण रक्षसी कामरूपिणी ततः शूर्पणखावाक्याद्युद्युक्तान् सर्वराक्षसान् खरं त्रिशिरसं चैव दूषणं चैव राक्षसम् निजघान रणे रामस्तेषां चैव पद
ानुगान् वने तस्मिन्निवसता जनस्थाननिवासिनाम् रक्षसां निहतान्यासन् सहस्राणि चतुर्दश ततो ज्ञातिवधं श्रुत्वा रावणः क्रोधमूर्च्छितः सहायं वरयामास मारीचं नाम राक्षसम् वार्यमा
णः सुबहुशो मारीचेन स रावणः न विरोधो बलवता क्षमो रावण तेन ते अनादृत्य तु तद्वाक्यं रावणः कालचोदितः जगाम सह मारीचस्तस्याश्रमपदं तदा
मायाविना दूरमपवाह्य नृपात्मजौ जहार भार्यां रामस्य गृध्रं हत्वा जटायुषम् गृध्रं च निहतं दृष्ट्वा हृतां श्रुत्वा च मैथिलीं राघवः शो
कसंतप्तहृदयो विललापाकुलेन्द्रियः ततस्तेनैव शोकेन गृध्रं दग्ध्वा जटायुषम् मार्गमाणो वने सीतां राक्षसं संददर्श ह कबन्धं नाम रूपेण विकृतं घो
रदर्शनम् तं निहत्य महाबाहुर्ददाह स्वर्गतश्च सः स चास्य कथयामास शबरीं धर्मचारिणीम् श्रमणीं धर्मनिपुणाम् अभिगच्छेति राघव सो
ऽभ्यगच्छन्महातेजाः शबरीं शत्रुसूदनः शबर्या पूजितः सम्यग्रामो दशरथात्मजः पम्पातीरे हनुमता संगतो वानरेण ह हनुमद्वचनाच्चैव सुग्रीवे
ण समागतः सुग्रीवाय च तत्सर्वं शंसद्रामो महाबलः आदितस्तद्यथावृत्तं सीतायाश्च विशेषतः सुग्रीवश्चापि तत्सर्वं श्रुत्वा रामस्य वानरः चकार सख्यं रामेण प्रीतश्चैवाग्निसाक्षिकम् ततो वानरराजेन वैरानुकथनं प्रति रामायावेदितं सर्वं प्रणयाद्दुःखितेन च प्रतिज्ञातं च रामेण तदा वालिवधं प्रति वालिनश्च
बलं तत्र कथयामास वानरः सुग्रीवः शङ्कितश्चासीन्नित्यं वीर्येण राघवे राघवप्रत्ययार्थं तु दुन्दुभेः कायमुत्तमम् दर्शयामास सुग्रीवो महापर्वतसंनिभम् अवलोक्य च तद्बस्थि महाबाहुः परन्तपः पादाङ्गुष्ठेन चिक्षेप संपूर्णं दशयोजनम् बिभेद च पुनः सालान् सप्तैकेन महेषुणा गिरिं रसातलं चैव जनयन्प्रत्ययं तदा ततः
प्रीतमनास्तेन विश्वस्तः स महाकपिः किष्किन्धां रामसहितो जगाम च गुहां तदा ततो गर्जद्धरिवरः सुग्रीवो हेमपिङ्गलः तेन नादेन महता निर्ज
गाम हरीश्वरः ततः सुग्रीववचनाद्धत्वा वालिनमाहवे सुग्रीवं स्थापयामास लोके रामः प्रतापवान् स च सर्वान्समानीय वानरान् वान
रर्षभः दिशः प्रस्थापयामास दिदृक्षुर्जनकात्मजाम् ततो गृध्रस्य वचनात्संपातेर्हनुमान्बली शतयोजनविस्तीर्णं पुप्लुवे लवणार्णवम् तां राक्षसगणैर्गुप्तां
पुरीं रावणपालिताम् ददर्श सीतां ध्यायन्तीम् अशोकवनिकां गताम् निवेदयित्वाभिज्ञानं प्रवृत्तिं च निवेद्य च समाश्वास्य च वैदेहीं म
र्दयित्वा च तोरणम् पञ्च सेनाग्रान्हत्वा सप्त मन्त्रिसुतानपि शूरमक्षं च निष्पिष्य ग्रहणं समुपागमत् अस्त्रेणोन्मुक्तमात्मानं ज्ञात्वा पैतामहाद्व
रात् मर्षयन्राक्षसान्वीरो यन्त्रिणस्तान् यदृच्छया ततो दग्ध्वा पुरीं लङ्कामृते सीतां च मैथिलीम् रामाय प्रियमाख्यातुं पुनरायाद्महाकपिः

破壊神シヴァ

ヒンドゥーの三大神の第三に位置するのは、破壊作用を人格化したシヴァ神である。創造と維持の作用が営まれる以上は、破壊の作用もまたなくてはならない。ひとたび創造されたものは自然の法則にしたがって、衰退、崩壊にいたるのは必然の過程である。一般に見られるシヴァの彫像はあらっぽく、原始的な姿であるが、それはインド哲学では「空」と「破滅」の思想を軽視するためである。破壊によってシヴァは絶対不動のときを示す。死と言えども、「時の鏡」が変わっただけで、壊すことのできない原子の配列を変え、生命を「一つの庭」から「他の庭」へと移行したのに過ぎない。そのため破壊は、実は新たな創造であって、死はすなわち新たな生への門戸である。したがって破壊者であるシヴァの名は、「吉祥」「きらめき輝く」の意味をもつ。

シヴァの崇拝が、ブッダ以前にすでに行われていたことは事実であるが、『ヴェーダ』には記されていない。しかしバラモン教では、より大きな尊敬を起こさせるため、シヴァと『ヴェーダ』の神々とを連絡させた。シヴァは『ヴェーダ』ではルドラとして現れていて、暴風雨を支配し、これを司っている。このために司雨の神インドラとつながり、またとくに破壊と火の代表者として嵐のように吠え、万物を消滅させるアグニとも提携し、また時の神カーラとも関連し、後の時代には時の神と同一とみなされている。ルドラの携え

る千筋の矢は、人間と牛を射て、死にいたらしめるという。『ヤジュル・ヴェーダ』には、ルドラに対する讃美の詩が掲載されているが、その説くところはインド思想の特色である考えかたの混乱から矛盾する箇所も少なくない。一方で殺戮者であり、他方に救済者であるルドラは、その姿も一つは背が高く、一つは矮人のように低い。

シヴァはヒマラヤ山中に住み、多くの下僕と精霊をしたがえている。彼らはシヴァの命を受けて世界を周遊する。シヴァは「亡霊の王」とも呼ばれ、また盗賊の守護神でもあって、自らもこれを行う。シヴァは破壊を行うとともに、治療する仁徳も備えている。シヴァは近世のヒンドゥー教では、とても重要な神であるが、その性質が多方面にいたることは枚挙に暇がないほどである。インドの書物中には、一〇〇八種というシヴァの異名が載せられているが、いずれも特別な能力を示したものである。今、その主なもの六種を挙げて説明すると、次の通りである。

(一) シヴァは破壊の化身で、神を殺すことすらある。その頭蓋骨を頭飾りとしている。シヴァは破壊を喜び、荼毘の場や死者のもとに赴く。常に心に怒りの感情をもち、些細な刺激ですぐに激しく怒り、敵を倒す。

『マハーバーラタ』によると、ある日、シヴァがヒマラヤ山頂で戒律を守りながら苦行していたとき、シヴァの妻パールヴァティーがその友を連れてひそかにシヴァの背後にまわ

233

り、両手でシヴァの目をおおった。このとき、突然、世界は暗黒となり、活力を失った。しかしシヴァの額から発する炎によって、暗やみは追い払われ、太陽のように輝く第三の眼が現れた。この眼から出る光線によって山は焦げ、その上の木々はことごとく焼かれ、いつかは世界もすべて焼けてなくなると言われている。

(二) ひとたび壊れた世界が、また建設されるのと同じく、シヴァは永遠の再創造力を人格化したものである。この点において、シヴァは全インドに認められ、崇拝されている。その象徴たるものはリンガ石である。

リンガは、シヴァ崇拝の一般的な象徴である。古くから存在したか否かは明らかでないが、十一世紀には著名なリンガの寺院が十二か所、現存していたと言われる。ある説によれば、リンガの崇拝はアリアン民族に起こったものでなく、インド在来の土着民から伝わった風習だと言われているが、実際に非アリアン民族中にそうした慣例がなく、またこのように分流したという証拠もないのは有力な反証である。

(三) シヴァはまた苦行禁欲の典型的存在である。裸形で、身体に灰を塗り、髪の毛を編み、静座して不動、榕樹の下にいて托鉢用の鉢をもっている。これによって苦行と禁欲の模範を人々に示す。シヴァ自らはすでに瞑想と苦行の完全域に達し、また人をこの境地に導こうと努める。『ヴァーマナ・プラーナ』には、シヴァが瞑想にふけったとき、パールヴァティー

234

破壊神シヴァの偉大な物語
Page from a Dispersed Shiva Mahatmya (Great Tales of Shiva)
(1710年頃)

は厳しい暑さに堪えかねてシヴァに何とかするよう求めた。そのときのシヴァは「俺は暑さを防ぐ家をもたない。ただ森林中をさまようのみだ」と答えた。そう言いながら、シヴァは木の下で憩いつつ暑い一日を過ごした。そしてしばらくしてから黒雲がたちまち天をおおい、雨が盛んに降っても、シヴァは落ち着いて座を移さなかった。また他の伝説によれば、愛の神カーマがシヴァの祈念を妨げようとしたところ、シヴァは怒りの炎でカーマを焼いた。

(四)シヴァは見識の高い哲学者で、学識ある聖者である。また『ヴェーダ』を知ったために殺されたとも伝えられている。彼はカイラス山上に座ってパールヴァティーと哲学上の議論にふけったとも言われている。シヴァ信仰が、とくにヒンドゥーの上流社会に有力であることは注目に値する。古い『マヌの詩句』はしばしば引用されるが、シヴァはバラモンの神で、クリシュナはクシャトリヤの神である。そしてブラフマーはヴァイシャ、ガネーシャはシュードラの神である。

(五)シヴァは一方では前記のような性質とまったく正反対で、舞踏もしくは喜びや楽しみに夢中になり、明るくお酒を好む猟夫でもある。贅沢をして、しばしば酔っぱらっているという。シヴァのこのような方面を信仰する人たちは、だいたい神々の暗陰で気ままな面に没頭するもので、ヒンドゥー教のもっとも堕落した姿の一つである。

（六）シヴァはまた鬼神の王である。シヴァはダクシャが神々の集会に臨んだとき、立ってこれを礼拝しなかったために、ダクシャは怒り嘆きながら言った。「シヴァは妖怪をしたがえ、恐ろしい墓地をさまよい、頭髪をふり乱して狂人のよう。シヴァはまったく暗黒の性格をもつ魔物の王である」と。

　シヴァは無数の魔物を支配し、魔物たちはシヴァの権威に服従している。南インドではシヴァの信者は幾百万に達し、また北方でもその寺院は数え切れないほど多数に存在する。そしてその中心となるものはベナレスである。この都市はインド七聖都の第一位に数えられる地で、ここは三叉戟の頭にあたり、もっとも神聖な都市とされている。七聖都とはベナレスのほかに、マトゥラー、ドワールカー、カーンチープラム、アヨーディヤー、プリーそしてウッジャインの七か所で、この一つに巡礼すれば、生前の罪業がいかに重くても、すぐに消滅して解説を得る。

　ベナレスの聖なることと、なぜその地がシヴァの神座と考えられるかについて、ひとつの話が伝わっている。あるときブラフマーとシヴァとのあいだに、ヒンドゥー教徒の階級についての議論が起こった。ブラフマーは「自らが最上位にあって当然だ」として、その主張を曲げなかった。ついでシヴァは、己の威力を示そうとして、ブラフマーの第五の首を打ち落とした。地に落ちるはずのブラフマーの首はシヴァの手にくっついて、どうして

も離れなかった。その後、シヴァはあらゆる戒律を厳守し、悔い改める誠意を表明して、聖地巡礼の途に上った。この企ては甲斐なく終わろうとしたが、ベナレスの聖地に来ると、たちまちブラフマーの首はシヴァの手を離れた。

ベナレスの寺院や北インドで見られるシヴァの祠で、広くシヴァ崇拝が行われている。けれどもこれは敬虔な人の信仰心をひく力には乏しい。シヴァの彫像はだいたいにおいてあらっぽく原始的な姿であって、リンガ石に過ぎない。

さらに礼拝の様式は、厳粛や恭敬の念を誘い起こすものではない。もともとヒンドゥーの寺院は二部分に分けられ、一つは内殿、一つは外殿と呼ぶ。それに寺院をめぐる庭園があり、庭は広く、社殿部分は狭い。巡礼者は寺院内に入ってまず自由にこの庭をめぐり、手を常に社殿の方へ向かう。次には内殿に進み、礼拝を行う。しかし内殿の奥深く入ることができるのは、バラモン僧に限られ、普通の礼拝者は、玄関にあたる建物の屋根から吊り下げられた鐘を打ち鳴らして、神にお祈りをする。このとき、バラモン僧はよく貝を吹くことがある。こうして巡礼者は、社殿の敷居に進んで、神にものを捧げる。この捧げもののの種類を見ると、数枚のしぼんだ葉か、ビルヴァの葉か、穀物、その他の飲食か、熱狂した神に注いで意を鎮めるための水などである。供物を捧げて短い祈祷の詞を唱え、神が哀れんでその願いを聞き届けることを願い、ひれ伏すか、手を頭にあてて礼拝し、それを

サティーの遺体を運ぶシヴァ神
Shiva Carries the Corpse of Sati
（1865–75年頃）

終えて、その人が去れば、次に来る一人もまた同じ所為を繰り返す。とくに宗教的儀式もなく、道徳的価値も存在せず、機械的な動作が次から次へと行われて、千篇一律の礼拝が絶えず反覆される。

次に家庭でのシヴァ崇拝の状況をみると、まずお経を誦して礼拝者の座る場所を浄め、次に礼拝者は自ら泥でシヴァの彫像を即座につくり、このあいだに儀式を行った後、像を洗い、敬礼して開眼の式を行う。こうして泥の像が単に生命を得るだけでなく、超自然力をもつようになると考えられている。インド人は市場から偶像を買ってきたときも、開眼の式を行って神霊とする。こうしてつくられた像は、無傷のビルヴァの葉の上において、その後、通常のシヴァ寺院の場合と同じ礼拝を行う。

シヴァの大祭は、二月の中下旬の頃に催される。祭のあいだ、日中は食を断ち、夜は通夜で祭りをするならいである。バラモン僧は内殿に入って、参拝者の名を読みあげる。その名ごとに、その人はビルヴァの葉を、シヴァ像の上に投げかける。これはこの功徳によって天国に生まれようとするためである。『スカンダ・プラーナ』には、この祭典のはじまりが記してある。かつてヒマラヤ山上に一人の猟夫が住んでいた。ある日、猟を行っている途中で日は暮れ果てた。猛獣の来襲を恐れながら、木の上に隠れて夜を明かしたが、飢えと疲れとで一睡もできなかった。その夜は偶然、シヴァの祭日であり、よじ上った木は

ビルヴァであった。猟夫(りょうふ)は落ち着かないまま、木の枝をゆさぶったが、その落ち葉が思いがけず木の下のシヴァ像の上に散った。このうっかりした礼拝も、シヴァの心をとても喜ばせて、数日の後、猟夫(りょうふ)の寿命が尽きたとき、シヴァは冥府(めいふ)の主ヤマと激論して、猟夫(りょうふ)の魂を天国へともなって帰った。

ヤマはシヴァの処置の不当を、その乗りものの牡牛(おうし)ナンディーに訴えたが、ナンディーの答えは、「あの猟夫(りょうふ)は一生悪を続けた罪人ではあったが、かつて生前に思いがけずシヴァの祭日に断食通夜の行を営み、リンガの像に聖樹の葉を振りかけたために、彼の罪は浄(きよ)められた」と言った。

シヴァの恩寵(おんちょう)を得ようと努める巡礼者は、慈悲(じひ)を旨としながら各地をめぐり歩き、未来のよい報いを待ち望む。そしてこの世での苦行(くぎょう)を甘受(かんじゅ)し、身を寒暑(かんしょ)にさらし、進んで苦しみの感覚に堪(た)え、あるいは裸体で蚊やあぶなどの小さな虫が刺すのに任せる。また「天に捧げる」と言って片手を挙げたまま長いあいだ下げないで、ついに枯れ枝のように肉が落ち、筋もやせて動かないままになる苦行(くぎょう)者もいる。また両足をひとつにくっつけて、歩行の自由を失わせている者もいる。あるいは盲目(もうもく)となるまで瞬きもせず開けたまま太陽を見つめる者、牛の爪で掌から手の甲まで貫き通す者、竹に吊るされて自ら身体を動かし続ける者、肩肉のあいだに針を通して痛みに耐える者もいる。このような残酷(ざんこく)な苦行(くぎょう)はいずれ

もシヴァを喜ばせるものと信じられている。
シヴァはさわがしい宴の支配者で、狂気じみた戯れの主人公となるような、シヴァの特色をよく示す礼拝がある。このとき、信徒は血に塗れた象皮をかぶって、粗暴な変わった踊りを試みる。シヴァには舞姫を供える習わしであるから、その寺院には舞姫が住んでいて、不浄な噂の原因となることも少なくない。

インドでは、いずれの神も鳥や獣をとくに愛好して、これに乗って往来するものと考えられ、鳥や獣を神の乗りものと名づけている。シヴァの乗りものはナンディーと呼ぶ牡牛で、シヴァ寺院のなかもしくは外にその像をおく。シヴァ信者の死んだとき、その遺族が信心深く、相応の財力があれば、去勢牛を買ってその好むままに放してやる。放牛の数はだいたい七頭におよぶこともある。シヴァはナンディーを好むため、誰かの死後の冥福のためにと、このような牛を放ってやれば、シヴァが喜んで、その人を己のもとに招くものと信じられている。そしてこの聖牛に供物を与えることを功徳の一つとし、牛に害を与えることは多大の罪と認められている（田舎には飼い主のいない牛が多くいて、田畑を荒して農民に害を与えることも少なくない）。

シヴァの姿は、一つの頭もしくは五つの頭の姿で、目は常に三個となっている。三つの目は、「過去」「未来」「現在」の三世達観の象徴である。シヴァが身につける頭蓋骨の首

飾りは人類の死滅と再生を意味し、彼の身をおおう灰はその手にかけて殺した神々の遺骸(いがい)で、頭髪は角のように厚く編(あ)まれ、頭上からはガンジス河の水流がほとばしる。この奔流(ほんりゅう)がヴィシュヌの足から落ち来たったとき、彼はこれをさえぎったため、その喉(のど)は恐ろしい毒素のために青色になった。もしシヴァに海の攪拌(かくはん)から生じた毒素を飲み込む心がなかったなら、世界はこの毒素のために絶滅したはずである。シヴァは常に戦いを仕事とするから、それに必要な三叉戟(さんさげき)をもち、また音楽を代表するために楽器をもち、あるいは苦行(くぎょう)の姿を示すために行鉢(ぎょうはつ)をたずさえている。

五面神パンチャーナナ

パンチャーナナはシヴァの変身した一つの姿で、五つの顔をもち、それぞれの顔が三つの目を備える。蛇の首飾りをつけ、裸形(らぎょう)で苦行(くぎょう)者のたたずまいである。これを礼拝するには、通常、木の下に石をおき、その頂を赤く彩り、油を塗る。そして花、果実、浄水(じょうすい)、糖果(とうか)などを供(そな)えものとする。

ヒンドゥーの婦人はとくにこの神を恐れ、児童が癲癇(てんかん)をわずらうときは、この神に捕らえられたものと考える。口から泡を吹くなど、症状が明らかになれば、母は悪魔にその名を問う。悪魔は児童の口を借りて「パンチャーナナである」と告げ、例えば「この児童は

我が像を塵で汚し、これを蹴った」といった罪状を述べ、その生命を奪おうとする理由を語る。ついで尼僧を別に呼んで、親身に神への詫び言を繰り返させ、なお神の怒りが鎮まらなければ、病児を像の前にともなって、何度も頭を地につけて相手の気に入るようにふるまって神に謝罪する。このとき、病が治れば、「神は謝罪を聞き入れた」と信じ、財力に応じてさまざまな供えものを捧げる。

ベンガルに現存するパンチャーナナのある祠は、とてもその名が高く、下等社会の婦人たちに多くの信徒を有している。

ゲーム遊びをするシヴァ神とパールヴァティー女神
Shiva and Parvati Playing Chaupar: Folio from a Rasamanjari Series
（1694–95年）

देवी और देवताओ ｜第 21 章　破壊神シヴァ

第22章 シヴァの妃パールヴァティー、ドゥルガー、カーリー

तपःस्वाध्यायनिरतं तपस्वी वाग्विदां वरम् नारदं परिपप्रच्छ वाल्मीकिर्मुनिपुंगवम् को नु अस्मिन् साम्प्रतं लोके गुणवान् कश्च धर्मज्ञश्च कृतज्ञश्च सत्यवाक्यो दृढव्रतः चारित्रेण च को युक्तः सर्वभूतेषु को हितः विद्वान् कः कः समर्थश्च कश्च एकप्रियदर्शनः को जितक्रोधो मतिमान् को अनसूयकः कस्य बिभ्यति देवाश्च जातरोषस्य संयुगे एतद् इच्छाम्यहं श्रोतुं परं कौतूहलं हि मे
महर्षे त्वं समर्थो असि ज्ञातुम् एवंविधं नरम् श्रुत्वा चैतत् त्रिलोकज्ञो वाल्मीकेर्नारदो वचः श्रूयताम् इति चामन्त्र्य प्रहृष्टो वाक्यम् अब्रवीत् बहवो दुर्लभाश्चैव ये त्वया कीर्तिता गुणाः मुने वक्ष्याम्यहं बुद्ध्वा तैर्युक्तः श्रूयतां नरः इक्ष्वाकुवंशप्रभवो रामो नाम जनैः श्रुतः नियतात्मा महावीर्यो द्युतिमान् धृतिमान् वशी बुद्धिमान् नीतिमान् वाग्मी श्रीमाञ्छत्रुनिबर्हणः विपुलांसो महाबाहुः कम्बुग्रीवो महाहनुः महोरस्को महेष्वासो गूढजत्रुररिंदमः आजानुबाहुः सुशिराः सुललाटः सुविक्रमः समः समविभक्तांगः स्निग्धवर्णः प्रतापवान् पीनवक्षा विशालाक्षो लक्ष्मीवाञ्छुभलक्षणः धर्मज्ञः सत्यसंधश्च प्रजानां च हिते रतः यशस्वी ज्ञानसंपन्नः शुचिर्वश्यः समाधिमान् रक्षिता जीवलोकस्य धर्मस्य परिरक्षिता धन्वेदे च निष्ठितः सर्वशास्त्रार्थतत्वज्ञो स्मृतिमान् प्रतिभानवान् सर्वलोकप्रियः साधुः अदीनात्मा विचक्षणः सर्वदाभिगतः सद्भिः सिन्धुभिः आर्यः सर्वसमश्चैव सदैकप्रियदर्शनः स च सर्वगुणोपेतः कौसल्यानन्दवर्धनः समुद्र इव गाम्भीर्ये धैर्येण हिमवान् इव विष्णुना सदृशो वीर्ये सोमवत् प्रियदर्शनः कालाग्निसदृशः क्रोधे क्षमया पृथिवीसमः धनदेन समस्त्यागे सत्ये धर्म इवापरः तम् एवंगुणसंपन्नं ज्येष्ठं श्रेष्ठगुणैर्युक्तं प्रियं दशरथः सुतम् यौवराज्येन संयोक्तुम् ऐच्छत् प्रीत्या महीपतिः तस्याभिषेकसंभारान् दृष्ट्वा भार्याथ कैकेयी देवी वरम् एनम् अयाचत विवासनं च रामस्य भरतस्याभिषेचनम् स सत्यवचनाद् राजा धर्मपाशेन संयतः विवासयामास सुतं रामं परियं स जगाम वनं वीरः प्रतिज्ञाम् अनुपालयन् पितुर्वचननिर्देशात् कैकेय्याः प्रियकारणात् तं व्रजन्तं प्रियो भ्राता लक्ष्मणो अनुजगाम ह स्नेहाद्विनयसंपन्नः सुमित्रानन्दवर्धनः सर्वलक्षणसंपन्ना नारीणाम् उत्तमा वधूः सीताप्यनुगता रामं शशिनं रोहिणी यथा पौरैरनुगतो दूरं पित्रा दशरथेन च शृंगवेरपुरे सूतं गंगाकूले व्यसर्जयत् गुहम् आसाद्य धर्मात्मा निषादाधिपतिं प्रियम् गुहेन सहितो रामो लक्ष्मणेन च सीतया ते वनेन वनं गत्वा नदीस्तीर्त्वा बहूदकाः चित्रकूटम् अनुप्राप्य भरद्वाजस्य शासनात् रम्यम् आवसथं कृत्वा रममाणा वने त्रयः देवगन्धर्वसंकाशाः तत्र ते न्यवसन् सुखम् चित्रकूटं गते रामे पुत्रशोकातुरस्तदा राजा दशरथः स्वर्गं जगाम विलपन् सुतम् मृते तु तस्मिन् भरतो वसिष्ठप्रमुखैर्द्विजैः नियुज्यमानो राज्याय नैच्छद् राज्यं महाबलः स जगाम वनं वीरो रामपादप्रसादकः गत्वा तु सुमहात्मानं रामं सत्यपराक्रमम् अयाचद् भ्रातरं रामम् आर्यभावपुरस्कृतः त्वम् एव राजा धर्मज्ञ इति रामं वचो अब्रवीत् रामो अपि परमोदारः सुमुखः सुमहायशाः न चैच्छत् पितुरादेशाद् राज्यं रामो महाबलः पादुके चास्य राज्याय न्यासं दत्त्वा पुनः पुनः निवर्तयामास ततो भरतं भरताग्रजः स काममनवाप्यैव रामपादावुपस्पृशन् नन्दिग्रामे अकरोद् राज्यं रामागमनकांक्षया रामस्तु पुनरालक्ष्य नागरस्य जनस्य च तत्रागमनम् एकाग्रे दण्डकान् प्रविवेश ह विराधं राक्षसं हत्वा शरभंगं ददर्श ह सुतीक्ष्णं चाप्यगस्त्यं च अगस्त्यभ्रातरं तथा अगस्त्यवचनाच्चैव जग्राहैन्द्रं शरासनम् खड्गं च परमप्रीतस्तूणी चाक्षयसायकौ वसतस्तस्य रामस्य वने वनचरैः सह ऋषयो अभ्यागमन् सर्वे वधायासुररक्षसाम् तेन तत्रैव वसता जनस्थाननिवासिनी विरूपिता शूर्पणखा नाम राक्षसी कामरूपिणी ततः शूर्पणखावाक्याद् उद्युक्तान् सर्वराक्षसान् खरं त्रिशिरसं चैव दूषणं चैव राक्षसं निजघान रणे रामस्तेषां चैव पदानुगान् निहतानि सहस्राणि चतुर्दश ततो ज्ञातिवधं श्रुत्वा रावणः क्रोधमूर्च्छितः सहायं वरयामास मारीचं नाम राक्षसम् वार्यमाणः सुबहुशो मारीचेन स रावणः न विरोधो बलवता क्षमो रावण तेन ते अनादृत्य तद् वाक्यं रावणः कालचोदितः जगाम सहमारीचस्तस्याश्रमपदं तदा तेन मायाविना दूरम् अपवाह्य नृपात्मजौ जहार भार्यां रामस्य गृध्रं हत्वा जटायुषम् गृध्रं च निहतं दृष्ट्वा हृतां श्रुत्वा च मैथिलीं राघवः शोकसंतप्तहृदयो विललापाकुलेन्द्रियः ततस्तेनैव शोकेन गृध्रं दग्ध्वा जटायुषम् मार्गमाणो वने सीतां राक्षसं संददर्श ह कबन्धं नाम रूपेण विकृतं घोरम् निहत्य महाबाहुर्ददाह स्वर्गतश्च सः स चास्य कथयामास शबरीं धर्मचारिणीम् श्रमणीं धर्मनिपुणाम् अभिगच्छेति राघव सो अभ्यगच्छन्महातेजाः शबरीं शत्रुसूदनः शबर्या पूजितः सम्यग् रामो दशरथात्मजः पम्पातीरे हनुमता संगतो वानरेण ह हनुमद्वचनाच्चैव सुग्रीवेण समागतः सुग्रीवाय च तत् सर्वं शंसद् रामो महाबलः ततो वानरराजेन वैरानुकथनं परति रामायावेदितं सर्वं प्रणयाद् दुःखितेन च ततो वालिनः शक्तिं प्रतिज्ञातं च रामेण तदा वालिवधं परति सुग्रीवः शंकितश्चासीन्नित्यं वीर्येण राघवे राघवः प्रत्ययार्थं तु दुन्दुभेः कायम् उत्तमम् पादांगुष्ठेन चिक्षेप संपूर्णं दशयोजनम् बिभेद च पुनः सालान् सप्तैकेन महेषुणा गिरिं रसातलं चैव जनयन् प्रत्ययं तदा ततस्तेन विश्वस्तः स महाकपिः किष्किन्धां रामसहितो जगाम च गुहां तदा ततो अगर्जद् धरिवरः सुग्रीवो हेमपिंगलः तेन नादेन महता निर्जगाम ततो वाली हरीश्वरः ततः सुग्रीववचनाद्धत्वा वालिनम् आहवे सुग्रीवम् एव तद् राज्ये राघवः प्रत्यपादयत् स च सर्वान् समानीय वानरान् वानरर्षभः दिक्षु प्रस्थापयामास दिदृक्षुर्जनकात्मजाम् ततो गृध्रस्य वचनात् सपातेर्हनुमान् बली शतयोजनविस्तीर्णं पुप्लुवे लवणार्णवम् तत्र लंकां समासाद्य पुरीं रावणपालितां ददर्श सीतां ध्यायन्तीम् अशोकवनिकां गताम् निवेदयित्वाभिज्ञानं प्रवृत्तिं च निवेद्य च समाश्वास्य च वैदेहीं मर्दयन् राक्षसान् वीरो यत्लिं स ततम् यदृच्छया ततो दग्ध्वा पुरीं लंकाम् ऋते सीतां च मैथिलीम् रामाय प्रियमाख्यातुं पुनर् आयात्

神々の妃を崇拝することは、それ自体が一種の宗教である。そこにはそれぞれ特殊な信仰があり、それぞれに儀式を行い、信徒を抱えている。女神崇拝の思想は、性的二元の理にもとづくもので、インドでは古くから存在する。ヒンドゥーの神の特性として、男神は静的で気高くみやび、女神は活発で強く動的であることが常である。

ヴィシュヌの妃はラクシュミーで、その力と崇拝は盛んであるが、シヴァの信者はだいたいその配偶神（女神）を崇拝している。しばしばデーヴィーもしくはマハーデーヴィーの名で現れるこの女神は、一〇〇〇種の異なった名称と形をもつ。この女神は、シヴァの単純な妃ではなく、その一属性である破壊力を強める。

破壊の女神としてはカーリーとして現れ、再創造者としてはヨーニ（女性器）で象徴され、最高の美しさで現れた姿はウマー（＝サティーまたパールヴァティー）である。ジャガンマートリとして現れたときは、「宇宙の母」という意味で、血の気を好むものとしてはドゥルガー、山の者としてはパールヴァティーの姿とはたらきを現す。このほか、なおいろいろな名称があって、いずれもその名に適応した特殊な作用をもっている。

このような女神の表現は、いずれも特色をもっているため、その差異や区別は明らかである。例えば、ウマーやパールヴァティーのように美しく穏やかな姿と、ドゥルガーやカーリーなどのように、獰猛凶悪の姿を比較すれば、ひと目でそのはたらきが同じでないこと

248

がわかる。

この女神の名称のなかで、もっともよく知られたものは四つある（ウマー＝サティー、パールヴァティー、ドゥルガー、カーリー）。その一つは「光」という意味をもつウマー（＝サティー）であって、ダクシャの娘で、厳粛、慈心、博識および美麗という四つの徳をもっている。パールヴァティー女神は、美しく、優しく、忠実で、女性らしい徳をもっともよく備えている。ウマーとなり、パールヴァティーとして現れたこの女神が、血に渇くドゥルガーまたはカーリーとして憤怒の姿を現すのは、とても不思議な感じがする。

ウマー（サティー）

ダクシャは一人の聖者で、ブラフマーの子である。その娘ウマーを托鉢僧のシヴァに嫁がせることをはじめは満足しなかったが、ブラフマーの説得によってついにその結婚を許した。こうしてウマーはシヴァの妻となったが、ダクシャは娘婿シヴァの不潔な習慣と灰を塗った体を嫌悪する思いが禁じがたく、このためにウマーの生涯は一大悲劇に終わることになった。

父ダクシャが神々を集めて、大祭祀を催したとき、シヴァを嫌って招かなかった。ウマーは、夫が侮辱を受けたのを悲しみ、自ら火中に身を投じた。そして彼女はサティーという

名称を得て、献身、貞淑（ていしゅく）の発端（ほったん）を示した。サティーは「真実」もしくは「徳のある婦人」という意味をもつ。このよい名はまた「死後まで夫のそばを離れない」と、火葬墓での恐ろしい死の運命を受け入れた健気な寡婦（かふ）にも与えられる。

パールヴァティー

シヴァはその妃の死を聞いて、憤怒（ふんぬ）し、哀しみのあまりに気を失った。その後、シヴァは心を失った苦行（くぎょう）者のように各地をさまよい、ウマーを求めてまわった。シヴァはある日、苦しみのあまり、ある榕樹（ようじゅ）の下で悶絶（もんぜつ）した。神々はシヴァを救うためにそこへやって来て、ヴィシュヌは意識のないシヴァの頭を胸に抱き、声高く泣き叫んだ。こうして神々はシヴァを励まして、「太陽から炎が離れないように、シヴァはウマーから離れないだろう」と慰（なぐさ）めた。このとき、ウマーはパールヴァティーの身を現し、宝玉（ほうぎょく）を飾った装いをこらし、上品で優雅な衣装をまとい、車に座って従者（じゅうしゃ）をともない、美しい姿でシヴァの前に現れた。パールヴァティーはシヴァに向かい、「私の心の主よ。私はいかなることがあろうとも、あなたのそばを離れることはありません。再びあなたの妻となるため、ヒマラヤ山の娘パールヴァティーとなって世に出てきたので、別れを悲しむこともないでしょう」と、話し終えて立ち去った。

さてパールヴァティーがまだ少女として故郷の山中に棲んでいたとき、ある日、彼女は天の声を聞いた。曰く、「シヴァを再びあなたの夫とするためには、厳粛に戒律を守って修行に励まなくてはならない」と。しかしパールヴァティーは若い生命、その輝く姿に誇りをもっていて、「そのような苦行をしなくても、シヴァは私のもとに来るでしょう」と期待していた。シヴァはそのとき、すでに堅い決心で禁欲生活に入ったため、パールヴァティーも考えを変えてついに戒律を守り、愛の神カーマデーヴァに助けを願い、再びシヴァと一緒に暮らす幸せを得た。

通常、パールヴァティーはシヴァとともにカイラス山で、楽しい月日を送っていると言われている。パールヴァティーは片時も夫のそばから離れなかったが、あるとき、シヴァが彼女の顔の色の黒いことを咎めたとき、パールヴァティーはいたく怒り、深い林のなかに退いて厳粛な苦行を行った。ブラフマーはその徳行をたたえ、彼女の身を金色に変えた。これによってパールヴァティーは「金色の身をもつ者」の名称ももつ。

パールヴァティーはシヴァの貞淑な妻となり、頼もしい伴侶となって、常にシヴァの邪悪と凶暴の行いを悲しみ、シヴァに善良な感化をおよぼした。パールヴァティーはまたガネーシャとスカンダの母でもあった。彼女は仁恵の女神で、他の神々のような四本腕ではなく、容姿端麗の美女である。奇蹟と見るべき行いはなく、ドゥルガーやカーリーなどの

251
देवी और देवताओ ｜第22章　シヴァの妃パールヴァティー、ドゥルガー、カーリー

黒色の女神とは、その性格がとても異なっている。ゆえに古代には、これらが同じ神の表現とは考えられていなかった。

ドゥルガー

シヴァの配妃もまったく異なった性格を表すこととなった。ウマーやパールヴァティーは、女性らしい徳をそなえた普通の女性として行動するが、ドゥルガーは有力な戦士で、ドゥルガーという恐ろしい巨大な神を征服したために、この名を得た。ドゥルガー女神の容貌は、金色の艶やかで美しい身体であるが、十本腕をもち、そのなかの一つで槍を取り、これで巨神を刺殺した。残る九本の腕にもそれぞれ武器を持ち、彼女の左足には、一頭の獅子がよりかかり、右足の下には巨神が身を横たえている。

『スカンダ・プラーナ』にはドゥルガーの巨神退治の物語が載っている。ドゥルガーとは「近づきがたい者」の意味である。かつてシヴァの息子スカンダが、一人の聖者から「なぜ母のパールヴァティーをドゥルガーと呼ぶのか?」を尋ねられた。スカンダの答えは次の通りであった。「ドゥルガーという巨神がいて、ブラフマーを讃美して苦行の功を積み、ついに三界を征服した。神々は放逐され、森林中に住むことになった。巨神ドゥルガーはすべての宗教的儀式をやめてしまい、ブラフマーもまた彼を恐れて『ヴェーダ』の読誦を

ドゥルガー女神の創造
The Creation of Durga: Page from a Dispersed Markandeya Purana:(Stories of the Sage Markandeya)
（1810-20年頃）

देवी और देवताओ │ 第22章　シヴァの妃パールヴァティー、ドゥルガー、カーリー

やめた。河も流路を変え、星もおののいて姿を隠した。スーリヤは国土を奪われ、インドラはその地位から退(しりぞ)けられた。そのため神々は、シヴァのもとに集まってその不幸を訴えた。シヴァは神々を憐(あわ)れんで、パールヴァティーに巨神征服を命じた。彼女は喜んで夫の命を受け、まずカーララーターという美女を遣(つか)わし、巨神ドゥルガーに命じてすべてを回復させようとした。それに対して巨神ドゥルガーは憤怒(ふんぬ)し、兵士に彼女を捕らえさせようとしたが、彼女は息を吹きかけて、たちまち灰にしてしまった。ついで巨神ドゥルガーは三万の巨大な怪物を放った。美女カーララーターはこれを見てパールヴァティーのもとに逃げ帰ったが、怪物たちはあとを追いかけてきた。さて巨神ドゥルガーは、一億の戦車を一億二〇〇〇万の象に引かせ、一〇〇〇万のすぐれた馬と無数の騎兵をしたがえて、ヴィンディヤ山上でパールヴァティーとの決戦を試みた。パールヴァティーは一〇〇〇の武器を取り、多様多数の武者をともない、軍備を整えて巨神ドゥルガーの到着を待った。雨のように矢は下り、山を裂き、木を抜いて投げつけられるのものともせず、女神がひとたび武器を投げると巨神ドゥルガーの多数の武器はことごとく消滅した。巨神ドゥルガーはなおもいくつかの秘術をもちいて戦ったが、ついにパールヴァティーは巨神ドゥルガーを捕らえた。そして、その胸を左足に踏み、三叉戟(さんさげき)で貫いて、この凶暴な巨神を殺害した。神々はかつての地位を回復し、皆、歓喜してパールヴァティーに「ドゥルガー」の称号を送った。

ドゥルガーを祀る大祭は北インドに広く行われ、インドの祭礼中、もっとも一般的なもので、当日は一年中の大休日とされている。三日間はすべての作業を止め、遠くからの出稼ぎ者も家に帰り、水牛やヤギを女神に供え、バラモンを招いて食事をならべ、女神の像の前で、着飾って歌や舞踊を楽しむ。この大祭は十五日間続くもので、最初の四夜は、女神を飾り立てるのにあて、第五日目に着物の用意をし、第六日目に彼女は目覚め、第七日目に九種類の草木の葉でつくった亭に女神を招く。第八、九日がとくに重要で、第九日目に彼女に供えるための動物を殺す。翌日、それを祠に返し、第十五日目はすなわち満月の夜で、信者たちは夜を徹して宴を行う。この夜は魔軍がドゥルガー女神に向かい、ラクシュミーが地上に降りてきて、通夜の者に福を授ける瞬間のため、この夜、睡眠をとる者はもっとも不幸とされている。

カーリー

シヴァの配偶神のなかで、暗黒方面を表現した、もっとも恐ろしく血なまぐさいものは、カーリー女神である。人間の想像に堪える範囲において、いかに堕落し、いかに残虐なものも、カーリーに匹敵するものはあるまい。

カーリーを礼拝するには、酒と供物を捧げる。この女神は恐ろしい口を開き、目は血の

色で酔っぱらいのよう、ぼうぼうと伸びた乱髪のたたずまい、自らが殺害した巨人の頭を首飾りとし、同じく巨人の血をすする。蓮のような手に剣を持ち、大きな雲のように黒くその喉は血が染みている。二つの死体を耳飾りとし、手に同じく二体の死体を握っている。歯をむき出しにして、軽くほほ笑み、燃え盛る災いのなかに住んで、夫のシヴァ神の胸の上に立っている。カーリー女神は大地が震え崩れるまで舞踊を続けた。シヴァの制止にも耳を傾けなかったが、女神の興奮がやや鎮まって、足下の夫に気づくと、たちまち舌を出して踊りをとめたという。

昔、カーリー女神に人身供犠が行われたのは事実である。カルカッタにあるヒンドゥー教の本山カーリガートの寺院では、その玄関の左右の石は、羊とヤギの血で赤く塗られ、昔はこれに人間の血をもちいたと言われる。中インドおよび北インドでは、昔、旅人がしばしば宗教上の刺客に襲撃されたことがあった。これは犠牲者を絞め殺して土中に埋めておくもので、その本尊として敬うものは、カーリー女神である。

レイヨウやサイの肉は、五〇〇年のあいだカーリーを喜ばせ、人身供犠は一〇〇〇年間の歓喜に値するという。聖経で浄められた血液、肉のついた頭蓋骨は、ともにカーリーを喜ばせる。もし礼拝者がヤギまたは水牛を、敵対する者の代わりと考え、儀式中、その犠牲を敵の名と思って呼び続ければ、真の敵を殺すことができるという。

カーリー女神と小さな男の子
Sketch with Kali and a Young Boy
（1800年頃）

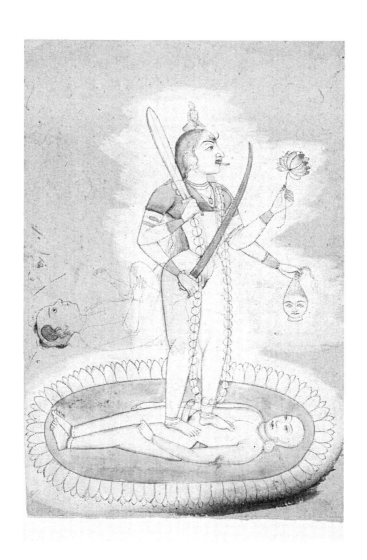

人身供犠のとき、犠牲となる者は大抵旅人であって、数か月間、家に留めて丁重に扱い、ときとしては疑念をとくために、家の女と結婚させることもある。さて、いよいよ犠牲を神に献じる際は、信徒を集めて大饗宴を催し、このとき、憐れな犠牲者には強い麻酔剤を飲食に混ぜて与え、その利き目の現れた頃、家長はただ一人でこれを殿堂にともなう。カーリー女神像の周囲を三度めぐらせて像の前でその喉を斬り、流れる血潮を容器に盛り、それから血を女神の像に振りまき、ひそかに死体を土に埋める。そして家に帰って、終夜宴を続け、これで十二年間、女神の心を慰めることができると信じている。

今もカーリーの寺院内で、ときどきひそかに人身供犠が行われるらしく、ネパール国でもその例は珍しくない。

258

第23章 象頭神ガネーシャと軍神スカンダ

तपःस्वाध्यायनिरतं तपस्वी वाग्विदां वरम् नारदं परिपप्रच्छ वाल्मीकिर्मुनिपुंगवम् को नु अस्मिन् साम्प्रतं लोके गुणवान् कश्च धर्मज्ञश्च कृतज्ञश्च सत्यवाक्यो दृढव्रतः चारित्रेण च को युक्तः सर्वभूतेषु को हितः विद्वान् कः कः समर्थश्च कश्च एकप्रियदर्शनः को जितक्रोधो मतिमान् को अनसूयकः कस्य बिभ्यति देवाश्च जातरोषस्य संयुगे एतद् इच्छाम्यहं श्रोतुं परं कौतूहलं हि मे असि जिज्ञासतुं एवंविधं नरं श्रुत्वा चैतत् त्रिलोकज्ञो वाल्मीकेर्नारदो वचः श्रूयतां इति चामन्त्र्य प्रहृष्टो वाक्यम् अब्रवीत् चैव ये तवया कीर्तिता गुणाः मुने वक्ष्याम्यहं बुद्ध्वा तैर्युक्तः श्रूयतां नरः इक्ष्वाकुवंशप्रभवो रामो नाम जनैः श्रुतः नियतात्मा द्युतिमान् धृतिमान् वशी बुद्धिमान् नीतिमान् वाग्मी शरीमाञ्च्छालुनिबर्हणः विपुलांसो महाबाहुः कम्बुग्रीवो महाहनुः महोरस्को महेष्वासो गूढजत्रुररिन्दमः आजानुबाहुः सुशिराः सुललाटः सुविक्रमः समः समविभक्ताङ्गः स्निग्धवर्णः प्रतापवान् पीनवक्षा विशालाक्षो लक्ष्मीवान् शुभलक्षणः धर्मज्ञः सत्यसंधश्च प्रजानां च हिते रतः यशस्वी ज्ञानसंपन्नः शुचिर्वश्यः समाधिमान् प्रजापतिसमः श्रीमान् धाता रिपुनिषूदनः रक्षिता जीवलोकस्य धर्मस्य परिरक्षिता रक्षिता स्वस्य धर्मस्य स्वजनस्य च रक्षिता वेदवेदाङ्गतत्त्वज्ञो धनुर्वेदे च निष्ठितः सर्वशास्त्रार्थतत्त्वज्ञो स्मृतिमान् प्रतिभानवान् सर्वलोकप्रियः साधुरदीनात्मा विचक्षणः सर्वदाभिगतः सद्भिः समुद्र इव सिन्धुभिः आर्यः सर्वसमश्चैव सदैकप्रियदर्शनः स च सर्वगुणोपेतः कौसल्यानन्दवर्धनः समुद्र इव गाम्भीर्ये धैर्येण हिमवान् इव विष्णुना सदृशो वीर्ये सोमवत्प्रियदर्शनः कालाग्निसदृशः क्रोधे क्षमया पृथिवीसमः धनदेन समस्त्यागे सत्ये धर्म इवापरः तं एवंगुणसंपन्नं रामं सत्यपराक्रमम् ज्येष्ठं श्रेष्ठगुणैर्युक्तं प्रियं दशरथः सुतम् प्रकृतीनां हितैर्युक्तं प्रकृतिप्रियकाम्यया यौवराज्येन संयोक्तुं ऐच्छत् प्रीत्या महीपतिः तस्याभिषेकसंभारान् दृष्ट्वा भार्याऽथ कैकयी पूर्वं दत्तवरा देवी वरं एनं अयाचत विवासनं च रामस्य भरतस्याभिषेचनम् स सत्यवचनाद् राजा धर्मपाशेन संयतः विवासयामास सुतं रामं प्रियं दशरथः प्रियम् स जगाम वनं वीरः प्रतिज्ञां अनुपालयन् पितुर्वचननिर्देशात् कैकेय्याः प्रियकारणात् तं व्रजन्तं प्रियो भ्राता लक्ष्मणोऽनुजगाम ह स्नेहाद् विनयसंपन्नः सुमित्रानन्दवर्धनः सर्वलक्षणसंपन्ना नारीणां उत्तमा वधूः सीताप्यनुगता रामं शशिनं रोहिणी यथा पौरैरनुगतो दूरं पित्रा दशरथेन च शृङ्गवेरपुरे सूतं गङ्गाकूले व्यसर्जयत् ते वनेन वनं गत्वा नदीस्तीर्त्वा बहूदकाः चित्रकूटं अनुप्राप्य भरद्वाजस्य शासनात् रम्यं आवसथं कृत्वा रममाणा वने त्रयः देवगन्धर्वसंकाशाः तत्र ते न्यवसन् सुखम् चित्रकूटं गते रामे पुत्रशोकातुरस्तदा राजा दशरथः स्वर्गं जगाम विलपन् सुतम् मृते तु तस्मिन् भरतो वसिष्ठप्रमुखैर्द्विजैः नियुज्यमानो राज्याय नैच्छद् राज्यं महाबलः स जगाम वनं वीरो रामपादप्रसादकः गत्वा तु सुमहात्मानं रामं सत्यपराक्रमम् अयाचद् भ्रातरं रामं आर्यभावपुरस्कृतः त्वमेव राजा धर्मज्ञ इति रामं वचोऽब्रवीत् रामोऽपि परमोदारः सुमुखः सुमहायशाः न चैच्छत् पितुरादेशाद् राज्यं रामो महाबलः पादुके चास्य राज्याय न्यासे दत्त्वा पुनः पुनः निवर्तयामास ततो भरतं भरताग्रजः स कामं अनवाप्यैव रामपादावुपस्पृशन् नन्दिग्रामेऽकरोद् राज्यं रामागमनकाङ्क्षया रामस्तु पुनरालक्ष्य नागरस्य जनस्य च तत्रागमनं एकाग्रो दण्डकान् प्रविवेश ह विराधं राक्षसं हत्वा शरभङ्गं ददर्श ह सुतीक्ष्णं चाप्यगस्त्यं च अगस्त्यभ्रातरं तथा अगस्त्यवचनाच्चैव जग्राहैन्द्रं शरासनम् खड्गं च परमप्रीतस्तूणी चाक्षय्यसायकौ वसतस्तस्य रामस्य वने वनचरैः सह ऋषयोऽभ्याजग्मुः सर्वे वधायासुरसक्षसाम् तेन तत्रैव वसता जनस्थाननिवासिनी विरूपिता शूर्पणखा राक्षसी कामरूपिणी ततः शूर्पणखावाक्याद् उद्युक्तान् सर्वराक्षसान् खरं त्रिशिरसं चैव दूषणं चैव राक्षसं निजघान रणे रामस्तेषां चैव पदानुगान् वने तस्मिन् निवसता जनस्थाननिवासिनाम् रक्षसां निहतान्यासन् सहस्राणि चतुर्दश ततो ज्ञातिवधं श्रुत्वा रावणः क्रोधमूर्छितः सहायं वरयामास मारीचं नाम राक्षसं वार्यमाणः सुबहुशो मारीचेन स रावणः न विरोधो बलवता क्षमो रावण तेन ते अनादृत्य तु तद्वाक्यं रावणः कालचोदितः जगाम सहमारीचस्तस्याश्रमपदं तदा तेन मायाविना दूरमपवाह्य नृपात्मजौ जहार भार्यां रामस्य गृध्रं हत्वा जटायुषम् गृध्रं च निहतं दृष्ट्वा हृतां श्रुत्वा च मैथिलीम् राघवः सौमित्रिसहितो धीमान् विललापाकुलेन्द्रियः ततस्तेनैव शोकेन गृध्रं दग्ध्वा जटायुषम् मार्गमाणो वने सीतां राक्षसं संददर्श ह कबन्धं नाम रूपेण विकृतं घोरदर्शनम् तं निहत्य महाबाहुर्ददाह स्वर्गतश्च सः स चास्य कथयामास शबरीं धर्मचारिणीम् श्रमणीं धर्मनिपुणाम् अभिगच्छेति राघव सोऽभ्यगच्छन् महातेजाः शबरीं शत्रुसूदनः शबर्या पूजितः सम्यग् रामो दशरथात्मजः पम्पातीरे हनुमता संगतो वानरेण ह हनुमद्वचनाच्चैव सुग्रीवेण समागतः सुग्रीवाय च तत् सर्वं शंसद् रामो महाबलः आदितस्तद्यथावृत्तं सीतायाश्च विशेषतः सुग्रीवश्चापि तत् सर्वं श्रुत्वा रामस्य वानरः चकार सख्यं रामेण प्रीतश्चैवाग्निसाक्षिकम् ततो वानरराजेन वैरानुकथनं प्रति रामायावेदितं सर्वं प्रणयाद् दुःखितेन च वालिनश्च बलं तत्र कथयामास वानरः प्रतिज्ञातं च रामेण तदा वालिवधं प्रति सुग्रीवः शङ्कितश्चासीत् नित्यं वीर्येण राघवे राघवप्रत्ययार्थं तु दुन्दुभेः कायमुत्तमम् पादाङ्गुष्ठेन चिक्षेप संपूर्णं दशयोजनम् बिभेद च पुनः सालान् सप्तैकेन महेषुणा गिरिं रसातलं चैव जनयन् प्रत्ययं तदा ततः प्रीतमनास्तेन विश्वस्तः स महाकपिः किष्किन्धां रामसहितो जगाम च गुहां तदा ततोऽगर्जद्धरिवरः सुग्रीवो हेमपिङ्गलः तेन नादेन महता निर्जगाम हरीश्वरः ततः सुग्रीववचनाद्धत्वा वालिनमाहवे सुग्रीवमेव तद्राज्ये राघवः प्रत्यपादयत् स च सर्वान् समानीय वानरान् वानरर्षभः दिशः प्रस्थापयामास दिदृक्षुर्जनकात्मजाम् ततो गृध्रस्य वचनात् संपातेर्हनुमान् बली शतयोजनविस्तीर्णं पुप्लुवे लवणार्णवम् तां पुरीं रावणपालितां ददर्श सीतां ध्यायन्तीं अशोकवनिकां गताम् निवेदयित्वाभिज्ञानं प्रवृत्तिं च निवेद्य च समाश्वास्य च वैदेहीं मर्दयामास तोरणम् पञ्च सेनाग्रगान् हत्वा सप्त मन्त्रिसुतानपि शूरं अक्षं च निष्पिष्य ग्रहणं समुपागमत् अस्त्रेणोन्मुक्तं आत्मानं ज्ञात्वा पैतामहाद्वरात् मर्षयन् राक्षसान् वीरो यन्त्रिणस्तान् यदृच्छया ततो दग्ध्वा पुरीं लङ्कां ऋते सीतां च मैथिलीम् रामाय प्रियं आख्यातुं पुनरायात्

象頭神ガネーシャ

ガネーシャは、シヴァの近くに仕える付属神の一つで、シヴァは神々や悪魔などの統率権をこの神に与えた。ガネーシャはインドの神々のうちでもっとも広く崇拝され、容貌が変わった神である。インド人の住宅にはいずれも入口付近に、ガネーシャの神像がまつられている。

ガネーシャは「成功の神」と呼ばれるように、ふっくらと太っていて、裕福でぶらぶらと遊び暮らす人のような姿である。赤褐色の土を塗ったガネーシャの像は、素朴で昼夜せっせと働く村民の目には、仕事を終えた、苦しみの報酬として得る安楽を代表するものと考えられる。

ガネーシャ神は幸運、利益や幸福を司るものとして、商人、事業家などに信仰され、仕事をはじめるとき、旅行に出るとき、家を新築するとき、金貸し業者が毎朝帳簿を開くときなど、いずれもこの神にご利益を願う。著述家がその作を始めるときもまたガネーシャに祈る。著述は厳粛で真摯な作業のため、卑しく嫉妬深い悪魔の妨害をこうむるおそれがあるとして、大抵の書籍の巻頭には「ガネーシャに敬礼する」の文字を記す。

ガネーシャ神は威風堂々としていて、またとても大食いで、小学生などは試験の際、そのご利益を仰ごうとお菓子を供えて、ガネーシャの歓心を求める。あるとき、シヴァは他

四本腕の象頭神ガネーシャ
Seated Four-Armed Ganesha
(1775年頃)

の神の計略で、窮地に陥ったとき、ガネーシャに助けを求めた。しかし、狡猾な敵はその途中にお菓子を撒き散らしていたため、ガネーシャはこれを拾って食べ、そのため援軍ができなかったという。

　ガネーシャはシヴァとパールヴァティーの子で、母は皮膚の垢または身体の分泌物から、ガネーシャを産み出したと伝えられる。ガネーシャが生まれたときには多くの神々が集まって祝意を表した。そのなかにいた土星シャニの妻の呪いで、幼児の頭は体から離れた。女神は首のない胴体を抱いて泣き叫び、地に倒れた。このとき、ヴィシュヌはガルダに乗って川岸へ飛行し、そこで眠っている一頭の象の首を斬り、これをガネーシャの胴体につけて甦らせた。パールヴァティーはその頭の異なったのが不満であったが、ガネーシャは神々中でもっとも崇拝されるべきことを説いて慰めた。

　ガネーシャの象頭の特色は、完全な牙がただ一つであることである。その理由はシヴァの愛弟子パラシュラーマが、師を尋ねてカイラスに来たとき、ガネーシャは「父は睡眠中です」と言って、その部屋に入るのを遮った。ガネーシャとパラシュラーマは激しく争って、ガネーシャは敵を気絶させた。しかしパラシュラーマは目を覚ますと、たちまち斧をガネーシャに投げつけた。ガネーシャは牙でこれを受けたので、ただちに一本の牙は打ち砕かれた。

ガネーシャの起源を考えると、郷土の神話から入ってきたことは明らかである。この神が象頭の姿で、ネズミを乗りものとすることは、この信仰が原始の動物崇拝から起こったことを示している。象頭は「知識」と「慎ましさ」を表し、ネズミは「忍耐」の象徴である。

この神を熱心に信仰する宗派を、西インドでのガネーシャの別名ガナパティーにちなんで、ガナパティ派と呼ぶ。プネーに近いチクルには、ガネーシャの後裔が現存するといい、その系統を詳細に伝えている。

軍神スカンダ

スカンダはシヴァとパールヴァティーの第二子であって、悪魔軍に対してしばしば戦いを試みた神々の軍の総司令官である。シヴァがウマー妃とともに苦行しているあいだに、「神々は誰をその軍の総督にするべきか？」とブラフマーに尋ねた。そしてスカンダの誕生によってこの求めは満たされた。

『シヴァ・プラーナ』によれば、ターリカ魔王はとても野心に富み、自分の求める恩恵を強要しながらブラフマーに迫った。そしてターリカは、一〇〇年以上にわたって次のような十一種の苦行に身を委ねた。

（一）両足で立ち、両手を高く天に捧げ、常に太陽を凝視すること。（二）一本の足の親指

で直立すること。(三)水のほかは、何も口に入れないこと。(四)空気だけで生きること。(五)水中に身をおくこと。(六)身を地に埋めながら、絶えず祈りを捧げること。(七)火で焚(や)かれること。(八)頭で立つこと。(九)両手で木にぶらさがること。(十)両手で体の全体重を支えること。(十一)木に逆さまになって吊るされること。

この苦行(くぎょう)を褒(ほ)めて、ブラフマーは魔王ターリカの要望のままに、比類ない力を与え、シヴァの子息をのぞいては、誰の手にも負えない力を与えた。ターリカはますます傲慢(ごうまん)になり、インドラのもつ八頭の白馬と一〇〇〇尾の海馬を奪い、聖者の所有する望みのままに何でも産む牝牛(めうし)を無理に要求した。太陽は恐れて熱を発せず、月もきらきらひかり輝いて常に満月の姿を保ち、風はターリカの指図のままに吹き、やがてこの魔王は世界の全権を握った。

シヴァは、世界をターリカの手から回復することを求められたが、このときスカンダがガンジス河畔(かはん)で誕生した。伝説によれば、水浴に来た六人の娘がこの子を見て大いに喜び、それぞれ胸に抱いたため、スカンダ神は六つの頭を現した。

ある神話では、火神アグニが聖者の妻の姿をしたスワーハーに心を奪われたことが記される。シヴァの目の閃(ひらめ)きが六人の赤子と化し、パールヴァティーが喜んでこれを抱いて身体が一つとなり、その頭だけ六つのままで残ったと伝えている。

スカンダとターリカの戦いで悪魔は亡ぼされ、スカンダの勇敢さが示されている。この神は兄のガネーシャと同じように信仰され、スカンダ神への礼拝がより広く行われる南インドでは、勇将として信仰されることなく、ただバラモンに対する敬虔を意味する名で崇拝される。そうしてスカンダ神の寺院では、悪魔の妨害をまぬがれ、婦人はよい赤子を得ることを祈念する習わしである。

護法神アイヤッパン

アイヤッパン神は、シヴァとヴィシュヌの子である。紅の空色の神聖なシヴァが、モーヒニーの姿となったヴィシュヌ神と結婚して生まれたのが、繁栄の主権者アイヤッパンである。ヴィシュヌの化身モーヒニーは絶世の美女として現れたもので、シヴァとヴィシュヌ両神の盟約はハリハラといい、半分は女尊像で、半分はシヴァの姿で表現されている。

ガネーシャやスカンダと同じく、南インドでとくに信仰が盛んである。アイヤッパン神は病虫害や災害を防ぐことに努めた農夫の田んぼ、牧畜を保護するために、南インドの村々ではその村の西端れの森に、この神の祠の設けられることが多い。そして祠のそばには、粘土でつくった等身大の粗末な馬やその他の像が見られる。アイヤッパン神はこれらに乗って護法に出かけるのであろう。これがアイヤッパン神のガネーシャと異なるいちじ

るしい点である。

アイヤッパン神像は人間の姿をし、粗末な彫りもので赤く塗ってある。そして馬の背にまたがり、大抵、二人の妻をその両側において、悪鬼を駆逐することを務めとする。ゆえに南インドの村民は、夜間、外に出ることを嫌う。もし人が夜、野でアイヤッパンとその妻たちの通路を思いがけず横切ったなら、悪鬼と認められ、殺されてしまうと信じて恐れている。

病が癒えたとき、また幸運を得たときは、村民は礼物として新しい粘土でつくった馬をアイヤッパンの祠に納める。その他、豚、ヤギ、羊、鶏などの血、または調理した飲食物、飲料を捧げて、神の御心を慰め、もし流行病の盛んなときは、より献納の品物を増やす。

第四篇

その他の神々

ラーマとラクシュマナに敗北した悪魔クンバカルナ
The Demon Kumbhakarna Is Defeated by Rama and Lakshmana
〈1670年頃〉

ब्याख्यानरिते वरसंखो वाग्वदो वरमं नारदं पारंपर्यक्रं बाल्मीकाय सानुपूर्वकम् का नव आसीने सौमित्रे लक्ष्मे गुणवान कश्च
स्यामं को जितक्रोधो जितमान्यु भूो तनुवाक्य कस्य विभ्यति देवाश्च जातरोपस्य संयुगे एतदिच्छाम्य अहं श्रोतुं परं कौतू
त्रीतं बहवी दुर्लभाष्य चैव यो तवया कीर्तिता गुणै: श्रुणे वदस्याम्य अहं गुरुख्या तीर युक्त: शरूयतां नर इक्ष्वाकुवंशप्रभवो रामो
नेतु महोरस्को महेष्वासो गूढजत्रुर आरिघ्नं आजानुबाहु: सुशिरा: सुलाट: सुविक्रम: सम: समर्विभक्ताङ्ग स्निग्धवर्ण: पर-
जा जीवलोक्स्य धर्मस्य परिरक्षिता वेदवेदाङ्गतत्त्वज्ञो धनुर्वेदे च निष्ठित: सर्वशास्त्रार्थतत्त्वज्ञो स्मृतिमान प्रतिभानवान स-
ल्यानन्दवर्धन:

ोषति न ते चाग अनुता काश्चि का चिद अत्र भविष्यति ब्रह्म नाम तथा पुण्यं श्लोकबद्धां मनोरमम् यावत सभास्यति गिरय:
त्यमि इत्य उक्त्वा भगवान ब्रह्मा तत्रैवान्तरधीयत ततं सशिष्यो वाल्मीकिर मुनिर विष्मयम आययौ तस्य शिष्यास ततं सर्वे ज
कत्थं आगत्य तस्य बुद्धिर इयं जाता वाल्मीकेर शान्तिचेतस: कुरु रामायणं काव्यं हृदिष्टं कारयाण्य अहं उदारवृत्तार्थप्रदे
हितम् व्यक्तम् अन्येपते भूमौ यद् वृत्त तस्य धीमत: उपस्पृश्योदकं सम्यङ् मुनि: स्थित्वा कृताञ्जलि: प्रगचीनाग्रेषु दर्भे
मिकसहायेनं जानव्यास च विवाहं च ग्राहासं च विवेदनम् रामायणिवादं च गुणान दाशरथेष तथा तथाभिषेकं रामस्य कैकेया
दिपरिसंवादं सूतोपाख्यानं तथा गङ्गायाश चाभिवर्तारं भरद्वाजस्य दर्शनम् भरद्वाजाभ्यनुज्ञानाच चित्रकूटस्य दर्शनम् वास्तुकी

第24章 土着の神

तपःस्वाध्यायनिरतं तपस्वी वाविदां वरम् नारदं परिपप्रच्छ वाल्मीकिर्मुनिपुङ्गवम् को नु अस्मिन् साम्प्रतं लोके गुणवान् कः
धर्मज्ञश्च कृतज्ञश्च सत्यवाक्यो दृढव्रतः चारित्रेण च को युक्तः सर्वभूतेषु को हितः विद्वान् कः कः समर्थश्च कश्चैकप्रियद-
र्शनः आत्मवान् को जितक्रोधो द्युतिमान् कोऽनसूयकः कस्य बिभ्यति देवाश्च जातरोषस्य संयुगे एतद् इच्छाम्यहं श्रोतुं परं कौतूहलं हि मे
महर्षे त्वं समर्थोऽसि ज्ञातुमेवंविधं नरम् श्रुत्वा चैतत् त्रिलोकज्ञो वाल्मीकेर्नारदो वचः श्रूयतामिति चामन्त्र्य प्रहृष्टो वाक्यमब्रवीत्
बहवो दुर्लभाश्चैव ये त्वया कीर्तिता गुणाः मुने वक्ष्याम्यहं बुद्ध्वा तैर्युक्तः श्रूयतां नरः इक्ष्वाकुवंशप्रभवो रामो नाम जनैः श्रुतः नियता-
त्मा महावीर्यो द्युतिमान् धृतिमान् वशी बुद्धिमान् नीतिमान् वाग्मी श्रीमान् शत्रुनिबर्हणः विपुलांसो महाबाहुः कम्बुग्रीवो महाहनुः महोरस्को म-
हेष्वासो गूढजत्रुररिन्दमः आजानुबाहुः सुशिराः सुललाटः सुविक्रमः समः समविभक्ताङ्गः स्निग्धवर्णः प्रतापवान् पीनवक्षा विशालाक्षो लक्ष्मीवान्
शुभलक्षणः धर्मज्ञः सत्यसंधश्च प्रजानां च हिते रतः यशस्वी ज्ञानसंपन्नः शुचिर्वश्यः समाधिमान् रक्षिता जीवलोकस्य धर्मस्य परिरक्षिता
रक्षिता स्वस्य धर्मस्य स्वजनस्य च रक्षिता वेदवेदाङ्गतत्त्वज्ञो धनुर्वेदे च निष्ठितः सर्वशास्त्रार्थतत्त्वज्ञो स्मृतिमान् प्रतिभानवान् सर्वलोकप्रियः साधुर अदीनात्मा विचक्षणः सर्वदाभिगतः सद्भिः समुद्र
सिन्धुभिः आर्यः सर्वसमश्चैव सदैकप्रियदर्शनः स च सर्वगुणोपेतः कौसल्यानन्दवर्धनः समुद्र इव गाम्भीर्ये धैर्येण हिमवान् इव
विष्णुना सदृशो वीर्ये सोमवत्प्रियदर्शनः कालाग्निसदृशः क्रोधे क्षमया पृथिवीसमः धनदेन समस्त्यागे सत्ये धर्म इवापरः तमेवंगुणसंपन्नं
रामं सत्यपराक्रमं ज्येष्ठं श्रेष्ठगुणैर्युक्तं प्रियं दशरथः सुतम् यौवराज्येन संयोक्तुम् ऐच्छत् प्रीत्या महीपतिः तस्याभिषेकसंभारान् दृष्ट्वा भार्याथ कै-
केयी पूर्वं दत्तवरा देवी वरमेनमयाचत विवासनं च रामस्य भरतस्याभिषेचनं स सत्यवचनाद् राजा धर्मपाशेन संयतः विवासयामास सुतं
रामं प्रियं स जगाम वनं वीरः प्रतिज्ञामनुपालयन् पितुर्वचननिर्देशात् कैकेय्याः प्रियकारणात् तं व्रजन्तं प्रियो भ्राता लक्ष्म-
णोऽनुजगाम ह स्नेहाद् विनयसंपन्नः सुमित्रानन्दवर्धनः भ्रातरं दयितो भ्रातुः सौभ्रात्रमनुदर्शयन् रामस्य दयिता भार्या नित्यं प्राणसमा हिता
जनकस्य कुले जाता देवमायेव निर्मिता सर्वलक्षणसंपन्ना नारीणामुत्तमा वधूः सीताप्यनुगता रामं शशिनं रोहिणी यथा पौरै-
रनुगतो दूरं पित्रा दशरथेन च शृङ्गवेरपुरे सूतं गङ्गाकूले व्यसर्जयत् तेनानेन वनं गत्वा नदीस्तीर्त्वा बहूदकाः चित्रकूटमनुप्राप्य भरद्वाजस्य
शासनात् रम्यमावसथं कृत्वा रममाणा वने त्रयः देवगन्धर्वसंकाशाः तत्र ते न्यवसन् सुखम् चित्रकूटं गते रामे पुत्रशोकातुरस्तदा राजा दश-
रथः स्वर्गं जगाम विलपन् सुतम् मृते तु तस्मिन् भरतो वसिष्ठप्रमुखैर्द्विजैः नियुज्यमानो राज्याय नैच्छद् राज्यं महाबलः स जगाम वनं वीरो रामपा-
दप्रसादकः गत्वा तु स महात्मानं रामं सत्यपराक्रमम् अयाचत भ्रातृत्वेन तदा धर्मेण मानदम् त्वमेव राजा धर्मज्ञ इति रामं वचोऽब्रवीत् रामोऽपि परमोदारः सुमुखः सुमहायशाः न चैच्छत् पितुरादेशाद् राज्यं रामो महाबलः
पादुके चास्य राज्याय न्यासं दत्त्वा पुनः पुनः निवर्तयामास ततो भरतं भरताग्रजः स कामम् अनवाप्यैव रामपादावुपस्पृशन् न-
न्दिग्रामेऽकरोद् राज्यं रामागमनकाङ्क्षया गते तु भरते श्रीमान् सत्यसंधो जितेन्द्रियः रामस्तु पुनरालक्ष्य नागरस्य जनस्य च तत्रागमनमेकाग्रो दण्डकान् प्रविवेश ह विराधं रक्ष-
सं हत्वा सुतीक्ष्णं चाप्यगस्त्यं च अगस्त्यभ्रातरं तथा अगस्त्यवचनाच्चैव जग्राहैन्द्रं शरासनं खड्गं च परमप्रीतस्तूणी चाक्षयसायकौ
वसतस्तस्य रामस्य वने वनचरैः सह ऋषयोऽभ्यागमन् सर्वे वधायासुरसरक्षसाम् तेन तत्रैव वसता जनस्थाननिवासिनी विरूपिता शू-
र्पणखा नाम राक्षसी कामरूपिणी ततः शूर्पणखावाक्यादुद्युक्तान् सर्वराक्षसान् खरं त्रिशिरसं चैव दूषणं चैव राक्षसम् निजघान रणे रामस्तेषां चैव प-
दानुगान् वने तस्मिन् निवसता जनस्थाननिवासिनाम् रक्षसां निहतान्यासन् सहस्राणि चतुर्दश ततो ज्ञातिवधं श्रुत्वा रावणः क्रोधमूर्च्छितः सहायं वरयामास मारीचं नाम राक्षसम् वार्यमा-
णः सुबहुशो मारीचेन स रावणः न विरोधो बलवता क्षमो रावण तेन ते अनादृत्य तु तद्वाक्यं रावणः कालचोदितः जगाम सहमारीचस्तस्या-
श्रमपदं तदा मायाविना दूरमपवाह्य नृपात्मजौ जहार भार्यां रामस्य गृध्रं हत्वा जटायुषम् गृध्रं च निहतं दृष्ट्वा हृतां श्रुत्वा च मैथिलीं राघवः
शोकसंतप्तहृदयो विललापाकुलेन्द्रियः ततस्तेनैव शोकेन गृध्रं दग्ध्वा जटायुषम् मार्गमाणो वने सीतां राक्षसं संददर्श ह कबन्धं नाम रूपेण विकृतं घो-
रदर्शनम् तं निहत्य महाबाहुर्ददाह स्वर्गतश्च सः स चास्य कथयामास शबरीं धर्मचारिणीम् शरमणीं धर्मनिपुणाम् अभिगच्छेति राघव सो-
ऽभ्यगच्छन्महातेजाः शबरीं शत्रुसूदनः शबर्या पूजितः सम्यग् रामो दशरथात्मजः पम्पातीरे हनुमता संगतो वानरेण ह हनुमद्वचनाच्चैव सुग्री-
वेण समागतः सुग्रीवाय च तत् सर्वं शंसद् रामो महाबलः आदितस्तद्यथावृत्तं सीतायाश्च विशेषतः सुग्रीवश्चापि तत्सर्वं श्रुत्वा रामस्य वानरः
चकार सख्यं रामेण प्रीतश्चैवाग्निसाक्षिकम् ततो वानरराजेन वैरानुकथनं प्रति रामायावेदितं सर्वं प्रणयाद् दुःखितेन च वालिनश्च
कथयामास वानरः प्रतिज्ञातं च रामेण तदा वालिवधं प्रति सुग्रीवः शङ्कितश्चासीन्नित्यं वीर्येण राघवे राघवप्रत्ययार्थं तु दु-
न्दुभेः कायमुत्तमम् पादाङ्गुष्ठेन चिक्षेप संपूर्णं दशयोजनम् बिभेद च पुनः सालान् सप्तैकेन महेषुणा गिरिं रसातलं चैव जनयन् प्रत्ययं तदा स-
कक्ष्यः प्रत्यितस्तेन सुग्रीवः सुमहाबलः प्रीतस्तेनाभवच्चापि मेने वीरस्तदा हरिम् ततो वालिनि संह्रुस्ते
तेन विश्वस्तः स महाकपिः किष्किन्धां रामसहितो जगाम च गुहां ततः आगर्जद् धरिवरः सुग्रीवो हेमपिङ्गलः तेन नादेन महता
निर्जगाम हरीश्वरः अनुमान्य तदा तारां सुग्रीवेण समागतः सुग्रीवो व्यादिदेशाशु हरीन् वानरपुङ्गवान् सीतायाः परिमार्गणे स गत्वा सागरं शीघ्रं
हनुमान् मारुतात्मजः अपारमपि चोत्तीर्य शतयोजनमायतम् सुग्रीववचनाद् हत्वा वालिनमाहवे सुग्रीवं चैव तद् राज्ये राघवः प्रत्यपादयत् स च सर्वान् समानीय वानरान् वा-
नरर्षभः दिशः प्रस्थापयामास दिदृक्षुर्जनकात्मजाम् ततो गृध्रस्य वचनात् संपातेर्हनुमान् बली शतयोजनविस्तीर्णं पुप्लुवे लवणार्णवम्
पुरीं रावणपालितां ददर्श सीतां ध्यायन्तीमशोकवनिकां गताम् निवेदयित्वाभिज्ञानं प्रवृत्तिं च समासाद्य समाश्वास्य च वैदेहीं ममर्द
तोरणं पुनः पञ्च सेनाग्रगान् हत्वा सप्त मन्त्रिसुतानपि शूरमक्षं च निष्पिष्य ग्रहणं समुपागमत् अस्त्रेणोन्मुक्तमात्मानं ज्ञात्वा
पैतामहाद् वरात् मर्षयन् राक्षसान् वीरो यन्त्रिणस्तान् यदृच्छया ततो दग्ध्वा पुरीं लङ्कामृते सीतां च मैथिलीम् रामाय प्रियमाख्यातुं पुनरा-

ヒンドゥー多神教の信仰は、近代にいたっていちじるしく堕落の状態を示しているが、古では必ずしもそうではなかった。多くの神々のなかで、現在のヒンドゥー教徒が、主に信仰しているのは、シヴァとその配妃（女神）、ヴィシュヌとその化身、ガネーシャと太陽神の六神である。大昔、創造主として信仰されたブラフマーを安置した寺院は、現在、全インドでわずかに二か所に存在するのみである。インドラは漠然とした司雨の神で、またアグニはバラモン教徒の火を神聖視する修法で、わずかに余命を保っているのに過ぎない。その他に、かつては名声の高かった神々も、今はただ高い見識をもつ僧徒に知られるのにとどまっている。

　要約すれば、ヒンドゥーの主な神々は富裕な上流社会の信仰に限ったもので、下層の民衆はただその名称を耳にするのみである。民衆は、ときにヒンドゥー寺院に行って、神に頭をさげ、偶像に水を注ぎ、花を捧げることは事実であるが、民衆の主な信仰対象は劣位の神々であって、そうした祠は国中いたるところに散在している。「民衆は（劣位の）神々に誠意ある祈りを捧げ、その祭式は地方ごとで異なっているが、信者である民衆にとっては、大きな（上位階層の）神々よりもむしろすぐれたものだと考えられている。民衆の神々は、失った酒器を取り戻し、病気の子を治療し、隣家の畜牛に病を与える。シヴァやヴィシュヌなどの大神は、このような（劣位の神のような）所業は行わない」と、クルックは

272

論じている。

この種の神々はいずれも粗野、幼稚の状態にあり、普通の祠を見ると、赤の旗を榕樹の枝にひるがえし、幹を赤く彩って、木の下に石を積み上げて、祠（寺院）をつくっている。コレラもしくは天然痘の病神、あるいは残虐の名を得た地方の氏神、また牧畜、農業を司る神々、古の聖徒や英雄の霊までもここに安置している。

ヒンドゥー教はとても同化性に富み、特殊な神を信じる者がもし階級の掟を守り、バラモン僧の命を守るときは、進んでこのような神々も承認して、これをヒンドゥー教として受容する。ヒンドゥー教は多数の鬼神崇拝、いろいろな信仰また簡単な地方信仰に対して、まったく開放主義的である。これらは上流社会の公的な宗教であるヒンドゥー多神教の大神（シヴァやヴィシュヌ）の信仰に対して、民衆的宗教を形成している。ときとして、このような神々も、正規の多神数の付属神に加えなければならないほどに一般に認められている。

自然物崇拝も広く行われていて、例えば山や川、林木、太陽をはじめ、地神、聖樹なども神として崇められる。動物崇拝もまた盛んで、とりわけ、牝牛と猿はとくに信仰されている。アイヤッパンは、南インドに限られるけれど、ハヌマーンすなわち猿神は、南北両インドにわたり、守護神としての立場がはっきりしている。実際、インドでは、全国いた

るところ守護神をもたない土地はない。その祠は大抵前述のようにつくった社壇か、石を積み重ねたものに過ぎないが、建物を建ててご神体を安置したところもある。寺院は、北インドでは球状屋根を有し、鉄製の装飾を施した方形建築であって、その壁には粗野なつたない画を描いているが、無地のものも少なくはない。このようなヒンドゥー寺院中には、神像の破片がよく発見されるが、完全な形像はまれに残っているのに過ぎない。殿内にはときどき灯火が点じられ（火の祭祀）、わずかの供物が捧げられる。寺院に近い粗末な土壇上には、象や馬などの泥製の小像がならべてある。このような動物の像は、神の乗りものだと言われ、祈願のために本物を納めるのに代えて、手軽に捧げられる土人形である。

シヴァやヴィシュヌなど正規の神を信じる識者は、このような神を崇拝する民衆を、軽蔑の目で眺めるが、そうかと言って強くアレルギーを感じるわけでもない。村落では、干ばつや流行病のときなどには、鎮守の寺院で祈祷し、榕樹の下の祠に集まって祈念するのが大切となっている。

第25章 五人兄弟の物語（「マハーバーラタ」）

तपःस्वाध्यायनिरतं तपस्वी वाग्विदां वरं नारदं परिपप्रच्छ वाल्मीकिर्मुनिपुंगवम् कोन्वस्मिन् साम्प्रतं लोके गुणवान् कश्च
धर्मज्ञश्च कृतज्ञश्च सत्यवाक्यो दृढव्रतः चारित्रेण च को युक्तः सर्वभूतेषु को हितः विद्वान् कः कः समर्थश्च कश्चैकप्रियदर्शनः
को जितक्रोधो मतिमान् अनसूयकः कस्य बिभ्यति देवाश्च जातरोषस्य संयुगे एतद् इच्छाम्यहं श्रोतुं परं कौतूहलं हि मे
अस्ति ज्ञातुमेवंविधं नरं शरुत्वा चैतत् त्रिलोकज्ञो वाल्मीकेर्नारदो वचः श्रूयतामिति चामन्त्र्य प्रहृष्टो वाक्यमब्रवीत्
चैव ये तवया कीर्तिताः गुणाः मुने वक्ष्याम्यहं बुद्ध्या तैर्युक्तः श्रूयतां नरः इक्ष्वाकुवंशप्रभवो रामो नाम जनैः शरुतः नियत-
दयुतिमान् धृतिमान् वशी बुद्धिमान् नीतिमान् वाग्मी शरीराज्ञ शालुनिबर्हणः विपुलांसो महाबाहुः कम्बुग्रीवो महाहनुः महोरस्को म
अरिंदमः आजानुबाहुः सुशिराः सुललाटः सुविक्रमः समः समविभक्ताङ्गः स्निग्धवर्णः प्रतापवान् पीनवक्षा विशालाक्षो लक्ष्मीव
धर्मज्ञः सत्यसंधश्च प्रजानां च हिते रतः यशस्वी ज्ञानसंपन्नः शुचिर्वश्यः समाधिमान् रक्षिता जीवलोकस्य धर्मस्य परिरक्षि
धन्वेदे च निष्ठितः सर्वशास्त्रार्थतत्त्वज्ञो स्मृतिमान् प्रतिभानवान् सर्वलोकप्रियः साधुः अदीनात्मा विचक्षणः सर्वदाभिगतः सद्भिः
सिन्धुभिः आर्यः सर्वसमश्चैव सदैकप्रियदर्शनः स च सर्वगुणोपेतः कौसल्यानन्दवर्धनः समुद्र इव गाम्भीर्ये धैर्येण हिमवान् इव
वीर्ये सोमवत् प्रियदर्शनः कालाग्निसदृशः क्रोधे क्षमया पृथिवीसमः घनदेन समस्त्यागो सत्ये धर्म इवापरः तं एवंगुणसंपन्नं
ज्येष्ठं श्रेष्ठगुणैर्युक्तं प्रियं दशरथः सुतं यौवराज्येन संयोक्तुमैच्छत् परीत्या महीपतिः तस्याभिषेकसंभारान् दृष्ट्वा भार्याथ वै
देवी वरमेनम् अयाचत विवासनं च रामस्य भरतस्याभिषेचनम् स सत्यवचनाद् राजा धर्मपाशेन संयतः विवासयामास सुतं
प्रियं स जगाम वनं वीरः प्रतिज्ञामनुपालयन् पितुर्वचननिर्देशात् कैकेय्याः प्रियकारणात् तं व्रजन्तं प्रियो भ्राता लक्ष्म
ह स्नेहाद् विनयसंपन्नः सुमित्रानन्दवर्धनः सर्वलक्षणसंपन्ना नारीणाम् उत्तमा वधूः सीताप्यनुगता रामं शशिनं रोहिणी यथा पौरै
पित्रा दशरथेन च शृङ्गवेरपुरे सुतं गङ्गाकूले व्यसर्जयत् ते वनेन वनं गत्वा नदीस्तीर्त्वा बहूदकाः चित्रकूटम् अनुप्राप्य भरद्वाजस्य
आवसथं कृत्वा रममाणा वने त्रयः देवगन्धर्वसंकाशास् तत्र ते नयवसन् सुखम् चित्रकूटं गते रामे पुत्रशोकातुरस्तदा राजा दशरथ
विलपन् सुतमृत्य तस्मिन् भरतो वसिष्ठप्रमुखैर्द्विजैः नियुज्यमानो राज्याय नैच्छद् राज्यं महाबलः स जगाम वनं वीरो रामपा
पादुके चास्य राज्याय न्यासे दत्त्वा पुनः पुनः निवर्तयाम आस ततो भरते भरताग्रजः स कामम् अनवाप्यैव रामपादावुपस्पृशन्
उकरोद् राज्यं रामागमनकाङ्क्षया रामस्तु पुनरालक्ष्य नागरस्य जनस्य च तत्रागमनम् एकाग्रे दण्डकान् प्रविवेश ह विराधं राक्ष
ददर्श ह सुतीक्ष्णं चाप्य गस्त्यं च अगस्त्य भ्रातरं तथा अगस्त्यवचनाच्चैव जग्राहैन्द्रं शरासनम् खड्गं च परमप्रीतस्तूणी चाक्ष
वसतस्तस्य रामस्य वने वनचरैः सह ऋषयोऽभ्यगमन् सर्वे वधायासुरऽक्षसाम् तेन तत्रैव वसता जनस्थाननिवासिनी विरूपिता श्
कामरूपिणी ततः शूर्पणखावाक्याद् उद्युक्तान् सर्वराक्षसान् खरं त्रिशिरसं चैव दूषणं चैव राक्षसं निजघान रणे रामस्तेषां चैव प
निहतान्यासन् सहस्राणि चतुर्दश ततो ज्ञातिवधं श्रुत्वा रावणः क्रोधमूर्छितः सहायं वरयामास मारीचं नाम राक्षसं वार्यम
मारीचेन तु रावणः न विरोधो बलवता कर्मणा रावण तेन ते अनादृत्य तु तद् वाक्यं रावणः कालचोदितः जगाम सहमारीचस्तस्या
मायाविनं दुरम् अपवाह्य नृपात्मजौ जहार भार्यां रामस्य गृध्रं हत्वा जटायुषम् गृध्रं च निहतं दृष्ट्वा हृतां श्रुत्वा च मैथिलीं राघवः
विललापाकुलेन्द्रियः ततस्तेनैव शोकेन गृध्रं दग्ध्वा जटायुषम् मार्गमाणो वने सीतां राक्षसं संददर्श ह कबन्धं नाम रूपेण विकृतं घ
निहत्य महाबाहुर्ददाह स्वर्गतश्च सः स चास्य कथयामास शबरीं धर्मचारिणीं शरमणीं धर्मनिपुणाम् अभिगच्छेति राघवं स
महातेजाः शबरीं शत्रुसूदनः शबर्या पूजितः सम्यग् रामो दशरथात्मजः पम्पातीरे हनुमता संगतो वानरेण ह हनुमद्वचनाच्चैव सुग्रीवेण
सुग्रीवाय च तत् सर्वं शंसद् रामो महाबलः ततो वानरराजेन वैरानुकथनं परिति रामायाविदितं सर्वं प्रणयाद् दुःखितेन च वालिनस्त
कथयामास वानरः प्रतिज्ञातं च रामेण तदा वालिवधं परिति सुग्रीवः शङ्कितश्चासीन्नित्यं वीर्येण राघवे राघवं प्रत्ययार्थं तु दु
उत्तमं पादाङ्गुष्ठेन चिक्षेप संपूर्णं दशयोजनम् विभेद च पुनः सालान सप्तैकेन महेषुणा गिरिं रसातलं चैव जनयन् प्रत्ययं तदा त
तेन विश्वस्तः स महाकपिः किष्किन्धां रामसहितो जगाम तं गुहां तदा ततो अगर्जद् धरिवरः सुग्रीवो हेमपिङ्गलः तेन नादेन महता नि
हरीश्वरः ततः सुग्रीववचनाद् धत्वा वालिनम् आहवे सुग्रीवं एव तद् राज्यं राघवः परयपादयत् स च सर्वान् समानीय वानरान् वाच
परस्थापयाम आस दिदृक्षुर् जनकात्मजाम् ततो गृध्रस्य वचनात् संपातेः हनुमान बली शतयोजनविस्तीर्णं पुप्लुवे लवणार्णवम् स
पुरीं रावणपालितां ददर्श सीतां ध्यायन्तीं अशोकवनिकां गताम् निवेदयित्वाभिज्ञानं परवृत्तिं च निवेद्य च समाश्वास्य च वैदेहीं
तोरणं पञ्च सेनाग्रगान् हत्वा सप्त मन्त्रिसुतान् अपि शूरम् अक्षं च निष्पिष्य ग्रहणं समुपागमत् अस्त्रेणोन्मुक्तम् आत्मानं ज्ञात्वा
मर्षयन् राक्षसान् वीरो यन्त्रिणस्तान् यदृच्छया ततो दग्ध्वा पुरीं लङ्कां ऋते सीतां च मैथिलीं रामाय प्रियं आख्यातुं पुनर

『五人兄弟の物語』は『マハーバーラタ』に記された物語で、これらの兄弟は月氏王族に属したものである。一方、『ラーマーヤナ』のラーマは日氏種族の代表者のため、これら日月氏の二族は古代ヒンドゥーの二大種族で、「今も（自分は）太陽である」と称する諸王がラジャスタンに残っている。

五人兄弟の祖先であるバーラタ王は、古のデリーで政をとり、権勢はインドの大部分におよんだ。古くからデリーは、王都となっていたのである。バーラタ王の後裔は、ヴィヤーサ王と呼ばれた。この王は叙事詩をつくり、祈祷と瞑想に一生を送った人である。その兄が跡継ぎのないまま没したので、古代の風俗にしたがって王統の断絶を防ぐために、兄の二人の寡婦を自分の妻とした。ヴィヤーサ王には長男ドリタラーシュトラと弟パーンドゥとの二人の子があった。しかし長男ドリタラーシュトラは生まれつき盲目であったから、弟パーンドゥが王統を継いだ。そして長男ドリタラーシュトラの結婚した婦人は、不思議なことに一〇〇人の子を産んだ。そしてその長男はドゥルヨーダナである。

一方でパーンドゥの妻は子をもたなかったので、パーンドゥ家はある有力な聖者から呪文を授かり、これによって祈願をこめれば、望みのままにいずれの神からも子を授かることができると教えられた。パーンドゥの妻は好奇心に駆られて、太陽神に祈って一児を得た。これがパーンドゥ王の第一の子ユディシュティラである。生まれながらにきらめき輝

く鎧を身に着けていたという。他の子供たちにはヒンドゥーのヘラクレスにあたるビーマがいて、風神ヴァーユの子である。伝説によれば、ビーマが生まれたとき、母は偶然、ビーマを岩上に落としてしまった。それなのにビーマはその岩石を動かし、粉々に砕いてしまった。

こうしてパーンダヴァ族の五人の兄弟が生まれたが、そのうちアルジュナはインドラの子で、五人のなかでもっとも完成した性質をもつ。その誕生のときには、花の雨が降り、天から音楽が響き、彼の徳をたたえ、未来の栄誉を祝した。なお残りのうちの二人は、太陽神の御者アシュヴィン双神の子である。このように五人の王子は、いずれも神を父としているから、多神教中の小さな神々とあわせて、インド人の信仰を受けている。これら五王子がその従兄弟にあたるドリタラーシュトラの一〇〇人の子、いわゆるクル家の王子と戦った点は、この話の興味深いところである。

クル家の王子は、卑しむべき劣悪な性格で有名であった。一方でパーンダヴァは真に勇気があり、優しい仁義を重んじる正直な心に富んで、尊敬すべき人たちであった。ラーマやラーヴァナのように、善悪の二大勢力が激しい戦いをすることが、この物語中に現れている。インド人は、ドゥルヨーダナを不正の闘士とし、九十九の兄弟を悪の化身と考え、人の性格が本来もつ「悪の原理」の象徴だととらえている。そして、パーンダヴァの五王

277

देवी और देवताओ ｜ 第25章　五人兄弟の物語（『マハーバーラタ』）

子が象徴する徳すなわち「善の原理」に対して、永久に戦いを挑むものと認めている。

この寓意によれば、善悪をそれぞれ示すこれらの諸王子は、同じバラモン僧の門下にあって、同じ学校で青年時代を送った。そして成長するにしたがい、発達していく勢力を、闘争と競技にもちいた。アルジュナはあるとき、糸で空中に吊るした牛角の空洞中に、続けて二十一本の矢を射込んで、喝采を博したことがある。これらの闘技にもとづいて従兄弟のあいだで競争が起こり、「五王子のほうが常にまさっていること」に対するクルの諸王子の激しい競争心は、憎悪の念に変わった。クル族は卑怯にも、深夜、従兄弟パーンダヴァの館に火を放って復讐しようと企てたが、パーンダヴァの王子たちは、事前にこれを知って、林のなかに逃れ、彼らはバラモンの乞食の姿となって流浪の生活を送った。

さてパーンダヴァの王子たちの試練のきわまるときが来た。そしてその技術と力を試すことによって、大いなる名声を得ることになった。古代において、上流社会の未婚の女子は勇敢で闘技に勝った者の求婚に応じることが多かった。パンチャーラ王ドゥルパダは、輪宝をくるくると回して、彼方の標的に五矢をあてた王子に、自分の娘ドラウパディーを与えようと告げた。演技場内はすみずみまで、インド王族の候補者ならびにその従者で満たされた。ここに巨大な弓が持ち出され、いよいよ演技のときが近づくと、太鼓の音、らっぱの響きが場内に漂い、ドラウパディーは天から降臨したような姿で座についた。インド

各地の王子たちは代わる代わるその力と技を試みたが、誰もその弓を引きしぼることさえできなかった。クルの王子も、その重い武器を引こうと全力をこめたが、それは敵わず、跳ね返る弓の勢いに、自身が地上に飛ばされて群衆のもの笑いとなった。

最後に登場したのは、パーンダヴァ族インドラの子アルジュナであった。彼はしばらくたたずんで、周りに向かって敬意を表してから、おもむろに弓をあらため、渾身の力をこめてこれを取った。そして神に祈りながら、全心をドラウパディーに傾けて、弦をしぼってねらいを定めた。飛箭一発、的は落ちた。勝どきの声が、場内に響きわたった。空より花が降ってきて、勇者アルジュナの頭を飾った。彼の勝利を報じる太鼓とらっぱは、場中にその音をみなぎらせた。

ここにおいて落選者の失望は極点に達し、転じて憤怒となり、混乱が起こった。五人の兄弟は今得たばかりの花嫁とその父の身を守ることに努めた。彼らは勇気を出してふるい立ち、木を引き抜いて棍棒にして戦った。やがて敵対する者たちはことごとく敗れて、アルジュナは新婦としてドラウパディーを迎えることになった。パーンダヴァの王子たちは、バラモン僧の装いをやめて、ドルパダ王と盟約を結び、これによって老王ドゥリタラーシュトラは彼らパーンダヴァにその領土の一部を与えることを承諾した。

王子たちが若い美しいドラウパディー姫をともなって家へ凱旋したとき、ちょうど母は

その居室にいたが、彼らが大きな賞品をもって帰ってきたことを聞くと、母は何気なく「そ れを兄弟のあいだで分配せよ」と言った。母は姫に会った後、自分の失言にあきれもしたが、 母の一言にさからえず、ついに姫は五人兄弟の共有の妻となった。ヒンドゥー教では、一 妻多夫の慣例ははなはだ稀であって、実際はわずかに僻遠の山中に住む部族のあいだで行 われているに過ぎないが、とくにこの結婚だけは一般の人も認めている。その起源と、五 人兄弟が神聖で、彼らは異身同体であるというのがその理由である。父王は娘のこのよう な変わった結婚に対しては反対の意見をもったが、兄弟たちの神がかり的な性質を知って これを承認し、妻が二日間ずつ、それぞれの兄弟の家にとどまることに決めた。

クルの王子たちは実力で敗れた恨みを、奸計をもちいて報いようとして、相手に賭博を 勧めた。当時のインド人で、この遊戯にたしなまない者はきわめて稀で、とくに大祭のと きには、家の内外関係なくいたるところで賭博が行われ、貧しい人でも賭博の席に臨むと いうありさまであった。五人兄弟中の長男ユディスティラは、その性質は褒めたたえられ ていたが、ただ賭けごとを好むことだけが、大きな欠点であった。そして彼はクル族の落 とし穴にかかって、その手にあった富や領土、宮殿、兄弟を次々に失い、ついには己の身 と最愛のドラウパディーまでも失うにいたった。

姫は痛ましくも、衆人環視の中で、クル王子たちの手に渡されて奴隷となることとなっ

280

王家の狩り（『マハーバーラタ』）
"Royal Hunt," folio from a Mahabharata
(1800–1850年)

た。しかしドラウパディーはクル王子たちの父と話して、ユディスティラおよびその兄弟たちにともなわれることを許された。五人兄弟たち（パーンダヴァ族）は勝利者である従兄弟たち（クル族）の命じるまま、ここを立ち去って、十三年の長い年月を流浪の身として送らなければならなかった。やがて追放期限が終わるまで、ドラウパディーはヴィラータ王の宮殿で雇用され、ユディスティラは賭博を定職とし、ビーマは調理人となり、アルジュナは舞楽の教員となり、ナクラは調馬手となり、サハデーヴァは牧夫となって、それぞれその職をはげんだ。そして追放期限が終わると、ヴィラータ王はパーンダヴァ族の失った領土を回復させるためにその同盟に加わった。

すみやかに戦争の準備が整えられ、現在のデリーの西北にあたる平原で両軍は干戈を交えるにいたった。この地（デリー）はその後も、しばしばインドの運命を決する戦場となった地である。こうして二軍の進むところ、天地が震え、雷が轟き、稲妻が光るといった光景を呈した。しかし、パーンダヴァおよびクルの王子たちは、このような状況をものともせず、両陣営からときの声が天地に響いた。巨象は戦場を駆けて人と馬を踏み荒らし、大きな棍棒は鉄矛と相撃って雷音が響き、戦車が衝突して騒がしくなっている。幾百千の矢が空に飛び交って、天もそのために暗くなり、らっぱ、太鼓、笛の音は戦場に鳴りわたって、いたるところが混乱と殺戮と死の凄惨な場所となった。

282

数日の劇戦の後、予想外の苦戦を経て、五人の兄弟は大勝利を博した。そしてパーンダヴァ族が失った領土を回復して、長男ユディシュティラは王位についた。

ここに円満な結末が訪れるはずなのに、本篇の劇作者は、このようにはおさめることをしなかった。西洋の詩人なら、ここで巻を閉じるだろうけれども、東洋の宗教の大きな特色である禁欲、克己の見地から、作家はさらにこの物語を続け、その信念にもとづいて、高尚な教訓を与えようと試みている。

老いて盲目となったドリタラーシュトラ王は、一〇〇人の王子を殺された遺恨を忘れられずにいた。とくに長男ドゥルヨーダナの事を悲しんだ。そしてついに王は、王妃ならびに家臣たちをしたがえて領地内の森林に隠棲し、二年の歳月を送ってから、森の火に焼かれて死んだ。一方、五人の兄弟は深い悲しみと悔恨に襲われて、その国土を棄ててヒマラヤ山へ向かって旅立った。そしてメル山中のインドラの楽園を思って苦行することで、彼らが他人に与えた苦痛の報いを償うことを決めた。

五人の王子は、多くの従者に送られて、ヒマラヤの山路へと進んだ。その一行の最後には美しい肌をもつうるわしいドラウパディーがいる。この女性のなかのもっとも愛らしい女性、人妻のなかでもっとも貞淑な妻の後には、彼らの唯一の伴である一頭の犬がしたがっていた。途中、ある塩湖中にアルジュナはその弓と矢を投じた。その後、ほどなく一行は

北部地方に達して、天を憧憬する思いで、ヒマラヤの秀峰を仰いだ。五人兄弟は心を一つにして、ひたすら道を急ぎ、永遠にたがいの心は結んで離れないと決めていた。しかし、まず美しいドラウパディーが地上に倒れて伏し、その後、他の者たちも一人一人と落伍して、ついに残ったのはビーマとユディシュティラの二人と犬だけになった。王ユディシュティラは苦しい道のりに屈せず、あきらめず、顔色を変えず一番乗りで進んだ。

ビーマは他の人々の死を目の前で見て、戦慄せずにはいられず、兄に向かって「このように正直な我らが、なぜこのような悲惨な運命に陥るのだろうか?」と尋ねた。ユディシュティラは振り向きもせず、とても冷ややかに「罪と不徳は、この巡礼を遂げる妨げである」と答えた。まず倒れたドラウパディーは、「アルジュナを恋する心が行き過ぎなほど」であった。次に倒れたサハデーヴァは「誰も自分におよぶ者はない」という傲慢を抱いていた。次に倒れたナクラは「美において、誰も自分におよぶ者はない」と思っていた。また「いかなる敵も破る力がある」と過信していたのが、アルジュナの欠点であった。今、倒れそうになっていたビーマは、その理由を兄に尋ね、「(ビーマは)利己心と傲慢と、過度の欲望を抱くゆえに死ぬのだ」という答えがあった。

ただ一人残ったユディスティラは足元を強く踏みしめて、一頭の忠犬のみをしたがえて、気をゆるめず歩みを続け、ついに天界の門に達した。そのとき、天地に轟く響きがあって、

神が戦車に乗って現れ、「天に上れ、志強き王よ」とユディスティラを賛美した。次に王ユディスティラは、途中で倒れた兄弟たちを思い、千眼の姿を現すインドラに向かって、兄弟（死んだ五人兄弟のうち四人）と優しき妃ドラウパディーの身の救済を願った。
　インドラは、「ドラウパディーならびに四人の兄弟は現世の身を棄てて、霊はすでに天界に入っている。ただ勇猛な王ユディスティラのみが、現在の肉身のまま昇天を許されたのだ」と言った。ついでユディスティラは「（彼の）忠犬の昇天が許されないのなら、自らは天界に入らない」と宣言した。インドラはこの言葉をさえぎって、「汝は、汝の兄弟とドラウパディーを見棄ててたではないか？　なぜその犬のみに固執するのか？」と言った。それに対して王ユディスティラは尊大な態度で答えた。「彼らを甦らせる力のない私には、すでにこの世にいない彼らを見棄てることはできない」「この犬は父ダールマの化身であったが、ここでその正体を現して、子の志が堅実であることを褒め、このようにともに天界に入った」と。
　ここでなお一つの、鋭く、しかも思いがけなかった試練が待ち受けていた。彼らパーンダヴァ族の憎むべき敵のクル王子たちがそこにいたのである。そして探し求める四人の兄弟とドラウパディーの姿は、見当たらない。ユディスティラは「他の兄弟や姫と一緒でないのなら、天界に入る望みはない」と断言した。そのとき一人の天使が現れ、王ユディス

285
देवी और देवताओ ｜第25章　五人兄弟の物語（『マハーバーラタ』）

ティラをともなって、三途の川の流れを越え、その住まいと思われる地獄に入り、奈落の底にいたった。そこは鬱蒼とした森林で、木々の葉は鋭く尖って剣のよう、地には刃が敷かれている。路上には殺害された醜い死屍が、黒々と横たわり、幽霊が上空を飛びまわって、ユディスティラの頭上に見える。恐ろしい暗闇のなかで、罪人たちは燃え盛る炎に焼かれて苦しんでいる。そのなかに兄弟たちもいて、「我らを見棄てず、この苦しみをやわらげたまえ」と哀願する声が聞こえた。ついで王ユディスティラは意を決して、彼らの苦痛を救うことを誓い、天使をうながして元の天界に還った。

今、最後の凱旋の幕が開かれた。この痛ましい光景は、ユディスティラの決心を試すための幻影であった。パーンダヴァ族の兄弟たちは、はじめから真の天界にいたのだった。ユディスティラはガンジスの聖流で沐浴することを命じられ、こうして彼も真の天界に入ることになった。そして四人の兄弟とドラウパディーと一緒に、インドラのもとで心身ともに永遠の満足を得て、天界で居住した。

286

第26章 聖河信仰

तपःस्वाध्यायनिरतं तपस्वी वाग्विदां वरं नारदं परिपप्रच्छ वाल्मीकिर्मुनिपुङ्गवम् को नु अस्मिन् साम्प्रतं लोके गुणवान् कश्च
धर्मज्ञश्च कृतज्ञश्च सत्यवाक्यो दृढव्रतः चारित्रेण च को युक्तः सर्वभूतेषु को हितः विद्वान् कः कः समर्थश्च कश्चैकप्रियद-
र्शनः आत्मवान् को जितक्रोधो मतिमान् कोऽनसूयकः कस्य बिभ्यति देवाश्च जातरोषस्य संयुगे एतद् इच्छाम्यहं श्रोतुं परं कौतूहलं हि मे
महर्षे त्वं समर्थोऽसि ज्ञातुम् एवंविधं नरम् श्रुत्वा चैतत् त्रिलोकज्ञो वाल्मीकेर्नारदो वचः श्रूयतामिति चामन्त्र्य प्रहृष्टो वाक्यमब्रवीत्
बहवो दुर्लभाश्चैव ये त्वया कीर्तिता गुणाः मुने वक्ष्याम्यहं बुद्ध्वा तैर्युक्तः श्रूयतां नरः इक्ष्वाकुवंशप्रभवो रामो नाम जनैः श्रुतः नियता-
त्मा महावीर्यो द्युतिमान् धृतिमान् वशी बुद्धिमान् नीतिमान् वाग्मी श्रीमाञ्शत्रुनिबर्हणः विपुलांसो महाबाहुः कम्बुग्रीवो महाहनुः महोरस्को म-
हेष्वासो गूढजत्रुरिरिदमः आजानुबाहुः सुशिराः सुललाटः सुविक्रमः समः समविभक्ताङ्गः स्निग्धवर्णः प्रतापवान् पीनवक्षा विशालाक्षो लक्ष्मीवा-
ञ्शुभलक्षणः धर्मज्ञः सत्यसंधश्च प्रजानां च हिते रतः यशस्वी ज्ञानसंपन्नः शुचिर्वश्यः समाधिमान् रक्षिता जीवलोकस्य धर्मस्य परिरक्षिता
रक्षिता स्वस्य धर्मस्य स्वजनस्य च रक्षिता वेदवेदाङ्गतत्त्वज्ञो धनुर्वेदे च निष्ठितः सर्वशास्त्रार्थतत्त्वज्ञो स्मृतिमान् प्रतिभानवान् सर्वलोकप्रियः साधुर् अदीनात्मा विचक्षणः सर्वदाभिगतः सद्भिः
समुद्र इव सिन्धुभिः आर्यः सर्वसमश्चैव सदैकप्रियदर्शनः स च सर्वगुणोपेतः कौसल्यानन्दवर्धनः समुद्र इव गाम्भीर्ये धैर्येण हिमवान् इव
विष्णुना सदृशो वीर्ये सोमवत् प्रियदर्शनः कालाग्निसदृशः क्रोधे क्षमया पृथिवीसमः धनदेन समस्त्यागे सत्ये धर्म इवापरः तम् एवंगुणसंपन्नं रामं सत्यपराक्रमम्
ज्येष्ठं श्रेष्ठगुणैर्युक्तं प्रियं दशरथः सुतम् यौवराज्येन संयोक्तुम् ऐच्छत् प्रीत्या महीपतिः तस्याभिषेकसंभारान् दृष्ट्वा भार्याथ कै-
केयी देवी वरमेनमयाचत विवासनं च रामस्य भरतस्याभिषेचनम् स सत्यवचनाद् राजा धर्मपाशेन संयतः विवासयामास सुतं रामं
प्रियम् स जगाम वनं वीरः प्रतिज्ञामनुपालयन् पितुर्वचननिर्देशात् कैकेय्याः प्रियकारणात् तं व्रजन्तं प्रियो भ्राता लक्ष्मणोऽ-
नुजगाम ह स्नेहाद् विनयसंपन्नः सुमित्रानन्दवर्धनः भ्रातरं दयितो भ्रातुः सौभ्रात्रमनुदर्शयन् रामस्य दयिता भार्या नित्यं प्राणसमा हिता जनकस्य कुले जाता देवमायेव निर्मिता सर्वलक्षणसंपन्ना नारीणाम् उत्तमा वधूः सीताप्यनुगता रामं शशिनं रोहिणी यथा पौरै-
रनुगतो दूरं पित्रा दशरथेन च शृङ्गवेरपुरे सूतं गङ्गाकूले व्यसर्जयत् ते वनेन वनं गत्वा नदीस्तीर्त्वा बहूदकाः चित्रकूटम् अनुप्राप्य भरद्वाजस्य
शासनात् रम्यम् आवसथं कृत्वा रममाणा वने त्रयः देवगन्धर्वसंकाशाः तत्र ते न्यवसन् सुखम् चित्रकूटं गते रामे पुत्रशोकातुरस्तदा राजा दशर-
थः स्वर्गं जगाम विलपन् सुतम् मृते तु तस्मिन् भरतो वसिष्ठप्रमुखैर्द्विजैः नियुज्यमानो राज्याय नैच्छद् राज्यं महाबलः स जगाम वनं वीरो राममे-
वाभियाचितुम् गत्वा तु स महात्मानं रामं सत्यपराक्रमम् अयाचद् भ्रातरं रामम् आर्यभावपुरस्कृतः त्वमेव राजा धर्मज्ञ इति रामं वचोऽब्रवीत् रामोऽपि परमोदारः सुमुखः सुमहायशाः न चैच्छत् पितुरादेशाद् राज्यं रामो महाबलः पादुके चास्य राज्याय न्यासं दत्त्वा पुनः पुनः निवर्तयामास ततो भरतं भरताग्रजः स कामम् अनवाप्यैव रामपादावुपस्पृशन् नन्दिग्रामेऽकरोद् राज्यं रामागमनकाङ्क्षया गते तु भरते श्रीमान् सत्यसंधो जितेन्द्रियः रामस्तु पुनर् आलक्ष्य नागरस्य जनस्य च तत्रागमनम् एकाग्रे दण्डकान् प्रविवेश ह प्रविश्य तु महारण्यं रामो राजीवलोचनः विराधं राक्षसं हत्वा शरभङ्गं
ददर्श ह सुतीक्ष्णं चाप्यगस्त्यं च अगस्त्यभ्रातरं तथा अगस्त्यवचनाच्चैव जग्राहैन्द्रं शरासनं खड्गं च परमप्रीतः तूणी चा-
क्षयसायकौ वसतस्तस्य रामस्य वने वनचरैः सह ऋषयोऽभ्यागमन् सर्वे वधायासुररक्षसाम् तेन तत्रैव वसता जनस्थाननिवासिनी विरूपिता
शूर्पणखा नाम राक्षसी कामरूपिणी ततः शूर्पणखावाक्याद् उद्युक्तान् सर्वराक्षसान् खरं त्रिशिरसं चैव दूषणं चैव राक्षसम् निजघान रणे रामस्तेषां चैव प-
दानुगान् वने तस्मिन् निवसता जनस्थाननिवासिनाम् रक्षसां निहतान्यासन् सहस्राणि चतुर्दश ततो ज्ञातिवधं श्रुत्वा रावणः क्रोधमूर्छितः सहायं वरयामास मारीचं नाम राक्षसम् वार्यमा-
णः सुबहुशो मारीचेन स रावणः न विरोधो बलवता क्षमो रावण तेन ते अनादृत्य तु तद्वाक्यं रावणः कालचोदितः जगाम सहमारीचस्तस्या-
श्रमपदं तदा तेन मायाविना दूरम् अपवाह्य नृपात्मजौ जहार भार्यां रामस्य गृध्रं हत्वा जटायुषम् गृध्रं च निहतं दृष्ट्वा हृतां श्रुत्वा च मैथिलीं राघवः
शोकसंतप्तहृदयो विललापाकुलेन्द्रियः ततस्तेनैव शोकेन गृध्रं दग्ध्वा जटायुषम् मार्गमाणो वने सीतां राक्षसं संददर्श ह कबन्धं नाम रूपेण विकृतं घो-
ररूपिणम् तं निहत्य महाबाहुर् ददाह स्वर्गतश्च सः स चास्य कथयामास शबरीं धर्मचारिणीम् श्रमणीं धर्मनिपुणाम् अभिगच्छेति राघव सोऽभ्यगच्छन्महातेजाः शबरीं शत्रुसूदनः शबर्या पूजितः सम्यग् रामो दशरथात्मजः पम्पातीरे हनुमता संगतो वानरेण ह हनुमद्वचनाच्चैव सुग्रीवे-
ण समागतः सुग्रीवाय च तत् सर्वं शंसद् रामो महाबलः आदितस्तद्यथावृत्तं सीतायाश्च विशेषतः सुग्रीवश्चापि तत् सर्वं श्रुत्वा रामस्य वानरः चकार सख्यं रामेण प्रीतश्चैवाग्निसाक्षिकम् ततो वानरराजेन वैरानुकथनं प्रति रामायावेदितं सर्वं प्रणयाद् दुःखितेन च वालिनश्च
बलं तत्र कथयामास वानरः परितुष्टाच्च रामेण तदा वालिवधं प्रति सुग्रीवः शङ्कितश्चासीन् नित्यं वीर्येण राघवे राघवः प्रत्ययार्थं तु दु-
न्दुभेः कायमुत्तमम् पादाङ्गुष्ठेन चिक्षेप संपूर्णं दशयोजनम् बिभेद च पुनः सालान् सप्तैकेन महेषुणा गिरिं रसातलं चैव जनयन् प्रत्ययं तदा ततः प्रीतमनास्तेन विश्वस्तः स महाकपिः किष्किन्धां रामसहितो जगाम च गुहां तदा ततोऽगर्जद् धरिवरः सुग्रीवो हेमपिङ्गलः तेन नादेन महता नि-
र्जगाम हरीश्वरः ततः सुग्रीववचनाद् धत्वा वालिनम् आहवे सुग्रीवम् एव तद् राज्ये राघवः प्रत्यपादयत् स च सर्वान् समानीय वानरान् वा-
नरर्षभः दिशः प्रस्थापयामास दिदृक्षुर्जनकात्मजाम् ततो गृध्रस्य वचनात् संपातेर्हनुमान् बली शतयोजनविस्तीर्णं पुप्लुवे लवणार्णवम्
पुरीं रावणपालितां ददर्श सीतां ध्यायन्तीम् अशोकवनिकां गताम् निवेदयित्वाभिज्ञानं प्रवृत्तिं च निवेद्य च समाश्वास्य च वैदेहीं म-
र्दयामास तोरणम् पञ्च सेनाग्रगान् हत्वा सप्त मन्त्रिसुतान् अपि शूरम् अक्षं च निष्पिष्य ग्रहणं समुपागमत् अस्त्रेणोन्मुक्तमात्मानं ज्ञात्वा
पैतामहाद्वरात् मर्षयन् राक्षसान् वीरो यन्त्रिणस्तान् यदृच्छया ततो दग्ध्वा पुरीं लङ्कामृते सीतां च मैथिलीम् रामाय प्रियमाख्यातुं पुनर् आय

ガンジス河は、エジプト人にとってのナイル河のように、ロシア人にとってのヴォルガ河のように、インド人に神聖視されている。ガンジス河流域の歴史を知ることは、インドの歴史を知ることにもなる。この河はインド文明の普及にあたって多大の影響を与え、またインド文明の雄大なことは賛美が絶えないほどである。ガンジス河の両岸は、神学の二大体系、インド哲学と文明社会を生み、それこそいわゆるヒンドゥー教と仏教である。

古代アリアン民族が、ガンジスの低地に出現してからすでに三〇〇〇年あまり。このあいだ、常にこの雄大な河流は、この沖積平野に暮らす農民に、生命と豊穣を与え、永遠の恩恵と神の意志を示した。大いなる王と数えきれない英雄、人類は、泡のようにガンジス河の上を通ってきた。ガンジス河はしばらくは日光に輝き、ついでほとばしり出て、またあとかたもなく消え去る。大氾濫は常に絶えず、祝福の尽きることない源泉となり、途絶えることない造物主の善の表徴とされている。

ガンジス河の化身たるガンガーは、山の王ヒマヴァット（ヒマラヤ）の長女で、その姉はシヴァの妃ウマーである。アヨーディヤー王サーガラには二人の妃があって、その一人は一男子を生んだが、他の一人は不思議にも六万人の子を産んだ。さてこれらの子供は、馬の犠牲祭の際、ラークシャサ魔王に盗まれた一頭の馬を探すことを命じられた。そして地上を尋ねまわったが見つけることはできず、ついに地獄に隣接した地層まで行った。こ

でサーガラの子たちは聖者カピラに出会ったが、彼らはそれを盗賊と思い誤った。聖者ははげしく憤り、サーガラの子たちをすべて灰にしてしまった。

後にサーガラの孫がほどなくこの灰を発見し、葬儀を営もうと企てた。さて葬儀を行うためには水が必要だが、この聖なる式を完全に行うにはガンガーの水が必要であることを聞いていた。しかし、サーガラも、孫たちも、天に流れる神聖な河流ガンガーを降下させる力はなかった。そのためには、行いを慎み、さまざまな祈念しなければならなかった。そして天界にいるヴィシュヌの足元から流れ出る神聖な河を下界に降下させることは、サーガラのひ孫バギーラタの任務となった。

ガンガー降下のとき、河流はシヴァの頭をはげしく打ち、彼を破滅させようと試みたが、大神シヴァは、彼女（ガンガー）のおごりを鎮め、その出過ぎたふるいまいをこらしめるため、ぼうぼうとした頭髪のなかに彼女を包み込んだ。そのためガンガーは長いあいだ、髪をたばねたシヴァの頭上の髪（髻(もとどり)）のなかをさまようほかなかった。バギーラタはさらに一層苦行を続け、シヴァの許しを得て、ついにガンガーは地上に降下することになった。バギーラタはガンガーをともなって陸上を過ぎ、大洋にいたって、さらに下界に赴(おもむ)いた。

そこでガンガーは、サーガラの子たちの灰に水を注ぎかけ、その魂を天界へ送った。

このほかにも、ガンジス河についてはいろいろの伝説がある。『マハーバーラタ』には、

賢者シャンタヌの物語が載っている。かつてシャンタヌは、ガンジスに臨んで狩猟の技を試みていたが、とても愛らしい一人の仙女を見て、たちまち恋に落ちた。そして仙女は、たとえ同棲しても決して彼女がすることについて、その理由を尋ねないことを夫に誓わせて、結婚することになった。

夫婦は仲睦まじく、すでに七人の子をもうけた。しかも母（仙女）は子供を産むたびに、すぐにこれをガンジス河に投げ入れた。夫は結婚のときに交わした誓約を守り、あえて何も咎めなかったが、八人目の子を生んだとき、妻がまたもガンジス河に投げ入れようとしたので、「あんまりだ」と昔の誓いを忘れて、その理由を聞いた。妻は、「自分はガンガーの化身である」ということを告げ、「すでに失った七人の子は、流れに投げ込まれると同時に、呪われた人間界を解脱した」と語った。インドでは一世紀頃までは、はじめて生まれた子供をガンジス河に捧げる風習が盛んに行われていた。とくに長いあいだ子供をもたなかった婦人は、「もし妊娠したら、そのはじめての子を聖河に捧げる」と誓って子宝を祈願した。ガンジス河に子供を投げ入れる物語は、こうした習俗の起源と認めるべきものである。

またほかの物語によれば、バララーマという者が酩酊のあまりガンジス河を訪れ、その活力を与える水に沐浴するために、自分のもとに来ることを望んだ。彼女（ガンガー）が

290

これを拒んだのでバララーマは激怒して、犂（すき）をとって溝をつくり、ガンガーを自分のもとに近寄らせようとした。こうしてその思うままに森のなかをめぐった。ガンガーはその恐ろしい運命を知って人間の姿を現し、神の助けを求めた。昔、ガンジス河の水流が紆余曲折（うよきょくせつ）して海に注いだのは、この物語に由来すると言われている。

『ラーマーヤナ』のラーマが、その有名な遍歴（へんれき）のさなかに、ガンジス河畔（かはん）にやって来て、沐浴（もくよく）し終わったとき、一人の仙人に出会ったという話も伝えられる。ラーマが仙人にガンガーの物語を尋ねると、仙人はこれに答えた。「ヒマラヤ山は山の王で、もっとも愛らしい二人の美少女の父である。ガンガーはその次女で、長女はウマーという。次に神々は、その祈願の成就（じょうじゅ）のため、ガンガーの助けを求めようとして、大ヒマラヤのもとに集まった。ヒマラヤ山は、三界の生きものにご利益を与えるため、その娘ガンガーを神々に与えた。ガンガーの水は思いのままに流れ、清く澄んで、あらゆる罪業（ざいごう）を大海へと押し流す。三つに分かれたガンガーを得て、神々は再び天界に帰った。

　インドには雄大な河流がいくつもあり、最高の聖なる河は、ガンガーとその姉妹流のジャムナー（ジャムナ河）である。これらの河川の岸辺には、ところどころに寺院が建てられ、祠（ほこら）がおかれ、毎日幾千人の信者が集まって、神聖な流れに拝礼する。そしてガンジス崇拝の中心地は、ガンジス源流のガンゴトリ、流れが水源地の山峰を離れようとするハリドワー

291
देवी और देवताओ ｜第26章　聖河信仰

ル、ガンジス河とジャムナと神秘の色に包まれたサラスヴァティーの合流点であるアラハバード、聖都ベナレスならびにガンジスが海に注ごうとするサーガル島である。

ガンジス信仰の特色とするべきは、ある大規模な沐浴が、ある特殊な祭典の際に催されることである。この祭礼には、二〇〇万の人々がアラハバードに集まり、またベナレスにも多くの信徒が集まる。水が肉体の垢を洗い去るように、ガンジスの流れは過去の罪業をとりのぞいて、人々の霊魂を清浄にすると信じられている。そのため、このように多数の巡礼者がこのガンジス河で沐浴し、聖なる河そのものを神と崇め、これに祈りを捧げている。

月が明るく、川面を照らすとき、もしくは月が欠けて光がかすかになり、ふけていく夜など、神秘的なガンジス河の光景は、言葉では表わすことのできない尊さを感じる。信徒の真心と篤い志、滔々とした河の流れと、人の罪や哀しみを洗って、果てない海に運び去る尊い河に対する素朴な信仰、これらを思えば無限の感慨に打たれる。

ガンジス河の水は瓶に詰めて、遠近の地方に分けられ、また病気治癒のため、あるいは誓約のときの手段として、宗教儀式でもちいられる。臨終に際しての枕もとで、死への旅路の糧として、世を去る人の唇に注がれる。

信仰深いインド人は、数百マイル離れていると言えども、その遺体をわざわざ母なるガ

292

ンジスの河辺に運んできて、荼毘一片の煙とする。病で死に瀕したときは、病者をガンジス河畔にともない、ときに数日間にわたってその身体の半分を地中に埋め、口をなかば開かせて、聖河の水を注ぎ込み、最後の救済を待つ。『アグニ・プラーナ』によれば、ガンジスの流れに半身を浸して死んでいく者は、幾千年の限りない幸福を享受し、ブラフマーに類する名誉を得ると説かれている。このような風習は、多数の人の寿命を縮め、ときには殺人の手段にもなったことは明らかで、医学の普及とともに悪習は減ったが、まったく跡を絶つにはいたらないという。

インドにはガンジス河のほかにも多くの河流があり、いずれもヒンドゥー教徒に神聖視されている。ナルマダー河は、ガンジス河と優劣つけがたい関係にある。ガンジス河はベナレスの位置する北岸のみで儀式を行い、死者の荼毘を営む場所にもちいられるが、ナルマダーはその両岸のいずれでもこれらが行われる。ガンジス河では、罪を浄めるためにその水に沐浴する必要があるが、ナルマダーではただこれを見るだけでこと足りるとするため、むしろナルマダーの力をより神聖視すべきであるとも言われている。

インドの大河ではその水源から海に注ぐところまで、沿岸の地はすべて神聖なものと考えられ、流れに沿って徒歩で旅行することは、最高の功徳であると信じられている。例えばガンジス河を遍路、巡礼する者は、まずガンジス河が流れはじめるガンゴトリから出発

して、河の左岸をたどって、ガンガサーガラで河口に達し、方向を変えて右岸にまわり、出発点まで遡っていく。この巡礼に要する期間は、普通六年間を要する。ナルマダーの巡礼もまた同じように、その源泉であるヴィンディア連峰を基点にブローチ付近の河口から引き返し、三年を費やす。ゴーダーヴァリとクリシュナの両河川は、巡礼にそれぞれ二年を要するという。巡礼によって得られる功徳(くどく)はその年月の長短と、巡礼地の神聖さの度合によって異なる。

インドの河流は、男または女の性をつけて考えられる。例えばブラフマプトラとソナは男性、女性の河流は前記の二大聖河のほかにカーヴェリー、アトレーイー、ゴマティ、サールジュ、タプティ、ガンダキ、ヴァライー、サバルマティーなどである。これらはいずれも聖河と認められている。

また河だけでなく、湖や池も本来、神聖なものだとしている。湖の主なるものは、ヒマラヤ山中のマーヴァサ湖であって、ベナレスにある「救いの井」もまた尊重されている。

294

第27章 動物信仰

तपःस्वाध्यायनिरतं तपस्वी वाग्विदां वरम नारदं परिपप्रच्छ वाल्मीकिर मुनिपुंगवम को नव अस्मिन साम्प्रतं लोके गुणवान कश
धर्मज्ञश च कृतज्ञश च सत्यवाक्यो दृढव्रतः चारित्रेण च को युक्तः सर्वभूतेषु को हितः विद्वान कः कः समर्थश च कश चैकप्रियद
को जितक्रोधो मतिमान को ऽनसूयकः कस्य बिभ्यति देवाश च जातरोषस्य संयुगे एतद इच्छाम्य अहं शरोतुं परं कौतूहलं हि मे
ऽसि जञातुम एवंविधं नरम शरुत्वा चैतत तरिलोकज्ञो वाल्मीकेर नारदो वचः शरूयताम इति चामन्त्र्य परहृष्टो वाक्यम अब्रवीत
चैव ये तवया कीर्तिता गुणाः मुने वक्ष्याम्य अहं बुद्ध्वा तैर युक्तः शरूयतां नरः इक्ष्वाकुवंशप्रभवो रामो नाम जनैः शरुतः नियता
दयुतिमान धृतिमान वशी बुद्धिमान नीतिमान वाग्मी शरीमाञ शत्रुनिबर्हणः विपुलांसो महाबाहुः कम्बुग्रीवो महाहनुः महोरस्को म
अरिंदमः आजानुबाहुः सुशिराः सुललाटः सुविक्रमः समः समविभक्ताङ्गः सनिग्धवर्णः परतापवान पीनवक्षा विशालाक्षो लक्ष्मीवा
धर्मज्ञः सत्यसंधश च परजानां च हिते रतः यशस्वी जञानसंपन्नः शुचिर वश्यः समाधिमान रक्षिता जीवलोकस्य धर्मस्य परिरक्षित
धनुर्वेदे च निष्ठितः सर्वशास्त्रार्थतत्त्वज्ञो समृतिमान परतिभानवान सर्वलोकप्रियः साधुर अदीनात्मा विचक्षणः सर्वदाभिगतः सद्भिः
सिन्धुभिः आर्यः सर्वसमश चैव सदैकप्रियदर्शनः स च सर्वगुणोपेतः कौसल्यानन्दवर्धनः समुद्र इव गाम्भीर्ये धैर्येण हिमवान इव
वीर्ये सोमवत परियदर्शनः कालाग्निसदृशः करोधे कषमया पृथिवीसमः धनदेन समस तयागे सत्ये धर्म इवापरः तम एवंगुणसंपन्नं
जयेष्ठं शरेष्ठगुणैर युक्तं परियं दशरथः सुतम यौवराज्येन संयोक्तुम ऐच्छत परीत्या महीपतिः तस्याभिषेकसंभारान दृष्ट्वा भार्याथ कै
देवी वरम एनम अयाचत विवासनं च रामस्य भरतस्याभिषेचनम स सत्यवचनाद राजा धर्मपाशेन संयतः विवासयाम आस सुतं र
परियम स जगाम वनं वीरः परतिज्ञाम अनुपालयन पितुर वचननिर्देशात कैकेय्याः परियकारणात तं वरजन्तं परियो भराता लक्ष्म
ह सनेहाद विनयसंपन्नः सुमित्रानन्दवर्धनः सर्वलक्षणसंपन्ना नारीणाम उत्तमा वधूः सीताप्य अनुगता रामं शशिनं रोहिणी यथा पौरै
पित्रा दशरथेन च शृङ्गवेरपुरे सूतं गङ्गाकूले वयसर्जयत ते वनेन वनं गत्वा नदीस तीर्त्वा बहूदकाः चित्रकूटम अनुप्राप्य भरद्वाजस्य
आवसथं कृत्वा रममाणा वने तरयः देवगन्धर्वसंकाशास तत्र ते नयवसन सुखम चित्रकूटं गते रामे पुत्रशोकातुरस तदा राजा दशर
विलपन सुतम मृते तु तस्मिन भरतो वसिष्ठप्रमुखैर दविजैः नियुज्यमानो राज्याय नैच्छद राज्यं महाबलः स जगाम वनं वीरो रामप
पादुके चास्य राज्याय नयासं दत्त्वा पुनः पुनः निवर्तयाम आस ततो भरतं भरताग्रजः स कामम अनवाप्यैव रामपादाव उपस्पृशन
ऽकरोद राज्यं रामागमनकाङ्क्षया रामस तु पुनर आलक्ष्य नागरस्य जनस्य च तत्रागमनम एकाग्रे दण्डकान परविवेश ह विराधं राक्ष
ददर्श ह सुतीक्ष्णं चाप्य अगस्त्यं च अगस्त्य भरातरं तथा अगस्त्यवचनाच चैव जग्राहैन्द्रं शरासनम खड्गं च परमप्रीतस तूणी चाक्ष
वसतस तस्य रामस्य वने वनचरैः सह ऋषयो ऽभयागमन सर्वे वधायासुररक्षसाम तेन तत्रैव वसता जनस्थाननिवासिनी विरूपिता श
कामरूपिणी ततः शूर्पणखावाक्याद उद्युक्तान सर्वराक्षसान खरं तरिशिरसं चैव दूषणं चैव राक्षसं निजघान रणे रामस तेषां चैव पद
निहतान्य आसन सहस्राणि चतुर्दश ततो जञातिवधं शरुत्वा रावणः करोधमूर्छितः सहायं वरयाम आस मारीचं नाम राक्षसं वार्यम
मारीचेन स रावणः न विरोधो बलवता कषमो रावण तेन ते अनादृत्य तु तद वाक्यं रावणः कालचोदितः जगाम सहमरीचस तस्या
मायाविना दूरम अपवाह्य नृपात्मजौ जहार भार्यां रामस्य गृध्रं हत्वा जटायुषम गृध्रं च निहतं दृष्ट्वा हृतां शरुत्वा च मैथिलीम राघवः
विललापाकुलेन्द्रियः ततस तेनैव शोकेन गृध्रं दग्ध्वा जटायुषम मार्गमाणो वने सीतां राक्षसं संददर्श ह कबन्धं नाम रूपेण विकृतं घो
निहत्य महाबाहुर ददाह सवर्गतश च सः स चास्य कथयाम आस शबरीं धर्मचारिणीम शरमणीं धर्मनिपुणाम अभिगच्छेति राघव र
महातेजाः शबरीं शत्रुसूदनः शबर्या पूजितः सम्यग रामो दशरथात्मजः पम्पातीरे हनुमता संगतो वानरेण ह हनुमद्वचनाच चैव सुग्रीवे
सुग्रीवाय च तत सर्वं शंसद रामो महाबलः ततो वानरराजेन वैरानुकथनं परति रामायावेदितं सर्वं परणयाद दुःखितेन च वालिनश च
कथयाम आस वानरः परतिज्ञातं च रामेण तदा वालिवधं परति सुग्रीवः शङ्कितश चासीन नित्यं वीर्येण राघवे राघवः परत्ययार्थं तु दु
उत्तमम पादाङ्गुष्ठेन चिक्षेप संपूर्णं दशयोजनम बिभेद च पुनः सालान सप्तैकेन महेषुणा गिरिं रसातलं चैव जनयन परत्ययं तदा तत
तेन विश्वस्तः स महाकपिः किष्किन्धां रामसहितो जगाम च गुहां तदा ततो ऽगर्जद धरिवरः सुग्रीवो हेमपिङ्गलः तेन नादेन महता नि
हरीश्वरः ततः सुग्रीववचनाद धत्वा वालिनम आहवे सुग्रीवम एव तद राज्ये राघवः परत्यपादयत स च सर्वान समानीय वानरान वान
परस्थापयाम आस दिदृक्षुर जनकात्मजाम ततो गृध्रस्य वचनात संपातेर हनुमान बली शतयोजनविस्तीर्णं पुप्लुवे लवणार्णवम तत्र
पुरीं रावणपालिताम ददर्श सीतां धयायन्तीम अशोकवनिकां गताम निवेदयित्वाभिज्ञानं परवृत्तिं च निवेद्य च समाश्वास्य च वैदेहीं म
तोरणम पञ्च सेनाग्रगान हत्वा सप्त मन्त्रिसुतान अपि शूरम अक्षं च निष्पिष्य गरहणं समुपागमत अस्त्रेणोन्मुक्तम आत्मानं जञात्वा
मर्षयन राक्षसान वीरो यन्त्रिणस तान यदृच्छया ततो दग्ध्वा पुरीं लङ्काम ऋते सीतां च मैथिलीम रामाय परियम आख्यातुं पुनर आय

インド人で行われる動物崇拝の風習は、さまざまな原因から起こっている。未開の種族では、人と動物の区別が充分でないから、人類も、動物類も、ともに同じ感情をもつものだと信じる。そして輪廻転生の説にもとづいて、あらゆる人間は生前の行いから、死後に動物や昆虫、蚤などにもなると考える。また祖先の霊魂が、鳥獣の姿で再生すると深く信じている。あるいは虎となって遺族を襲い、あるいは雛鳥となって、古くから住む家に再生し、灰にその足跡を印す。

猛獣または強い爬虫類を信仰するのは恐怖心にもとづくもので、ある動物は功利的見地から、信仰の対象となっている。牝牛はこれを魔除けとし、象は智恵の所有者として、蛇は少しの傷でも人の生命を奪うものとして、あるいは猿のようにその起源と性質から、これを半人格として信仰する。ヴェーダ時代には、馬の崇拝が盛んで、馬の犠牲は、神の歓喜を得るもっともよい方法だと考えられていた。一〇〇頭の馬を献上する者は、インドラを天界から追い出すことができるほどの資格を得るという。そして後の時代に、白馬に乗った救世主カルキ（ヴィシュヌ神の化身）が現れるという信仰が生まれたが、この白馬は『黙示録』の白馬を思わせる。

多くの動物たちは、いずれも神の乗りものと考えられ、インド人はこれを神聖視している。例えばインドラは象にまたがり、シヴァは牡牛ナンディに乗り、ヤマは水牛を踏み、

ガネーシャはネズミに、ドゥルガーは虎に乗っている。このように神に関係しなくても、単独で信仰されるものに牝牛と猿がいる。

牝牛崇拝

インド人は、すべての動物のなかで、もっとも牝牛を崇拝する。牝牛はあらゆる豊かさの源泉で、万物を育む大地を象徴している。ブラフマーはバラモン教徒と牝牛を同時に生み出し、バラモン教徒は祭祀を司り、牝牛はその祭祀に必要なものを供給する。牝牛を崇拝するのは牝牛から受ける恩恵に、感謝の意を表するためである。牝牛は、身分制度から肉食できない地方の民に、栄養に富む糧を供給する。牝牛の糞と泥と交ぜた塊は一般に燃料としてもちいられ、馬を農耕にはもちいず、牡牛のみで耕す。

牝牛はすべての動物のなかでもっとも神聖なもので、その身体のいずれの部分にも、神の姿を宿し、その毛は一本と言えども冒瀆してはならない。牝牛の排泄物までも貴ばれ、少しの量と言っても、これを不浄であると棄てることは許されない。尿もまた神聖な液体で、貴いものとして保存される。牝牛の尿は、触れるものすべての罪が消滅する液とされている。ものを浄める点においては、牝牛の尿よりすぐれたものはない。

また神聖なものを焼いてできた灰もまた神聖視され、どのような不浄もこれで浄めること

とができ、罪ある人を聖者に転化させるにも、ただこの灰を撒いて注げば充分だとされる。その一例を挙げると、アーグラにムクダンという人の像があった。ムクダンは著名な聖者であったが、この人は街のそばを流れるジャムナ河に身を投じて世を去らなければならないと感じた。それは彼が牛乳を濾さずに飲んだために、偶然、牝牛の毛を飲み込んでしまったためである。自殺すらも懲罰として軽過ぎ、「来世にはイスラム教徒として生まれるだろう」という宣告を受けた。しかしムクダンの身の神聖さゆえに、この厳しい宣告は、酌量されてアクバル帝として生まれ変わったと言われる。

『サストラス』には、神々の偶像を牝牛の五つのもので洗浄するとよいと載っている。その五種類とは乳汁、凝乳、バター、牛糞および牛尿である。これらで偶像のあらゆる不浄をのぞくことができる。神と言えども、透き通ったバターを食べて、その罪をのぞくと信じられている。ブラフマーは牝牛が正当な礼拝対象であることを説いた。現在でもバラモン教徒は毎朝、家の戸口を牝牛の糞でふいてきれいにし、その後、はじめて外に出る掟である。インド人は毎年に牝牛の祭を行うが、毎年でなく毎日、牝牛を崇拝する篤信者もいる。牝牛自体が尊像であるから、この崇拝には別の偶像は必要ない。牝牛の小屋に行って水桶の前で礼拝を行うが、その儀式はあたかも神像の前におけるかのようである。祈りの言葉は牝牛信仰に特有なもので、毎日の礼拝には別に作法が定められている。沐浴の後、牝牛

の足下に花を投げ、新鮮な牧草を与え、敬礼しながら三回ないしは七回まわる。この儀式を行う者は、明け方の暗いときに起きて、沐浴をし口をすすいだ後、体に香油を塗り、首に花環の飾りをつける。このあいだ、少しも言葉を発せず、合図で自分の思いを表現するだけである。すべての用意が整ったら、沈黙したまま牧場に行く。そのとき魔除けとしてキジの羽根を肩にかざし、一時間から二時間を牛とともに無言のうちに過ごして、その後、家に帰る。この儀式は、牝牛に草を与えるクリシュナを記念して行われる。

牝牛信仰は、割合に近代に行われはじめたことで、遠くヴェーダの時代には行われていなかった。これより約一〇〇〇年の後、マヌ法典が完成した頃には、牝牛信仰は一般的に認められていた。マヌは、牝牛と牡牛を殺傷することを重罪の一つに数え、牝牛やバラモン僧を守る者は、その功は「バラモン僧を殺した罪を償うに足りる」とまで述べている。だからキリスト教徒やイスラム教徒が、牛を殺して食べることとは、インド政府としては大問題となった。偶然に誤って牝牛を殺しても、一つの重大事件で、そのときにはバラモン僧に飲食をふるまい、巡礼に出て、その罪を償わなければならない。そのため、外来の思想と衝突があったのは当然である。

ヒンドゥー教の諸儀式で、牝牛の尻尾がしばしば使われるのはほかでは見られない光景である。敬虔なインド人は臨終の瞬間に牝牛の足に手を触れて、これにすがって三途の川

をやすやすと渡ろうと期待する。死を宣告された罪人も、生前に牝牛の尻尾を握ることを許されたなら、誰もが平然として絞首台に上る。また婚礼にも牝牛の尻尾をもちいる。昔、野牛の尾は王権の象徴となったこともあった。王の頭上で牝牛の尻を振り、それで悪い考えが生まれるのを防いだ。最近になってバラモン族のある高僧は、ハリドワールの聖池で、その門徒たちが沐浴をしようとしているとき、門徒たちの頭上で牛尾を振ったと言われている。

またある伝説によれば、シヴァはあるとき、火のような姿で現れたが、ヴィシュヌとブラフマーはその火がどれほど遠くに達するかを知ろうとして、諸方へ向かって出発した。ヴィシュヌは帰ってきて「炎が出す光は遠く大きく、その際限はわからない」と言ったが、ブラフマーは「自ら炎が出す光の達していない場所まで行った」と言って、その光の有限なことを証明した。するとヴィシュヌはカーマデヌという由緒ある牝牛のもとに行って、その立証を求めた。ついでその牝牛は言葉ではブラフマーの説を認めたが、尻尾を振ってその反対の意思を示した。これによってヴィシュヌは、永遠に「牝牛の口は不浄であるが、その尾は神聖だ」と定めた。

祖先の祭祀では、ときどき祖先に代わって立つバラモン僧に乳牛を捧げる。これはバラモンを慰め、亡くなった人の冥福を確かにすると信じるためである。バラモン僧は乳牛を

300

受けてから、牝牛の尾をとって死者に代わって祈りの詞を捧げる。

幸福の女神にあたる牝牛はスラビと呼ばれ、乳海の攪拌の際、ラクシュミーのように生まれ、その子孫は現在のインド人によって大いに尊敬される。バラモンはもちろんその他の種族のものでも、毎日、朝食の前、まず牝牛に食べものを与えるのは普通のことである。そしてその際には、次のような祈りの詞を唱える。「五つ元素からなって、吉祥、清らかで神聖なるスラビの女よ。願わくは我が供養を受けよ。敬礼恭敬」と。牝牛に草を与えようとする際にも、この言葉を唱える。

猿と猿神ハヌマーン

猿神ハヌマーンは、デカン地方、中央インドから北インド全土で、もっとも人気のある神の一つである。前に述べたように、ラーマがハヌマーンの助力で、ラーヴァナの誘惑によってランカー島に連れ去られたシーターを取り戻すことができたことにもとづく。この大戦争のときに、ハヌマーン神はラーマの有力な味方となり、多くの猿軍の総司令官の地位にあった。ハヌマーンはランカー島を偵察するためランカー島に渡り、ヒマラヤ山から運んできた巨大な石と、猿たちは樹木を割いてつくった木材であの有名な橋（アダムスブリッジ）をつくり、ラーマの軍隊がこの海峡を渡ってランカー島にいたる筋道をつくった。

ラーヴァナやラークシャサと戦ったとき、敵将の捕虜となり、尻尾に脂油を塗られ、これに火をつけられたが、ハヌマーンはこの災禍を利用してすぐに味方を有利にし、炎々と燃え盛る尻尾をふりまわしながら、敵の首都を焼き払った。またあるときは、激しい戦いの後、ハヌマーンはヒマラヤ山頂に飛んでいき、そこで多くの薬草を採取し、すぐに戦場に帰って、これで傷ついた者を治療したこともあった。

また猿神は、若くて元気いっぱいな時代に、日常の食糧に代えて、朝日の紅い光を望み、疾風のように飛んでいって、光を手づかみしようとしたことがあった。そのとき、日の神スーリヤは、この大胆な考えに驚いて憂いに沈み、猿神に追われながら、インドラのもとに逃げていった。インドラはスーリヤを保護し、雷光一閃たちまち猿神を地上に打ち倒し、半死半生の憂き目に会わせた。

猿神はこうした功績によって、しばしば大英雄の尊称を受け、ラーマはアヨーディヤーに帰ってから、不老不死の贈りものを猿神に与えた。

猿に学識あることは、多くは説かれていないが、『ラーマーヤナ』のムットラカーンダには、この猿神が多大の知識をもっていることが記されている。猿属の首長であるこの神は、完全無欠の徳をもち、かつて文法を習おうと望んで、太陽を眺め、日の出、日没の場にいたって研究に努めた。『サストラス』や学問や経典を知ることで、彼に匹敵するもの

302

ハヌマーンは薬効ハーブでラーマとラクシュマナを蘇らせる
（『ラーマーヤナ』）
Hanuman Revives Rama and Lakshmana with Medicinal Herbs
（1790年頃）

देवी और देवताओं ｜第 27 章　動物信仰

はなかった。あらゆる学術や戒律、猿神は神々の教師に対抗するほどであった。またこの猿神は、最大の村神の一つであることを忘れてはならない。油や朱の絵具で汚された荒い彫像が、インドの村々でかなり見られる。この神はしばしば守護神となり、また意気盛んな力を示し、悪い心を克服する者と考えられていた。また婦人が猿神に子供を授かろうと祈る習慣もある。

このように猿神が広く崇拝される理由はおそらく、猿はかつて人間であったが、それが畜生道に落とされたものであるという信念にもとづくのであろう。猿神は、現に中央インドの高原地方で、野獣のような生活を営んでいるある部族の首長だと考えられている。もしそうであるなら、英雄崇拝、動物崇拝が猿神の物語と混交したのであろう。

猿神は、大抵はとくに寺院を建てられるほどの地位をもっていないが、ラーマの生地アヨーディヤーでは、最大の寺院をつくって猿神を安置している。周囲が平坦な平原中に堂々と寺院の柱が高くそびえ、バラモン僧がここに住んでいる。最近の国勢調査によると、連合諸州で「自ら猿神の信者だ」と称す者は一〇〇万を超えているという。

猿神がインドで広く信仰されるのは、猿の性行が真実無私で献身的な労働をする者の典型と考えられているためである。インドは元来、多くの下僕を使用する国であるが、田舎の下層の労働者は、生涯、猿神の勤労を慕い、常にその功績を口にしている。未熟な田舎

304

芝居の題目としても、猿神は人気者である。一年中の祭礼のうち、最大のダシャラーで、猿神は華麗な装いをして、猿属軍と無属軍を率いて舞台に上り、勇ましくランカーを攻撃する。この劇では観衆の喝采拍手のうちに、枝組に彩色紙をもちいてつくったラーヴァナを花火じかけで吹き上げてこれを打ち砕き、その後、幕を引く。

インド人は猿神から「長寿」という賜物を得るために、これを崇拝する。生きた猿もまた猿神の代表者として、敬意をもってかわいがって育てる。猿に食べものを与えることは、ある寺院では慣例的な祭祀の一つで、とくにベナレスのドゥルガー寺院では、これが見られる。ゆえによく「猿の寺院」という異名で呼ばれ、寺院内には猿の王がいて、とくに尊敬されている。猿が街頭に出て、穀物、果実、菓子などを店頭から盗み去っても、叱ることはせず、はなはだしい悪戯や害を受けても、猿に危害を加えるなどはもってのほかで、このようなことを心に思い浮かべることさえも、(猿、猿神への)冒涜であると考えている。

猿を殺した罪で不治の熱病に悩んだ例も、しばしば耳にするところである。ある人がオス・メス二頭の猿を結婚させるのに、一〇万円を費やしたという話がある。その壮麗な行列には、美しく装った象やラクダや馬などが加わり、客は輿に乗り、銀の鎖で牡馬につなぐ。通路にはたいまつをつけ、ぼんぼりをともして美観を添える。猿は頭に金冠を戴き、その両側には猿に涼風を送るために侍者が立っている。多くの舞姫は車で猿にしたがっていき、

あらゆる種類の楽器でこの儀式を祝い奏でた。なお結婚の当時、十二人以上のバラモン僧が読経のために配置されたと伝わっている。

鳥類崇拝

鳥類もまた神々の乗りものとして崇拝される。ブラフマーは鵞鳥に乗り、スカンダは孔雀の背に座り、ヴィシュヌはガルダに乗っている。

ガルダは半人半鳥の神秘的生物で、その頭と、翼と、爪と、くちばしは鷲のよう、身体と手足とは人間である。顔色は白く、翼は赤く、体は金色である。正確な意味の神ではないが、しばしばヴィシュヌの神話に現れ、その主人であるヴィシュヌとあわせて崇拝される。ガルダは鳥の王で、人類と神を産んだカシュヤパと、ダクシャの娘の一人であるヴィナターとのあいだに生まれた。ガルダは蛇の大敵であって、ガルダは蛇を手当たり次第に食べ尽くすことを、神々から許されている。その憎悪心は強力な多頭の蛇一〇〇〇尾を生んだカズルと争ったガルダの母から継承したものである（蛇に支配されていた母をガルダが救った）。

ガルダが生まれると、彼の身体は天に触れるほど広がり、すべての他の動物は、ガルダを見て畏縮した。ガルダの目はさながら電光のように、山々もガルダの羽ばたきの音に揺

らぐばかり。身から放つ光は世界の四隅を火と化したほどである。神々は驚いて騒ぎ、「これはきっと火神の化身に違いない」と思って、アグニに救いを求めた。

またほかの伝説によると、ガルダはカシュヤパとディティの子である。（ガルダの）母は一つの卵を生み、「ある悪事から救い出す主が生まれるだろう」と予言された。それなのに五〇〇年の後になって、この卵から躍り出てきたのはガルダだった。こうしてガルダはすぐにインドラの宮殿にいたり、灯を消し、守衛を抑えてひそかにアムリタを運び去った。アムリタは不死の甘露であった。この飲みもので、ガルダは囚われの身となった母を自由にすることができた。アムリタ数滴をある草の上にひたせば、永遠に神聖なものとなって、その草をむさぼり食べた蛇の舌はたちまち裂けて、フォークのようになった。そして蛇たちはアムリタを体内に飲んだため、不死になったという。

ガルダが、その母を奴隷の境遇から救い出して、ヴィシュヌの乗りものとなったことについては、『マハーバーラタ』に一つの物語がある。ガルダは月を得るための旅に出る前、母のもとでわずかの食糧を求めた。母は「（ガルダが）海岸に行って、見つけたものをすべてかき集めよ」と言い聞かせた。そのとき「ただ、バラモンだけは食べてはならない、もしこの戒めに背けば、腹の中は燃えるばかりに苦しむであろう」とつけ加えた。この戒めを胸に出発したガルダは、漁夫の住む地方を通り過ぎて、家も、樹木も、人間や牛、そ

307

देवी और देवताओ ｜ 第27章　動物信仰

の他の動物も、ただ一息に食べつくした。しかし、その住民のなかにバラモンが一人いたため、ガルダは激しい熱をともなった苦悶に陥った。そしてそのバラモンに「(ガルダの)体外に出て来るがよい」と言ったが、バラモンは「妻である漁夫の娘と一緒でなければ出ない」と答えた。ガルダはそれを許してバラモンと妻を体の外に出したのだった。

　ガルタは旅を続けて日を重ねていると、(ガルダの)父カシュヤパに出会った。父カシュヤパはガルダの胃袋を満たすために「あの湖に行って、胃袋を満たせ(渇きをいやせ)」と教えた。その湖では亀と象が戦っていて、亀の身長八十マイル、象は一六〇マイルという大きさだった。そしてガルダは一つの爪で象、もう一つの爪で亀をとらえて、高さ八〇〇マイルに達する巨大な木に留まった。その木は、ガルダとガルダのもつ亀と象の重量に堪えかねた。そのうち木蔭では、数千の矮人の聖仙が礼拝をはじめ出した。ガルダは「聖仙(バラモン)の誰かを殺さねばならないのか」と恐れ、嘴に枝をはさんで、爪で亀と象をつかんだまま、人の住まない土地に飛んでいった。そして、ここで安心して、亀と象を食いつくした。

　ガルダは、このような危険を過ぎて、ついに月をその手で捕え、これをその翼の下に隠した。帰ってくると、ガルダはすぐにアムリタを盗んだ罪で、インドラや他の神々の襲撃を受けた。しかしガルダはインドラとの戦いに勝ち、その金剛杵(雷を起こす武器)を打

ち砕き、ヴィシュヌをのぞいた他の神々をことごとく征服した。そればかりでなく、ヴィシュヌもガルダ相手に苦戦して、ついにガルダと講話することになった。ガルダの母は許され、ガルダは不死の身となった。そしてヴィシュヌはガルダに自分よりも高い地位を与える代わりに、ガルダはヴィシュヌの乗りものとなり、以来、ヴィシュヌはガルダの背にまたがることになった。またガルダは旗の形に変化して、ヴィシュヌの車の上にひるがえる。

ガルダはヴィシュヌのさまざまの化身とともに、祭りのときにはその像をまつられるが、この礼拝には特別の時期はなく、迷信深いインド人は就眠前、蛇除けと称して三たびガルダの名を唱えるのが習わしである。

第28章 聖樹や聖石信仰

तपःस्वाध्यायनिरतं तपस्वी वाग्विदां वरम् नारदं परिपप्रच्छ वाल्मीकिर्मुनिपुंगवम् को नु अस्मिन् साम्प्रतं लोके गुणवान् कश्च
धर्मज्ञश्च कृतज्ञश्च सत्यवाक्यो दृढव्रतः चारित्रेण च को युक्तः सर्वभूतेषु को हितः विद्वान् कः कः समर्थश्च कश्च एकप्रियदर्शनः
को जितक्रोधो मतिमान् को ऽनसूयकः कस्य बिभ्यति देवाश्च जातरोषस्य संयुगे एतद् इच्छाम्यहं श्रोतुं परं कौतूहलं हि मे
अस्ति ज्ञातुम् एवंविधं नरम् शरुत्वा चैतत् त्रिलोकज्ञो वाल्मीकेर्नारदो वचः श्रूयताम् इति चामन्त्र्य प्रहृष्टो वाक्यम् अब्रवीत्
चैव ये तवया कीर्तिता गुणाः मुने वक्ष्याम्यहं बुद्ध्या तैर्युक्तः श्रूयतां नरः इक्ष्वाकुवंशप्रभवो रामो नाम जनैः श्रुतः नियता-
दयुतिमान् धृतिमान् वशी बुद्धिमान् नीतिमान् वाग्मी शरीमान् शत्रुनिबर्हणः विपुलांसो महाबाहुः कम्बुग्रीवो महाहनुः महोरस्को म
अरिंदमः आजानुबाहुः सुशिराः सुललाटः सुविक्रमः समः समविभक्ताङ्गः स्निग्धवर्णः परतापवान् पीनवक्षा विशालाक्षो लक्ष्मीवा
धर्मज्ञः सत्यसंधश्च प्रजानां च हिते रतः यशस्वी ज्ञानसंपन्नः शुचिर्वश्यः समाधिमान् रक्षिता जीवलोकस्य धर्मस्य परिरक्षिता
धनुर्वेदे च निष्णातः सर्वशास्त्रार्थतत्त्वज्ञो स्मृतिमान् प्रतिभानवान् सर्वलोकप्रियः साधुर् अदीनात्मा विचक्षणः सर्वदाभिगतः सद्भिः
सिन्धुभिः आर्यः सर्वसमश्चैव सदैकप्रियदर्शनः स च सर्वगुणोपेतः कौसल्यानन्दवर्धनः समुद्र इव गाम्भीर्ये धैर्येण हिमवान् इव
वीर्ये सोमवत् परियदर्शनः कालाग्निसदृशः क्रोधे क्षमया पृथिवीसमः धनदेन समस्त्यागे सत्ये धर्म इवापरः तं एवंगुणसंपन्नं
ज्येष्ठं श्रेष्ठगुणैर्युक्तं परियं दशरथः सुतम् यौवराज्येन संयोक्तुम् ऐच्छत् परीत्या महीपतिः तस्याभिषेकसंभारान् दृष्ट्वा भार्याथ कै
देवी वरम् एनम् अयाचत विवासनं च रामस्य भरतस्याभिषेचनम् स सत्यवचनाद् राजा धर्मपाशेण संयतः विवासयाम् आस सुतं
परियम् स जगाम वनं वीरः परतिज्ञाम् अनुपालयन् पितुर् वचननिर्देशात् कैकेय्याः परियकारणात् तं व्रजन्तं प्रियो भराता लक्ष्म
ह सनेहाद् विनयसंपन्नः सुमित्रानन्दवर्धनः सर्वलक्षणसंपन्ना नारीणाम् उत्तमा वधूः सीताप्यनुगता रामं शशिनं रोहिणी यथा पौरैः
पिता दशरथेन च शृङ्गवेरपुरे सुतं गङ्गाकूले व्यसर्जयत् ते वनेन वनं गत्वा नदीस्तीर्त्वा बहूदकाः चित्रकूटम् अनुप्राप्य भरद्वाजस्य
आवसथे कृत्वा रममाणा वने त्रयः देवगन्धर्वसंकाशाः तत्र ते न्यवसन् सुखम् चित्रकूटं गते रामे पुत्रशोकातुरस् तदा राजा दशर
विलपन् सुतम् स्मृत्वा तु तस्मिन् भरतो वसिष्ठप्रमुखैर्द्विजैः नियुज्यमानो राज्याय नैच्छद् राज्यं महाबलः स जगाम वनं वीरो रामप
पादुके चास्य राज्याय न्यासं दत्त्वा पुनः पुनः निवर्तयाम् आस ततो भरतो भरताग्रजः स कामम् अनवाप्यैव रामपादुकाम् उपस्पृश्य
ऽकरोद् राज्यं रामागमनकाङ्क्षया रामस् तु पुनर् आलक्ष्य नागरस्य जनस्य च तत्रागमनम् एकाग्रे दण्डकान् परविवेश स विराधे रा
ददर्श ह सुतीक्ष्णं चाप्यगस्त्यं च अगस्त्य भ्रातरं तथा अगस्त्यवचनाच्चैव जग्राहैन्द्रं शरासनं खड्गं च परमप्रीतस् तूणी चाप
वसतस् तस्य रामस्य वने वनचरैः सह ऋषयो ऽभ्यगमन् सर्वे वधायासुरक्षसाम् तेन तत्रैव वसता जनस्थाननिवासिनी विरूपिता र्
कामरूपिणी ततः शूर्पणखावाक्याद् उद्युक्तान् सर्वराक्षसान् खरं त्रिशिरसं चैव दूषणं चैव राक्षसं निजघान रणे रामस् तेषां चैव प
निहतान्यासन् सहस्राणि चतुर्दश ततो जज्ञातिवधं शरुत्वा रावणः क्रोधमूर्च्छितः सहायं वरयाम् आस मारीचं नाम राक्षसं वार्यमा
मारीचेन स रावणः न विरोधो बलवता कर्षमो राम तेन ते अनाहृत्य तु तद् वाक्यं रावणः कालचोदितः जगाम सहमारीचस् तस्या
मायाविना दूरम् अपवाह्य नृपात्मजौ जहार 'आर्यां रामस्य गृध्रं हत्वा जटायुषं गृध्रं च निहतं दृष्ट्वा हृतां शरुत्वा च मैथिलीं राघवः
विललापाकुलेन्द्रियः ततस् तेनैव शोकेन गृध्रं दग्ध्वा जटायुषम् मार्गमाणो वने सीतां राक्षसं संददर्श ह कबन्धं नाम रूपेण विकृतं घ
निहत्य महाबाहुर् ददाह सवर्गतश्च सः स चास्य कथयाम् आस शबरीं धर्मचारिणीम् शरमणीं धर्मनिपुणाम् अभिगच्छेति राघव स
महातेजाः शबरीं शत्रुसूदनः शबर्या पूजितः सम्यग् रामो दशरथात्मजः पम्पातीरे हनुमता संगतो वानरेण ह हनुमद्वचनाच्चैव सुग्रीव
सुग्रीवेण च ततः सर्वं शंसद् रामो महाबलः ततो वानरराजेन वैरानुकथनं परति रामायावेदितं सर्वं प्रणयाद् दुःखितेन वालिनः
कथयाम् आस वानरः परतिज्ञातं च रामेण तदा वालिवधं परति सुग्रीवः शङ्कितश्चासीन् नित्यं वीर्येण राघवः प्रत्ययार्थं तु दु
उत्तमम् पादाङ्गुष्ठेन चिक्षेप संपूर्णं दशयोजनम् बिभेद च पुनः सालान् सप्तैकेन महेषुणा गिरिं रसातलं चैव जनयन् परत्ययं तदा तत
तेन विश्वस्तः स महाकपिः किष्किन्धां रामसहितो जगाम च गुहां तदा ततो ऽगर्जद् धरिवरः सुग्रीवो हेमपिङ्गलः तेन नादेन महता
हरीश्वरः ततः सुग्रीववचनाद् धत्वा वालिनम् आहवे सुग्रीवम् एव तद् राज्ये राघवः परत्यपादयत् स च स्वान् समानीय वानरान् वा
परस्थापयाम् आस दिङ्मुख्ये जनकात्मजाम् ततो गृध्रस्य वचनात् संपातेर् हनुमान् बली शतयोजनविस्तीर्णं पुप्लुवे लवणार्णवम्
पुरीं रावणपालितां ददर्श सीतां ध्यायन्तीम् अशोकवनिकां गताम् निवेदयित्वाभिज्ञानं परवृत्तिं च निवेद्य समाश्वास्य च वैदेही
तोरणं पञ्च सेनाग्रगान् हत्वा सप्त मन्त्रिसुतान् अपि शूरम् अक्षं च निष्पिष्य ग्रहणम् समुपागमत् अस्त्रेणोन्मुहम् आत्मानं ज्ञात्वा
मर्षयन् राक्षसान् वीरो यन्त्रिणस् तान् यदृच्छया ततो दग्ध्वा पुरीं लङ्काम् ऋते सीतां च मैथिलीम् रामाय प्रियम् आख्यातुं पुनर् आ

インドでは生命あるものはすべて神聖と認められている。生命が連続するという法則を、はじめて信仰したのはインド人である。つまり神の生命は鬼神の生命と関連し、鬼神は人間に、人間は動物に、動物は草木に、それぞれ関連する生命をもつ。そして岩石にさえも生命があって、草木の生命に連絡していて、神的霊魂は万物すべてに行きわたっていると考えられている。このように万物のあいだの関係が保たれて、離れていないから、必然的に草木崇拝が動物崇拝にともなって起こってくる。

ヒンドゥー教によれば、草木もまたことごとく意識をもつ生きものであって、神、鬼神、人間、動物などと同じく、その独特の個性と霊魂を有する。しかし樹木が、神、人および動物の精神を受け入れることができても、不思議にも鬼神に占有されることを見逃してはならない。言い換えると、鬼神は精神あるいは霊魂となって、草水中に仮の住まいを求める。鬼神も人間と同じく、風雨を避ける必要があり、そのため気楽な避難所である樹木に宿るという考えがあるらしい。これは鬼神崇拝と樹木崇拝とのあいだに、密接な関係があり、かつ木の根に棲むという蛇崇拝の起こるゆえんでもある。

ある地方で、一定の樹木に鬼神が宿ると信じられているのも不思議ではない。寂し気に孤立する年をとった樹幹は、執念深い精霊の棲み家と呼ばれ、暗鬱な竹やぶ、林や草むらにも、名もなき鬼神が宿っていると信じられる。異国の旅人をともなう案内者が、この迷

信のため、夕暮れ、道をわざわざ迂回して、古木の下を過ぎるのを避けるのは、かなり迷惑な話である。このような迷信から恐れられる樹木と、草木崇拝の対象となるものは明らかに区別せねばならない。木の精は、よく木から抜け出して生きた男女となり、現世に出るものと信じられる。そのためみだりに古樹、大木のそばを通行するのを恐れる。

また樹木を崇拝するのは、生活をするうえで樹木は多大の用途があるためである。木蔭は熱帯地方では、暑さを避ける蘇生の恩人と言え、森は火の根元で、それ自体が神である。果実、液汁、樹皮などは人間の食料となり、また医薬の材料にもなる。葉はその用途もさまざまで、とくに屋根を葺く材料として、もっとも広くもちいられる。南インドに多く産出するパルミラ椰子は、人間にとって五十種以上の使い道があるという。もし北インドの村々に、榕樹の木蔭がなかったなら、村人の生活は果たしてどのようなものであろう？その姿が美しいのに加えて、榕樹は村人たちの集いの場所となり、紛争を裁く法廷にもなり、尊敬をもって榕樹に接する。この場所は、やがて村の鎮守の神の住まいとなるもので、村人の信仰の中心になる。

インド人がマンゴー樹の植林を試みるとき、その林の果実は決して採取しない。マンゴー樹がもし他種の樹木と交配しない前に、結実するときは汚辱と考えられている。このような樹木は、この林中に植えられたテウセンモダマや、アカシアや、あるいはモウリンクワ

313

देवी और देवताओ ｜ 第28章　聖樹や聖石信仰

樹などである。樹木の婚儀にも、巨費を投じて盛式を挙げ、バラモン僧を招く。これと同じくある他の草木は、車前草と結婚するものと言われている。

草木崇拝はきわめて古くから行われ、神聖で、権威あるものである。前に述べたように、ソーマ樹は、ヴェーダ時代に単に神の住まいとして尊ばれただけでなく、樹木そのものをご神体として信仰した。プラーナ時代には、乳海を攪拌したために大洋中からバーリヤータと呼ぶ大きな神樹が生まれたが、これはインドラのものになって、その天界に移された。バーリヤータ樹は祈る者の願望を満足させ、神性を与えたことからカルパタル樹と呼ばれるようになった。この草木崇拝は、非アリアン人種である原住民のあいだに行われた宗教の遺物であることは明らかである。ベンガルのビルブム地方では、ベル樹のなかに住む精霊に米や動物を捧げるため、林中の祠に向かって毎年巡礼する。

インドでは、立っている木に絵馬や額を掲げ、またぼろをかける習慣が絶えず行われている。樹木は病の精霊の棲み家であって、祈願を聞き入れ、これを理解すると考えられ、とても古くから行われている。樫の聖樹もしくは聖なる森林の崇拝は、仏教によって大いに勢力を拡大することになった。ブッダが前生で、四十三度までも樹木の精となったと伝えられ、ブッダが悟りを開いた地ブッダガヤにある菩提樹、またこの母幹から生じ、紀元前三世紀にアショカ王がセイロン島へ送った株分の菩提樹は、ともに巡礼者のために崇敬

されている。幾千百の巡礼者は、これらの菩提樹の前に集まって、祈祷の言葉を捧げる。

木への信仰に関する比較は、古代から諸国で見られる。例えばギリシャでは、アポロの愛を逃れようとしたダフネが月桂樹に変わったという話、同じくギリシャ神話のパエトーンの哀れな姉妹も樹木に変わり、その芽が切られるとき、血を流し、泣いて憐れみを求めたという。

次に、インド人に、とくに神聖視される樹木を挙げてみよう。

ピーパル樹（インド菩提樹）

ピーパル樹は見方によってはブラフマーの住処と信じられ、正しい儀式をして、この樹木に神聖な紐をめぐらせる。またこの樹木には、ブラフマー、シヴァ、ヴィシュヌの三神が住み、とりわけヴィシュヌはクリシュナの姿で化現し、またある人はピーパル樹をクリシュナの父ヴァースデーヴァと関連させて考えている。ゆえに敬虔なヒンドゥー教徒は、ピーパル樹を信仰して、その根に水を注ぎ、幹には赤い染料を塗る。婦人は樹下で、男児を授かることを懇願して祈り、その幹に綿を巻き、あるいは下枝に赤い紐をしばりつけて願かけの徴とする。また冥土に赴く死者の魂を慰めるため、水一桶を枝に吊るし、その下には粗末な石をおいて、これが多くの村神となる。また神に誓いを立てるときは、証人は

自ら口にピーパル樹の葉をくわえ、「もし偽証(ぎしょう)をすれば、私がピーパル樹を噛(か)みくだくように、天上の神々は今、私の身体を破りたまえ」という意を表明する。

なおピーパル樹に触れるのは、富の女神ラクシュミーがこの木に宿るという日曜日に限られている。もしこれ以外の日に、ピーパル樹に触れれば不幸を招くと信じられている。インド人は、日曜日にはまず水浴して、その後でピーパル樹の根に一杯の水を注ぎ、四度その周囲をまわる。また月曜日に新月が現れるときは、ピーパル樹のまわりを一〇八回まわって、幹に木綿(もめん)糸を巻きつける。

ピーパル樹は、繁茂するにしたがって建物を壊すことが多い。その種子は、しばしば鳥によって寺院の石壁の隙間(すきま)などに落とされ、ここで発芽して成長し、ついには膨(ふく)らみ、巨大になって石垣などを壊して本殿を転倒させることもある。敬虔(けいけん)なインド人は、このような状態でも、建物保護のためピーパル樹を刈りとってとりのぞくことを望まない。現に目撃した例を挙げると、ある日、村落からそれほど遠くない林中に一人のインド人が、井戸の水を汲(く)もうとしてやって来たときのこと。彼は小さい真鍮(しんちゅう)製の飲器になみなみと水を入れていき、井戸周囲の囲いの上まで引き上げ、水を飲むためにまず手を洗おうとしたが、その水を静かに囲いの上にこぼし、低い声で何度か祈りを繰り返すのを聞いた。次に彼はさらに新しい水を汲(く)みあげて、はじめて自分の喉(のど)の乾きをいやした。これは水面から二、

三メートル離れたところに、小さなピーパル樹があって、井戸の囲いにくっついていたことに由来する。すなわち、自ら水を飲む前に、まずピーパル樹に水を捧げ、敬意を表していたのであった。

バニヤン樹（榕樹）

この木はイチジクの一種であって、神聖なものと認められている。ブッダが悟りを開いたブッダガヤの菩提樹というのも、やはりバニヤン樹（榕樹、ベンガル菩提樹）の一種である（※註ブッダの菩提樹は、ピーパル樹だという）。インド人がこの樹木をはじめて植える際には、新しい神像を浄める場合と同じ作法を行う。

この木は成長すると、多くの巻きひげが垂れ下がり、これが技となって地中に入ると再び根を育み、こうして樹齢は幾百年を重ね、枝葉が茂って一大森林を形成する。植樹の際には、「この木が地上に栄える限り、我にひとしく天上の寿命を与えよ」と、ヴィシュヌに祈願をこめる。バニヤン樹を植えれば、無上の功徳を得るものと信じ、これによって冥府の旅にも、灼熱の炎に焼かれる憂き目をまぬがれると考えられている。

トゥルシー樹

トゥルシー樹は小さな灌木であって、大きい植木鉢ならば、これを栽培することができる。トゥルシー樹は、おそらくインドでもっとも神聖な樹木であろう。幹も、葉も、濁った赤紫色をしていて、葉にはよい香りがただよう。インドやペルシャでは、いたるところで生える。トゥルシー樹はシャーリグラーマ石（菊面石、アンモナイト）の化石と関連して、すべてのヴィシュヌ信者に崇拝され、神の本質をもつものと考えられ、もっとも丁重にまつられる。トゥルシーは家庭の守護神で、とくに婦女の守り神である。インドの上流階級の婦女は、寺院に行って礼拝することを禁じられているから、家でこのトゥルシー樹に対して帰依（きえ）の意を捧げる。

『マヌ法典』においては、宗教上の儀式にあたり、女性は参加できないものとしている。女性は特別の祭祀（さいし）、願かけ、また断食の行を遂（と）げることができないものとされ、女性はただその夫に対して柔順（じゅうじゅん）で貞良であれば、その功徳（くどく）で昇天（しょうてん）できるという。また『マハーバーラタ』にも、女子は愛に始終するもので、神に仕える義務をもたず、ただ尊敬と心の底からの柔順を夫に捧げることが唯一の務（つと）めであって、これさえ果たせば天に昇ることを得ると説いている。すなわちヒンドゥー教徒の女性は、自分だけでは何の地位ももたず、その夫を神として仕えることが、唯一の義務なのである。女子はシュードラ族と同列にあり、

318

ラーダーを求めるクリシュナ神
Krishna Woos Radha: Page from the Dispersed
"Boston" Rasikapriya (Lover's Breviary) (1610年頃)

कविकहै विद्या घसमान जानैपीययिघियाकिसखि
दाइद्युतिसमान ॥ कविता ॥ कमेघघनोनकुमारिसु
रारिसेकुविमोरमरुअपियां कलकूजितञ्जिन
कामकलोविपरीतखीरतिकेलिकियं मनिसादत्ति
स्यामडगरङगरोअतिचोकीचलेचलवाछुदिए मघ
तलकेफूलोफुलाऋतुकेमवलोमनोमनिञ्चकलि
यो ॥१४॥

夫とならんで祈りを捧げることも許されず、数珠を手に取ることさえもできない。バラモンの家に生まれた者さえも、このような状態である。『ヴェーダ』の聖典を自ら読むのはもちろん、これを誦するのを聞くことも禁じられている。

こういうわけで、女子には特有の宗教的生活が行われる。その要旨を挙げると、(一)毎朝、クリシュナやシヴァを呼び起こす詩を歌って、朝日に向かって礼拝すること。(二)沐浴を終えてから、その階級の象徴である赤色の粉を身に塗ること。(三)女性特有の女神を礼拝すること。まず礼拝の場所にあてる一室を設け、家庭の偶像をこの部屋に安置する。夫はヴィシュヌ、シヴァおよびガネーシャを礼拝するのに対して、妻はその消極的な配偶神であるラクシュミー、パールヴァティーなどに敬礼する。妻は灯りをつけて、簡単な祈りを捧げ、次に糖果や果実を捧げる。(四)このように神々を崇拝するが、もっとも好まれるのは、トゥルシー樹である。毎朝、トゥルシー樹の周囲の地面に牝牛の糞と水を注いで浄め、夜はこのあたりに灯火を供える。一年中でもっとも暑い月には一桶の水をその上にかけ、その桶の底には小さな穴を穿って、ここから滴るようにトゥルシー樹に絶えず水分を与えるように仕かけておく。トゥルシー樹に対しては、あたかも尊像に対するのと同じような敬意を払っている。

日々、トゥルシー樹を礼拝し、真面目に奉仕する者は、誰でも恩寵を受けることができ、

臨終の際の枕元にトゥルシー樹の小枝をおいて、救済を得ようとする一般の習わしがある。この木に右の肩を向けて、その周囲をめぐれば、大きな功徳を得るものと信じられ、このとき、もし左の肩を向ければ、その効果がなくなるとも言われている。知識の泉を絶たれ、無知無識のなかで日々を過ごし、一万人のなかで読書の能力をもつ者はわずかに五十人に過ぎないありさまで、トゥルシー樹をまわり、花や米を供えて祈祷信仰の対象とするインド女性の宗教状態に思いをめぐらせれば、多少の感慨を禁じ得ない。

この樹木崇拝の起源には、いくつかの物語がある。ある説によれば、トゥルシーと呼ばれる女性が長いあいだ、宗教的戒律を保ち、その報いとしてヴィシュヌの妻になることを願った。これを知ったラクシュミーは彼女を呪って、その名と同じ樹木に変えてしまった。ついでヴィシュヌは彼女を慰めるために、シャーリグラーマ石の姿を現してそのそばにいることを誓った。そのためインド人は、トゥルシーの葉を一枚ずつ、このシャーリグラーマ石の下と上におく。

またほかの説によれば、ヴィシュヌはゼアランダーラの妻ブリンダーの美貌に心奪われて、愚かな迷いに陥った。人々はこれを救い出すため、ラクシュミー、ゴウリィ、およびスワダーに哀訴し、これらの女神はヴィシュヌの心を酔わせる植物の種子を与えた。これを播いて得たのがテンニンカ、ソケイおよびトゥルシーの樹である。こうしてヴィシュヌ

は、ブリンダーの悪だくみを逃れ得たのである。

ヴィシュヌが石の姿になって、トゥルシー樹のそばにいるときは、夫婦の神として尊ばれる。女性は十月十一日を選んで、トゥルシーの結婚式を挙げる。

ニーム樹

ニーム樹は病神の崇拝と関連している。とくに天然痘の神とその六人の姉妹の宿るところとして信仰される。長い雨があがらず、疫病が流行するときには、女子は沐浴して、清浄な衣を身に着け、米や花や白檀、ときには香料などの焼いたものを供えものとして、ニーム樹の根に供える。ニーム樹はまた蛇の崇拝と関係をもつのは、ニーム樹の葉が蛇を駆除すると信じられているためだ。北インドでは、どこでもこの葉を薬用に使う。傷あとや痛みのある部分を、ニーム樹の葉で包んでおく。また通夜の会葬者は、死の汚れを避け、火葬場からついて来る悪霊を追い払うために、葬式の後にニーム樹の葉を噛むか、あるいはこの樹の枝で、少しの水をその身にそそぎかける習わしである。

新年、インド人はニーム樹を礼拝し、年中の病気を払うために、その葉に砂糖と胡椒をまぜて食べる。礼拝は実際には広く行われていないが、その葉を食べない者はほとんどいない。赤子の生まれるときは、ニーム樹の枝を部屋の戸口におく。北インド人は、大抵、ニー

ム樹の枝で歯みがきをする。また言葉の真実を証明するときもニーム樹がもちいられ、この木の下では何者も嘘をつくことができないと信じられている。ある種族のあいだでは妻の貞淑を疑う夫は、ニーム樹の枝を地上に投げて、「もし汝が貞淑ならば、その枝を拾いあげよ」と、命じてその貞淑か否かをたしかめる。

この他にも、なお神聖な木が二、三種類ある。その一つはマルメロの一種で、三層の葉をもつインド産ももりんごである。三層の葉をシヴァの三徳に比べ、神の怒りを鎮めるためにこれを捧げる。

もう一つは、アカシアの一種である。この木は魔除けとして名高く、もし十三日間、アカシアに続けて水を注げば、たとえそのなかに悪鬼、悪霊が宿っても、その人の思いのままに制御されるという。アカシアで焼かれた死者の霊魂は、「中有（前世と次の生までのあいだ）」にさまよい、この木でつくった床上では安眠を得られない。パンジャーブ地方の習慣では、インド人は法律上、第三回の結婚を禁じられているために、このようなときはひとたびこの木（アカシア）と結婚して、（実際の）第三の妻を第四人目として数える。

茎と葉をもつ草本植物では、サンスクリット名クサと呼ぶ植物が、もっとも神聖とされている。ヴェーダ時代以来、あらゆる宗教上の儀式にもちいられ、土地を浄め、座席を浄め、クサの触れるものをことごとく心酔させ、クサを指に巻くときは、その指はもっとも

厳粛な祭祀にあずかることができる。この草の功徳は、牝牛の糞に匹敵するものと考えられている。

蓮華は直接、礼拝されることはないが、古来、ヒンドゥーの詩歌にも詠まれ、花の中ではもっとも神聖なものだと考えられている。造物主であるブラフマーは、ヴィシュヌのへそから発生した蓮華から生まれた。また女神ラクシュミーは、手に蓮華を携えて、海中より出現した。

聖石信仰

インドの諸物の信仰のなかで、もっとも低級とされるのが聖石崇拝である。木片や石塊などが、ただ変わった姿を見せるだけで、これに神性を与えて崇拝することは、高尚な宗教思想とは認めがたい。とりとめなく広い平原の中央に横たわる巨大な石の円柱、介殻の痕跡が残る化石、奇岩や怪石を崇拝対象とするのは、単に不思議な事物に対して起こった驚異の情にもとづく。そして、これに敬虔な心で注目するにいたったに過ぎない。こうした思想が発達して、後に一種の想像的迷信をつくるようになったことは、明らかな事実である。

普通と変わった姿かたちの石は、鬼神が乗り移ったことを示し、また超自然者の技とそ

れがこの世に存在することを示している。さらに進んで神学あるいは英雄物語のような領域に入れば、丘陵も洞窟も、また化石も、聖者、半神人、神の奇跡や功績を記念するものとなる。

ヴィシュヌ派の信者には、シャーリグラーマ石（菊面石、アンモナイト）の化石は、もっとも神聖なもので、通常の神像がはじめてつくられたときは、まずバラモン僧を招いて開眼（かいがん）の式を行う。そのときシャーリグラーマ石に限っては、本来すでに神聖なものであるから、ヴィシュヌ神そのものの一部分として信仰される。これは円い黒色のシャーリグラーマ石で、ネパール国のガンダキー山にあり、「昆虫がこの石に穴を穿ち、ガンダキーの流れに入り、網ですくい上げられたものだ」と一般の人々は信じている。その大きさは通常、懐中時計ほどで、大きさと穴の具合、内側の色合などによって、価値が決まる。

インド人は、一般に高価なシャーリグラーマ石を家に所蔵していれば、貧困に陥る憂いもなく、もし誤ってこれを失えば、すぐに窮乏（きゅうぼう）を招くと信じている。シャーリグラーマ石がここまで神聖視されるのは『バーガヴァタ・プラーナ』によれば、次の通りである。はじめヴィシュヌは人類の運命を司るべき九個の遊星（ゆうせい）（惑星）を創造した。そしてそのとき土星シャニは自らの主権を行使するため、ブラフマーに十二年間、（自分たちに）服従することを求めた。ブラフマーはこれをヴィシュヌに相談するため、ブラフマーがヴィシュ

325

देवी और देवताओ ｜ 第28章　聖樹や聖石信仰

ヌのもとを訪れたとき、ヴィシュヌは（主権を行使する）土星の害を恐れて自ら山の姿に変わっていた。すると土星はうじ虫になって、十二年のあいだ、この山（ヴィシュヌ）の急所に食い入った。それに耐えられなくなったヴィシュヌは最後に本当の姿を現し、「以後は（ヴィシュヌが姿を変えていた）ガンダキー山の石を、自分の代わりとして崇拝せよ」と命じた。

バラモン教徒は家庭においては、シャーリグラーマ石の姿に化身したヴィシュヌを信仰する。彼らはまずこの石を洗い、信仰の言葉を読みあげ、次に花と香りそして糖果、浄水を供え、呪文を反復する。礼拝が終われば、家族は供えものを分けて食べる。暑熱のときには、底に細かい穴を開けた容器にシャーリグラーマ石を入れて、それを使って水を注いで冷やす。そうして細かい穴から滴る水を丁寧に集めておく。西インドでは、バラモン本流に属する者は、食前に三度、この水をすする掟である。またシャーリグラーマ石を臨終の者に示し、石に精神を集中させることで、安らかにその魂はヴィシュヌの天界に昇ると信じられている。

シャーリグラーマ石を崇めるために、家庭内に特別の部屋や場所をもうける決まりがある。もし身分の低い者が石に触れれば、化石は不浄のものとなり、これを浄めるには牝牛の五種の排泄物すなわち糞、尿、乳汁、バター、凝乳をその上に塗らなければならない。

もしこの石が少しでも欠損すれば、その破片を必ず河流に投げ入れなければならないことになっている。

シャーリグラーマ石とトゥルシー樹（小灌木）の結婚物語が、ある書物に伝えられている。中インドのオルチャのラージャは、この儀式のために約二〇万円を費やすのが普通である。八頭の象、一二〇〇頭のらくだ、六〇〇〇頭の馬による行列は、壮観をきわめている。人々はこれにまたがり、象には美しい装いを施し、一行の主宰である象の背にはシャーリグラーマ石のご神体をおき、こうして礼儀正しく花嫁トゥルシー樹のもとへ行く。正式な式をすべて行い、花嫁と花婿、つまり樹石はルドウラの殿堂で憩う。一〇万以上の人々がこの式に臨み、食事のもてなしを受ける。

黒いシャーリグラーマ石のほか、白メノウ石もまたシヴァの姿を表現するものとされ、また赤い石は一種の珊瑚の姿をしたガネーシャの象徴として、いずれも崇拝されている。既婚女性と子供の保護者は、寺院もしくは偶像をもたず、その固有の表現は人の頭ぐらいの大きさの粗石で、これを赤色に塗って、神聖な榕樹の根もとにおかれている。

偶像崇拝と石の崇拝のあいだには、はっきりとした境界はほとんど見られない。石の表面にわずかの彫刻を施し、きわめて簡単な染料を塗れば、すなわち石は一つの偶像となる。こうしてできた偶像は神格をもつものとなり、諸物崇拝は転じて生命体の信仰となる。

य परलोकस्य चाश्रयम पल्कृतीनां त्रिषादं च परकृतीनां विसर्जनम निषादाधिपसंवाद सूतोपावर्तनं तथा गङ्गायाश्चाभिसंतारं भरद्वाजस्य दर्शनम भरद्वाजाभ्यनु

第29章 女神信仰

तप स्वाध्यायनिरतं तपस्वी वाग्विदां वरम् नारदं परिपप्रच्छ वाल्मीकिर्मुनिपुंगवम् को नु अस्मिन् साम्प्रतं लोके गुणवान् कश्च
धर्मज्ञश्च कृतज्ञश्च सत्यवाक्यो दृढव्रतः चारित्रेण च को युक्तः सर्वभूतेषु को हितः विद्वान् कः कः समर्थश्च कश्च एकप्रियदर्शनः
को जितक्रोधो मतिमान् को अनसूयकः कस्य बिभ्यति देवाश्च जातरोषस्य संयुगे एतद् इच्छाम्यहं श्रोतुं परं कौतूहलं हि मे
महर्षे त्वं समर्थोऽसि ज्ञातुम् एवंविधं नरम् श्रुत्वा चैतत् त्रिलोकज्ञो वाल्मीकेर्नारदो वचः श्रूयताम् इति चामन्त्र्य प्रहृष्टो वाक्यम् अब्रवीत्
बहवो दुर्लभाश्चैव ये त्वया कीर्तिता गुणाः मुने वक्ष्यामि अहं बुद्ध्वा तैर्युक्तः श्रूयतां नरः इक्ष्वाकुवंशप्रभवो रामो नाम जनैः श्रुतः नियत-
आत्मा महावीर्यो द्युतिमान् धृतिमान् वशी बुद्धिमान् नीतिमान् वाग्मी शरीरवान् शत्रुनिबर्हणः विपुलांसो महाबाहुः कम्बुग्रीवो महाहनुः महोरस्को म-
हेष्वासो गूढजत्रुररिन्दमः आजानुबाहुः सुशिराः सुललाटः सुविक्रमः समः समविभक्ताङ्गः स्निग्धवर्णः प्रतापवान् पीनवक्षा विशालाक्षो लक्ष्मीवान्
शुभलक्षणः धर्मज्ञः सत्यसंधश्च प्रजानां च हिते रतः यशस्वी ज्ञानसंपन्नः शुचिर्वश्यः समाधिमान् रक्षिता जीवलोकस्य धर्मस्य परिरक्षि-
ता रक्षिता स्वस्य धर्मस्य स्वजनस्य च रक्षिता वेदवेदांगतत्त्वज्ञो धनुर्वेदे च निष्ठितः सर्वशास्त्रार्थतत्त्वज्ञो स्मृतिमान् प्रतिभानवान् सर्वलोकप्रियः साधुर् अदीनात्मा विचक्षणः सर्वदाभिगतः सद्भिः सि-
न्धुभिरिव सागरः आर्यः सर्वसमश्चैव सदैकप्रियदर्शनः स च सर्वगुणोपेतः कौसल्यानन्दवर्धनः समुद्र इव गाम्भीर्ये धैर्येण हिमवान् इव
विष्णुना सदृशो वीर्ये सोमवत् प्रियदर्शनः कालाग्निसदृशः क्रोधे क्षमया पृथिवीसमः धनदेन समस्त्यागे सत्ये धर्म इवापरः तम् एवंगुणसंपन्नं
रामं सत्यपराक्रमं ज्येष्ठं श्रेष्ठगुणैर्युक्तं प्रियं दशरथः सुतम् यौवराज्येन संयोक्तुम् ऐच्छत् प्रीत्या महीपतिः तस्याभिषेकसंभारान् दृष्ट्वा भार्याथ कै-
केयी पूर्वं दत्तवरा देवी वरम् एनम् अयाचत विवासनं च रामस्य भरतस्याभिषेचनम् स सत्यवचनाद् राजा धर्मपाशेन संयतः विवासयाम् आस सुतं रा-
मं दशरथः प्रियम् स जगाम वनं वीरः प्रतिज्ञाम् अनुपालयन् पितुर्वचननिर्देशात् कैकेय्याः प्रियकारणात् तं व्रजन्तं प्रियो भ्राता लक्ष्म-
णो अनुजगाम ह स्नेहाद् विनयसंपन्नः सुमित्रानन्दवर्धनः भ्रातरं दयितो भ्रातुः सौभ्रात्रम् अनुदर्शयन् रामस्य दयिता भार्या नित्यं प्राणसमा हिता जनकस्य कुले जाता देवमायेव निर्मिता सर्वलक्षणसंपन्ना नारीणाम् उत्तमा वधूः सीताप्यनुगता रामं शशिनं रोहिणी यथा पौरैर्
अनुगतो दूरं पित्रा दशरथेन च शृङ्गवेरपुरे सूतं गङ्गाकूले व्यसर्जयत् ते वनेन वनं गत्वा नदीस्तीर्त्वा बहूदकाः चित्रकूटम् अनुप्राप्य भरद्वाजस्य
शासनात् रम्याम् आवसथं कृत्वा रममाणा वने त्रयः देवगन्धर्वसंकाशाः तत्र ते न्यवसन् सुखम् चित्रकूटं गते रामे पुत्रशोकातुरस्तदा राजा दशरथः
स्वर्गं जगाम विलपन् सुतम् मृते तु तस्मिन् भरतो वसिष्ठप्रमुखैर्द्विजैः नियुज्यमानो राज्याय नैच्छद् राज्यं महाबलः स जगाम वनं वीरो राम-
पादप्रसादकः गत्वा तु स महात्मानं रामं सत्यपराक्रमम् अयाचद् भ्रातरं रामम् आर्यभावपुरस्कृतः त्वम् एव राजा धर्मज्ञ इति रामं वचोऽब्रवीत् रामोऽपि परमोदारः सुमुखः सुमहायशाः न चैच्छत् पितुरादेशाद् राज्यं रामो महाबलः पादुके चास्य राज्याय न्यासं दत्त्वा पुनः पुनः निवर्तयाम् आस ततो भरतं भरताग्रजः स कामम् अनवाप्यैव रामपादाव् उपस्पृशन्
नन्दिग्रामेऽकरोद् राज्यं रामागमनकाङ्क्षया गते तु भरते श्रीमान् सत्यसंधो जितेन्द्रियः रामस्तु पुनर् आलक्ष्य नागरस्य जनस्य च तत्रागमनम् एकाग्रे दण्डकान् प्रविवेश ह विराधं रा-
क्षसं हत्वा शरभङ्गं ददर्श ह सुतीक्ष्णं चाप्यगस्त्यं च अगस्त्यभ्रातरं तथा अगस्त्यवचनाच्चैव जग्राहैन्द्रं शरासनम् खड्गं च परमप्रीतस्तूणी चाक्षयसायकौ
वसतस्तस्य रामस्य वने वनचरैः सह ऋषयो अभ्यगच्छन्त राक्षसानां वधार्थिनः स तेषां प्रतिशुश्राव राक्षसानां तथा वने प्रतिज्ञातश्च रामेण वधः संयति रक्षसाम् ऋषीणाम् अग्निकल्पानां दण्डकारण्यवासिनाम् तेन तत्रैव वसता जनस्थाननिवासिनी विरूपिता शू-
र्पणखा नाम राक्षसी कामरूपिणी ततः शूर्पणखावाक्याद् उद्युक्तान् सर्वराक्षसान् खरं त्रिशिरसं चैव दूषणं चैव राक्षसं निजघान रणे रामस्तेषां चैव प-
दानुगान् वने तस्मिन्निवसता तत्र जनस्थाननिवासिनाम् रक्षसां निहतान्यासन् सहस्राणि चतुर्दश ततो ज्ञातिवधं श्रुत्वा रावणः क्रोधमूर्च्छितः सहायं वरयाम् आस मारीचं नाम राक्षसम् वार्यमा-
णः सुबहुशो मारीचेन स रावणः न विरोधो बलवता कर्तव्यो रावण त्वया अनादृत्य तु तद् वाक्यं रावणः कालचोदितः जगाम सहमारीचस्तस्याश्रमपदं तदा
तेन मायाविना दूरम् अपवाह्य नृपात्मजौ जहार भार्यां रामस्य गृध्रं हत्वा जटायुषम् गृध्रं च निहतं दृष्ट्वा हृतां श्रुत्वा च मैथिलीम् राघवः शो-
कसंतप्तो विललापाकुलेन्द्रियः ततस्तेनैव शोकेन गृध्रं दग्ध्वा जटायुषम् मार्गमाणो वने सीतां राक्षसं संददर्श ह कबन्धं नाम रूपेण विकृतं च
महाबलम् तं निहत्य महाबाहुर्ददाह स्वर्गतश्च सः स चास्य कथयाम् आस शबरीं धर्मचारिणीम् श्रमणीं धर्मनिपुणाम् अभिगच्छेति राघवः स-
ऽभ्यगच्छन्महातेजाः शबरीं शत्रुसूदनः शबर्या पूजितः सम्यग् रामो दशरथात्मजः पम्पातीरे हनुमता संगतो वानरेण ह हनुमद्वचनाच्चैव सुग्रीवेण
समागतः सुग्रीवाय च तत् सर्वं शंसद् रामो महाबलः आदितस्तद्यथावृत्तं सीतायाश्च विशेषतः सुग्रीवश्चापि तत् सर्वं श्रुत्वा रामस्य वानरः चकार सख्यं रामेण प्रीतश्चैवाग्निसाक्षिकम् ततो वानरराजेन वैरानुकथनं प्रति रामायावेदितं सर्वं प्रणयाद्दुःखितेन च वालिनश्च ब-
लं तत्र कथयाम् आस वानरः प्रतिज्ञातं च रामेण तदा वालिवधं प्रति वालिनस्तु बलं श्रुत्वा शङ्कितश्चासीद् वीर्येण राघवः राघवः प्रत्ययार्थं तु दु-
न्दुभेः कायम् उत्तमं पादाङ्गुष्ठेन चिक्षेप संपूर्णं दशयोजनम् बिभेद च पुनः सालान् सप्तैकेन महेषुणा गिरिं रसातलं चैव जनयन् प्रत्ययं तदा तत-
स्तुष्टमनास्तेन विश्वस्तः स महाकपिः किष्किन्धां रामसहितो जगाम च गुहां तदा ततोऽगर्जद् धरिवरः सुग्रीवो हेमपिङ्गलः तेन नादेन महता नि-
र्जगाम हरीश्वरः ततः सुग्रीववचनाद् धत्वा वालिनम् आहवे सुग्रीवम् एव तद् राज्ये राघवः प्रत्यपादयत् स च सर्वान् समानीय वानरान् वानरर्षभः दिशः प्र-
स्थापयाम् आस दिदृक्षुर्जनकात्मजाम् ततो गृध्रस्य वचनात् संपातेर्हनुमान् बली शतयोजनविस्तीर्णं पुप्लुवे लवणार्णवम्
तत्र लङ्कां समासाद्य पुरीं रावणपालिताम् ददर्श सीतां ध्यायन्तीम् अशोकवनिकां गताम् निवेदयित्वाभिज्ञानं प्रवृत्तिं च निवेद्य च समाश्वास्य च वैदेहीं म-
र्दयामास तोरणम् पञ्च सेनाग्रगान् हत्वा सप्त मन्त्रिसुतान् अपि शूरम् अक्षं च निष्पिष्य ग्रहणं समुपागमत् अस्त्रेणोन्मुक्तम् आत्मानं ज्ञात्वा
पैतामहाद् वरात् मर्षयन् राक्षसान् वीरो यन्त्रिणस्तान् यदृच्छया ततो दग्ध्वा पुरीं लङ्कां ऋते सीतां च मैथिलीम् रामाय प्रियम् आख्यातुं पुनर्

慈悲の女

大母神の崇拝は、アジア諸国ではほぼ行われていないところはなく、主要な宗教で神格化され、多大の尊敬を受ける女性をもたないものはない。キリスト教、イスラム教でもしかりである。ヒンドゥー教では、カーリー、ドゥルガー、ラーダー、シーターなどその他の母神への信仰が見られる。これらの大母神崇拝は、ある地方に限って著名であるが、ときには一般に有名なものもあって、インドの村落生活の特色を示している。

母神のもっとも身近かなものは、実際に生きている母親で、女児から尊敬される。これにつぐ存在として、各村落にそれぞれ特別の守護母神がいる。また一般に男性神もいて女性神と同様に悪魔を駆除(くじょ)するが、人々が好んで尊重するのは母神(女神)のほうである。これら母神は活動性と強い勢力を兼ね備え、人々は祈祷(きとう)、供えもの、讃嘆(さんたん)で奉仕し、こうすることで悪魔払いの神意を発揮(しんき)し、また人間の希望をはっきりと知る。しかし、その性格は激しく、むらっ気があり、危険な憎悪心をもち、もし軽い待遇を受けたなら、憤怒(ふんぬ)のあまり人間に病を与えて悩ませる。

女神信仰にともなうご利益は、多種多様なヒンドゥー教のなかで、もっとも際立った特色である。母神崇拝の思想はおそらくアリアン民族の家庭生活から起こったと思われる。初期のアリアン民族では、父子および母子の間柄、また家族の結合はとても緊密なもので

あった。父は食べものの給与者、また一家の保護者として尊敬され、母は毎日の食べものをつくり、家事を処理するものとして尊敬される。アリアン民族の家庭においては、父と母はすなわち神として尊ばれている。

宗教思想が発達し、最高主宰者の存在を認める考えが進むと、最初の信条が父と母なる性質をもつ二方面に分かれてくる。はじめ万物の上を覆う大空は天の父、地はあらゆる生物を産み出す母として人格に見立てられ、次に無限の空間が地に代わって永遠の母と考えられるにいたった。時代がくだると、プラクリティ（物質原理）が創造の原理である永遠の母と認められ、それ自体から万物を展開できる能力があると信じられた。ただし、このようなものは永遠の精神的原理である男性と結合しなければ、万物創造の能力は備わらないと考えられている。

初期のヒンドゥー教で、インド人が母神崇拝をその信仰の一部としたのは、むしろ当然のことである。村ごとに特殊な母神がいて、そのなかには慈愛の神もあって、人々は神のご加護を受けようと崇拝する。しかし多くは信仰を怠り、神意に背く行為があったときは、他の悪鬼と同じく、母神は害毒、悪戯、病気、その他のさまざまな困難を起こし、死すらも招く。だいたい母はその（実際の）女児の害となることをのぞくことを、その主な本務とする。インド人はこの理を認めながらも、なお母神に神性を与え、女児が母神の祠に供

えものを捧げ、これで母を慰安する場合に限って、女児を保護すると考えている。この母神は一方では、危険で悲惨な破壊行動をし、たくさんの悪戯を行い、鬼神よりもなお恐ろしいと考えられるほど、その性質は凶猛、頑固である。そして、その例を一、二を挙げれば次の通りである。

サティー崇拝

サティーとは「貞淑な妻」の意味で、夫と死別すると自らの身を火葬の薪の山において焼身自殺し、霊界で夫の霊に連れそおうとする貞淑な寡婦の称号である。サー・エドウィン・アーノルドの詩には、このような貞婦の心を詠んである。「死の神が、もし私の夫を訪れたなら、妻は火葬の柴に身を委ね、生きている日のように懐かしい夫の頭を妻の膝に乗せる。炬火は激しい炎となって、煙が妻の息つまらせるばかりに巻こうとも、妻はそれをとても嬉しく思う。インド人の妻がこのようにして死ねば、その愛は無限の力となって髪一筋ごとに、その夫の天界での一〇〇〇万年の寿命を与える」と。

ここまで貞淑な妻の霊が、死後、世の尊敬を受けるのは当然である。すなわち焚死（サティー）の灰の上に建てられた祠に、その女性の霊を招いて礼拝する。亡女の霊は、村々の婦女子の守護神となり、自己の献身的行為で神格を得て、礼拝する者を守り、その祈念

偉大な女神マハーデーヴィー
Mahadevi, the Great Goddess
（1725年頃）

を満足させる。

『マハーバーラタ』によれば、パーンドゥ王の死せるとき、その妻の一人クンティは、はじめ火葬の薪に上ろうと望んだが、同じ妻の一人マードリーにその望みを譲った。ついでパーンドゥとマードリーの体は、ひとしくガンジス河畔の荼毘の煙と消え去った。またクリシュナが世を去ると、一万六〇〇〇の妻は悲しみに堪えず、慟哭を禁じえなかった。そのうちの四人は火葬の薪に上った。このようにインドの婦女が、火葬の炎に身を委ねて、夫の死に殉じる動機は次の五点であろう。

(一) 妻が夫とともに、あの世へ行こうとする自然の要求。

(二) 寡婦がこうして肉体を失うことは、献身的行為であると説くヒンドゥー経典の説。

(三) 一人の男子の財力で、多数の妻を扶養する面倒を避けようとする経済的な考え。

(四) 寡婦が再婚を禁じられ、夫の遺族より満足できる扶助は得がたく、また他の国のように不徳の行いで生計を営むことができないこと。

(五) 妻が夫を毒殺することを予防する手段。

などであろうと思う。夫の危篤に瀕したとき、ある若い妻が別室に閉じこもり、自ら身に油を注いで火をつけ、夫の死に先立つ五分間で焚死した例がある。寡婦が夫の死体とともに焚かれる際、苦悶のあまりに駆け出せば、そばにいる人は長い竿で婦人を再び炎の中

に入れる。

既婚女性の女神

インドの女子は、結婚して後、はじめて真の生活に入る。結婚は彼女たちの再生で、また唯一の救済でもある。結婚後は夫を神として敬い、自己の全人格と一身の将来を、すべて夫のために投入する。近世インドの婦人の地位はきわめて低いけれども、古代インドでは多く尊敬を受けたように、『マハーバーラタ』には信頼できる婦人の定義が記されている。曰く、妻はその夫の半分で、また信実(しんじつ)な友である。愛ある妻は徳と富と快楽の源泉である。貞淑(ていしゅく)な妻は天の恵みを求める助けとなり、言葉の優しい妻は孤独を慰める話相手となり、また彼女と父になって忠言をおしまず、母となってその夫の煩悶(はんもん)をやわらげる。人生の荒野を進む旅人には、妻は安らかな休息所である、と。

既婚女性の神は家庭の守護神で、また既婚女性が、子供を産むときに分娩(ぶんべん)の動きを司り、またこれらの婦人に子を授け、その友もしくは助言者となる。この女神像は黄色で、猫の背にまたがって、子供に授乳している姿となっている。毎年六回ずつ、礼拝を行う決まりであるが、子供を失った母親は毎月、この女神を礼拝する。礼拝を行う日には村の母親たちは、いずれも晴れ衣装を着飾って、顔に油と朱を塗り、輝くばかりに装って、榕樹(ようじゅ)の下

の礼拝所に集まる。ここに安置された神像は、ただ人の頭ほどの大きさの石に過ぎないが、女たちはさまざまの供(そな)えものを携えて女神に捧げる。さてこれらの供(そな)えものは、司祭者であるバラモン僧が祭祀(さいし)を終えた後にその家に送り届けられるか、またはこの祭祀(さいし)を見ていたまだ母となっていない女子たちに与えられる。彼女たちは集まった母親たちからものを受けるため、力を尽くして着物の裾を広げ延ばして待っている。供(そな)えものを与える人々は、「神の御恵はそなたの身に加わり、来年にはあなたも子供を抱き、供(そな)えものを携えておいで」と祝う。これに対して、受ける側は誠実な言葉を述べる。

妊婦が出産するときには、とくにこの女神に祈ることはもちろんである。インドにおいては、初生児にもっとも危険なのは歯牙(しが)の病である。その原因は出産時に汚い器具や手段を使うためだと言われている。生後六日目に、父は必ずこの女神への儀式を行い、以後、十二日目までの危険期間をことなく過ぎれば、第二十一日目に、生母自らこの女神へ謝礼の供(そな)えものを捧げ、女神の本体である石に花環をかける。この簡素な儀式は、黄昏(たそがれ)ごろに行われる決まりで、もし生母が直接、女神の祠(ほこら)に詣(もう)でることができない場合は、榕樹(ようじゅ)の枝を出産場所の枕元におき、そこでこの儀式を行う。

悪意の女神

悪意の女神すなわち病気、残虐、憎悪、悪意と、復讐などの女神の性格を考えれば、これら悪の女神崇拝と、悪鬼崇拝の違いは判然としない。これらの崇拝を受ける神々は、普通はデーヴィーの名をもち、あるいはシヴァの消極性であるもろもろの像の名を冠せられる。すなわちカーリー、ターラー、ドゥルガーなどである。低階層の様式では、これらは単に村々の鎮守神に過ぎない。その性格は獰猛、邪険で、怒りやすく、気まぐれで、恐るべきものである。

これらの母神のほかに、なお約一四〇種の母神がいる。ある尊像は、粗末な彫刻物に過ぎず、またあるものはただの象徴にとどまっている。あるいは何の像も見られない空虚な祠もある。このような母神の一つにコーディヤルというのがいる。ほとんど母としての慈愛を失い、邪険で、悪戯を好むため、もし村のなかに病気の流行することがあれば、この神への供物を怠ったためだと言われる。ゆえにコーディヤル母神の憤怒を鎮め、病気を軽くし、癒やすには異常な分量を献上しなくてはならない。すなわち動物を屠ってその血を注ぎかける。これら母神は、元来、血を好み、血をすするため、豚、ヤギ、雄鶏などの血を供え、穀物の調理したものを献じる。ある特殊の女神は、とくに黒い子ヤギを好み、三〇〇〇ないし四〇〇〇頭の黒い子ヤギの血を、毎年供えれば、病気や死を防ぐことがで

きるという。産後十五日を経たないまま、身が不浄のままで世を去った婦女の霊魂は、もっとも悪意ある鬼神となって他の若い母を脅すと言われている。

天然痘神

インドの田舎では、一般に病気は、母神、鬼神もしくは巫女などによる仕業だと信じられている。このような信仰が田舎の人々のあいだに生じたのは自然なことで、熱病患者のうわ言、その他、癲癇、痙攣、ヒステリー性などの病状は、一見、鬼神などに憑かれたようで、また病気の状態が急に悪化するコレラ病、危険でまた醜悪な天然痘も、神の仕業によるものと言われている。

およそ人間の病気は、次のような三つの原因から来るものと考えられている。(一) 前世でつくった罪業の報い。(二) 現世でつくった罪の結果。(三) まったく偶発したもの。などで第三に属するものだけが、医療で治療される。癲癇のようなものは、第二種に属し、治るのを望むなら神をなだめておだやかにしなければならない。

およそ恐ろしいものの意義をやわらげ、その悪意を避けるために、優雅な名称を与えることはインドの一般的な習慣である。天然痘神に与える名はその一例で、「冷涼にさせる女」という意味をもっている。これ天然痘の症状で高い熱に悩むことと、反対の名称であ

る。この母神は、天然痘を癒やすか、あるいは流行させるか、女神自らがこの病気にかかるか、の三つのうちが選ばれる。インドのある地方では、この女神を一緒に焚くことをおそれて、天然痘で死んだ者を火葬としないという。

天然痘神の姿は、黄色の女性像で、赤い衣を着て、赤子に授乳しながら、睡蓮の上に座っている。その祠は、通常、村はずれの木蔭や林間にあって、悪疫流行のときでなければ、男子がこれを礼拝することはほとんどないけれども、幾千の婦女、子供は皆が信仰する。通常は、天然痘神に相当する二、三の石に、低い階級の下僕が奉仕し、これをもって祠としている。しかしまたよく正規の神殿内に安置されることもある。

人々は病気に対しては変わった態度をとっている。彼らは病が来るのを恐れ、それを避けるために、寺院内にある母神像の前で、病神に祈りを捧げて、供物を献じる。しかしひとたび病が来襲すると、患者のいる家ではこれを光栄とし、天然痘のあとのとくに見苦しいものをより深く尊敬する。天然痘にかかった者は、よく盲目となるか、あるいはなかば視力を失う。しかしこれを回復するためにも手術を行うことを喜ばない。それは天然痘の女神に対して、不敬だと考えるためである。

ベンガルでは、地面に区画を施して、牝牛の糞を巻き、その上にこの女神を安置して祈る。火をともし、清く澄んだバターと酒を捧げ、礼拝者は地上に頭を垂れて、呪文を唱えなが

339

देवी और देवताओ ｜ 第29章　女神信仰

ら礼拝する。インドでは赤子の二歳の春に種痘（天然痘の免疫を与える方法）を行い、司式のバラモンに供物を贈り、さらに結果が良好であるならば、さらに謝礼をする。そしてその儀式の終わりには、バラモンは女神に献じた花を取り、子供の頭髪の飾りとしてかざす。またある地方では天然痘の起こった場合には、とくに天然痘の女神に祈りを捧げ、患者がもし危険な症状に陥れば、女神像の前に運んで、神に供えた水に沐浴させ、その少量を服用させる。

この女神とまったく性格が相反しているのは、前に挙げた婦女と子供の守護神である。この女神は、コレラ病流行のときなどでは頼りとされ、崇拝される。

またもの乞いは、石に飾りを施したものを携えて、村内を巡り、もし意のままに施物を得られないときは、この女神の怒りを村民に向けて、災いを起こさせようと脅す。なおこの天然痘神の崇拝には、痛ましい習慣がともなっている。天然痘の流行はなはだしいときは、病気の蔓延をとめるため、人身供犠を天然痘の女神に捧げたこともあると伝えられている。この病をあらかじめ防ぐために、子供に醜い名称をつけ、その身にボロをまとわせ、病に対して有効なニーム樹の枝を戸口にかけ、この女神の来るのを妨げるという。雷の代わりに製粉の車輪をうるさくまわし、天然痘神の乗りものであるロバに食べものを与えることもある。

コレラ神と従属の小神たち

ある季節にコレラ（感染症）は盛んに流行し、またとても恐れられているから、コレラ病を司る神を、地方ごとにさまざまな様式で信仰する。連合州の西部地方では、カーリー女神を信仰し、牛乳と酒を混ぜ、これをもって村の周囲をまわって魔法の環を描く。コレラはこの環を越えることができないと信じられている。カーリー賛美の経文を誦し、祠のある村々では住民はここに集まって礼拝を行う。牡の水牛や羊を、赤く塗って列を組み、病の流行っている街で引きまわし、やがて林へ放って病を運び去ったものと考える。

このようなときには犠牲の祭祀がしきりに行われ、動物はもちろん、ときには人間でさえも生きたままで祠の前にしばられたこともあるという。ヒンドゥー教の歴史を顧みれば、幾百千年のあいだに、異形異相の神もあって、その憤怒を鎮める最後の手段として、人身供犠が行われ、今もインドでは高尚な正規の儀式が行われる一方で、人身供犠のような蛮行もなおその余喘を保っている。バラモン教徒はこのような悪習の撲滅に労力を尽くしているけれども、いまだ全滅にはいたっていない。

この他、コレラの女神には、嘔吐作用を神格化したフルカーデーヴィーと、恐ろしい死の母神で、天然痘神の姉妹であるマーリーマイの二神がいる。コレラの神は、インドの他の神々とは違って史上に実在した人物である。ハルドウル・ラーラは、ビル・シナ・デー

341
देवी और देवताओ ｜ 第29章　女神信仰

ヴァの第二子であったが、ジャハンギール王子にそそのかされ、アクバル宮廷の文学者アブル・ファサルを暗殺した。父の死後、彼の兄弟（同胞）であるジャージャールが位を継承した。ジャージャールは妻の貞操に疑念を抱き、ついに西暦一六二七年、その愛人ハルドウルと同僚たちを饗宴に招き、妻に命じてひそかに毒を与えて殺してしまった。この悲劇の後、やがてジャージャールの姉妹カンジャーヴァティー王女は、（ハルドウルの死を知らないまま）ハルドウルと結婚することになって、彼女の母は結婚式の招待状を送ろうとした。ラージャー・ジャージャールはあざ笑って、ハルドウルの痛ましい運命（死）を告げた。

母は絶望して、その墓に詣で、痛ましいハルドウルの最後を悲しんだ。それなのに不思議にもハルドウルは地下から母の言葉に答え、結婚式に臨むため、もろもろの支度を整えることを約束した。やがてこの言葉に違わず、その家名に恥ずかしくない立派な結婚式が挙げられた。やがてハルドウルの亡霊は、深夜、アクバル王の寝所に現れ、王の版図が村々に広がって、ハルドウルに敬意を払わせることを命じさせた。かつ婚礼でハルドウルを供養すれば風雨の憂いはなく、食事の前ごとにハルドウルに供物を捧げる者は、常に飲食に欠乏を感じることはなくなると告げた。王はこの要望を受け入れた。以来、北インドではこの神の崇拝はいたるところで行われたが、物事の年時に関しては、父アクバル王は

一六〇五年、ハルドウルは一六二七年に没したことのみ確かである。

ハルドウルはその郷里では、ドゥルハー・デオと同階級の結婚の神として信仰されている。しかしジャムナの北方では、コレラ除けの神として、偉大な力が認められている。イギリスのインド征服の戦争中、ピンダーリの役で総督ヘイスティングスの陣営に、劇烈なコレラが発したのは、ハルドウルの聖灰のある森林中だった。そしてそれはイギリス軍が食べるために牛を屠ったためだと一般に信じられている。

ある一つの村から、この病神を追い払う方法はいろいろあるが、よく他の村落とのあいだに議論が起きる。ある地方では、病神を魔壺に封じこめ、蓋をおおって真夜中に隣の村へ運び去る。運び込まれた村人は、短剣をふるって待ち構え、来る人々に対抗するが、前の村の人々はその隙間をうかがって、ひそかに例の壺を敵地のなかに埋めようと試みる。一方、後者は見張りを厳しくしてこれを防ぐ。そのために争いが起きることも珍しくない。

ボンベイでは村にある陶器商は、コレラ神像の制作を注文されることが多い。この像が完成すれば村人たちはコレラ神像を壺の内におさめ、行列を整えて村はずれに出て、ここでコレラ神像を礼拝する。

蛇崇拝

蛇は一般に恐ろしいものだと考えられているが、神秘的な習慣と、強烈な毒をもつことで崇拝される。蛇はひそかに人に近寄り、魅了するような姿をしてうねりいき、冷やかに見つめて、裂けた紅の舌を吐き出し、急に襲ってくる。婦人は朝はやく、裸足のままで田畑を歩み、また屋内の暗いすみずみを手さぐりで用事をすませる習わしだから、とくに強く蛇を怖れる。インド人が夜間に戸外に出ることを嫌うのは、一つは蛇を嫌うためである。毎年、インド国内で蛇の噛み傷を受ける者は、二万以上におよぶという。

蛇はこのように忌むべき性質のものであるが、また一方では皮膚の美しい文様、螺旋を描く身体の運動、そのほか人間にとって無害の多く蛇の人目を驚かす様子などは、人にある種の快い感じを与え、蛇は神の美と慈恵を表現したもののように思わせる。また蛇がその身を輪のようにとぐろを巻き、毎年、脱皮することは、不死の姿の象徴で、永遠に断えることない「とき」を示すものと考えられる。

蛇崇拝は、主にインドのある一地方で行われるが、ナーガのように特殊な種族は自ら「蛇の後裔だ」と称している。この種族は半人半蛇で、カシュヤパの多妻中の一人から生まれたという寓話がある。この妻から生まれた一〇〇〇人のナーガ族は、蛇族全体の祖先となり、そのなかの女性のある者が人類と結婚して生まれたのが、今のナーガ族の先祖である。

また勇士ビーマはナーガ族に育てられた。ナーガ族ビーマの飲んだ毒物の害をとりのぞき、一万人のナーガ族に相当する力が出る飲料を彼に与えた。

　ナーガ諸王の一人なる千頭蛇シェーシャは、ヴィシュヌが天地創造に携わっていた期間、ヴィシュヌの寝台（しんだい）（ベッド）となり、天蓋（てんがい）となって、ヴィシュヌはそこで眠りをむさぼっていた。ナーガはすなわち無限を象徴する。そして世間の信仰によれば、地震はナーガの一〇〇〇頭の一つを動かしたためだと言われている。

　ナーガの大祭は、七月の末に行われる。蛇崇拝の盛んな土地では、この日、幾千の人々がナーガの祠（ほこら）に集まる。ある地方では子供のいない婦人は、蛇の穴の前で願いをこめて祈り、牛乳と卵を供（そな）える。インド国内いずれの地方でも、蛇崇拝とナーガ族崇拝は混在して識別することは困難である。

　インドの諸地方には、多くの小さな蛇神がいる。例えばベナレスのナーゲシュワルはその一つであるが、伝説上の大蛇神はヴァースキであって、彼はシェーシャおよびタクシャカとともに、パーターラ低部地方の一部分をつかさどっている。この地方はナーガ族の住処（すみか）でナーガローカと呼ばれている。ヴァースキも神々と諸鬼神（きしん）が乳海（にゅうかい）を攪拌（かくはん）するときにもちいる綱の役割を果たした。

345

マナサー

マナサーは、ヴァースキの姉妹であって、ジャラトカールという聖者の妻である。彼女は蛇の王で、爬虫類の害を防ぐものとして人々に信仰される。もっとも広く知られた称号は、「解毒者」という意味のものである。マナサー女神も他の母神などと同じく、嫉妬深く、もし自分への奉仕を怠れば、たちまち恐ろしい蛇を人の住家に送って報復を試みる。

この蛇神の大祭は、ナーガ・パンチャミーと呼び、二月五日に行われる。当日、人々は家の壁に蛇や鳥などの絵を掲げ、とくに神像をおかず、ただ一枝の木と一盆の水に土製の蛇一尾を添えて、これをご神体とする。次のような物語が、マナサー崇拝について伝えられている。

チャンドというある商人が、かつてマナサーの崇拝を拒んで、マナサーを軽蔑した。すると、その子六人があいついで蛇に咬まれて命を失った。マナサーの恨みから逃れるためにチャンドの長男は鉄の家屋に隠れたが、マナサーは戸の隙間から蛇を入らせた。蛇は長男の結婚の当日に彼を嚙んで死にいたらせた。しかし長男の寡婦は蛇を逃れてその姑のもとにいたり、涙とともにことの成り行きを告げた。姑は周囲の人々と力をあわせてチャンドを説得して、マナサー女神の（攻撃的な）意志をやわらげさせようと努めたが、チャンドはマナサーへの信仰を承諾しなかった。しかしマナサーもその友を通じて「今後、マナサー

千頭蛇に乗るヴィシュヌ神
Shri Sheshanarayana, Vishnu Narayana on Shesha
（1886年）

मुंबई.

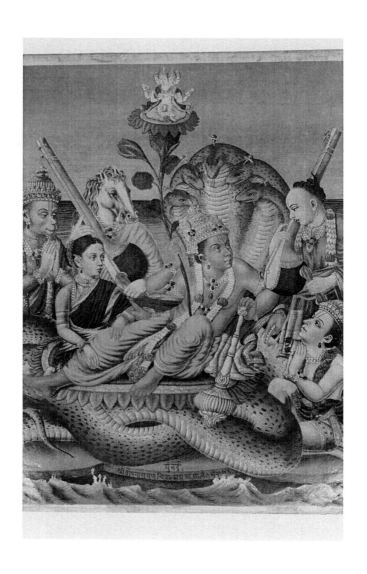

女神に反抗しないこと」をチャンドに納得させた。ついにチャンドも一枝の花を左手にもって、女神像に捧げることに応じた。するとマナサー女神も喜び、チャンドの子をすべて甦（よみがえ）らせ、以後、世の人々もこの女神の力を知り、マナサーを信仰してついに大母神の一つとなった。

श चालनिःस्वनम् तस्मात् तु मिथुनाद् एकं पुमांसं पापनिश्चयः जघान वैरनिलयो निषादस्तस्य पश्यतः तं शोणितपरीताङ्गं वेष्टमानं महीतले भार्या तु निहतं दृष्ट्वा रुराव

ॐ

第30章 英雄、聖者信仰

तपःस्वाध्यायनिरतं तपस्वी वाग्विदां वरम नारदं परिपप्रच्छ वाल्मीकिर मुनिपुंगवम को नव अस्मिन साम्प्रतं लोके गुणवान कश
धर्मज्ञश च कृतज्ञश च सत्यवाक्यो दृढव्रतः चारित्रेण च को युक्तः सर्वभूतेषु को हितः विद्वान कः कः समर्थश च कश चैकप्रियद
को जितक्रोधो मतिमान को ऽनसूयकः कस्य बिभ्यति देवाश च जातरोषस्य संयुगे एतद इच्छाम्य अहं शरोतुं परं कौतूहलं हि मे
ऽसि जञातुम एवंविधं नरम शरुत्वा चैतत तरिलोकज्ञो वाल्मीकेर नारदो वचः शरूयताम इति चामन्त्र्य परहृष्टो वाक्यम अब्रवीत
चैव ये तवया कीर्तिता गुणाः मुने वक्ष्याम्य अहं बुद्ध्वा तैर युक्तः शरूयतां नरः इक्ष्वाकुवंशप्रभवो रामो नाम जनैः शरुतः नियत
दयुतिमान धृतिमान वशी बुद्धिमान नीतिमान वाग्मी शरीमाञ शत्रुनिबर्हणः विपुलांसो महाबाहुः कम्बुग्रीवो महाहनुः महोरस्को म
अरिंदमः आजानुबाहुः सुशिराः सुललाटः सुविक्रमः समः समविभक्ताङ्गः सनिग्धवर्णः परतापवान पीनवक्षा विशालाक्षो लक्ष्मीवा
धर्मज्ञः सत्यसंधश च परजानां च हिते रतः यशस्वी जञानसंपन्नः शुचिर वश्यः समाधिमान रक्षिता जीवलोकस्य धर्मस्य परिरक्षिर
धनुर्वेदे च निष्ठितः सर्वशास्त्रार्थतत्त्वज्ञो समृतिमान परतिभानवान सर्वलोकप्रियः साधुर अदीनात्मा विचक्षणः सर्वदाभिगतः सद्भि
सिन्धुभिः आर्यः सर्वसमश चैव सदैकप्रियदर्शनः स च सर्वगुणोपेतः कौसल्यानन्दवर्धनः समुद्र इव गाम्भीर्ये धैर्येण हिमवान इव
वीर्ये सोमवत परियदर्शनः कालाग्निसदृशः करोधे कषमया पृथिवीसमः धनदेन समस तयागे सत्ये धर्म इवापरः तम एवंगुणसंपन्नं
जयेष्ठं शरेष्ठगुणैर युक्तं परियं दशरथः सुतम यौवराज्येन संयोक्तुम ऐच्छत परीत्या महीपतिः तस्याभिषेकसंभारान दृष्ट्वा भार्याथ
देवी वरम एनम अयाचत विवासनं च रामस्य भरतस्याभिषेचनम स सत्यवचनाद राजा धर्मपाशेन संयतः विवासयाम आस सुतं र
परियम स जगाम वनं वीरः परतिज्ञाम अनुपालयन पितुर वचननिर्देशात कैकेय्याः परियकारणात तं वरजन्तं परियो भराता लक्ष्म
ह सनेहाद विनयसंपन्नः सुमित्रानन्दवर्धनः सर्वलक्षणसंपन्ना नारीणाम उत्तमा वधूः सीताप्य अनुगता रामं शशिनं रोहिणी यथा पौरै
पित्रा दशरथेन च शृङ्गवेरपुरे सूतं गङ्गाकूले वयसर्जयत ते वनेन वनं गत्वा नदीस तीर्त्वा बहूदकाः चित्रकूटम अनुप्राप्य भरद्वाजस्य
आवसथं कृत्वा रममाणा वने तरयः देवगन्धर्वसंकाशास तत्र ते नयवसन सुखम चित्रकूटं गते रामे पुत्रशोकातुरस तदा राजा दशर
विलपन सुतम मृते तु तस्मिन भरतो वसिष्ठप्रमुखैर दविजैः नियुज्यमानो राज्याय नैच्छद राज्यं महाबलः स जगाम वनं वीरो रामप
पादुके चास्य राज्याय नयासं दत्त्वा पुनः पुनः निवर्तयाम आस ततो भरतं भरताग्रजः स कामम अनवाप्यैव रामपादाव उपस्पृशन
ऽकरोद राज्यं रामागमनकाङ्क्षया रामस तु पुनर आलक्ष्य नागरस्य जनस्य च तत्रागमनम एकाग्रे दण्डकान परविवेश ह विराधं राक्ष
ददर्श ह सुतीक्ष्णं चाप्य अगस्त्यं च अगस्त्य भरातरं तथा अगस्त्यवचनाच चैव जग्राहैन्द्रं शरासनम खड्गं च परमप्रीतस तूणी चा
वसतस तस्य रामस्य वने वनचरैः सह ऋषयो ऽभयागमन सर्वे वधायासुररक्षसाम तेन तत्रैव वसता जनस्थाननिवासिनी विरूपिता श
कामरूपिणी ततः शूर्पणखावाक्याद उद्युक्तान सर्वराक्षसान खरं तरिशिरसं चैव दूषणं चैव राक्षसं निजघान रणे रामस तेषां चैव प
निहतान्य आसन सहस्राणि चतुर्दश ततो जञातिवधं शरुत्वा रावणः करोधमूर्छितः सहायं वरयाम आस मारीचं नाम राक्षसं वार्यम
मारीचेन स रावणः न विरोधो बलवता कषमो रावण तेन ते अनादृत्य तु तद वाक्यं रावणः कालचोदितः जगाम सहमरीचस तस्या
मायाविना दूरम अपवाह्य नृपात्मजौ जहार भार्यां रामस्य गृध्रं हत्वा जटायुषम गृध्रं च निहतं दृष्ट्वा हृतां शरुत्वा च मैथिलीम राघवः
विललापाकुलेन्द्रियः ततस तेनैव शोकेन गृध्रं दग्ध्वा जटायुषम मार्गमाणो वने सीतां राक्षसं संददर्श ह कबन्धं नाम रूपेण विकृतं घो
निहत्य महाबाहुर ददाह सवर्गतश च सः स चास्य कथयाम आस शबरीं धर्मचारिणीम शरमणीं धर्मनिपुणाम अभिगच्छेति राघव स
महातेजाः शबरीं शत्रुसूदनः शबर्या पूजितः सम्यग रामो दशरथात्मजः पम्पातीरे हनुमता संगतो वानरेण ह हनुमद्वचनाच चैव सुग्रीव
सुग्रीवाय च तत सर्वं शंसद रामो महाबलः ततो वानरराजेन वैरानुकथनं परति रामायावेदितं सर्वं परणयाद दुःखितेन च वालिनश च
कथयाम आस वानरः परतिज्ञातं च रामेण तदा वालिवधं परति सुग्रीवः शङ्कितश चासीन नित्यं वीर्येण राघवे राघवः परत्ययार्थं तु दु
उत्तमम पादाङ्गुष्ठेन चिक्षेप संपूर्णं दशयोजनम बिभेद च पुनः सालान सप्तैकेन महेषुणा गिरिं रसातलं चैव जनयन परत्ययं तदा तत
तेन विश्वस्तः स महाकपिः किष्किन्धां रामसहितो जगाम च गुहां तदा ततो ऽगर्जद धरिवरः सुग्रीवो हेमपिङ्गलः तेन नादेन महता नि
हरीश्वरः ततः सुग्रीववचनाद धत्वा वालिनम आहवे सुग्रीवम एव तद राज्ये राघवः परत्यपादयत स च सर्वान समानीय वानरान वान
परस्थापयाम आस दिदृक्षुर जनकात्मजाम ततो गृध्रस्य वचनात संपातेर हनुमान बली शतयोजनविस्तीर्णं पुप्लुवे लवणार्णवम तत्र
पुरीं रावणपालिताम ददर्श सीतां धयायन्तीम अशोकवनिकां गताम निवेदयित्वाभिज्ञानं परवृत्तिं च निवेद्य च समाश्वास्य च वैदेहीं म
तोरणम पञ्च सेनाग्रगान हत्वा सप्त मन्त्रिसुतान अपि शूरम अक्षं च निष्पिष्य गरहणं समुपागमत अस्त्रेणोन्मुक्तम आत्मानं जञात्वा
मर्षयन राक्षसान वीरो यन्त्रिणस तान यदृच्छया ततो दग्ध्वा पुरीं लङ्काम ऋते सीतां च मैथिलीम रामाय परियम आख्यातुं पुनर आय

ヒンドゥー教の汎神論（神と世界は一体のものだとする）によれば、神と神の宇宙は同一体である。神はすべての生きものや木や石にまで存在するけれども、とくに偉人の霊に宿ると信じられる。そのためこのような善人は、その同輩の人々から尊敬を受ける。彼らは程度において差異はあるけれど、ひとしく神の本質を具現する。そして生前に彼らが受けた尊敬は、真の尊敬とは言えず、死後、その真の評価が決まるのが常である。

インドで死者を尊敬する理由はいろいろあるけれども、死者の霊が神としてまつられるようになる筋道はただ一つである。ある地方で名門の家柄の墓がある場合、遺族はこれを祠として信仰対象とし、子孫代々その監督者となる。もしこのような聖者が旅に出て村落もしくは聖地付近に隠棲し、苦行を重ねてそこで世を去った場合には、付近の人々はその居住区域内にこのような聖蹟を抱えることを誇りとする。これらは年を経るままに、その人格と経歴は霧に包まれ、霞に覆われ、神秘の色に彩られ、その生も死も超自然のものと見られる。やがて古い神々に関連づけられ、奇異な伝説はついに神話になり、ついには神の意志で聖者の行いがなされたと伝えられる。ヴィシュヌの化身もこの一例である。こうしてバラモン教では、英雄や聖者のために壁龕をもうけることを、正統派の多神教中で説いている。

最上位の神でさえも、その起源は漠然としているが、婦人や優良な牛の病を癒やした者

などの名声は、たちまち四方に喧伝される。ベラルにおいてもっとも人気のある神々の繁栄は、皆このようにしてつくられた。一般の人が神格化されていくことは、インドでは珍しくなく、諸地方で従来すでに存在してきただけでなく、なお今も絶えず形成されつつある。この種の例を挙げたなら、これだけでも優に数冊ができるだろう。もしある人が何か義理を重んじた行いをし、際立って神聖な行為があり、犠牲的行為または奇跡を示したときは、その者はヒンドゥー多神教の三億三〇〇〇万の神々とともに、必ず壁龕（へきがん）内に安置されるようになる。ただしここで注意すべきことは、神と崇（あが）められるにいたっても、なお生前の王、勇者、バラモン、聖者といった四階級が保存されることである。

『マヌ法典』によれば、王は世界の八守護神の姿を有し、たとえそれが子供であろうとも、普通の人に対するように軽んじてはならない。王は人間の姿を借りた大神である、と。これに近い例を挙げれば、ファイザバードに近いアヨーディヤーに新しくつくられた大理石づくりのヴィクトリア女王記念像は、完成後、数週間も経たないうちに、多くの巡礼者が来て集まり、女王の像に聖水を注いで花を散らし、礼拝するにいたった。また近頃、デリーのダルバールにおいて、ジョージ王とソーリー后の出発の際には、類いない壮麗な光景で、全インドの尊敬を受け、人民の群れはここに集まって、すでに主のいない玉座の前に平伏（へいふく）し、最敬礼を行った。その後、彼らの王のいた場所から一握の土砂をとって、家に携えて

351
देवी और देवताओ ｜第 30 章　英雄、聖者信仰

帰った。このように人間として尊敬されている人も、今度は神としてその功績を嘆賞する。

王への崇拝は、やがて勇者や戦士を崇拝する風を生む。『ラーマーヤナ』や『マハーバーラタ』に出てくる大英雄は、戦士の神となるもので、ラーマやクリシュナの場合はヴィシュヌの化身であるが、今はイスラム教の戦士の例を挙げよう。ガージ・ミヤーン（ガージ・サリード・サラール・マスド）という戦士がいて、とても公平な心でイスラム教徒よりもむしろインド人から尊敬されている。また反乱の勇将ニコルソンは、くらべる人がいないほど騎馬が巧みで、驚くような速度で敵前に突如現れ、これによって敵軍を蹴散らした。勇者ニコルソンは、デリーの戦いで命を落としたが、その生前、従者たちはニコルソンの徳を敬慕するあまり、神として信仰するようになった。ニコルソンは英雄（自分）を神とすることを禁じ、これをやめさせようとしたが、彼らはその命令には応じなかった。ニコルソンの訃報を聞くと、ニコルソンを信仰する教派の首長は、自らも死を選んだという。

バラモンについて、『マヌ法典』には、「有力な至上神あり」と記され、学識の有無、職務の高い低いを論じず、バラモンだけは生まれながら神性をもつと考えられている。とくに宗教上の教師はインド人の信仰対象となる。教師が近づいてくるとき、その弟子たちは平伏し、教師の面前ではとくに許されるとき以外は、座りもしない。また師の足を洗い、その汚水までも飲む。そしてその師の力によって、最後の幸福を得ると確信している。バ

तमसातीरं जाह्नव्यास् त्व अविदूरतः स तु तीरं समासाद्य तमसाया महामुनिः शिष्यम् आह स्थितं पार्श्वे दृष्ट्वा तीर्थम् अकर्दमम् अकर्दमम् इदं तीर्थं भरद्वाज निशामय

ラモンの人格の高い低いはあえて問題にすることではない。ただその本質、またその職務にもとづいて神聖視される。

最後に挙げる神化者の一群は、その数がもっとも多いため、重要となっている。聖者がひとたび出家して禁欲生活に入り、神として崇められるようになるのはたやすい。死後はその遺骸(いがい)を焚(や)かず、こうした聖者は「不死である」と考えられるため、聖者は夢幻(むげん)の境地にあるものとされる。そしてあたかも薔薇(ばら)の香りを放つように、その肉体から神聖の気を発するものとされる。やがてその墓所は、巡礼の聖地となる。

ヒンドゥーの聖者

インドの聖者信仰は、広く全土で行われている。聖者は完全な者で、また神の偉大な力だと考えられている。神力の見ることのできる表現は、それぞれがその模範的な敬虔心(けいけん)と帰依心(きえ)で得たものとする。しかし実際にこの理想境に達した者はとても少ない。一九一一年の人口調査の五五〇万人のなかには、よい僧も悪い僧もいる。あらゆる煩悩(ぼんのう)を払い去って修行にはげむ者のほかに、ただのもの乞いも少なくはない。いずれの時代も同じであるが、善良な僧はだんだん減少して、怠(なま)け者たちが勢いを増している。

ある学者の説では、「インドほど多種多様の苦行僧(くぎょう)のいる国は他にない」という。多く

353
देवी और देवताओ ｜ 第30章　英雄、聖者信仰

の種類の苦行僧の増加する理由は、とても簡単である。インドではこうした生活を気楽に営むことができるからである。正直者も、盗賊も、ひとたび苦行僧の姿となれば、インド国内のいたるところ、各家から喜捨を受けることができる。そのため怠惰な者は、まじめに努力するよりも、この気楽な生活方法を選び、世間の人は後日起こる災難を恐れて、あえてもの乞いを追い払わず、相当の布施を行う。真に五欲を絶ち、苦行精進する聖者はきわめて少なく、その大多数は単純なもの乞いであって、よく盗賊なども交じっている。しかしなかには、真摯な聖徒も見られる。

インド人が施しをする際、それが妥当かどうかを判断するようにならなければ、これらの輩の改良を望むことはできない。インドの国力が貧弱なことはよく耳にするが、苦行僧のようなもの乞いが多く社会から扶養されていることを思うと、実に驚くべきことである。彼らは「社会から扶養される権利がある」と考え、なかには暴行をもちいて喜捨を強要する者も珍しくない。

ここに普通の聖者とは異なるが、奇跡を行う者がいる。他の聖者のように神の偉大な力をもち、その生前もしくは死後、遅かれ早かれ聖者の列に加えられる。なおインドの奇跡というものは、神が自然のできごとに関与するものではない。インド人は自然界を支配する法則を知らず、彼らが単純に理解にするのは、ただ奇跡のみである。そしてこれが伝え

られると、広い範囲にまで広がっていく。

聖列に加えられた聖者が死ぬときは、その祠や墓所は人々の信仰を受け、残された弟子たちにとっては財源となるから、師の徳が広く承認されることを競い求める。この聖列というものは、きわめて乱雑で不規則な性格をもち、聖列に加えられたとしても、必ずしも完全な聖者だと認められないことはもちろんである。インドの統治する側のある人は、「ヒンドゥー教の神や聖者の標準を決め、迷信から混乱する多神教に陥ることを防ぐには、正統に公認された法王もしくは首長をおく必要がある」と論じている。

ある冬の日の朝、アラハバードで、印象深い光景が見られた。すなわち幾千の人々がガンジスとジャムナ河畔に集まり、その群衆のなか、五、六頭の象が美しい装いで先に進み、それに一隊の村囃子がしたがい、次に数本の破れた旗を立てて、最後に二〇〇名の苦行者が進んでくる。苦行者たちは皆、衣を着けず、身に聖灰と赭石を塗り、絡み合った頭髪を肩のあたりに垂らし、酒と薬液に浸ったような目つきをしている。こうした聖者はよろよろと歩を進め、練り歩く。なみいる群衆はこれを礼拝し、行列の過ぎゆく跡や聖者の足が踏んだ土砂を争ってつかみ取り、目や、額や、唇などにあてて喜ぶ。

またアゴーリという一派の苦行者たちは、腐肉、死屍、また糞尿も厭わずに食べて、まったく世間に執着せず、超然とした思念を表現する。彼らは糞尿を身に着けて、手には糞尿

を盛った頭蓋骨または木でつくったお椀を携えて、市街を巡行する。もしいくらかの施物を得たなら、自ら糞尿を飲み、与えざる人の前には糞尿を投げつける。ときにその強要に応じない者に、殺人犯の冤罪を負わすため、自ら身体を傷つける暴漢も珍しくはない。

要するに、純粋な浄心の聖者も多少は存在するであろうが、大部分はただの托鉢坊主であって、いずれの階級に属する者も、放逸三昧の生活を送っている。

なお英雄や聖者崇拝について、著名な史上の事実からくる興味深い二、三の物語がある。

ガージ・ミヤーン（ガージ・サリード・サラール・マスド）

ガージ・ミヤーン（ガージ・サリード・サラール・マスド）について考えると、ヒンドゥー教が公平な精神に富むことを知ることができる。ガージ・ミヤーンはイスラム教徒で、無情なムスリム征服者、すなわちインド史上に血潮のページを残したガズニのムハンマド・スルタンの甥であるが、その名の神聖さから一切の悪の行為は忘れられ、連合州のある地方では有名な祠にまつられている。そしてイスラム教徒よりも、むしろインド人から信仰を受けている。

ガージ・ミヤーンは一〇一五年に生まれ、早くからアウドに侵入し、一〇三四年、バライチで、インド人と戦って没した人である。彼が戦死した土地の近くには一つの池があっ

て、池畔には一面の石板に刻んだ太陽神像がおかれている。ミヤーンはここを通り過ぎるたびに、ここで暮らすことを望み、もし神意に適うなら精神上の太陽を信仰して物質的な太陽崇拝をやめようと考えていた。それゆえ従者たちは、この池畔を彼の長い眠りの場所と決め、今でもミヤーンの頭は、生前、彼が廃絶させようとしていた、物質的な太陽神像のなかに留まっているという説もある。

ある者は、この英雄を崇拝することは、太陽崇拝のような原始的、地方的な信仰を継承したものだと信じている。この殉教者をまつる大儀式は、「聖者の結婚」という意味を有し、穀物の豊熟を祈る、大地と太陽とのあいだに行われたという古代の結婚式の遺習というべきものである。バーライチで行われる大祭は、この結婚祭であって、五月のある日に長い巡礼者の行列が、ベナレスおよびジャウンプルから西方のファイザーバードに向かい、ガーグラー河を超えてバーライチにいたる高原地方へ進む。このとき、巡礼者の頭上に戴せている衣服、炊具、食料品などを収めた包みのうえに、一つの玩具の寝台がおいてある。これはこの儀式を祝う象徴である。同じ装いをした幾組かの巡礼者は、各方面から集まってきて、街の中央にある巨樹の下で会する。こうしてそれぞれの隊は、手に手に旗をひるがえし、一か月にわたる長い儀式が開かれる。そうして儀式が残りも十日となったとき、ガージ・ミヤーンの旗と寝台を先頭とし、鐘と太鼓をしたがえた行列がつくられる。祠に着く

と誓いの言葉を述べ、寝台、椅子、敷布をはじめ、花、果実、砂糖、その他いろいろなものを供える。そして結婚式は、六月第一日曜日の夜中に行われる。そのとき、多くの歌女や舞姫などが、祠のなかに入り歌舞が終われば、瓶から水を注ぎ出して、やがて戸に鎖をして立ち去る。こうして注ぎ出された水を、外部の貯水器内に入れておくと、多くの病人たちが来て、これで額や目を潤し、またらい病患者は全身をそのなかに浸して祈りを捧げる。こうして祭の行列は、元の場所に帰っていく。ガージ・ミヤーンの信仰は、広く行われ、かつ堅固である。実際、この式場に参加するものはだいたい下層の民衆のみであるが、富豪の人たちもまた、砂糖、果実、マクワウリなどを貧民に施して、それでこの祭を営む。

　ヒンドゥー教もまたイスラム教と同じく、生前、突出した勇気をもち、神聖な行いと克己を示した者は、死後、信仰されるため、国内にある祠の数はおびただしい。ファイザバード地方にはそれほど著名ではないが、イスラム教の聖者をまつった祠がある。この聖者はマクズーム・サーヒブ（バフー・ベーグム）という者で、ヒンドゥー教の有識者に対して剣の力に訴えず、論議によって打ち勝った人である。その墳墓には多数のインド人が参詣し、この聖者は強大な魔除けの力をもつと考えられる。とくに精神病には効き目がいちじるしい。精神衰弱や精神病で悩む婦人は、多くこの祠に詣で列をつくってマクズーム・サーヒブの墓前に座る。そして多数の僧侶がこれに付き添い、婦人の首を前後に揺って、

ときには額を地に叩かせることもある。次第に激しく振り動かし、ときどきそれを中止して、より興奮させるためにやかましく太鼓を乱打し、脳中に宿った悪鬼に立ち去るときを問う。こうして疲労を招き、とくにはじめて狂気じみた動作を強いられ、困憊し、打ち倒れて悶絶する。こうして「悪鬼は焼かれた」と叫び、この功績をマクズーム・サーヒブに帰する。

イスラム聖者が信仰されるということは、インド人の包容性の大きなことを示す一例で、人々の心の奥底に神意のままに任せる思想があることを示す。このような蛮行も神から許されたから、バラモンを殺戮し、寺廟を冒瀆する信仰上の追害者も、半神である資格を失わない。最近の調査によると、連合州の人口四七〇〇万人のうち、このような祠に詣でる者は二〇〇万人に達するという。

『マハーバーラタ』の勇士ビーマ

ビーマは『マハーバーラタ』の五人の英雄すなわちパーンダヴァ王子中の一人である。ビーマは腕力と勇敢の典型であり、猿神とともに風神ヴァーユの子で、いずれもヒンドゥー寺院の守護神の一つである。ビーマは剛力であるだけでなく、怒りやすい性格で、復讐心に富んでいる。剛力であるために、きわめて大量の食物を必要とし、家族の食料の半分を、

ビーマ一人で食べてしまい、残る半分を四人の兄弟とドラウパディーに分ける。ビーマが「恐ろしいもの」あるいは「狼の腹（おおかみのはら）」という意味の名で呼ばれるのもこのためである。

ビーマが普通使う武器は棍棒（こんぼう）で、その剛力に応じるだけの大きさである。この神がなぜこのような剛力なのかと考えると、はじめビーマはその従兄弟ドゥルヨーダナの手で毒殺され、遺体はガンジスの流れに深く沈められた。ビーマは蛇の世界に身を落とし、そこで蛇の力を同化し、これによって生前の一万倍の体力と剛健さを得て、再び現世に帰ってきた。ビーマはしばしば猛悪な戦いを試み、阿修羅軍（アスラ）に戦いを挑み、それを粉砕して、再び人間界で面倒を起こさないことを誓わせた。

『マハーバーラタ』のパーンダヴァ族とクル族のあいだの戦いでは、ビーマは中心的な働きを見せた。この戦いで、ビーマは第一日にビーシュマと戦い、第二日にはマガダ国のラージャーの二子を討ち、ついで棍棒（こんぼう）で一太刀（ひとたち）、彼らの父とその象を撃殺（げきさつ）した。そして第十四日より第十五日にわたる夜を徹して、日没から日の出までドローナと干戈（かんか）を交じえ、第十七日にドゥフシャーサナを殺し、その血をすすって誓いを果たした。その翌日にはドゥルヨーダナと一騎打ちを試みて、あわやビーマの敗北が決まろうとしたとき、ビーマは不法の一撃で、敵の腿（もも）を砕いてついにこれを打倒した。ビーマは憤怒（ふんぬ）の情に任せて敗れた敵を足蹴（あしげ）にしたが、その所為（しょい）のあまりのはしたなさを憎み、兄弟の一人ユディシュティラは

360

英雄たちの評議会（『マハーバーラタ』）
Council of Heroes: Page from a Dispersed Mahabharata
(Great Descendants of Mahabharata)
（1800年頃）

देवी और देवताओ ｜ 第 30 章　英雄、聖者信仰

ビーマを拳で殴り、侍者に命じてそこから去らせた。

彼はヒンドゥー・ヘラクレスと呼ばれ、多くの他の勇者とともに勇気と度胸をそなえた英雄として広く尊敬されている。

新郎の神ドゥラー・デオ

ドゥラー・デオは中央と北インドの土着の人間に信仰される大神の一つである。この神の信仰については一大悲劇が潜んでいて、今も人の心に強い感動を与える。

新郎が新婦をともない来る道すがら、特殊な尊敬を受ける習わしがある。このとき新郎は盛装し、輿に乗って仰々しいいでたちである。しかしドゥラー・デオは不幸にも、結婚の式場で宴もたけなわになったとき、雷にあって生命を落とした。ドゥラー・デオと彼の馬は石と化し、以来、世間から信仰を受けることとなった。

またある伝説によると、ネルブッダ低地の道端の丘上に砂石でつくった変わった姿の二基の尖柱がある。なお半マイルをへだたった丘上にも、同じ姿で先のものよりはやや低い一基の石柱がある。この二つの柱は、伝説によれば大きな柱はかつてその地方で名声があった一青年を表し、小さな柱はその許嫁の女性を示すものだという。青年は許嫁の少女のもとを訪れるために叔父の家に来たが、若い男女はたがいにはげしく感動して、恋い焦がれ

た目を見合わせた瞬間に、二人と叔父はひとしく石になってしまった。これは若い男女が好奇心にもとづく罪を犯し、叔父はこれを制止しなかった罰として課せられた報いである。そのため今もこの地方では、インドの他の土地の習慣と異なって、こうした不祥事を避けるために花嫁のほうから行列を整えて、新郎の家に向かう習わしである。

ドゥラー・デオ神は、原始時代の高原民族のなかの主な家庭神の一つであって、毎年二月の最終日にはドゥラー・デオ神の前に花を供え、また結婚式にはヤギを捧げる決まりである。ある地方ではバラモンでさえもこの神を信仰する。そしてインドの国家的武器である戦斧を、木の枝に結んだものをその象徴としている。またミールザプールでは家ごとの墓所にドゥラー・デオ神を安置し、油とチューリップを供える。教祖の結婚式が同時に挙げられるときなどは、ヤギにそえて山ほどたくさんの菓子が捧げられる。このヤギは米と豆で飼っておき、斧で首を打ち落とし、信者は神に合掌、礼拝する。

ドゥラー・デオ神が信仰されるようになった理由は、彼の親戚がめでたい結婚式の最中に、不慮の災いにかかって夭逝した青年（ドゥラー・デオ）の悲運を憐れむことで起こったのだろう。この思わぬ不幸は痛ましく、過ぎ去った一人の人間を神として崇め、わずかにその心を慰めるのはほかにも例の多い事柄である。こうして年月を経ると、好ましくない風習も、侮れないほどの力をもち、ついに一般の決まりとして認められるようになった。

363

देवी और देवताओं ｜ 第30章　英雄、聖者信仰

लिताम ददर्श सीतां ध्यायन्तीम अशोकवनिकां गताम निवेद्‌यित्वाभिज्ञानं परवृत्तिं च निवेद्य च समाश्वास्य च वैदेहीं मर्दयाम आस तोरणम पञ्च सेनाग्रगान हत्

第31章 祖先崇拝

तपःस्वाध्यायनिरतं तपस्वी वाग्विदां वरम नारदं परिपप्रच्छ वाल्मीकिर मुनिपुंगवम को नव अस्मिन साम्प्रतं लोके गुणवान कश
धर्मज्ञश च कृतज्ञश च सत्यवाक्यो दृढव्रतः चारित्रेण च को युक्तः सर्वभूतेषु को हितः विद्वान कः कः समर्थश च कश चैकप्रियद
को जितक्रोधो मतिमान को ऽनसूयकः कस्य बिभ्यति देवाश च जातरोषस्य संयुगे एतद इच्छाम्य अहं शरोतुं परं कौतूहलं हि मे
ऽसि जञातुम एवंविधं नरम शरुत्वा चैतत तरिलोकज्ञो वाल्मीकेर नारदो वचः शरूयताम इति चामन्त्र्य परहृष्टो वाक्यम अब्रवीत
चैव ये तवया कीर्तिता गुणाः मुने वक्ष्याम्य अहं बुद्ध्वा तैर युक्तः शरूयतां नरः इक्ष्वाकुवंशप्रभवो रामो नाम जनैः शरुतः नियत
दयुतिमान धृतिमान वशी बुद्धिमान नीतिमान वाग्मी शरीमाञ शत्रुनिबर्हणः विपुलांसो महाबाहुः कम्बुग्रीवो महाहनुः महोरस्को म
अरिंदमः आजानुबाहुः सुशिराः सुललाटः सुविक्रमः समः समविभक्ताङ्गः सनिग्धवर्णः परतापवान पीनवक्षा विशालाक्षो लक्ष्मीव
धर्मज्ञः सत्यसंधश च परजानां च हिते रतः यशस्वी जञानसंपन्नः शुचिर वश्यः समाधिमान रक्षिता जीवलोकस्य धर्मस्य परिरक्षित
धनुर्वेदे च निष्ठितः सर्वशास्त्रार्थतत्त्वज्ञो समृतिमान परतिभानवान सर्वलोकप्रियः साधुर अदीनात्मा विचक्षणः सर्वदाभिगतः सद्भि
सिन्धुभिः आर्यः सर्वसमश चैव सदैकप्रियदर्शनः स च सर्वगुणोपेतः कौसल्यानन्दवर्धनः समुद्र इव गाम्भीर्ये धैर्येण हिमवान इव
वीर्ये सोमवत परियदर्शनः कालाग्निसदृशः करोधे कषमया पृथिवीसमः धनदेन समस तयागे सत्ये धर्म इवापरः तम एवंगुणसंपन्नं
जयेष्ठं शरेष्ठगुणैर युक्तं परियं दशरथः सुतम यौवराज्येन संयोक्तुम ऐच्छत परीत्या महीपतिः तस्याभिषेकसंभारान दृष्ट्वा भार्याथ
देवी वरम एनम अयाचत विवासनं च रामस्य भरतस्याभिषेचनम स सत्यवचनाद राजा धर्मपाशेन संयतः विवासयाम आस सुतं
परियम स जगाम वनं वीरः परतिज्ञाम अनुपालयन पितुर वचननिर्देशात कैकेय्याः परियकारणात तं वरजन्तं परियो भराता लक्ष्म
ह सनेहाद विनयसंपन्नः सुमित्रानन्दवर्धनः सर्वलक्षणसंपन्ना नारीणाम उत्तमा वधूः सीताप्य अनुगता रामं शशिनं रोहिणी यथा पौरै
पित्रा दशरथेन च शृङ्गवेरपुरे सूतं गङ्गाकूले वयसर्जयत ते वनेन वनं गत्वा नदीस तीर्त्वा बहूदकाः चित्रकूटम अनुप्राप्य भरद्वाजस्य
आवसथं कृत्वा रममाणा वने तरयः देवगन्धर्वसंकाशास तत्र ते नयवसन सुखम चित्रकूटं गते रामे पुत्रशोकातुरस तदा राजा दशर
विलपन सुतम मृते तु तस्मिन भरतो वसिष्ठप्रमुखैर दविजैः नियुज्यमानो राज्याय नैच्छद राज्यं महाबलः स जगाम वनं वीरो रामप
पादुके चास्य राज्याय नयासं दत्त्वा पुनः पुनः निवर्तयाम आस ततो भरतं भरताग्रजः स कामम अनवाप्यैव रामपादाव उपस्पृशन
ऽकरोद राज्यं रामागमनकाङ्क्षया रामस तु पुनर आलक्ष्य नागरस्य जनस्य च तत्रागमनम एकाग्रे दण्डकान परविवेश ह विराधं राक्ष
ददर्श ह सुतीक्ष्णं चाप्य अगस्त्यं च अगस्त्य भरातरं तथा अगस्त्यवचनाच चैव जग्राहैन्द्रं शरासनम खड्गं च परमप्रीतस तूणी चा
वसतस तस्य रामस्य वने वनचरैः सह ऋषयो ऽभयागमन सर्वे वधायासुररक्षसाम तेन तत्रैव वसता जनस्थाननिवासिनी विरूपिता
कामरूपिणी ततः शूर्पणखावाक्याद उद्युक्तान सर्वराक्षसान खरं तरिशिरसं चैव दूषणं चैव राक्षसं निजघान रणे रामस तेषां चैव प
निहतान्य आसन सहस्राणि चतुर्दश ततो जञातिवधं शरुत्वा रावणः करोधमूर्छितः सहायं वरयाम आस मारीचं नाम राक्षसं वार्यम
मारीचेन स रावणः न विरोधो बलवता कषमो रावण तेन ते अनादृत्य तु तद वाक्यं रावणः कालचोदितः जगाम सहमरीचस तस्या
मायाविना दूरम अपवाह्य नृपात्मजौ जहार भार्यां रामस्य गृध्रं हत्वा जटायुषम गृध्रं च निहतं दृष्ट्वा हृतां शरुत्वा च मैथिलीम राघवः
विललापाकुलेन्द्रियः ततस तेनैव शोकेन गृध्रं दग्ध्वा जटायुषम मार्गमाणो वने सीतां राक्षसं संददर्श ह कबन्धं नाम रूपेण विकृतं घो
निहत्य महाबाहुर ददाह सवर्गतश च सः स चास्य कथयाम आस शबरीं धर्मचारिणीम शरमणीं धर्मनिपुणाम अभिगच्छेति राघव र
महातेजाः शबरीं शत्रुसूदनः शबर्या पूजितः सम्यग रामो दशरथात्मजः पम्पातीरे हनुमता संगतो वानरेण ह हनुमद्वचनाच चैव सुग्री
सुग्रीवाय च तत सर्वं शंसद रामो महाबलः ततो वानरराजेन वैरानुकथनं परति रामायावेदितं सर्वं परणयाद दुःखितेन च वालिनश च
कथयाम आस वानरः परतिज्ञातं च रामेण तदा वालिवधं परति सुग्रीवः शङ्कितश चासीन नित्यं वीर्येण राघवे राघवः परत्ययार्थं तु द
उत्तमम पादाङ्गुष्ठेन चिक्षेप संपूर्णं दशयोजनम बिभेद च पुनः सालान सप्तैकेन महेषुणा गिरिं रसातलं चैव जनयन परत्ययं तदा तत
तेन विश्वस्तः स महाकपिः किष्किन्धां रामसहितो जगाम च गुहां तदा ततो ऽगर्जद धरिवरः सुग्रीवो हेमपिङ्गलः तेन नादेन महता नि
हरीश्वरः ततः सुग्रीववचनाद धत्वा वालिनम आहवे सुग्रीवम एव तद राज्ये राघवः परत्यपादयत स च सर्वान समानीय वानरान वा
परस्थापयाम आस दिदृक्षुर जनकात्मजाम ततो गृध्रस्य वचनात संपातेर हनुमान बली शतयोजनविस्तीर्णं पुप्लुवे लवणार्णवम तत्र
पुरीं रावणपालिताम ददर्श सीतां धयायन्तीम अशोकवनिकां गताम निवेदयित्वाभिज्ञानं परवृत्तिं च निवेद्य च समाश्वास्य च वैदेहीं म
तोरणम पञ्च सेनाग्रगान हत्वा सप्त मन्त्रिसुतान अपि शूरम अक्षं च निष्पिष्य गरहणं समुपागमत अस्त्रेणोन्मुक्तम आत्मानं जञात्वा
मर्षयन राक्षसान वीरो यन्त्रिणस तान यदृच्छया ततो दग्ध्वा पुरीं लङ्काम ऋते सीतां च मैथिलीम रामाय परियम आख्यातुं पुनर आय

祖先崇拝はインドの宗教の全体にわたって、なんらかの形で現れる要素である。すでに亡くなった祖先は神の境界に入るも、なお忠実にその家族を保護し、昔日のようにその願いを聞き、毎日の奉仕を受ける。死んだ首長もなお依然と（永遠に）その一族を統率し、味方を守って敵を破り、犯すことのできない権威をもつ。また邪悪な者を罰し、正しい者を称賛する能力がある。

古代のアリアン民族では、広く祖先崇拝が行われ、『ヴェーダ』の聖典に載せてある埋葬の儀式には、死者に敬意を表する精神が明らかに現れている。『リグ・ヴェーダ』にもこうした詩があって、のちの祖先崇拝の淵源を発するものと言うことができる。『ヴェーダ』に出た埋葬式の要点を記せば、新しい寡婦は死骸のそばに座って、親族や古くからの知り合いは周囲を囲み、一同で讃美の歌を唱える。次に僧侶は一つの石を死者と生者のあいだにおき、これで生死の世界を隔てる意味の歌を唱う。集まった人々は涙を抑えて、捧げものを火に入れ、また寡婦には夫の遺骸から離れて、生の世界に帰ることを命じる。なお僧侶は、死んだ戦士の手から弓を収め、寡婦を除くほかの婦女たちにバターと聖なる薬を捧げ、美装して神壇に入ることを命じる。僧侶は死者に向かって、母なる大地の懐に還ることを告げ、また大地に対してはこの人を受け入れ、破滅を救うことを祈る。

バラモン時代となって、一般に火葬の風習が行われたため、上述の作法は転じて、荼毘

の儀式として受け継がれることになった。もちろん、儀式にともなう細い事項には多少異なるところがあった。すなわち死体の毛を剃り、全身を洗ってから花環と花で死体を飾り、新しい白布でうやうやしくこれを包み、床の上におく。火葬場にいたる途中で悪鬼が来襲しないよう、とくに霊の守護神を招いて、さまざまの供物を捧げる。死者の子息とその妻は、死者の名と一族の名を読み上げ、一家のほかの婦女子は、死体を囲んで泣く。遺骸はなるべく河流に近い場所に運び出して、特別の祭壇をもうけ、また火葬用の薪を準備し、通例の薪材のほかに檀香木、その他の浄材を使用する。また特種な団子五粒を死体の上に載せ、長男は参列者を代表して、薪に火をともして、文書を読み上げる。死体がなかば焼けた頃、聖木の枝の一撃で頭蓋骨を打ち砕く決まりである。これで肉体に宿っていた霊魂は、体外に出やすい道をつくるためという考えにもとづく。荼毘を行うあいだは、清く澄んだバターを火中に注ぎ、死者の霊を天界にともなっていくことを火神に祈って求める。次に水や供えものを捧げ、死者の名と一族の名を再び唱え、集まった人々はニーム樹の葉二、三片を噛みつつ、家路へ向かう。

　スラーダ（死者の供養）という儀式は、埋葬の終わった後に行われる。このような風習はバラモン教の影響を受けたインド人のあいだでは普遍的な事実であるが、これがインド土着民のあいだでも行われていることは一般には知られていない。ある部族では人の死後

十日目に、友人や知り合いが集まって宴会を催し、一同が集まったとき、死者の相続人は死体を運び去られた方向に向かって、二、三度、亡き父の名を呼び、供物を捧げて礼拝する。屋内で「もっとも神聖だ」と言われる南方の部屋を死去した聖者の部屋にあて、八月に囲炉裏のそばに近づいて、故人の霊を拝する。このとき家長は一、二羽の黒い鶏を供え、牛乳で煮た米団子と菓子を捧げ、安穏をはかり、「災禍をはらいたまえ」と祈る。

コールワ族では、二月に死者を礼拝する決まりで、そのとき長男が屠ったヤギを霊前に供える。またカーリア族では、火葬の遺灰を土器に盛り、それを河流に投じたのち、付近の地に一枚の板石を据え、これを死者の居所とし、日々、供えものを捧げる。こうした実例は祖先崇拝の思想が広く行われていることを証明するもので、なおほかにこうした例を挙げれば中央と北インドで行われる祖先崇拝の風習もこれに属する。地方が異なることで多少の違いはあるが、正統派に属すインド人ならびに身分の高い者はいずれも正規のスラーダの儀式を厳守し、その親族に死者が出たときは、没後十日ないし十四日間、この作法を行う。祖先の霊はこの儀式に招待されたバラモン僧の身に宿るものと考えられ、清浄な霊魂として、僧の周囲を飛びまわり、僧が座れば霊もまた座ると信じられている。そのためバラモン僧は、多大な尊敬を受けて処遇される。

この儀式を行う主な目的は、霊魂と人生を仲介する体を与えることにあって、この仲介

368

ラーマの父ダシャラタ王の死（『ラーマーヤナ』）
'The Death of King Dasharatha, the Father of Rama",
Folio from a Ramayana(1605年頃)

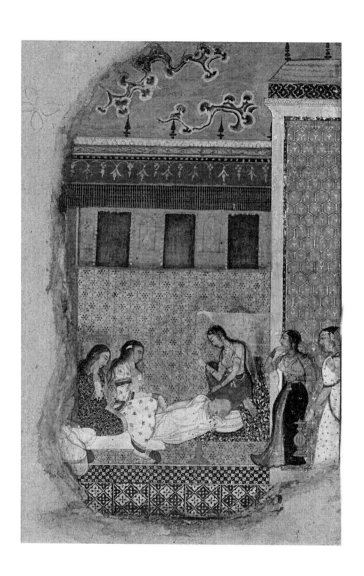

体は葬礼のときに献上する供物から生じるもので、もしこれを欠けば、死者の霊魂は不浄のままで安住の場所を得られず、流浪の亡霊として鬼に交わり、地上もしくは空中をさまよい、悪鬼の類になってしまうという。ひとたびこの仲介物を得れば、亡霊は境界を脱し、祖先として崇拝されるべき資格を得る。死後、第一日に捧げる米団子は、霊魂の糧となり、これに頭を得させるもので、同じく第二日のものは首と肩をつくり、第三日のものは心臓を与える。こうして第十日になって全体をそなえることになって、ここに（信仰対象となる）祖先となる。そして第十一、十二日には供物をむさぼるように受け入れ、第十三日目には冥府の長官ヤマの庁へ行く力を得る。

『ガルダ・プラーナ』という書は、ヴィシュヌがガルダの質問を受けて、来世の秘密と悪人の罰について話したものだと伝えられている。この書の説くところによれば、もし人の死後、葬儀を営まないときは、死者の霊は二五万八〇〇〇マイルの長い旅を経て、拷問の府に向かわねばならない。そして感覚をそなえるこの霊魂は、息を休める場所もない六〇〇マイルの長程を一昼夜中に歩む。あるいは炎々とした炎に焦がされ、または酷寒の北風に身を貫かれ、もしくは刀葉剣林のイバラに身を裂かれる。ときには猛獣、毒蛇、サソリに襲われ、深い穴に陥り、薄い剣の刃を渡り、救済の望みのない暗闇のなかにふらふらと迷い、血吸蛭の群がる泥にすねは入り、焼きつく熱砂に肉をただれさせる。途中に巨

370

流が横たわり、その幅三〇〇マイルにおよび、果てしない血潮がみなぎり、サメやワニ、魚やそのほかの海の怪獣は、波を蹴って荒れ狂う。空にはハゲタカが群がって、暗くなるほど雲が重なっている。罪深い亡者は幾千万となく堤の上に集まり、恐ろしい光景にただおののき震えるばかりである。やがてはげしい渇きを覚え、堪えられずに、足下を流れる血をすくって喉を潤したが、まもなくまきあがる波にさらわれ、姿は流れの底に隠れる。こうして最後に奈落の果てへ急転直下。冥府の官の審判を受け、思いもおよばない激しい苦しみに悩む。

これはインド人が来世で受ける責罰に対して抱く信仰の一つである。死者のために葬儀を営み、米団子、菓子などの食べものを捧げ、沐浴の水、飲用するための牛乳などを供えれば、亡者の旅程をはかどらせ、苦悩を減らすのみならず、再生と至上神との一体がかなうと考えられている。亡魂を弔う最上の功徳は、誠意をもってバラモン僧をもてなし、布施を行うことである。バラモン僧は、そのとき死んだ祖先を代表するものと考えられているためである。

またスラーダ（死者の供養）を行う場所は、常に南面する。南はヤマが亡者を支配する国のある方角だと考えられているからである。その土地には牝牛の糞をまき散らす。この儀式の主宰者は死者の長男で、もし弔うべき子をもたない死者は、もっとも不幸な一生で

あったと考えられている。この儀式の細かい規則は、死者の階級、また地方で必ずしも同一ではない。ビハールのガヤーはもっとも聖なる場所で、ここで儀式を営むと大きな功徳があると考えられる。敬虔なインド人は、多大の費用をおしまず、とくに聖地ガヤーに来て、荘厳な儀式を営み、僧徒に布施を行う。

　死後一年にいたるまでは、毎月、スラーダ（死者の供養）を行い、以後は毎年、これを営む。インド人の信仰によれば、スラーダを営むことは、米団子を捧げ、水を供える者の身に大きな幸福をもたらすという。スラーダを行えば、自身とその親類の者までも来世で果報を得る。そして死者の霊魂はこの追善の力により、悪意、不安、困難、罪悪の源泉から脱し、温和、親切で、慈悲に富み、子孫を守るよい霊魂になる。

第32章 鬼神、悪魔崇拝

ॐ

तपःस्वाध्यायनिरतं तपस्वी वाग्विदां वरम् नारदं परिपप्रच्छ वाल्मीकिर्मुनिपुंगवम् को नव अस्मिन् साम्प्रतं लोके गुणवान् कश्च
धर्मज्ञश्च कृतज्ञश्च सत्यवाक्यो दृढव्रतः चारित्रेण च को युक्तः सर्वभूतेषु को हितः विद्वान् कः कः समर्थश्च कश्च एकप्रियदर्शनः
कः जितक्रोधो मतिमान् को ऽनसूयकः कस्य बिभ्यति देवाश्च जातरोषस्य संयुगे एतद् इच्छाम्य् अहं श्रोतुं परं कौतूहलं हि मे
ऽस्ति ज्ञातुम् एवंविधं नरम् शरुत्वा चैतत् त्रिलोकज्ञो वाल्मीकेर्नारदो वचः शरूयतामिति चामन्त्र्य प्रहृष्टो वाक्यम् अब्रवीत्
चैव ये तवया कीर्तिता गुणाः मुने वक्ष्याम्य् अहं बुद्ध्वा तैर् युक्तः शरूयतां नरः इक्ष्वाकुवंशप्रभवो रामो नाम जनैः श्रुतः नियत-
दयुतिमान् धृतिमान् वशी बुद्धिमान् नीतिमान् वाग्मी शरीमाञ् शत्रुनिबर्हणः विपुलांसो महाबाहुः कम्बुग्रीवो महाहनुः महोरस्को म
अरिन्दमः आजानुबाहुः सुशिराः सुललाटः सुविक्रमः समः समविभक्ताङ्गः स्निग्धवर्णः परतापवान् पीनवक्षा विशालाक्षो लक्ष्मीव
धर्मज्ञः सत्यसंधश्च परजानां च हिते रतः यशस्वी ज्ञानसंपन्नः शुचिर् वश्यः समाधिमान् रक्षिता जीवलोकस्य धर्मस्य परिरक्षि
धनुर्वेदे च निष्ठितः सर्वशास्त्रार्थतत्त्वज्ञो समृतिमान् परतिभानवान् सर्वलोकप्रियः साधुर् अदीनात्मा विचक्षणः सर्वदाभिगतः सद्भि
सिन्धुभिः आर्यः सर्वसमश्च एव सदैवप्रियदर्शनः स च सर्वगुणोपेतः कौसल्यानन्दवर्धनः समुद्र इव गाम्भीर्ये धैर्येण हिमवान् इव
वीर्ये सोमवत् परियदर्शनः कालाग्निसदृशः करोधे कषमया पृथिवीसमः धनदेन समस् त्यागे सत्ये धर्म इवापरः तत्र एवंगुणसंपन्नं
जयेष्ठं शरेष्ठगुणैर् युक्तं परियं दशरथः सुतं यौवराज्येन संयोक्तुम् ऐच्छत परीत्या महीपतिः तस्याभिषेकसंभारान् दृष्ट्वा भार्याथ वै
देवी वरम् पुनम् अयाचत विवासनं च रामस्य भरतस्याभिषेचनम् स सत्यवचनाद् राजा धर्मपाशेन सयतः विवास्याम आस सुतं र
परियम् स जगाम वनं वीरः परतिज्ञाम् अनुपालयन् पितुर् वचननिर्देशात् कैकेय्याः परियकारणात् तं वरजन्तं परैयो भराता लक्ष्म
ह स्नेहाद् विनयसंपन्नः सुमित्रानन्दवर्धनः सर्वलक्षणसंपन्ना नारीणाम् उत्तमा वधूः सीताप्यनुगता रामं शशिनं रोहिणी यथा पौरै
पित्रा दशरथेन च शृङ्गवेरपुरे सुतं गङ्गाकूले वयसर्जयत् ते वनेन वनं गत्वा नदीस् तीर्त्वा बहूदकाः चित्रकूटम् अनुप्राप्य भरद्वाजस्य
आवसथं कृत्वा रममाणा वने त्रयः देवगन्धर्वसंकाशाः तत्र ते नयवसन् सुखम् चित्रकूटं गते रामे पुत्रशोकातुरस् तदा राजा दशर
विलपन् सुतम् मृतेे तु तस्मिन् भरतो वसिष्ठप्रमुखैर् द्विजैः नियुज्यमानो राज्याय नैच्छद् राज्यं महाबलः स जगाम वनं वीरो रामप
पादुके चास्य राज्याय नयासं दत्त्वा पुनः पुनः निवर्तयाम आस ततो भरतं भरताग्रजः स काममनवाप्यैव रामपादाव् उपस्पृशन्
ऽक्रोड् राज्यं रामागमनकाङ्क्षया रामस् तु पुनर् आलक्ष्य नागरस्य जनस्य च तत्रागमनम् एकाग्रे दण्डकान् परविवेश ह विराधं राक्ष
दद्रर्श ह सुतीक्ष्णं चाप्य् अगस्त्यं च अगस्त्य भरातरं तथा अगस्त्यवचनाच् चैव जग्राहैन्द्रं शरासनम् खड्गं च परमप्रीतस् तूणी चाक्ष
वसतस् तस्य रामस्य वने वनचरैः सह ऋषयो ऽभ्यागमन् सर्वे वधायासुरक्षसाम् तेन तत्रैव वसता जनस्थाननिवासिनी विरूपिता त
कामरूपिणी ततः शूर्पणखावाक्याद् उद्युक्तान् सर्वराक्षसान् खरं त्रिशिरसं चैव दूषणं चैव राक्षसं निजघान् रणे रामस् तेषां चैव प
निहतान्य् आसन् सहस्राणि चतुर्दश ततो जज्ञातिवधं शरुत्वा रावणः करोधमूर्छितः सहायं वरयाम आस मारीचं नाम राक्षसं वार्य
मारीचेन स रावणः न विरोधो बलवता कषमो रावण तेन ते अनाहृत्य तु तद् वाक्यं रावणः कालचोदितः जगाम सहमारीचस्तस्या
मायाविना दूरम् अपवाह्य नृपात्मजौ जहार भार्यां रामस्य गृध्रं हत्वा जटायुषम् गृध्रं च निहतं दृष्ट्वा हृतां शरुत्वा च मैथिलीं राघवः
विललापाकुलेन्द्रियः ततस् तेनैव शोकेन गृध्रं दग्ध्वा जटायुषम् मार्गमाणो वने सीतां राक्षसं संदर्दश ह क्बन्धं नाम रूपेण विकृतं घ
निहत्य महाबाहुर् दद्दाह सवर्गतश्च सः स चास्य कथयाम आस शबरीं धर्मचारिणीम् शरमणीं धर्मनिष्णातां अभिगच्छेति राघव स
महातेजाः शबरीं शत्रुसूदनः शबर्या पूजितः सम्यग् रामो दशरथात्मजः पम्पातीरे हनुमता संगतो वानरेण ह हनुमद्वचनाच्चैव सुग्रीवे
सुग्रीवाय च तत् सर्वं शंसद् रामो महाबलः ततो वानरराजेन वैरानुकथनं परति रामायावेदितं सर्वं परणयाद् दुःखितेन वालिनः
कथयाम आस वानरः परतिज्ञातं च रामेण तदा वालिवधं परति सुग्रीवः शङ्कितश्चासीन् नित्यं वीर्येण राघवे राघवः परत्ययार्थं तु त
उत्तमम् पादाङ्गुष्ठेन चिक्षेप संपूर्णं दशयोजनम् विभेद च पुनः सालान् सप्तैकेन महेषुणा गिरिं रसातलं चैव जनयन् परत्ययं तदा तत
तेन विश्वस्तः स महाकपिः किष्किन्धां रामसहितो जगाम च गुहां ततः ऽगर्जद् धरिवरः सुग्रीवो हेमपिङ्गलः तेन नादेन महता नि
हरीश्वरः ततः सुग्रीववचनाद् धत्वा वालिनम् आहवे सुग्रीवम् एव तद् राज्ये राघवः परत्यपादयत् स च सर्वान् समानीय वानरान् वा
परस्थापयाम आस दिदृक्षुर् जनकात्मजाम् ततो गृध्रस्य वचनात् संपातेर् हनुमान् बली शतयोजनविस्तीर्णं पुप्लुवे लवणार्णवम्
पुरीं रावणपालितां दद्दर्श सीतां ध्यायन्तीम् अशोकवनिकां गतां निवेदयित्वाभिज्ञाने परवृत्तिं च निवेद्य च समाश्वास्य च वैदेहीं म
तोरणं पञ्च सेनाग्रगान् हत्वा सप्त मन्त्रिसुतान् अपि शूरम् अक्षं च निष्पिष्य गरहणं समुपागमत् अस्त्रेणोन्मुहम् आत्मानं ज्ञात्वा
मर्षयन् राक्षसान् वीरो यन्त्रिणस् तान् यदृच्छया ततो दग्ध्वा पुरीं लङ्काम् ऋते सीतां च मैथिलीम् रामाय परियम् आख्यातुं पुनर् आ

鬼神および悪魔は大きな勢力をもち、人間の最高の努力の結果もわずかなあいだで粉砕する。鬼神や悪魔に対する畏怖心は、インド人の思想から決して離れることはない。インド人は幾百年の長きにわたり、あらゆる階級で悪魔への恐怖心に支配されてきた。古代にさかのぼってみると、『リグ・ヴェーダ』時代のアリアン民族は、鬼神（悪魔）を深く信仰していた。ただし当時は鬼神についての研究が現在のようは進歩しておらず、インドラは阿修羅の殺戮者だと考えられ、リマとインドラは干ばつの鬼神（悪魔）と考えられていた。幾百年のあいだに悪鬼崇拝の思想は、根強く行き渡って、今やインド国民の全体に影響するものとなった。やや知識ある者がしばらくインドに滞在すれば、その民族の信仰が外面ではいろいろの形を示していても、その内容の大部分は悪鬼の奴隷のようなありさまであることを認めるであろう。

前述の通り、ヒンドゥー多神教の女神たちのなかで、強く信仰されるのは優美な方面のものでなくて、むしろ獰猛な血に飢えた性格のものである。そして男性神について考えれば、ヴィシュヌのあらゆる化身は、鬼神や暴君を倒すことを目的とする。またガネーシャは障害をとりのぞき、悪しき勢力を抑制するものとして信仰される。すべてのインド人は、恐るべき破壊者であるシヴァを信仰し、大変動の起こる際には遊星（惑星）の運行を照らしあわせ、シャニ（土星）、ラーフのような破壊的な悪意ある遊星を恐怖する。インド人

はある一定の月、日、時間、季節を避けるだけでなく、悪霊を怖れ、これを駆逐するためにいろいろな儀式を行う。人生で直面するいくつもの不幸な力を抑えるために営む祓いの儀式や、神に捧げる供物の種類は、枚挙に暇がないほど多様である。ヒンドゥー教の神々自身でさえも、このような悪霊の制御を受け、これに近づくのを恐れている。鬼神の力の大きなことは想像外で、インド人はこうした重荷の下に苦しみうめいている。

困難、危険、不幸、飢饉、病気ならびに伝染病、死などの各種の悪い出来事については、通常、インド人には皆、悪魔から出たものだと考えられている。これらの悪魔は、さまざまな程度の悪意をもつと信じられる。あるいは全世界を破壊することを目的とし、神そのものの主宰権をも脅かす者もあり、また単に人間の血を渇望するあまり、子供の殺戮を愛好し、あるいは他人を苦しめて快楽を感じるために、病気、傷害、その他の不幸を人間の身に味わせて楽しむ者もいる。およそ彼ら悪魔は、よい行いもしくは有益な企ての進行を阻害することを、その本領とする。そうは言っても（悪魔のなかで）よい神、もしくは善意をもつ悪魔が存在しないわけではない。しかしこうした善鬼神は、インド人になんらの畏怖、信仰の念を起こさせない。「恐ろしければ恐ろしいほど、なおさら尊敬する」とは、インド人の宗教的感情を充分に言い表わした格言である。鬼神や悪魔はその害をのぞく神々よりも、人間からむしろ篤く信仰される。

375

देवी और देवताओं ｜ 第32章　鬼神、悪魔崇拝

鬼神（きしん）は古くは阿修羅（アスラ）と称し、半神的性格を帯びたもので、神々の悪意をもつ者に限って与えられた名称である。『ヴェーダ』の神々すなわちインドラ、アグニやヴァルナは、神という意味でこの名称がつけられている。しかし後世の書物において、別の意義をもつにおよんで、あらゆる鬼神（きしん）や悪霊の一般的名称としてもちいられるようになった。

シヴァは鬼神（きしん）の王と崇（あが）められ、その神意（しんい）を実行する一群の軍兵をもっている。父カシャパと女神ディティのあいだの架空的の子にダイティヤという者がいる。そしてこれは鬼神（きしん）特有の住処（すみか）である七地獄の一つを占めている。これら半神的鬼神（きしん）の集団にともなって、別の系統に属するラーヴァナを首長とするラークシャサの一群もいる。ラークシャサは常に人間や神々に敵対し、絶えず戦いを続けている。彼らはインド神話において、とても重要な地位を占めている。

インド人のとくに恐れる鬼神（きしん）は、カリユガのカーリー王である。これはシヴァの妻であるカーリーとはまったく別のものであるが、何人もこれに反抗することはできないと信じられている。『バーガヴァタ・プラーナ』には、大切な決まりの三番目すなわち神の瞑想（めいそう）と人生の清浄（せいじょう）、生きものに対する慈悲（じひ）がのぞかれ、その第四番目にあたる『ヴェーダ』の真理を破壊しようとしている。

鬼神（きしん）にはまた第二次的な典型に属する者がいて、これは人間が生んだ。鬼神（きしん）に捧げる信

仰と礼拝は、主にこれらの悪魔を対象とし、原始民族や低階層の民衆は、悲しくも日常生活の上にも絶えずこれらの束縛を受けている。一般にインド人はこうした悪意の魔神は、その大部分は人間が再生したもので、たとえば他人に殺害され、または猛虎、毒蛇の爪牙に命を落とした者など、思いがけず悲惨な死を遂げた人々の霊魂であると信じられている。また地の果ての異境で死に、弔ってもらう昔なじみもいない人々の霊は、とくに恐ろしいものとなる。このように成仏できない霊魂は、安らかに眠る墓場もなければ、泣き叫びながら各地をさまよう。

今、こうした霊魂についての一説を挙げると、インドのある地方では一つの乳しぼり男が虎に殺されて悪魔となったが、その髪を神として信仰した例がある。またある陶器商人の亡霊が悪魔となって、近隣の人々を悩ませたこともある。こうした成仏できない霊魂をまつるときは、それぞれに乳しぼり男または陶器商人の僧を招く。

デカン半島に点在する城塞の一つには、一種の鬼神の祠がもうけられている。この祠にまつられる鬼霊は、伝説によれば、昔これを建築する際に生命を失い、あるいは城塞建設の犠牲となった工匠の霊魂である。これは建築物の安定性を保つ目的で、人身供犠を行ったものだろうと思われる。こうした例は各地方にあるけれども、とくに南インドに多く伝わっている。シヴァ神は禁欲的で、恐ろしく、また臭気に富む方面を代表するが、これは

南インド人が鬼神の迷信にとらわれ、救う方法もないことと関係する。もう一つ南インドで行われる注意すべき伝説がある。それはある特殊な罪を犯したと言われる者が死ぬときは、その肉体は亡んでも、この悪の性質は滅ぶことなく、悪意をもった鬼神の形へ変わって、肉体の死後にも残り、彼らの不徳は心弱いものたちを捕えて、己と同じような罪悪を犯させようとする。

　毎年、毎日、多くの男女がその罪深い習慣によって、鬼神の群れへ落ちていくのは、悲しむべき事実である。しかし一方で、善良な霊魂は、永遠に悪魔に敵対する善人もしくは聖者の死のために絶えず捕えられていく。婦女子もしくは結婚や出産などの人生の一大事に直面した人々は、とくにこれらの鬼神を怖れる。女性や子供は、大抵、護符または粗造のデーヴィー像を、悪魔除けのお守りとして携えている。ある説によれば、これらの鬼神は、その起源を異にする三種類に分けられる。（一）不慮の災難、自殺もしくは処刑によって不慮の死をした者の霊魂。（二）醜悪な奇形不具者、または早産児の霊魂。ただしこれらは必ずしも人間に害意をおよぼすものではない。（三）人間の不徳から生まれたもので、殺人、虚言、酔っぱらいなどの罪人、あるいは狂気して死んだものの霊。そしてこうした鬼神らは、墓場や林中を住まいとし、好んで夜中さまよいまわる。また彼らはときに整った姿、あるいは人間の姿にも化身する。つねに食べものを求め、また生きた動物の血をす

ヒラニヤークシャは悪魔宮殿を出発する
The Demon Hiranyaksha Departs the Demon Palace:
Folio from a Bhagavata Purana Series（1740年頃）

देवी और देवताओ ｜ 第 32 章　鬼神、悪魔崇拝

することを喜ぶ。死体、腐肉、糞尿なども食し、また人の死骸に宿ってこれを活動させるとも信じられている。

さらに恐るべきは、こうした悪鬼が人間の口や鼻の穴から体内に入り、それを駆逐することは至難なことである。悪鬼がもし体内に宿るときは、あらゆる不快感を起こし、あたかも神経の痙攣、癲癇などにかかったときのように、四肢顔面に激動を起こし、狂気じみた行いをする。彼らは、犬、猫、蛇、もしくはその他の動物の性質を現し、もし人が犬の鬼神に捕えられれば、その人は犬声を真似て、そのような動作をすると信じられている。そのため亡霊が体内に入ることは、インド人にとっては重大な問題であって、その身体に出入りすることは鬼神の思いのままで、その方法は多様である。あるいは頭のてっぺんの裂け目から入り、または口から入るものもいる。そのためインド人は、食事の際とくに注意し、しばしば口を洗うことは、日常の一つの儀式とされている。またあくびの際に、よく鬼神が喉から入り、あるいは自己の霊魂が抜け出るとして、これを嫌う習わしがある。そしてあくびするときは、まず指を鳴らして鬼神を脅かし、その信仰する神々、ラーマやナーラーヤナなどの名を口に反覆して、手で唇を覆う。こうすれば鬼神が口から入って鼻に出て、できるだけこれを避けることができる。手や足もまた鬼神の出入口であるから、食事もしくは祈祷のときには、丁寧にこれを洗わなければならない。耳は脳と直接につな

がっている器官であるから、農民でさえも耳を保護することを知っている。霊魂の出入りを恐れて耳を塞ぐため、一見、聴覚障害者のような人もしばしば見かける。

およそ鬼神に対しては、真の礼拝が行われることはなく、どれほど高級な鬼神でも立派な寺院を建てられた例を見ない。ただ木のそばで土をピラミッド状に盛り、またはレンガで同じ形に積み上げ、これに一条の白線を描き祠とする。その前に平たく築いたものが祭壇にあてられ、偶像は用いない。ただし、ときとして鬼神の由来がある偉人にもとづく場合は、シヴァの猛悪な形像でこれを表現し、供物を捧げ、儀式を行って、これを慰安する。その方法は、地方によって同じではない。さらに重要な二、三の鬼神を挙げれば、ラーヴァナという一大鬼神は、懺悔と戒行の力で偉大な威力を得て、五万年間、火中にあって足を空中に向け、倒立して手で支え続けた。これによって創造主ブラフマーから、他の神々や鬼神から傷害を受けないという力を授けられた。ラーヴァナの権威は広大で、他の神々や半神は、皆これに奉仕しなければならないので、インドラはラーヴァナに花環を捧げ、アグニはその食物を調理し、スーリヤは光を与え、チャンドラは夜の明かりを差し出す。ヴァルナはラーヴァナの宮殿に水を捧げ、クベーラは財宝を与える。九つの遊星（惑星）は、ラーヴァナが玉座に登るための階段となり、ブラフマーはその称号を読み上げる。シヴァは鬼神ラーヴァナの頭髪を整え、ヴィシュヌはラーヴァナの舞姫の訓練を職務としている。

देवी और देवताओ ｜第32章　鬼神、悪魔崇拝

ガネーシャはラーヴァナの牝牛、ヤギや家畜の群れを監督し、風神は家屋を清掃し、ヤマは亜麻製の布きれを洗う。女性の神々もまたそれぞれの任務にあたり、パールヴァティーは子守りの長となり、ラクシュミーとサラスヴァティーは侍女となり、地下の神々、女神たちをはじめ九十六の王家はいずれもラーヴァナに奉仕している。

するとラーヴァナの非行はますますひどくなって、ヴィシュヌの化身であるラーマの妻シーター（ラクシュミーの化身）を奪い去るにいたった。ヴィシュヌは天の承認を得て、公然とラーヴァナ征服を企て、猿神の援助によって海峡に橋を架けて勝利を得たことはすでに述べた通りである。ラークシャサは木のあいだに住み、夜間そこを過ぎる者の身に禍いを与える。これらは大食いで、人間が夜に食事しているときに、もし灯火が消えると、人々はラークシャサが食べものに触れないよう、手でこれを覆う。ラークシャサの指の爪には毒があり、これに触れば感覚を失い、ときには死を招くことさえあると信じられている。

最後に富の神クベーラについて記す。黄金や財宝を司る神が、鬼神の部類に属するのは一見不思議な感じがするが、クベーラはラーヴァナの兄弟で、一時はセイロンの首都を領有していた。この鬼神は厳密な戒行を保ち、ブラフマーから富の神となる恩命をこうむり、世界四守護神の一つとなった。このときは高級の地位をもつけれど、インド人から見ればクベーラはあまり重要とは認められていない。物質的方面を蔑み、富を醜悪と考えるイン

382

ド人の思想は、この神が「卑しい身体」という意味の名をもっていることでも明らかである。クベーラの容貌は醜く、陰鬱な気分で覆われ、利己的で、身体は障害がある。三足で、歯はわずかに八枚あるのみ。クベーラの子孫もまた鬼神の一群に属すが、現世で卑しい五欲にふけり、世俗の栄誉にのみ没頭している人々の霊魂は、死後、クベーラ一族の鬼神となり、盗賊、けちんぼ、または堕落者の仲間に入る。

富を追求するために罪人となった者の来世は、クベーラの妻サクチィとなり、一目の黒いロバの形を受けて、十字街頭に立って食べものを捧げていなければならない。クベーラはとくに崇拝を受けることなく、別に彫像をつくられることもない。

चनाद् राजा धर्मपाशेन संयतः विवासयाम आस सुतं रामं दशरथः परियमा स जगाम वन वीरः प्रतिज्ञाम अनुपालयन पितुर वचनर्निर्देशात कैकेय्याः परियकारणात तै

第33章 惑星信仰

तप स्वाध्यायनिरतं तपस्वी वाग्विदां वरम् नारदं परिप्रच्छ वाल्मीकिर्मुनिपुंगवम् कोन्वस्मिन् साम्प्रतं लोके गुणवान् कश्च
धर्मज्ञश्च कृतज्ञश्च सत्यवाक्यो दृढव्रतः चारित्रेण च को युक्तः सर्वभूतेषु को हितः विद्वान् कः कः समर्थश्च कश्चैकप्रियदर्शनः
को जितक्रोधो मतिमान् कोऽनसूयकः कस्य बिभ्यति देवाश्च जातरोषस्य संयुगे एतद् इच्छाम्यहं श्रोतुं परं कौतूहलं हि मे
अस्ति ज्ञातुम् एवंविधं नरम् शक्तस्त्वमेतत् त्रैलोक्यो वाल्मीकिर्नारदो वचः श्रूयतां इति चामन्त्र्य प्रहृष्टो वाक्यम् अब्रवीत्
चैव ये त्वयावा कीर्तिता गुणाः मुने वक्ष्याम्यहं बुद्ध्या तैर् युक्तः श्रूयतां नरः इक्ष्वाकुवंशप्रभवो रामो नाम जनैः श्रुतः नियत-
द्युतिमान् धृतिमान् वशी बुद्धिमान् नीतिमान् वाग्मी शरीराज श्लाघ्नियबर्हिणः विपुलांसो महाबाहुः कम्बुग्रीवो महाहनुः महोरस्को म
अरिंदमः आजानुबाहुः सुशिराः सुललाटः सुविक्रमः समः समविभक्ताङ्गः स्निग्धवर्णः परतपावान् पीनवक्षा विशालाक्षो लक्ष्मीव
धर्मज्ञः सत्यसंधश्च प्रजानां च हिते रतः यशस्वी ज्ञानसम्पन्नः शुचिर् वश्यः समाधिमान् रक्षिता जीवलोकस्य धर्मस्य परिरक्षि
धनुर्वेदे च निष्ठितः सर्वशास्त्रार्थतत्त्वज्ञो स्मृतिमान् प्रतिभानवान् सर्वलोकप्रियः साधुर् अदीनात्मा विचक्षणः सर्वाभिगतः सन्द्रि
सिन्धुभिः आर्यः सर्वसमश्चैव सदैकप्रियदर्शनः स च सर्वगुणोपेतः कौसल्यानन्दवर्धनः समुद्र इव गाम्भीर्ये धैर्येण हिमवान् इव
वीर्ये सोमवत् प्रियदर्शनः कालाग्निसदृशः क्रोधे क्षमया पृथिवीसमः धनदेन समस् त्यागे सत्ये धर्म इवापरः तम् एवंगुणसंपन्न
ज्येष्ठं श्रेष्ठगुणैर् युक्तं प्रियं दशरथः सुतं यौवराज्येन संयोक्तुम् प्रैच्छत् प्रीत्या महीपतिः तस्याभिषेकसंभारान् दृष्ट्वा भार्याथ
देवी वरम् एनम् अयाचत विवासने च रामस्य भरतस्याभिषेचनम् स सत्यवचनाद् राजा धर्मपाशेन संयतः विवासयाम् आस सुते
परियम् स जगाम वनं वीरः प्रतिज्ञाम् अनुपालयन् पितुर् वचननिर्देशात् कैकेय्याः प्रियकारणात् तं व्रजन्तं प्रियो भ्राता लक्ष्म
ह स्नेहाद् विनयसंपन्नः सुमित्रानन्दवर्धनः सर्वलक्षणसंपन्ना नारीणाम् उत्तमा वधूः सीताप्य अनुगता रामं शशिनं रोहिणी यथा पौरै
पित्रा दशरथेन च शृङ्गवेरपुरे सुतं गङ्गाकूले व्यसर्जयत् ते वनेन वनं गत्वा नदीस् तीर्त्वा बहूदकाः चित्रकूटम् अनुप्राप्य भरद्वाजस
आवसथं कृत्वा रममाणा वने त्रयः देवगन्धर्वसंकाशास् तत्र ते न्यवसन् सुखम् चित्रकूटं गते रामे पुत्रशोकातुरस् तदा राजा दशर
विलपन् सुतम् अत्त्वो तु तस्मिन् भरतो वसिष्ठप्रमुखैर् द्विजैः नियुज्यमानो राज्याय नैच्छद् राज्यं महाबलः स जगाम वनं वीरो रामप
पादुके चास्य राज्याय न्यासं दत्त्वा पुनः पुनः निवर्तयाम् आस ततो भरतो भरताग्रजः स कामम् अनवाप्यैव रामपादाव् उपस्पृश
डक्रोद् राज्यं रामागमनकांक्षया रामस् तु पुनर् आलक्ष्य नागरस्य जनस्य च ततागमनम् एकाग्रे दण्डकान् प्रविवेश ह विराधे रा
दद्शर्ष ह सुतीक्ष्णं चाप्य अगस्त्यं च अगस्त्य भ्रातरं तथा अगस्त्यवचनाच् चैव जग्राहैन्द्रं शरासनं खड्गं च परमप्रीतस् तूणी चा
वसतस् तस्य रामस्य वने वनचरैः सह ऋषयो ऽभ्यगमन् सर्वे वधायासुरराक्षसाम् तेन तत्रैव वसता जनस्थाननिवासिनी विरूपिता
कामरूपिणी ततः शूर्पणखावाक्याद् उद्युक्तान् सर्वराक्षसान् खरं त्रिशिरसं चैव दूषणं चैव राक्षसं निजघान रणे रामस् तेषां चैव प
निहत्यन्य आसन् सहस्राणि चतुर्दश ततो ज्ञातिवधं श्रुत्वा रावणः क्रोधमूर्च्छितः सहायं वरयाम् आस मारीचं नाम राक्षसं वार्यम
मारीचेन स रावणः न विरोधो बलवता क्षमो रावण तेन ते अनाहत्य तु तद् वाक्यं रावणः कालचोदितः जगाम सहमारीचस तस्य
मायाविना दुरम् अपवाह्य नृपात्मजौ जहार भार्यां रामस्य गृध्रं हत्वा जटायुषम् गृध्रं च निहतं दृष्ट्वा हृतां श्रुत्वा च मैथिलीं राघव
विललापाकुलेन्द्रियः ततस् तेनैव शोकेन गृध्रं दग्ध्वा जटायुषम् मार्गमाणो वने सीतां राक्षसं सन्ददर्श ह कबन्धं नाम रूपेण विकृतं च
निहत्य महाबाहुर् ददाह स्वर्गतश् च सः स चास्य कथयाम् आस शबरीं धर्मचारिणीम् शरमण्यां धर्मनिपुणाम् अभिगच्छेति राघव स
महातेजाः शबरी शत्रुसूदनः शबर्या पूजितः सम्यग् रामो दशरथात्मजः पम्पातीरे हनुमता संगतो वानरेण ह हनुमद्वचनाच् चैव सुग्रीव
सुग्रीवाय च तत् सर्वं शंसद् रामो महाबलः ततो वानरराजेन वैरानुकथनं परति रामायावेदितं सर्वं प्रणयाद् दुःखितेन च वालिनः
कथयाम् आस वानरः प्रतिज्ञातं च रामेण तदा वालिवधं परति सुग्रीवः शंक्तिश्चासीन् नित्यं वीर्येण राघवे राघवः प्रत्ययार्थं तु दु
उत्तमम् पादाङ्गुष्ठेन चिक्षेप संपूर्णं दशयोजनम् बिभेद च पुनः सालान् सप्तैकेन महेषुणा गिरिं रसातलं चैव जनयन् परत्ययं तदा त
तेन विश्वस्तः स महाकपिः किष्किन्धां रामसहितो जगाम स गुहां तदा तदो अग्रजद् धरिवरः सुग्रीवो हेमपिङ्गलः तेन नादेन महता ति
हरीश्वरः ततः सुग्रीववचनाद् धत्वा वालिनम् आहवे सुग्रीवम् एव तद् राज्ये राघवः प्रत्यपादयत् स च सर्वान् समानीय वानरान् वा
परस्थापयाम् आस दिद्दक्षुर् जनकात्मजाम् ततो गृध्रस्य वचनात् संपातेर् हनुमान् बली शतयोजनविस्तीर्णं पुप्लुवे लवणार्णवम्
पुरीं रावणपालितां ददर्श सीतां ध्यायन्तीम् अशोकवनिकां गताम् निवेदयित्वाभिज्ञानं परवृत्तिं च निवेद्य च समाश्वास्य च वैदेहीं
तोरणं पञ्च सेनाग्रगान् हत्वा सप्त मन्त्रिसुतान् अपि शुरम् अक्षं च निष्पिष्य ग्रहणम् समुपागमत् अस्त्रेणोन्मुह्याम आत्मानं ज्ञात्वा
मर्षयन् राक्षसान् वीरो यन्त्रिणस् तान् यदृच्छया ततो दग्ध्वा पुरीं लंकाम् ऋते सीतां च मैथिलीम् रामाय परियम् आख्यातुं पुनर् आय

インド人は、九遊星（惑星）を盛んに崇拝する。そのなかで日の神スーリヤおよび月の神チャンドラについては、すでに『ヴェーダ』の神々の項目で説明した。他の遊星（惑星）は、水星、金星、火星、木星および土星などである。これらの天体信仰は、すべての星に供物を捧げるほか、それぞれ別々にも行われる。

火星は悪意の神で、人がもしこれを担当する火曜日に生まれるときは、心に憂いを抱き、凶器のために傷つけられ、獄に投じられ、盗難、火難のおそれがある。また土地や樹木もしくは名誉を失うという。

水星は、神々の教師である木星の妻と月とのあいだの男子で、吉兆を示す。この星の下に生まれた者は、好運で、すぐれた妻を得るという。

木星は、神々の心霊上の教育者であって、ヴェーダの神のうちのアグニと同一と見なされている。この星の下に生まれた者は性格が優しく、宮殿、庭園、土地をもち、金や穀物ともに豊かである。彼が得る宗教上の功徳は多大で、その祈願はことごとく満足される。

金星は鬼神の教師であり、また僧侶である。この星は一目視力を失った姿である。伝説によれば、ヴィシュヌは矮人になって、鬼神の王バリを訪れ、贈りものを求めたが、王の師長スクラは王を戒めて、何も贈らないように教えた。しかし王はこの戒めにしたがわず、僧に命じて必要な信条を読ませ、水を注いで、贈りものをすることを承認させた。スクラ

はこの贈物が王の破滅を招くことを予知し、自分の姿を隠して水中に潜み、呪法によって水の流出を止めた。ヴィシュヌはこの企てを見破り、器の水中に一筋の藁を投じた。スクラはこの藁のために目を痛め、堪えかねて退いたので、水はことなく流れ出で、贈りものが許された。このときスクラは片目を失った。金星の下に生まれた者は、過去、現在、未来の三世にわたる運命を見通すことができ、またすぐれた妻を持ち、傘蓋、象や馬、駕籠、また侍者に恵まれる。

土星は太陽と陰影とのあいだに生まれた男子で、世の気運の最大の敵である。インド人は、土星が空に輝くときには、仕事をやめて家路につく。

九遊星の第八、第九に教えられるのは、「蝕（日蝕などの）」の鬼神であって、インドの天文学者は、これらも遊星のなかに数えている。蝕の現象は、これらの鬼神が日や月を呑むためだと考えられる。日蝕のとき、人々は憂わし気に消え行く光を眺めながら、「それを離せ」「それを緩めよ」と叫ぶ。かつて神々が乳海を攪拌して、アムリタをつくり上げたとき、この鬼神は身を変えて、ひそかにこのアムリタを盗み飲んだ。日と月はこの悪行を見破って、ヴィシュヌにそれを告げた。ヴィシュヌは宝輪をもって、この蝕神の頭と両手両足を断ち切った。しかしさきのアムリタの効力によって、斬り離された諸部分は不死の力を現し、頭と腕は太陽系中に入って、ときどき月や日を飲んで、これによってわずか

に怒りをもらしている。そしてこの鬼神の尻尾は、あまたの彗星と火のような流星を生んだ。

インドの上流社会では、日蝕や月蝕のときに、家にある食べものを口にせず、またそこにある土器をことごとく砕き棄てて、「蝕」のあいだは一家こぞって仕事を中止し、飲食や睡眠を禁じる。これは蝕のとき、鬼神や悪魔がもっとも跋扈、跳梁するからだという理由にもとづく。

「蝕」の鬼神を威嚇し、日月の受ける害をのぞく最良の法は、神聖な河流で沐浴することである。この際、一人のバラモン僧が保護者としてともに水中に入り、礼拝者のそばに立って経文を唱える。蝕のあいだに沐浴すれば、一切の罪をのぞき浄められると言われている。

これら九遊星は、もっとも恐ろしい力をもち、人の一生を支配して吉凶、禍福を司っている。

第34章 聖者と北斗七星信仰

तप स्वाध्यायनिरतं तपस्वी वाग्विदां वरम् नारदं परिपप्रच्छ वाल्मीकिर्मुनिपुंगवम् को नव अस्मिन साम्प्रतं लोके गुणवान कश
धर्मज्ञश च कृतज्ञश च सत्यवाक्यो दृढव्रतः चारित्रेण च को युक्तः सर्वभूतेषु को हितः विद्वान कः कः समर्थश च कश चैकप्रियद
को जितक्रोधो मतिमान को अनसूयकः कस्य बिभ्यति देवाश च जातरोषस्य सयुंगे एतद् इच्छाम्य अहं श्रोतुं परं कौतूहलं हि मे
असि ज्ञातुम् एवंविधं नरम् शरुत्वा चैतत त्रिलोकज्ञो वाल्मीकेर नारदो वचः शरुयतां इति चामन्त्र्य प्रहृष्टो वाक्यम अब्रवीत्
चैव ये तवया कीर्तिता गुणाः मुने वक्ष्याम्य अहं वुद्ध्वा तैर युक्तः शरूयतां नरः इक्ष्वाकुवंशप्रभवो रामो नाम जनैः शरुतः नियता
दयुतिमान धृतिमान वशी बुद्धिमान नीतिमान वाग्मी शरीमाज् शत्रुनिबर्हणः विपुलांसो महाबाहुः कम्बुग्रीवो महाहनुः महोरस्को म
अरिंदमः आजानुवाहुः सुशिराः सुललाटः सुविक्रमः समः समविभक्ताङ्गः स्निग्धवर्णः परतापवान पीनवक्षा विशालाक्षो लक्ष्मीवा
धर्मज्ञः सत्यसंघश च परजानां च हिते रतः यशस्वी ज्ञानसंपन्नः शुचिर् वश्यः समाधिमान रक्षिता जीवलोकन्य धर्मस्य परिरक्षि
धनुर्वेदे च निष्ठितः सर्वशास्त्रार्थतत्त्वज्ञो समृतिमान परतिभानवान सर्वलोकप्रियः साधुर अदीनात्मा विचक्षणः सर्वदाभिगतः सद्भि
सिन्धुभिः आर्यः सर्वसमश चैव सदैवाप्रियदर्शनः स च सर्वगुणोपेतः कौसल्यानन्दवर्धनः समुद्र इव गाम्भीर्ये धैर्येण हिमवान इव रि
वीर्ये सोमवत परियदर्शने कालाग्निसदृशः करोधे क्षमया पृथिवीसमः घनदेन समस्त्यागो सत्ये धर्म इवापरः तम एवंगुणसंपन्नं
ज्येष्ठं शरेष्ठगुणैर् युक्तं परियं दशरथः सुतम् यौवराज्येन संयोक्तुम ऐच्छत परीत्या महीपतिः तस्याभिषेकसंभारान दृष्ट्वा भार्याथ द
देवी वरम एनम अयाचत विवासने च रामस्य भरतस्याभिषेचनम स सत्यवचनाद राजा धर्मपाशेन संयतः विवासयाम आस सुतं र
परियम स जगाम वने वीरः परतिज्ञाम अनुपालयन पितुर् वचननिर्देशात कैकेय्याः परियकारणात तं वरजंतं परियो भराता लक्ष्म
ह स्नेहाद विनयसंपन्नः सुमित्रानन्दवर्धनः सर्वलक्षणसंपन्ना नारीणाम उत्तमा वधूः सीताप्य अनुगता रामं शशिनं रोहिणी यथा पौरै
पिता दशरथेन च शृङ्गवेरपुरे सुतं गङ्गाकूले व्यसजयत ते वनेन वनं गत्वा नदीस तीर्त्वा बहूदकाः चित्रकूटम अनुप्राप्य भरद्वाजस्य
आवसथं कृत्वा रममाणा वने त्रयः देवगन्धर्वसंकाशास तत्र ते नयवसन सुखम चित्रकूटं गते रामे पुत्रशोकातुरस तदा राजा दशर
विलपन सुतम मृते तु तस्मिन भरतो वसिष्ठप्रमुखैर द्विजैः नियुज्यमानो राज्याय नैच्छद राज्यं महाबलः ज् जगाम वनं वीरो रामप
पादुके चास्य राज्याय नयासे दत्त्वा पुनः पुनः निवर्तयाम आस ततो भरतं भरताग्रजः स काममं अनवाप्यैव रामपादाव उपस्पृशन
अकरोद राज्यं रामागमनकाङ्क्षया रामस तु पुनर आलक्ष्य नागरस्य जनस्य च तत्रागमनम एकाग्रे दण्डकान परविवेश ह विराधं राक्ष
दद्रर्श ह सुतीक्ष्णं चाप्य अगस्त्यं च अगस्त्य भराता तथा अगस्त्यवचनाच चैव जग्राहैन्द्रं शरासनम खड्गं च परमप्रीतस तूणी चाक्ष
वसतस तस्य रामस्य वने वनचरैः सह ऋषयो अभ्यागमन सर्वे वधायासुरराक्षसाम तेन तत्रैव वसता जन्स्थाननिवासिनी विरूपिता श
कामरूपिणी ततः शूर्पणखावाक्याद उद्युक्तान सर्वराक्षसान खरं त्रिशिरसं चैव दूषणं चैव राक्षसं निजघान रणे रामस तेषां चैव प
निहन्त्यान्य आसन सहस्राणि चतुर्दश ततो ज्ञातिवधं शरुत्वा रावणः करोधमूर्छितः सहायं वरयाम आस मारीचं नाम राक्षसं वार्यम
मारीचेन स रावणः न विरोधो बलवता क्षमो रावण तेन ते अनाहृत्य तु तद वाक्यं रावणः कालचोदितः जगाम सहमारीचस तस्या
मायाविना दुरम अपवाह्य नृपात्मजौ जहार भार्यां रामस्य गृध्रं हत्वा जटायुषम गृध्रं च निहतं दृष्ट्वा हृतां शरुत्वा च मैथिलीम राघव
विललापाकुलेन्द्रियः ततस तेनैव शोकेन गृध्रं दग्ध्वा जटायुषम मार्गमाणो वने सीतां राक्षसं संददर्शहु कबन्धं नाम रूपेण विकृतं च
निहत्य महाबाहुर ददाह सवर्गतश च सः स चास्य कथयाम आस शबरीं धर्मचारिणीम शरमणीं धर्मनिपुणाम अभिगच्छेति राघव सं
महात्मतेजाः शबरीं शत्रूसूदनः शबर्या पूजितः सम्यग रामो दशरथात्मजः पम्पातीरे हनुमता संगतो वानरेण ह हनुमद्वचनाच चैव सुग्रीवे
सुग्रीवाय च तत सर्वं शंसद रामो महाबलः ततो वानरराजेन वैरानुकथनं परति रामायावेदितं सर्वं परणयाद् दुःखितेन वालिनश च
कथयाम आस वानरः परतिज्ञातं च रामेण तदा वालिवधं परति सुग्रीव शङ्कितश चासीन नित्यं वीर्येण राघवे राघवः परत्ययार्थं तु दु
उत्तमम पादाङ्गुष्ठेन चिक्षेप संपूर्णं दशयोजनम बिभेद च पुनः सालान सप्तैकेन महेषुणा गिरिं रसातलं चैव जनयन परत्ययं तदा
तेन विश्वस्तः स महाकपिः किष्किन्धां रामसहितो जगाम च गुहां तदा ततो अगर्जद धरिवरः सुग्रीवो हेमपिङ्गलः तेन नादेन महता नि
हरीश्वरः ततः सुग्रीववचनाद धत्वा वालिनम आहवे सुग्रीवम एव तद राज्ये राघवः परत्यपादयत स च सर्वान समानीय वानरान वान
परस्थापयाम आस दिङ्मुखा जनकात्मजाम ततो गृध्रस्य वचनात संपातेर हनुमान बली शतयोजनविस्तीर्णं पुप्लुवे लवणार्णवम तत
पुरीं रावणपालितां ददर्श सीतां ध्यायन्तीम अशोकवनिकां गताम निवेदयित्वाभिज्ञानं परवृत्तिं च निवेद्य च समाश्वास्य च वैदेहीं म
तोरणं पञ्च सेनाग्रान हत्वा सप्त मन्त्रिसुतान अपि शूरम अक्षं च निष्पिष्य गरहणं समुपागमत् अस्त्रेणोन्मुक्तम आत्मानं ज्ञात्वा
मर्षयन राक्षसान वीरो यन्त्रिणस तान यदृच्छया ततो दग्ध्वा पुरीं लङ्काम ऋते सीतां च मैथिलीम रामाय परियम आख्यातुं पुनर आया

ブラフマーが世界に人を住ませようと考えたときに、ブラフマーはその身に似せ、心から生まれた子をつくった。その数は、『マハーバーラタ』は七つを挙げ、『プラーナ』は九つを列挙している。これらは七個の北斗七星として人間の目で認められ、その妻女などは昴宿として輝いている。しかし実際、私たちの見る昴宿の数は六個であるから、この差点を解き明かすためにいくつかの寓話が伝えられている。

聖者のなかで主なものを挙げれば、第一はダクシャである。これはシヴァの妻ウマーの父として名高く、その女婿（むすめむこ）であるシヴァが偉大なため、光を放っているという。あるいはダクシャはブラフマーの親指から生まれたとも言われ、ブラフマーの心から生まれたともいう。シヴァはダクシャと戦いを演じたが、その際、ダクシャの頭を打ち落とした。ダクシャの頭は火中に落ちて燃え上がったが、ここに一頭の牡ヤギ（おす）が来て、その頭を打ち落として死骸（しがい）の上におくと、ダクシャはたちまち甦（よみがえ）った。しかしそのためにその頭（ヤギの頭）は、シヴァのような大敵と戦うことの無智なことを、永久に示す記号となった。

次にブリグという者がいる。これもブラフマーの心から生まれた子の一人であるが、彼はダクシャの祭式に司会の僧となったために、シヴァの憎しみを受けることになった。ブリグはあるとき、アグニを呪った。『マハーバーラタ』によると、プローマと呼ぶ一婦人が、一つの鬼神（きしん）と婚約を結んだ。そのときブリグにその女性の美しさに心奪われ、『ヴェーダ』

の儀式にのっとって、ひそかに彼女と婚儀を結び、ふたりで立ち去った。一方、鬼神は怒ってアグニの力を借りて、プローマの隠れ家を尋ねあてて、自分の家へ連れて帰った。これによってブリグは深くアグニを怨み、「今後、汝にあらゆるものを食べさせない」と呪った。アグニはこれに対して「私はブラフマーの威厳を尊重するため、自ら私の怒りを抑える。私は真に神々の口である。澄みきったバターの供物を神々が受けるとき、その口である私を経て納める。それゆえ私はどうしてあらゆるものを食べればいいだろうか？」と。ブリグはこれを聞いて、「太陽がその光と熱によって、すべてのものを浄めるように、アグニもまたその炎ですべてのものをことごとく浄めねばならない」とその呪いを改めた。また聖者ブリグは、一言の呪法によって、クシャトリヤをバラモンに変える奇跡を行ったことがある。

ナーラダは神々の使者であるマーキーリーに似たものである。ナーラダは賢明で、弁舌に富み、音楽の名手で、インド特有の笛の創造者である。しかし一方では、饒舌、口論や喧嘩好き、お節介などといった悪評を受けている。ナーラダはブラフマーの腿部から生まれたと言われ、放浪的な性格で、世界に人の棲むことを止め、自ら休憩する場所を必要としないことを公言した。『マハーバーラタ』には、ナーラダを法の教師とし、『ラーマーヤナ』には教訓の一例が挙げている。ある日、一人のバラモンがその子の死骸を抱いて、アヨー

391

देवी और देवताओ ｜ 第34章 聖者と北斗七星信仰

ディヤーのラーマのもとを訪れ、「私に何の罪業もないのに、今、子が死んだのは王のせいである」と哀訴した。ラーマはこれを聞くと煩悶して、すぐに顧問官などを呼んで審議させた。そしてナーラダは「なぜこの子は夭逝したのか？　王がもし真にとるべき手段に気づいたなら、すべきことをするように。今、出過ぎたことをする一人のシュードラがいる。この階級に属する者は、苦行によって功徳を得る特権をもたないことを忘れ、苦行し、宗教上の功徳を得ようと努めている」と告げたので、王ラーマはすぐにそれを調べさせると、果たしてこの一人のシュードラを求めることができた。さてそのシュードラの告白で、宗教上、越権の行いが明らかとなり、ラーマはすぐにこの犯罪者を罰し、その頭を打ち落とした。集まった神々から称賛を博し、バラモンの子の復活を願ったところ、シュードラの命が終わると同時に、バラモンの子は息を吹き返して、再びこの世の人となった。

第35章 ジャイナ教と仏教の神々

तपःस्वाध्यायनिरतं तपस्वी वाग्विदां वरं नारदं परिपप्रच्छ वाल्मीकिर्मुनिपुंगवम् को नव अस्मिन् साम्प्रतं लोके गुणवान् कश्च धर्मज्ञश्च कृतज्ञश्च सत्यवाक्यो दृढव्रतः चारित्रेण च को युक्तः सर्वभूतेषु को हितः विद्वान कः कः समर्थश्च कश्च एकप्रियदर्शनः को जितक्रोधो मतिमान् को अनसूयकः कस्य बिभ्यति देवाश्च जातरोषस्य संयुगे एतद् इच्छाम्य अहं श्रोतुं परं कौतूहलं हि मे अस्ति ज्ञातुं एवंविधं नरम् शरुत्वा चैतत् त्रिलोकज्ञो वाल्मीकेर्नारदो वचः श्रूयतां इति चामन्त्र्य प्रहृष्टो वाक्यम् अब्रवीत् चैव ये तवया कीर्तिता गुणाः मुने वक्ष्याम्य अहं बुद्ध्वा तैर् युक्तः शरूयतां नरः इक्ष्वाकुवंशप्रभवो रामो नाम जनैः शरुतः नियता द्युतिमान् धृतिमान् वशी बुद्धिमान् नीतिमान् वाग्मी शरीमान् शत्रुनिबर्हणः विपुलांसो महाबाहुः कम्बुग्रीवो म्हाहनुः महोरस्को म ऑरिंदमः आजानुबाहुः सुशिराः सुललाटः सुविक्रमः समः समविभक्ताङ्गः स्निग्धवर्णः प्रतापवान् पीनवक्षा विशालाक्षो लक्ष्मीवान् धर्मज्ञः सत्यसंधश्च प्रजानां च हिते रतः यशस्वी ज्ञानसंपन्नः शुचिर्वश्यः समाधिमान् रक्षिता जीवलोकस्य धर्मस्य परिरक्षिता धनुर्वेदे च निष्ठितः सर्वशास्त्रार्थतत्त्वज्ञो स्मृतिमान् प्रतिभानवान् सर्वलोकप्रियः साधुर् अदीनात्मा विचक्षणः सर्वदाभिगतः सद्भिः सिन्धुभिः आर्यः सर्वसमश्च एव सदैकप्रियदर्शनः स च सर्वगुणोपेतः कौसल्यानन्दवर्धनः समुद्र इव गाम्भीर्ये धैर्येण हिमवान् इव दृ वीर्ये सौमवत् प्रियदर्शनः कालाग्निसदृशः क्रोधे क्षमया पृथिवीसमः धनदेन समस्त्यागो सत्ये धर्म इवापरः तम एवंगुणसंपन्नं जयेष्ठं शरेष्ठगुणैर् युक्तं प्रियं दशरथः सुतम् यौवराज्येन संयोक्तुम् ऐच्छत परीत्वा महीपतिः तस्याभिषेकसं- बारान् दृष्ट्वा भार्यार्थे वै देवी वरम् एनम् अयाचत विवासनं च रामस्य भरतस्याभिषेचनम् स सत्यवचनाद् राजा धर्मपाशेन संयतः विवासयाम आस सुते प्रियम् स जगाम वनं वीरः प्रतिज्ञाम् अनुपालयन् पितुर् वचननिर्देशात् कैकेय्याः प्रियकारणात् तं वरजन्तं प्रियो भ्राता लक्ष्म ह स्नेहाद् विनयसंपन्नः सुमित्रानन्दवर्धनः सर्वलक्षणसंपन्नः नारीणाम् उत्तमा वधूः सीताप्य अनुगता रामं शशेन्द रोहिणी यथा पौरै पिता दशरथेन च शृङ्गवेरपुरे सूतं गङ्गाकूले वयसर्जयत् ते वनेन वनं गत्वा नदीस् तीर्त्वा बहूदकाः चित्रकूटम् अनुप्राप्य भरद्वाजस्य आवसथे कृत्वा रममाणा वने त्रयः देवगन्धर्वसंकाशास् तत्र ते नयवसन् सुखम् चित्रकूटं गते रामे पुत्रशोकातुरस् तदा राजा दशरथ विलपन् सुतम् मृते तु तस्मिन् भरतो वसिष्ठप्रमुखैर् द्विजैः नियुज्यमानो राज्याय नैच्छद् राज्यं महाबलः स जगाम वनं वीरो रामपा पादुके चास्य राज्याय न्यासे दत्त्वा पुनः पुनः निवर्तयाम आस ततो भरतं भरताग्रजः स काम्म् अनवाप्यैव रामपादाव् उपस्पृशन् एकरोद् राज्यं रामागमनकाङ्क्षया रामस्य तु पुनर् आलक्ष्य नागरस्य जनस्य च तत्रागमनम् एकाग्रे दण्डकान् परिविवेश ह विराधं राक्ष ददर्श ह सुतीक्ष्णं चाप्य् अगस्त्यं च अगस्त्यो भ्रातरं तथा अगस्त्यवचनाच्चैव जग्राहैन्द्रे शरासनम् खड्गं च परमप्रीतस् तूणी चाक् वसतस् तस्य रामस्य वने वनचरैः सह ऋषयो ऽभ्यागमन् सर्वे वधायासुरराक्षसाम् तेन तत्रैव वसता जनस्थाननिवासिनी विरूपिता श कामरूपिणी ततः शूर्पणखावाक्याद् उद्युक्तान् सर्वराक्षसान् खरं त्रिशिरसं चैव दूषणं चैव राक्षसं निजघान रणे रामस् तेषां चैव प निहत्यान्य आसन् सहस्राणि चतुर्दश ततो ज्ञातिवधं शरुत्वा रावणः क्रोधमूर्छितः सहायं वरयाम आस मारीचं नाम राक्षसम् वार्यम् मारीचेन स रावणो न विरोधो बलवता क्षमो रावण तेन ते अनादृत्य तु तद् वाक्यं रावणः कालचोदितः जगाम सहमारीचस् तस्या मायाविना दूरम् अपवाह्य नृपात्मजौ जहार भार्यां रामस्य गृध्रं हत्वा जटायुषम् गृध्रे च निहते दृष्ट्वा हृतां श्रुत्वा च मैथिलीं राघवः विललापाकुलेन्द्रियः ततस् तेनैव शोकेन गृध्रं दग्ध्वा जटायुषम् मार्गमाणो वने सीतां राक्षसं संददर्श ह कबन्धं नाम रूपेण विकृतं चं निहत्य महाबाहुर् ददाह स्वर्गतश्च यः स चास्य कथयाम आस शबरीं धर्मचारिणीम् शरमणीं धर्मनिपुणाम् अभिगच्छेति राघव स महातेजाः शबरीं शत्रुसूदनः शबर्या पूजितः सम्यग रामो दशरथात्मजः पम्पातीरे हनुमता संगतो वानरेण ह हनुमद्वचनाच्चैव सुग्रीवे सुग्रीवाय च तत् सर्वं शशंस रामो महाबलः ततो वानरराजेन वैरानुकथनं परति रामायावेदितं सर्वं प्रणयाद् दुःखितेन च वालिनश च कथयाम आस वानरः प्रतिज्ञातं च रामेण तदा वालिवधं प्रति सुग्रीवः शङ्कितश्चासीन् नित्यं वीर्येण राघवे प्रत्ययार्थं तु दु उच्चम पादाङ्ग्रेण चिक्षेप संपूर्णं दशयोजनम् बिभेद च पुनः सालान् सप्तैकेन महेषुणा गिरिं रसातलं चैव जनयन् परत्ययं तदा तत् तेन विश्वस्तः स महाकपिः किष्किन्धां रामसहितो जगाम तु गुहां तदा अगर्जद् धरिवरः सुग्रीवो हैमपिङ्गलः तेन नादेन महता नि हरीश्वरः ततः सुग्रीववचनाद् धत्वा वालिनम् आहवे सुग्रीवम् एव तद् राज्ये राघवः प्रत्यपादयत् स च सर्वान समानीय वानरान वा प्रस्थापयाम आस दिद्देक्षुर् जनकात्मजाम् ततो गृध्रस्य वचनात् संपातेर् हनुमान् बली शतयोजनविस्तीर्णं पुप्लुवे लवणार्णवम् पुरीं रावणपालितां ददर्श सीतां ध्यायन्तीम् अशोकवनिकां गताम् निवेद्यविज्ञाभिज्ञानं परवृत्तिं च निजेद्य च समाश्वास्य च वैदेहीं म तोरणं पञ्च सेनाग्रगान हत्वा सप्त मन्त्रिसुतान अपि शूरम् अक्षं च निष्पिष्य ग्रहणम् समुपागमत अस्त्रेणोन्मुह्य आत्मानं ज्ञात्वा मर्षयन राक्षसान वीरो यन्त्रिणस् तान यदृच्छया ततो दग्ध्वा पुरीं लङ्काम् ऋते सीतां च मैथिलीम् रामाद् प्रियम् आख्यातं पुनर

ジャイナ教と仏教とは、類似点がかなり多い。両宗教ともに古代インドの最上権威であった『ヴェーダ』の伝統的教説の枠を脱し、バラモン教の束縛を離れた主張をした。とくにインドの社会上の根底にある厳しい階級制度を無視して、四民平等を力説し、「四河も流れて同じ大海に注ぐ」といった意義を主張した。そしてその教えの影響は、仏教は後にアジア諸国の大部分に伝わったが、インド本土では見る影もないありさまとなった。一方、ジャイナ教は仏教ほど広く世界の諸地方に伝わらなかったが、インドでは仏教よりむしろ盛んに行われていると言ってよい。

ジャイナ教で信仰するものは、一般のインド人の信仰と同一の性質も見られるが、とくに説明を加えるべきことがある。この教えでは、ときを三世紀に分け、各世紀をまた二十四分する。そして今は第二世紀に属し、第一世紀と第二世紀の二十四聖者をもって、近世ジャイナ教の神々として崇拝する。寺院に安置するこれら二十四聖者の像は、静座黙想の姿で、いずれもきわめて類似している。これを区別するため、それぞれ別の彩色をほどこし、またその尊名を台座に刻み、あるいはそのそばに特別の標すなわち主として動物をおいている。二十四聖者の最後の者は、もっとも広く知られ、マハーヴィラという。ジャイナ教では唯一の最高実在を認め、智恵、無限智、勢力そして幸福の四つをその主な属性としている。

ジャイナ教マハーヴィラの弟子インドラブーティ・ガウタマによる完全智の会得
The Attainment of Perfect Knowledge（Siddha）by Mahavira's Disciple Indrabhuti Gautama: Folio from a Kalpasutra Manuscript（15世紀）

एवदु बुद्धात्मा अहं यशोहे पर्व कौतुहले द्वि मे मद्दुर्गे तथे समर्थो हरिं जजातुम एतेनिर्गे नरम शास्त्या चैवत त्रिलोकेक्हो साल्मिकर नारहो वक: शास्यतात इति चानम

仏教の神々について一言すると、その教義は『ヴェーダ』やバラモンの影響を脱しているが、徐々に発展して教理も複雑となった。他のヒンドゥー教の要素も混入して、今日の仏教で見られる、天部や菩薩の名で信仰されている諸尊の大部分が『ヴェーダ』やバラモン時代の神の変形であることは明らかである。

ाध्यायनिरतं तपस्वी वाग्विदां वरम नारदं परिपप्रच्छ वाल्मीकिर मुनिपुंगवम को नव अस्मिन साम्प्रतं लोके गुणवान कश्च वीर्यवान धर्मज्ञश्च कृतज्ञश्च सत्यवा

編訳者紹介
姑射若氷（1873-1955）
本名、戸沢正保（とざわまさやす）。茨城県出身、東京帝国大学卒の英文学者。明治から昭和にかけて、イギリス文学研究、翻訳、小説などの分野で活躍。『シェイクスピア全集』の翻訳を浅野和三郎とともに手がけた。東京外国語学校第7代校長。

参考文献
『20世紀日本人名事典』（日外アソシエーツ）

●初版本『印度の神々』は1916年、向陵社より発行された。今回の新版にあたって、旧字体を現代仮名遣いに改めたほか、文語的語彙や言い回しを現代的表現に修正し、翻案を行った。

・本書はオンデマンド印刷で作成されています。
・本書の内容に関するご意見、お問い合わせは、発行元の
まちごとパブリッシング info@machigotopub.com までお願いします。

Classics&Academia
神々たちのインド-かみがみたちのいんど-

Digital Publishing

2019年 2月15日　発行

編　訳　　姑射若氷（はこやじゃくひょう）
編集・翻案　「アジア城市（まち）案内」制作委員会
挿　絵　　The Metropolitan Museum of Art所蔵

発行者　赤松　耕次
発行所　まちごとパブリッシング株式会社
〒181-0013　東京都三鷹市下連雀4-4-36
URL　http://www.machigotopub.com/
発売元　株式会社デジタルパブリッシングサービス
〒162-0812　東京都新宿区西五軒町11-13
清水ビル3F

印刷・製本　株式会社デジタルパブリッシングサービス
URL　http://www.d-pub.co.jp/

MP207

ISBN978-4-86143-354-2 C0098　Printed in Japan

本書の無断複製複写（コピー）は、著作権法上での例外を除き、禁じられています。